上海师范大学域外汉文古文献研究中心
中国敦煌吐鲁番学会
敦煌学国际联络委员会

敦煌学知识库
国际学术研讨会论文集

郝春文　主编

上海古籍出版社
2006

敦煌学知识库国际学术研讨会论文集

主　　编：郝春文

副 主 编：汤勤福

编　　委：柴剑虹　陈　爽　高田时雄

　　　　　郝春文　汤勤福　赵　贞

助　　编：赵　贞

目　录

建立敦煌学知识库的基本构想与技术规范

敦煌学数据库的应用与实践

敦煌学研究的数字化资源介绍与探讨

附录

前　言

郝春文(上海师范大学)

2005年11月13至14日,由上海师范大学域外汉文古文献研究中心和中国敦煌吐鲁番学会、敦煌学国际联络委员会共同主办的敦煌学知识库国际学术研讨会在上海师范大学召开,来自国内外的50多位敦煌学者和计算机网络专家参加了此次会议,这本论文集就是这次会议的结晶。

召开这样一个国际会议的想法,始于2003年。2003年3月,"敦煌学国际联络委员会"成立会议在日本京都召开,京都大学高田时雄教授倡议在适当的时候召开敦煌学知识库会议,"委员会"责成我负责筹备工作。因组织会议所需的经费一直没有落实,所以此事就拖延了下来。

2005年1月,上海师范大学域外汉文古文献研究中心成立,由我任中心主任。中心确定以域外敦煌文献整理与研究、域外汉文小说整理与研究和域外汉籍整理与研究为主要研究方向。与以上三个主要研究方向相对应,中心下设三个研究室,对相关方向的科研工作进行组织和协调。在中心的发展规划中,有筹建域外汉文古文献研究网站一项,敦煌学知识库是该网站的主要内容之一。2005年6月,在上海师范大学人文学院和学校的支持下,由域外汉文古文献研究中心组建的域外汉文古文献学科被遴选为上海市重点学科,得到了经费资助。重点学科的建设工作现在已经全面展开,而加强和扩大对外学术交流则是其中的一个重要方面。在这样的背景下,上海师范大学域外汉文古文献研究中心与中国敦煌吐鲁番学会、敦煌学国际联络委员会协商,组织了敦煌学知识库国际学术研讨会。

这次会议得到了国内外学者的大力支持,汇聚了国内外知名的敦煌学专家和从事敦煌学知识库工作的电脑技术专家,是一次高规格的国际学术研讨会。在会上交流的论文和发言对于将敦煌学资料与先进的电脑网络技术结合、对尽快将博大精深的敦煌学知识转化为方便查阅检索的公共资源、推动敦煌学网站和数据库的发展等都具有十分重要的意义。与会者一致认为,这是一次成功的高水平的国际学术研讨会。这次会议的主题也得到了与会者的高度评价。敦煌学既是国际显学,也是传统学科,而电脑网络技术则属于新兴学科。如何利用新的技术来推动传统学科的发展,是所有人文学科面对的新问题。作为传统学科的敦煌学召开以知识库为主题的国际学术研讨会,在人文学科中属于首创。这次会议的召开及其成果对其他人文学科也具有示范意义和借鉴意义,从而对人文学科的发展产生积极影响。正是基于以上认识,我们决定将此次会议的论文和发言汇集成册,公开出版,希望能对敦煌学知识库以及其他人文学科的知识库建设有所帮助。

这次会议得到了上海师范大学和有关部门如国际交流处、社科处和人文学院领导的支持和关心。我的很多同事和负责会务的博士后、研究生都为筹备和组织这次会议付出了很多辛勤的劳动。

论文集的编选工作得到了与会者的支持,很多作者在会后都对论文进行了认真的修改,力求完善。在与会学者提交的论文中,有几篇分别讨论海外民族文献、吐鲁番资料和古籍文献的知识库问题,因都和敦煌学知识库具有一定的联系,所以也收到了论文集中。考虑到这是第一部有关敦煌学知识库的论文集,我们在以前公开发表的相关论文中,选收了部分有代表性的文章,以便读者全面了解敦煌学知识库的研究状况。当然,这部分论文的入选,我们都征得了作者的同意。

关于知识库,我所知不多。所幸同事汤勤福教授是这方面的高手,他认真审读了全部文稿,提出了很好的修改意见。中国社会科学院历史研究所的陈爽博士也为论文集的编排提出了很好的建议。博士后赵贞则承担了论文集的具体编辑工作。

对于域外汉文古文献学科而言,召开这样一个国际学术会议既是扩大对外学术交流,同时也是为建立学科网站做理论准备。我们将争取在今年上半年建成并开通上海师范大学敦煌学知识库网站,并逐步将其建成跨平台、整合式的知识库。

最后,请允许我代表会议筹备组、工作人员和论文集编委会,向全体与会的学者和支持过我们的领导与朋友致以衷心的感谢!

2006 年 3 月

敦煌学知识库国际学术研讨会综述

赵　贞(上海师范大学)

由上海师范大学域外汉文古文献研究中心和中国敦煌吐鲁番学会、敦煌学国际联络委员会共同主办的敦煌学知识库国际学术研讨会于11月13日至14日在上海师范大学隆重召开。此次会议汇聚了国内外知名的敦煌学专家和从事敦煌学知识库工作的电脑技术专家,是一次高规格的国际学术研讨会。日本京都大学、日本国际佛教学大学院大学、美国耶鲁大学、德国海德堡大学和中国的北大、清华、人大、兰大、武大、台湾南华大学、中国社科院历史所等著名高等学府和研究机构的相关学者和敦煌学国际联络委员会、中国敦煌吐鲁番学会、中国唐史学会、中国魏晋南北朝史学会和上海市历史学会的主要负责人等50余位学者参加了会议。诚如中国敦煌吐鲁番学会副会长武汉大学陈国灿教授所说:这次会议是一次群英会。

上海师范大学校长俞立中教授在开幕式上致欢迎辞,日本京都大学人文科学研究所所长高田时雄教授、我校人文学院院长孙逊教授、教育部人文社会科学重点研究基地兰州大学敦煌学研究所所长郑炳林教授、台湾南华大学敦煌学研究中心主任郑阿财教授、中国唐史学会会长清华大学张国刚教授、上海历史学会副会长上海人民出版社总编辑李伟国编审、中国魏晋南北朝史学会副会长华东师范大学牟发松教授分别致辞。郑炳林所长、郑阿财主任、西北民族大学海外民族文献研究所所长束锡红教授、《敦煌研究》编辑部主任杨秀清编审、中国敦煌吐鲁番学会副会长武汉大学陈国灿教授、兰州理工大学丝绸之路文史研究所所长李重申教授、日本国际佛教学大学院大学落合俊典教授等分别代表所在单位或个人向我校域外汉文古文献研究中心赠送了图书,会议主席域外汉文古文献研究中心主任郝春文教授代表中心接受了捐赠。

在此次会议上宣读的论文和展示的敦煌知识库软件内容涉及敦煌知识库的框架与技术支持,敦煌知识库需要遵守的原则、规范,各种专题敦煌数据库软件的编辑,地区和单位敦煌知识库的建设等诸多方面,反映了国际敦煌学知识库的最前沿和最新的研究成果。

台湾醒吾技术学院蔡忠霖先生、南华大学郑阿财教授提交了《关于“敦煌学知识库”建构的设想》的论文，认为知识库的特质必须要结合一般大众（知）与研究学者（识）的要求。敦煌学知识库是具备敦煌学常识、学识、文物、文献、学术资料、研究成果等一体的综合数据库。它不单是单纯为学者服务的资料检索库，同时更要担负知识普及化的平易角色与教育功能。在资料的分类和浏览上，建议以《敦煌学大辞典》作为基本数据，参考其分类条目来整理所有数据。并制定出统一的“分类主题词表”，用多种浏览方式（如笔画、拼音、部首等）在网上加以呈现。检索的设计上，至少应提供题名、关键词、作者、出版社、出版地（收藏地）、出版日期及洞窟编号、文献编号等多种方式。在文献、洞窟、研究及其他资料上应尽可能作资料的描述。鉴于目前与敦煌学有关的资料库已经不少，敦煌学知识库应考虑融通、统合各大资料库，最好能具备跨库检索的功能。当然，这一切有赖于众多敦煌学者及电脑技术人员的投入与合作、磋商方能完成。

樊锦诗、张元林（敦煌研究院资料中心）《关于“敦煌知识库”的构想》认为，敦煌知识库的宗旨，一是提供有关敦煌文化、艺术的正确资讯，增进知识传播；二是提供各类学术资源，促进学术发展。除了储存丰富的信息外，知识库应有“开放性”和“互助性”的鲜明特色。其内容由“基本信息库”和“学术信息库”两部分组成。前者包括相对而言较为固定的知识和信息，后者主要侧重于当前的学术研究性，包括对前者的学术研究动态、研究成果等。在运行机制上，应采取“现实馆藏”和“虚拟馆藏”相结合的组织模式，储存和整理知识库需要的各种信息和数据，总结、归纳、整理、收集敦煌学相关文献和研究成果，促进世界范围内敦煌学研究文献资料的流通和研究成果的共享。

上海人民出版社李伟国编审对敦煌学知识库的框架和技术支持提出了自己的看法：（一）知识库的构成应当包括图像与文字表达两方面。图像既要表达原始信息，还可以更具体、更细致的划分和分解。而在文字方面，文书的录文和说明要尽量准确、合理。这需要我们对现有的考释和研究成果进行精细的梳理和分析。（二）字库平台的支持非常重要，希望敦煌学涉及的各种字体能够统一起来。（三）知识库的搜索不只是面向专业的工作者，更应面向普通需要敦煌资料的学者和社会公众，因此搜索的设计要尽量提供更宽的检索形态和主题词。（四）敦煌学知识库应当统一、整合。但建设之初不要追求特别完善，知识库各种数据、信息的整合可以逐步去做，逐步去完善。

高田时雄、安冈孝一（日本京都大学人文科学研究所）《共建敦煌学知识库时需要遵守的几点建议》指出：敦煌学知识库需要包括写本、论著、石窟、艺术品等信息，这些信息互相能够参照，其标记语言应当采用 XML。任何个人和单位的力量都是很有限的，因此建议采用“共建”的方式。为了在国际范围内顺利实现此共建计划，建议先统一元数据库(metadata)，而元数据库的标记采用DC(Dublin Core都柏林核心元数据)格式。作者举例说，写本标注时其元数据有卷号、标题(title)、权威性研究(authority)、年代和日期(date)、语言(language)等要素；石窟的标注除了编号、关键词(subject)、题记(inscription)等因素外，同样要考虑权威性研究的说明；研究论著的标注又略嫌复杂，如作者(creator)、标题、语言、出处(bibliographic Citation)、文中引用卷子的编号、网上公开全文的地址(identifier)、论文分类与关键词等，都要考虑进去，尽可能地标注出来。

学术规范是衡量学术水准的重要标尺。共建知识库不能忽视学术规范的逐步明确与完善。也就是说，遵循学术规范同样是共建知识库至关重要的问题。中国敦煌吐鲁番学会秘书长、中华书局编审柴剑虹先生从收藏品编目与人名、地名翻译的统一、文物及文献定名和注记的准确性、篇名与书名(外文原文及译文)标注的规范、电子文档的兼容性与数字化技术规范等七方面，对知识库学术规范的建设提出了很好的建议。认为这是涉及科学性和实用性，体现学术水准和可持续发展的根本问题，应该引起我们的高度重视。

上海师范大学方广锠教授目前从事敦煌遗书总目编纂的重大课题，本次大会他演示了敦煌遗书编目所用的数据库，并对编目涉及的相关数据资料作了说明。举凡有关遗书的残缺、破损、书法、字体、界栏、首尾、行数、题记、印鉴、朱笔和避讳等信息，都在编目中有所反映。为体现敦煌遗书的文献、文物和文字价值，这些细微信息应当被添入敦煌学知识库中。在编目过程中，方教授还做了一些基础性工作(比如敦煌遗书佛经索引、敦煌遗书人名索引及敦煌遗书目录索引等)，相信这些工作对于充分利用敦煌文献的学者以及需要敦煌资料的各种社会工作者都有重要意义。

中国社科院历史所陈爽先生近年一直参与象牙塔、国学网等文史网站的管理和维护。本次大会上，他从相关机构与组织、相关资料库、期刊论著、相关网站与网页四方面介绍和评述了海内外敦煌学研究的网络资源，为我们充分浏览、检索和利用敦煌资料提供了很大的方便。

林世田、萨仁高娃(中国国家图书馆善本特藏部)介绍了近年来国家图书馆善本特藏部所建设的敦煌资源库：敦煌吐鲁番文献数据库、图书馆国际敦煌项目、在线展览与讲座、敦煌文献研究索引、王重民向达所拍照片影像数据库、敦煌遗书修复档案。总体目标是以馆藏16 000件敦煌遗书的影像数据为平台，加上中国各机构所藏敦煌文献联合目录、各种研究论著目录、敦煌吐鲁番学者档案数据库、网上精品展示和讲座视频、王重民向达所拍照片以及修复档案等几个部分构建敦煌学资源库体系。

杨秀清(敦煌研究院《敦煌研究》编辑部)介绍了目前甘肃地区与敦煌学知识库相关的数据库：敦煌遗书总目索引数据库、敦煌学资源信息数据库、甘肃藏敦煌藏文文献数据库、中美合作研制敦煌数字图像档案、敦煌学数字图书馆。此外,他还透露了敦煌研究院有关数字化项目的几点信息,如敦煌研究院拟采用虚拟现实技术展示敦煌石窟艺术,还启动了《敦煌文书全文数据库》的编制、录入工作等。

敦煌研究院文献所马德研究员介绍了敦煌研究院敦煌历史文献(敦煌史料)数据库项目的启动和运行情况。据他介绍,该数据库分文书、写经题记、石窟题记和绘画品题记四大类,拟将全面搜集和整理所有敦煌汉文文书、题记等资料,建立先进、快捷的检索系统,为学术界提供敦煌汉文文书等资料的全部信息和最大的方便。

敦煌文献中的不规范异体字即俗字,向来是敦煌学研究中的一个重要方面。继前辈学者潘重规之后,张涌泉、黄征、蔡忠霖等人一直从事敦煌俗字的研究。前不久,南京师范大学黄征教授的巨著《敦煌俗字典》已由上海教育出版社出版,这是近年敦煌俗字研究的重要成果。本次大会上,黄征教授演示了《敦煌俗字典》和《敦煌大字典》的图文制作,并对所收俗字的范围、体例、标准、书体、真迹、书证、考辨按断、参考与引用格式等作了说明。据他介绍,目前正在编纂的《敦煌大字典》分楷书、行书、草书和隶书四编,将对敦煌文献中的俗字尽力搜讨,全面采集,为进一步拓宽俗字的研究打下坚实的基础。

新疆吐鲁番学研究院李肖博士和汤士华研究员介绍了研究院成立以来吐鲁番学资料信息中心的基本概况、职能、现状及发展思路。强调除了中心的环境建设和人才培养的工作外,加强同国内外学术机构的联系,将尽最大努力去收集国内外有关记录和发表的有关吐鲁番地区所有的图书、论文、报告等文字资料。参照“国际敦煌学项目”(IDP)的做法,将建立所有的资料篇目索引,这个索引中的文书应该有主题(或关键词)、题名(定名)、形制、遗址、语言文字等方面的说明;在电子检索中附加相应的照片与地图。

汉语大辞典出版社徐文堪编审长期从事欧亚学研究,本次大会他的发言围绕吐火罗语文献及其研究成果的数字化而展开。他认为,利用网络资源来研究吐火罗语文献有两方面：一是对史料价值的考证和研究;二是纯粹的语言学研究,特别是对印欧语历史语言学具有重要意义。与此相关,吐火罗语文献及其研究成果的数字化也有利于促进印欧语和印欧人起源与迁徙等问题的探讨。

国家图书馆史睿副研究员的发言题目是《古籍文献索引与知识发现——知识库基础理论研究之一》，该文探讨了古籍文献索引与数字图书馆发展趋势的关联：古籍文献索引是我们检索、获得和发现知识的重要方式。未来以知识库为核心的数字图书馆，突破了传统图书馆仅限于对文献物理载体的管理和书名检索，提升到文献全文信息查询和知识管理的层次，满足用户知识发现和知识扩展的需求。因此，传统索引的标引、编制和知识管理对于数字图书馆的建设有很大启发性。也就是说，传统索引和检索工具仍然具有不可替代的知识管理特性，借助索引的知识扩展和知识管理的思路和特性，可以构建信息时代人类知识的新体系，探索实现知识发现的新方案。

上海师范大学古籍所汤勤福教授对自己目前开发的个人电脑古籍数据库软件作了介绍和演示，并就当前古典文献数据库建设中存在的问题以及个性化文献检索服务系统的技术内容、功能及实现途径提出了自己的看法。认为应使个人用户所使用的个性化的文献检索服务系统与公共古典文献数据库实现兼容，相互提供支持，使数据库中的数据获得最大限度地共享。

日本国际佛教学大学院大学落合俊典教授汇报了日本奈良、平安时代(公元8—12世纪)的古本佛经与敦煌佛教文献的密切关系。作者按照《贞元释教录》的佛经编号及写本入藏时的大正藏号码，编制了《日本现存七种一切经对照目录》，从卷数、存缺和破损情况对日本现存七种经(圣语藏、金刚寺、七寺、兴圣寺、西方寺、新宫寺和松尾社)与敦煌本佛经作了对照，认为日本现存七种一切经与敦煌佛教写本一样具有重要的文献学价值。今后的佛学和佛教研究中应当充分利用日本现存的古钞本佛经。

新疆文物研究所的王炳华先生作了《精绝考古与尼雅出土文书》的报告，报告展示了尼雅遗址的地貌、墓葬、遗物、植被、土质、河床等照片，指出斯坦因对尼雅考古作了大量开拓性的工作，但由于他只对文物感兴趣，而对发现的陵墓和墓葬不太重视，客观上造成了遗址一定程度的破坏。现在可以推知的是：尼雅王国明显受到中原汉文化的影响，比如男女服饰、装饰品、尺寸等与汉制相同，与汉文化“男女有别”的礼仪可呼应。精绝王国的文化概貌似有迹可寻。

诚如北京大学荣新江教授所言，以上学者有关知识库建构的探讨，目前还是一个初步的讨论。他建议在网络时代背景下，可以采用“以电会友”的方式，来讨论并支持那些想法比较好的设计框架；上海师范大学方广锠建议从数据和研究工具两方面来考虑构建敦煌学知识库；日本京都大学高田时雄认为，知识库的建立更要追求可行性；北京理工大学赵和平教授建议：本次大会我们不能务虚，而应务实，会后应当有实质性的成果，如为知识库的建构应当有所行动（比如协调我们的工作安排及标准的统一等）。

中国唐史学会会长、清华大学教授张国刚先生认为，目前国内外各机构已建立了不同角度和不同层次的敦煌学数据库，应当充分考虑到敦煌学知识库的构建具有很大难度。其中最主要的就是各数据库资源的相互协调、经费落实、知识产权以及技术支持的统一等问题，因此应当考虑有协调的班子（由某单位或个人牵头做起），加强各单位现有资源的合作与交流，统一标准，达到具体化的共识，发挥各单位或个人的积极性，分工合作，逐步解决相关问题。

针对敦煌学包容吐鲁番文书的现象，武汉大学陈国灿教授对敦煌学知识库是否包含吐鲁番文献提出疑问：如果这个知识库不包括吐鲁番文书，那么敦煌学知识库建构时达成的共识和统一标准应当向敦煌吐鲁番学界公布，大家遵循这些规范和原则，无疑为吐鲁番学知识库的建立提供了良好的范式。美国耶鲁大学韩森教授认为，建构敦煌学知识库出现的相关问题，可以考虑由政府和个人联合来解决。但当务之急应当提供一个网站，把可靠性比较好的论文放到网上，方便学者浏览、检索和利用。

本次大会上，部分与会学者还提供了与敦煌学知识库相关的数据库启动情况的若干信息。如李伟国先生介绍，“中华古籍全书数字化工程”即将启动，其中的字库可以为敦煌学知识库提供借鉴或利用。中国文物研究所邓文宽研究员透露，由国家文物局主持的“中国古代文献总库”数据库下设甲骨文、金文、简帛、墓志、纸制文书和少数民族文献 6 个子库，目前正处于项目招标之中。西北民族大学束锡红教授介绍说，西北民族大学海外民族古文献研究所建立了海外民族古文献数据库。该数据库包括回族学网络数据库（回族伊斯兰文化资料的挖掘和整理）、西夏学资料数据库（英藏、法藏和俄藏的西夏文献）、岩画资料数据库（贺兰山岩画和卫宁北山大麦地岩画）和英、法藏古藏文文献数据库。通过对现有资料的整理、公布以及资源共享，通过研究手段及研究方法的创新，促进我国回族学、西夏学及西部少数民族问题的研究。

与会学者一致认为，这是一次成功的高水平的国际学术研讨会。其成果对于将敦煌学资料与先进的电脑网络技术结合、对尽快将博大精深的敦煌学知识转化为方便查阅检索的公共资源、推动敦煌学网站和数据库的发展等具有十分重要的意义。

这次会议的主题也得到了与会学者的高度评价。敦煌学既是国际显学，也是传统学科，而电脑网络技术则属于新兴学科。如何利用新的技术来推动传统学科的发展，是所有人文学科面对的新问题。作为传统学科的敦煌学召开以知识库为主题的国际学术研讨会，在人文学科中属于首创。这次会议的召开及其成果对其它人文学科也具有示范意义和借鉴意义，从而对人文学科的发展产生积极影响。

大会发言和讨论结束后，柴剑虹秘书长汇报了近年敦煌吐鲁番学会开展的活动及明年学会的工作重点，一方面重点办好学会的出版物，并加大出版物的影响，积极支持与学会有关的各单位、个人学术专著的出版。另一方面做好建立敦煌学知识库的各种协调工作，加大与兄弟学术团体的协作与交流。同时应当承担宣传敦煌历史和艺术文化的职责，组织有关人员撰写介绍学术成果的文章，提高全民族的文物保护意识。

在闭幕式上，柴剑虹秘书长用二十四字对本次大会作了总结：交流信息，提出建议，提供经验，交换平台，期盼合作，共商大计。认为这是一次高水平的、有代表性的会议，为共建敦煌学知识库打下了良好的基础。会后将进一步促成有关各方的协商和合作，在整合现有资源的基础上，统一方案，统一标准，使实用而又科学的敦煌学知识库早日建立起来。随后，与会学者欣赏了中国残联艺术团编排的舞蹈——“千手观音”以及电视剧《大敦煌》的片花，这是敦煌学为现代精神文明建设作出的贡献。

关于“敦煌学知识库”建构的设想

蔡忠霖[1]　郑阿财[2]
(1. 台湾醒吾技术学院；2. 台湾南华大学)

一、前　　言

自从20世纪初敦煌文献发现以来，已然过了一个世纪。这一百余年来，敦煌学在世界诸多学者的努力参与之下，有着颇为优异的成果，甚至已然成为当世显学之一。回顾过去的敦煌学，除了个人与机关的不断研究推动，近年来科技突飞猛进，有志之士鉴于相关资料亲睹不易，乃致力于建构方便研究者检索的数据库，成果殊为可观。综观整个敦煌学的潮流，这些投入与努力无疑将在敦煌学研究课题的开展与发挥方面起着绝对效用。

然而，在现今知识爆炸的网络时代里，即使有着功能强大的搜寻引擎来协助，在浩瀚的网海中，资料的获得仍不属一件容易的事。原因是位于各网域的知识与数据极为分散，信息缺乏进一步的整合、组织与管理，亦没有统一的目录可供利用。就使用者的角度看来，即使竭尽所能地想加以搜集运用，但却每有无从下手的慨叹，或者搜寻结果经常出现大半混杂的、不相干的数据。不但一般未受过专门训练的人，往往花上大量的时间，结果却是所获无几；即使是专家学者也不见得能手到擒来，顺利获取所需的数据。因此，对于知识的获得而言，在茫茫的 Internet 数据海洋中，实在称不上便利。另外，经由网络发表的数据素质参差不齐，难以过滤及控制，在数据的使用上也不够全面与精确。就敦煌学研究者而言，如此的信息却只能题通一般讯息，很难发挥挹注研究之效益，对研究发展的提升亦无甚帮助。

因此，在敦煌文献发现百年后的今天，敦煌学承续了百年来研究的成果，并迈入了转型期的关键阶段。在前贤丰硕厚实的基础上，为使敦煌学进一步的发扬，将敦煌学的内涵更为拓展，同时积极发挥敦煌学的教育功能，建构全面系统的“敦煌学知识库”是极其重要的工程。如今网络上各类知识库的建构不少，颇有值得借鉴之处。但除了借鉴现有的知识库的优点，建立一个符合且能体现“敦煌学特色”及内涵的知识库，当是更切要的方向。

敦煌学是一门被誉为“中古时代的百科全书”，且以数据性为核心的学科，资料宏富而驳杂，门类众多而涉及面广，如此特性的“知识库”该如何统理、建构？如何呈现方可一方面达到满足专家学者之需求，又能兼顾一般读者的教育，这也是整个知识库建构所需考虑的重点。在此我们谨尝试提出有关建构“敦煌学知识库”一点粗浅的看法，供大家参考，敬请指教。

二、“知识库”的基本认知

在实际谈及知识库的内容层面前，必需对知识库的基本性质有所了解。另一方面，

"知识库"与"数据库"形态类似,然又有些根本上的差异,需加以区别,以免建构混淆。因此,以下即就知识库的性质及其与数据库的区别各自作简略的阐释:

(一)对"知识库"性质的必要认识

建构敦煌学知识库,必需从知识库(Knowledge Base)基本形态了解起。"知识库"在不同学科间有着不同的内涵。但大体而言,"知识库"是指将数据经过加工整理成知识,并对这些知识以一定的结构加以分类、组织及管理,以供人检索利用的数据集合。从字面上的意义来说,"知"可当"知道"、"明了"解释,应指让浏览者得以简单获得所需的种种信息;"识"有"辨别"、"评估"之义,应指在"知"的前提之下,整理所得信息后,藉以进一步判断数据中的意义。"知识"一词,粗略地说即指人对事物的认识。以敦煌学而言,寻常人希望认识关于敦煌学科的基本信息,如敦煌的地理、历史、风土、自然环境、气候条件、人文、社会等;专家学者希望能了解更深入、更广泛的讯息,如关于专长之外的敦煌学相关研究内容、文献检索、学术动态等。因此,客观的来看知识库的特质,它必需要结合一般社会大众(知)与研究学者(识)的要求。它不单单只是服务社会大众的通俗普及的介绍,同时也要是集敦煌学精华于一身的数据平台。反过来说,它不仅仅是单纯为学者服务的数据检索而已,同时更要担负知识普及化的平易角色与教育功能。

就架构上而言,所谓的知识库主要应包含两大基本要件,那就是"知识"(Knowledge)与"知识管理"(Knowledge Management),如何系统、有效管理好经过整理后的知识,对于一个知识库质量的优劣有着关键性的影响。从务实面来看,知识库的建构并非简单的信息堆砌,倘若只是将一堆数据及数据群放置到网络上供人浏览,在实质上并不能被视为一个知识库。因此,以敦煌学相关信息来说,知识管理无非是要将敦煌学的知识有计划的、有步骤的传布和推广。反之,若仅是一堆数据群的汇整,丰富的数据反而可能成为使用者认知上的障碍,因为在庞大的信息中,他们无从理解、应用。

(二)"知识库"与"数据库"的区分

所谓的"数据库"(Data Base)就是将数据汇集、整合并加以结构化,以供人检索浏览的数据群。而"知识库"(Knowledge Base)在一定的意义上也可以说是储存知识的一种数据库。虽然,在"数据"与"知识"之间虽然并无绝对的区隔,也同样需要人工的整理规划,但仔细辨别,两者有着根本上的差异。众所周知,"资料"是僵硬的、死板的,数据所能发挥的功效视使用人的学养而定,不同的使用者会有不同程度的运用与发挥。相对而言,"知识"是灵动的、活化的,容易为人所吸收利用的,使用者的程度并不构成吸收或利用上的障碍。因此,就其意义来说,"知识库"应该是将所收录的数据内容整理加工,方便使用者撷取利用,或者让使用者可再组织以获得新的发现,及创造新的知识。相较于"数据库","知识库"的建构需要来得更深、更广、更精,其提供引导、服务、解答的目的与特色也要来得更强。

以往数据库的建构,每每将使用者的角色设定为专家学者。因此,数据库的建构只是提供这些专家学者庞大的电子资源。就使用层面来看,范围就显得狭小。而"知识库"则是从"数据储存"走向"知识提供",这是数据库与知识库另一个根本上的差异。大略而言,知识库的知识提供,必需内含两个范畴,那就是"显性知识"(Express Knowledge)与"隐性知识"(Implied Knowledge),所谓"显性知识"指经由对象诠释所获得的外在知识;"隐性知识"则是用知识推论而获得的内在知识。前者乃由专家学者以人工建立,得以直接从文件的内容获取信息;后者则需经过整理、组织、分析方能获得,无法直接从文件内容得知。在一个专为敦煌学设立的数据库中,你或许可以查询到某一写卷的编号、题名、年代、尺寸、纸质、书写者,甚至于内容等显性知识,但却无法从中查询到关于此写卷的文字风格、书写背景、内容特色、抄写目的,及其隐含的重要性等隐性知识。因为一般的数据库偏重于显性知识,着重在专家学者所建立的外在知识讯息,对于隐性知识则无法进一步提供。因此,“敦煌学知识库”的建立,需考虑到这两方面知识的平衡,甚至要特别着重隐性知识的转化,让隐性知识尽量显性化,如此才能将知识库中的信息加以充分利用。

总之,知识库里头的知识应该是有结构及组织的,是经过分析后的数据精华,不该只是未加格式化的数据群,否则便和一般数据库无异,甚至只是流于一种网上数据的汇集。这是知识库的建构所不能忽略的基本现实。

三、对于敦煌学知识库的几点设想

关于知识库的建设,在企业界似较为积极,成果上及技术上也较为丰硕及成熟。在学术上的运用,知识库可以说仍在发展中,尚称不上是个令人熟悉的概念。虽然,在知识库的基本架构及意涵上,不管运用在何种层面,都有其共通与可相互借鉴之处。不过身为一个敦煌学研究者,对于这样需要专业技术的工作,似乎还是心有余而力不足的,难以触及核心。即使如此,建构这样一个学科专题知识库,单靠计算机技术人员恐怕也是不成的,需要许多的专家学者一同投入才能圆满。因此,在这个生疏的技术领域中,以下还是斗胆提出几点看法,算是对敦煌学知识库建构的几个期许。

(一) 打造一个符合敦煌学特色的知识库

整体来看,一个知识库的制作大致包含了“原始数据”、“信息管理”及“分析后的知识”等几个部分。不过这只是外在所看到的技术层面,我们必需先了解即使采用了最新、最强的技术来进行知识库的设计,最根本的,同时也是最重要的问题,还是在于如何尽量让它符合且突显出敦煌学的特色。以下先对敦煌学知识库中的基础建设部分作一些构想,提供参考。我们认为:敦煌学知识库中除了分门别类、标准化的信息之外,应针对敦煌学的特色别立一些专题作为众多知识点外的知识线,进而构成不同的知识面。例如以下几个方面的建构:

1. “敦煌年表”:将敦煌的起源、大事记及地位的演变等作一连贯的介绍,让使用者从时间上对敦煌有着基本认知。

2. “虚拟实境导览”:将敦煌外围地理环境及主要的石窟外貌、内部3D化,让使用者对敦煌有着空间上的认识。

3. “在线展览”:定期于网上展出具有特色的敦煌文物图像,如文献、壁画、雕刻、石窟,使原来散居世界各地,难以亲睹的重点文物与使用者有最直接的接触。

4. “动态报导”:将与敦煌、敦煌学相关的重要讯息,以实时消息的方式作一动态报导,帮助使用者掌握最新讯息。

5. “网络资源连结”:国内外各单位及私人于网络上建构的敦煌学网站不少,资源极为分散,成立一个数据链路点有助于资源的整合及利用。

另外,在敦煌学知识库里,若能提供一些敦煌学的基本数据,例如“敦煌文献联合目录”、“敦煌学论著目录”作为知识学习的延伸参照,当能更加充实其内涵。在“敦煌文献联合目录”中,除了将中国各地的馆藏目录加以整编,甚至于在海外的英、法、俄及其它地方

（如台湾、日本）之敦煌文献目录都应加以整合。早在三十多年前潘重规先生便已对敦煌学“未来的发展”提出了三个具体工作的呼吁：

第一、我们应该联合国际学术界的力量来编纂一部敦煌遗书总目录。

第二、我们应该联合国际学术界的力量来编纂一部敦煌论文著述总目录。

第三、我们现在应该成立一个研究资料中心，做好敦煌写本摄影、临摹、楷写的工作。[1]

只是当时条件不够。如今，计算机数字化发达，加上国际敦煌学界团结且有合作整合的观念与意愿，因此要编辑出如王重民先生所云的“新的、统一的、分类的、有详细说明的敦煌遗书总目”[2]已不是难事。且更要从遗书总目扩展到更大的范围与内涵。虽然现今碍于各国仍有少部分敦煌文献仍未完全公布，要完整统合世界各国的敦煌文献完成一部一网打尽、毫无遗漏的总目录尚有些许困难。但既为绝对必要之务，则借着敦煌学知识库的建构，如能同步起手规划，待将现有文献目录整合成功，日后再加增添、扩充就来得容易得多。

至于“敦煌学论著目录”，目前关于敦煌学论著目录的编纂，主要有大陆及台湾两地在进行，然整体而言仍偏重在中文研究论著的汇集，对于其它语言如英文、法文、日文、韩文等的著作目录就欠缺全面的整理。因此，如能系统的将世界各国的研究论著加以汇整，亦当为敦煌学知识库的价值作更佳的提升。

在知识的展现上，由中国文化研究院所制作的“灿烂的中国文明”网站，其网站简介中提到：

本网站运用先进的数据库技术，建立了一个网上互动多媒体的“中国文明知识库”，具有专题跨学科、制作多元化、以用户为本、互动教与学、多功能检索等特点。[3]

这些特点亦可作为敦煌学知识库建设的基本参考。原则上是往界面简洁、检索方便、功能强大、数据丰富、讯息快速的方向前进。尽量的结合图片、文字、声音、动画、影片，让整个知识库内容更加丰富生动。还有，身为一个提供知识的数据库，若能配合常见问题（FAQs）的参考服务，对于敦煌学知识的普及与拓展当有着更为正面的成效。此外，倘若各方面许可，设置在线实时问答系统亦不失为一种辅助知识获得的良好方法。

整体来看敦煌学知识库的建构，若能符合敦煌学特色，让它成为全方位敦煌学知识供应网站，得以让敦煌学的相关知识有系统、有组织的被推展，相对的也能提高整体敦煌学的质量。同时，集中所有敦煌学资源，让敦煌学的研究有更进一步的进展，应为刻不容缓的重要工作。

（二）敦煌学数据的管理与分类

浏览与检索同为知识库提供知识的两个重要方式。既要将敦煌学的相关知识置于网上供人检索、浏览，进而利用，则对于敦煌学的相关数据分类与管理就必需要十分重视。

知识管理是数据加工中最重要的环节，经由专家学者的人工处理，将数据本身的内容、特征、类属等，以类似机读格式（Machine Readable Cataloguing Record）的做法，将编目数据以机器可读的代码方式或特定格式加以组织整理，这些为描述数据的产生的数据（Data about Data），一般我们称之为诠释数据（Metadata）[4]。诠释数据的管理传统以主题管理法（依照文献内容制定主题词）及分类管理法（依数据的学科性质而作的分类管理）为主，分类语词可提供浏览、主题词语则提供检索，两者在应用上也有其必需。但利用计算机程序对既有文献来自动进行分析、管理与分类,也成了当今的趋势。特别是对于敦煌学这样宏富的数据而言,为减免庞大的人力付出,自动管理技术就显得特别的需要。

然采用怎样的技术,主要是由计算机技术人员来设计决定,不管采用何种技术,要点还是在于知识管理。而我们所能参与和掌握的是:为使整个知识库的信息得以完整的被取得,在设计知识库的同时,必需将对于敦煌学具有意义的名称、词语、同义词予以筛选,加以分类,制作研订一"分类主题词表",在网上将"分类主题词表"依多种浏览方式(如笔画、拼音、部首等)加以呈现,并提供中英专有名词对照,让即使不具敦煌学基础的使用者亦能轻易上手,有组织且系统的呈现所有敦煌学数据。进一步而言,若能在相关的、相对的名称、词语、同义词中作一系联[5],并尽可能的扩张其词义范围,让许多原来字面上看来不相干,在内容上却有所关联的知识单元得以被发掘。如 1999 年通过认证的 ISO - 13250 主题地图(Topic Map)标准规范,即可被应用来解决知识库中知识管理与整合的问题。运用主题地图的技术,得以将某个知识范围中的不同主题,及各主题中的子题加以连结,并建立参照关系,让具有关联性的主题相互连接。透过这样的技术,或许某个知识单元的内容在检索或浏览后并非使用者所要的信息,但他却能在此知识单元的相关联结中,找到更符合心目中标准的信息,对所获得的信息之认识也会更为全面。

而如何将跨越各领域的庞大敦煌学数据,制作成以简驭繁的界面,并提供给一般大众及学者来使用,首先要解决的可能即是数据分类问题。我们的看法是先以《敦煌学大辞典》作为基本数据,参考其分类条目来整理所有数据。举例而言,先按照敦煌学的学科范围规划成政治、经济、军事、宗教、文学、文字、艺术、天文、地理、医学、建筑等大类,将各类中的数据参考《敦煌学大辞典》条目来做归纳,再分成几个范围。如建筑一类中,包含了"石窟"、"窟前遗址"、"塔",石窟依其形制又可分为"中心塔柱窟"、"覆(倒)斗顶形窟"、"殿堂窟"、"大像窟"、"涅槃窟"、"禅窟"、"僧房窟"、"影窟"、"瘗窟"等几个类别。接着按各资料的内容相关程度如人物、事件、文字等来做条目上的联系。如此一来,交叉参照、相互连结,才能整体体现敦煌学的知识样貌。

(三)敦煌学知识库中的数据检索

在对于敦煌学相关知识的检索上,至少应提供题名、关键词、作者、出版社、出版地(收藏地)、出版日期及洞窟编号、文献编号等多种方式。在文献、洞窟、研究及其它资料上应尽可能作资料的描述,如文献的题记、内容、年代、卷背……;洞窟的形制、位置、塑像、壁画……;研究的提要、主旨、发现、数据,甚至是电子全文等等,才能将最完整的内容呈现在使用者面前。不论使用者是专家学者,抑或是一般群众,都可轻易找到所属的数据。

一般而言,在检索方式上,关键词的检索最被广泛使用,也最不可或缺。我们认为关键词的制定,应首以《敦煌学大辞典》为基础,将书中的词条,乃至于词条中的叙述加以分析整理,并筛选出与其意涵直接的或间接的相关语句,方便使用者的利用。

不过,只有关键词的检索在实际使用成效上仍是很不足够的。因为使用者的背景参差不一,并非人人都是具有专业基础的学者,一旦对于关键词的掌握不够精确,所检索出来的资料也就有所不足,甚至是与期望不符。这种现象在使用者不熟悉的学科或研究方向上尤其明显。因此如何让系统可以使用"自然语言"加以检索,将人们平时习惯用的字词、语句融入,让使用者可以只用一种想法,或一个概略的描写来找寻数据,不需深刻了解所有学科的专业词汇,即可顺利而准确的发现所需信息,可能才是检索课题上最亟需努力及克服的困难。

其次，以往在利用数据的同时，亦往往将“识”的责任转嫁到使用者身上。也就是说，需得是相关专长的学者才易入手，检索所得也才能进一步理解应用。对于一般使用者而言，即使有机会使用，亦经常是不得其门而入，更遑论是对所得数据的理解与应用。因此，在筹划敦煌学知识库的同时，需得先明白知识库的建构，在本质与意义上是迥异于数据库的。举例而言，在利用数据库检索时，检索者本身需有一定的相关知识。以敦煌学为例，倘对敦煌所知有限，则其所欲检索的对象相形之下也就十分狭猛，甚至无从下手，特别是对于一些专有名词，如“瘗窟”、“变文”、“飞天”、“藻井”、“金山国”、“告身”、“书仪”、“俗字”，等等。倘无所知，自然无从利用起。但相反的，知识库的建构既为不同的使用层面而设计，就得难易兼备，不能将“识”的责任单方面的丢给使用者。因此，在设计上就得考虑到如何引导一般群众排除使用上的障碍。这方面倘能采由浅而深、渐进式的标题、内容，再附上实时解释（如下图“灿烂的中国文明”[6]做法），便于使用者的认知与进一步应用，才能降低上述问题的出现机率。

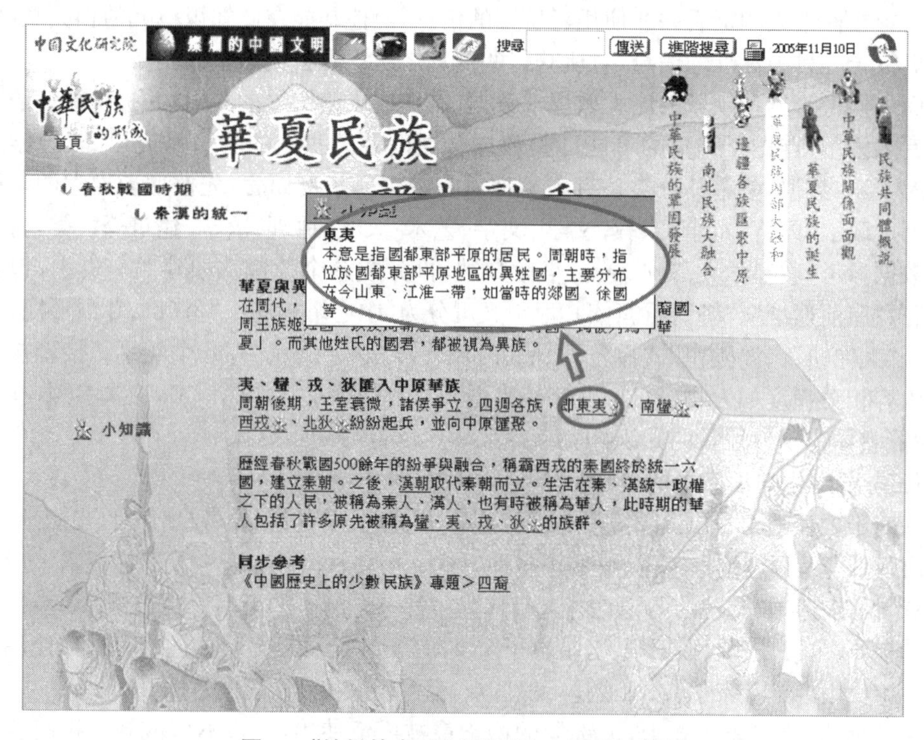

图一　“灿烂的中国文明”网站中的实时解释

再者，以使用者角度观之，他们希望检索语词和检索结果有着实质且直接的关联，让筛选的时间可以大大缩短，这方面有待学者和计算机技术人员的相互配合。让敦煌的专家学者将分类词及主题词标准化，而程序设计人员则往提高检索精准度的方向努力。整个检索上的设计应当考虑到使用者的使用习惯。具体而言，搜寻引擎（Search Engine）已成为寻找数据不可或缺的工具，使用网上数据的人几乎都有相当的熟悉程度，因此在检索界面与功能的设计上，或可参考搜寻引擎的功能设计。例如在设计上除了前述多种方式的检索，亦应运用“and”、“or”等基本条件语法缩小或扩大搜寻面，也让检索更具人性化与亲和力。同时要摒除过于繁杂的指令[7]，让使用者能够透过简单的说明及自我学习即可展开使用。当然，设计一个让一般群众或专家学者能更深入、更精确的搜寻数据的进阶模式也是有所需要的。

此外，若能做到力求检索智能化，让数据的检索不仅仅筛选出符合使用者字面上的数据，更能将与此字面相关其它数据也一并找出，让信息的搜索更为全面化。或者以单一语言即能搜寻到相关的不同语言数据，让敦煌学知识库的信息利用得以全球化，对于敦煌学知识的应用与拓展将有实际的辅助结果。

以上所提的无非只是对技术层面的一个粗略构想，真正的实践还得靠敦煌学的专家学者与计算机技术人员的进一步合作，才可能实现。也许一时之间，并无法真正得到理想中的成果，但以此为目标，想必经过两方的合作与协调将能一一克服这些困难。

(四) 统合已建立的数据库

为营造一个适合于一般群众与专家学者的敦煌学知识库，在使用设计上必需往扩大敦煌文献的应用层面考虑。所谓的扩大应用层面，落实一点说，不外乎是文献数字化、相关数据联结与研究数据等的全面结合。并且在系统与层次的架构下展现所有内容。虽然前面提及知识库和数据库在一些基本的层面上应有所区分。但身为一个知识的集中地，如何引导使用者解决心中的疑难，或者找寻所需要的数据，亦属知识的提供范围，在设计上应考虑在内。

提起解决疑难、寻找答案，以往一般会先联想到数据库的使用。由于敦煌学受到举世的瞩目，20世纪以来，大量成果纷纷呈现，其中专为敦煌学建立或者与敦煌学相关的数据库已然不少，已经完成或尚在规划及进行中的如“敦煌学研究论著目录数据库”[8]、“汉字字体数据图像数据库”、“敦煌文字数据库”、“丝绸之路地名规范数据库”、“敦煌吐鲁番学学者档案数据库”、“丝绸之路专题数据库”、“国际敦煌学项目(IDP)数据库”[9]、“敦煌遗书数据库”、“敦煌佛教人物数据库”、“敦煌学数据库”[10]等，在各个门类上均有方便的检索功能及丰富的数据内容，这对于敦煌学学科研究自然是极有帮助的工作。不过，这些数据库为不同单位、不同学者所规划，并且散居各处，虽然在许多方面各有所长，但部分数据库的内容却也难免有所重叠，缺乏一个连结的平台来进一步整合，以发挥其更大的效用。因此，敦煌学知识库的创建应可被期许作为一信息交换平台，提供一个统一的数据入口，化零为整，对敦煌学价值的拓展有更大的帮助。

进一步而言，敦煌学知识库的成立如果可以融通各大数据库，最好能具备跨数据库的检索功能，提供一个管道，将现有数据库在界面上、检索上作一汇集，透过简单的检索即能掌握上述各数据库中的相关数据，如此才能发挥其最大效益。至于跨数据库的检索设计上，需尽量让使用者感觉像是在检索一个数据库，且让使用者可以自行决定勾选那些数据库，进行跨数据库的检索。此外，倘若所检索的几个数据库分别涵括了简体字与正(繁)体字，则要特别着重在处理文字转换的问题，做好异体字的相互对应，才能顺利而完整的利用所有数据库。

当然，以上所论在实际的执行面上一定有着相当的困难，无论是技术上、协调上、整合上都颇为不易。但就成果而论，朝此方向前进，应该是迫切而需要的，同时也是所有关心敦煌学发展的人所乐见的。

(五) 其它

前面仅就所知作了简单的构想，对于如此庞杂知识库的建构而言，这些想法当然是很不足够的。以下再提几个建议，谈一谈从使用者的角度来看敦煌学知识库的利用与其需求，作为建构敦煌学知识库的补充意见。

首先，一个完善的知识库从“知识搜集”、“知识管理”到“知识提供”的过程中，不该只是被动的提供信息。反过来说，知识库的设计除了简洁、亲和、便利之外，更应该具有一定的教学功能，让宏富的数据得以被全方位的使用。对于此点，我们的看法是敦煌学知识库应采用渐进式及多层次的架构安排，在知识单元的研议及展现的流程上能够做到由浅而深、由易而难、由基本到专业、由概论到分析[11]，一步步系统的引导使用者找到所需知识，甚至是诱发他们逐步的去接触、阅读网站上精心安排的敦煌学知识，让敦煌学知识库成为一种可自学式[12]的多元教学网站(e-learning)，而不只是一个冷冰冰的数据集中地。

第二，知识库的设计既非单纯服务专家学者，而是不同背景、程度、教育的群众，那么在知识的表达上便不能像数据库那样刻板。从一个知识库的作用上来看，是希望任何人可以直接从中取得实用的、易了解的知识，而这知识的取得若能在没有阅读、理解的压力下进行，自然容易吸引人的眼光。前面提过的配合图片、影像、声音、文字、动画当然成了必要的辅助工具。而且即使单从文字表达上来看，也需要有所讲究，譬如藉由故事、隐喻、问答等方式就比单纯的文字叙述要来得有趣及有效得多。因此，在知识的表达上，建构一个知识库尚必需有另一番的讲求，才易达成知识传布的目的。

第三，知识库的主体功用应在于提供使用者所需的答案。但新的观点、发现与新的证据不断产生，于是形成新的知识。因此知识库必需实时的或定期的更新及维护，以保持信息的正确性。举例而言，随着新文献的陆续发布，经常出现学者的某些见解遭到推翻；或者随着科技的进步，以新的技术重新审视旧观点，结果改变了原来的见解；还有部分问题的解答受到时代变革的影响，亦往往有所修正。凡此种种均需要在知识库中加以修改，才能去除过时信息，因应使用者的需要。特别是网络上许多数据的存在皆有其时效性(个人建构的网站及数据尤其如此)，网址也可能因为各种因素而有所更动，这也同样需要定期的更新才能减少信息的流失。

第四，知识库的数据虽然基本上是由专业研究人员来加以组织、编纂呈现，但若能成立一开放性的讨论群，由注册会员来做互动讨论，或者提供建议，应该能补足原来知识单向传输的不足。因为专家学者的构想，不见得能完全符合使用者的需要，事实上也没有任何一个知识库能完全的达到这个目标。更何况经营一个知识输出的数据库，需要大量的人力，长期来看，这种讨论方式不失为弥补人力短缺的好方法。同时藉由网络的互动讨论，让来自于不同背景的使用者得以相互交流，这对敦煌学应用的扩展亦起着极正面的效用。由此观之，附设一个开放式的讨论群，应当有其存在的必要性。

四、后　　语

以上所提，只是身为一个敦煌学研究与教学者的看法与期许，或许在许多方面尚不够成熟，甚至来得不切实际。尤其在计算机技术方面，属较专业的另一学门，非一般人所能管窥。但反过来说，真正的计算机程序设计专家，则又难以跨足到敦煌学界，令人有无法两全之叹。因此，敦煌学知识库这个议题的筹划，必得结合众多的敦煌学者及计算机技术人员的投入与合作、磋商方能完成。其中将遭遇的困难与阻碍，或许并非一两个人可以片面了解与解决的。但身为敦煌学者又有不容置身事外之责，故藉此盛会提出个人的想法，就教于诸方专家，希望能引起些许响应，共同讨论修正，为“敦煌学知识库”的建构略尽一点心意。

最后以我们目前所见，比较适合，且属于我们人文科学的知识库类型，除了前面举例的“灿烂的中国文明”之外，不论从建构或使用上来说，“《中国大百科全书》智能藏”[13]（见下图）的方式不失为一种简便而实际的知识库，值得参考借鉴。若能以《敦煌学大辞典》（上海辞书出版社）为基础，结合学界已经建构的“敦煌图像数据库”、“国际敦煌学项目（IDP）数据库”、“敦煌学研究论著目录数据库”等，当可快速有效完成一具备敦煌学常识、学识、文物、文献、学术资料、研究成果等理想的“敦煌学知识库”。

图二　《中国大百科全书》智能藏首页

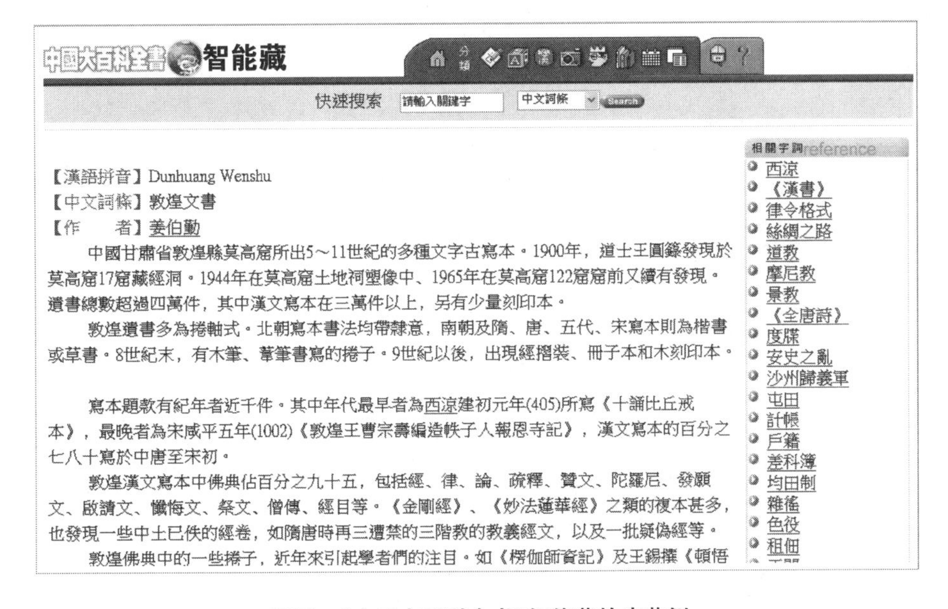

图三　《中国大百科全书》智能藏检索范例

参考文献

[1] 1972年12月16日潘重规在新亚研究所的学术演讲,题目是:“敦煌学的现况和发展”,讲词载《新亚生活》第15卷第9期,第1—4页,又收入《列宁格勒十日记》,学海出版社,1975年,第133—150页。

[2] 见王重民等《敦煌遗书总目索引》后记,新文丰出版社,1985年。

[3] 见“灿烂的中国文明”网站(http://www.chiculture.net/policy/aboutus.html)。

[4] 或者称之为“元数据”、“元资料”、“后设资料”。

[5] 例如在各相关词语间或将一些隐性的背景资料,以超级链接作为参照说明点。让原来知识单元中所没有的知识,得以被关联。

[6] 中国文化研究院,“灿烂的中国文明”(http://www.chiculture.net/index.php)。

[7] 然以敦煌学数据之富广与多样,在检索的设计上或许能够精简的程度有限,但即使无法做到一目了然的结果,仍可以提供在线辅助说明作为参考。

[8] 见汉学研究中心“典藏目录及数据库”(http://ccs.ncl.edu.tw/data.html)。

[9] 该网站由中、英、法、俄、德、印各国发起建构(http://idp.nlc.gov.cn/)。

[10] 敦煌学数据库,兰州大学图书馆制作(http://www.calis.edu.cn/chinese/dhx.htm)。

[11] 在检索的设计上亦可配合这种多层次的表达方式,让使用者依自己的程度来决定检索的深度。

[12] 如“灿烂的中国文明”配合内容,设计有知识学习游戏,亦不失为诱发学习的一种良好方式。

[13] 《中国大百科全书》智能藏,中国大百科全书出版社(http://140.128.103.1/web/Default.htm)。

共建敦煌学知识库时需要遵守的几点建议

【日】高田时雄　安冈孝一
（京都大学人文科学研究所）

共建敦煌学知识库

敦煌学知识库需要包括下面信息而互相能够参照：
写本：目录、文本、语言、尺寸等等
论著：著者、题名、刊物、全文、引据写本序号等等
石窟：编号、壁画、塑像
艺术品：分类、收藏单位、编号

个人或一个单位的力量是很有限的，因此建议采用“共建”的方式。
为了在国际范围内顺利实现此共建计划，先需要统一元数据（metadata）。

建　　议

标记语言采用 XML
元数据的标记采用 DC (Dublin Core 都柏林核心元数据格式)，如：
<title>
<creator>
<subject>
<description>
<language>
<format>
<date>
<identifier>
等可借用

<publisher><contributor><type><source><relation><coverage><rights>
等暂时不用

敦煌学知识库的特殊标记
<dunhuang：manuscript>
<dunhuang：grotto>

<dunhuang：inscription> etc.

写　　本

<dunhuang：manuscript> 写本序号

（举例）

<metadata>

<dc：title>孔子项托相问书</dc：title>

< dunhuang： manuscript authority ＝" Giles 1957 " > 7260 </dunhuang：manuscript>

<dunhuang：manuscript>S. 1392</dunhuang：manuscript>

<dc：date>乙巳年四月十八日</dc：date>

<dc：date>945</dc：date>

<dc：format>4. 75ft</dc：format>（Giles：4 3/4ft. ）

<dc：language>Chinese</dc：language>

</metadata>

<dunhuang：manuscript>的默认(default)标记

S　英藏　（Or. 8212 的处理?）

P. ch.　法藏汉文

P. tib.　法藏藏文

Dx　俄藏

F　俄藏弗卢格整理部分

北　国图馆藏

龙　龙谷大学西域文化数据（其它日藏?）

吐鲁番文书的处理?

(authority examples) 引自 IDP

Adamek 1997

Andrews 1948

Bailey unpub.

Barnett unpub.

Boltz 1992

Boyer 1920

Chavannes 1913

Falconer db

Fogg 2004

Francke slips

Stein 1907

Stein 1921

Stein Site Number

Thomas 1951

Thomas slips

Waley 1931

Wang Zhongmin 1962

Wang Zhongmin 1979

Whitfield 1982－5

Whitfield 1998

Fujieda (cited in ACA p. 233) and
Whitfield 1982 - 5
Giles 1957
Gui Yijun 1995
Hoernle unpub.
IOS 1963
Karmay 1975
Le Coq 1911c
Matsumoto 1937
Pressmark
Rong Xinjiang 1995
Sims-Williams 1976
Soper 1964 - 5
Whitfield 2002
Whitfield 2004
Yingcang 1990
Zwalf 1985

Chen Yuan 1931 敦煌劫余录(千字文序号)
Men' shikov 1963 孟列夫等编俄藏敦煌写本目录

石　　窟

<dunhuang：grotto> 石窟编号
<dunuang：inscription> 石窟题记

(举例)

藏经洞
<metadata>
<dunhuang：grotto>17</dunhuang：grotto>
<dunhuang：grotto authority="Pelliot"
>163a</dunhuang：grotto>
<dunhuang：grotto authority="Xie Zhiliu"
>151 耳</dunhuang：grotto>
<dunhuang：grotto authority="Zhang
Daqian">151a</dunhuang：grotto>
<dc：subject>藏经洞</dc：subject>
<dc：subject>洪辩像</dc：subject>
<dunhuang：inscription> □□□□</dunhuang：inscription>
</metadata>

(参考)
grotto authority：
Dunhuang yanjiuyuan (default)
Pelliot 伯希和
Zhang Daqian 张大千
Xie Zhiliu 谢稚柳
Shi Yan 史岩 etc.

元朝窟之一(伯希和在此发现一些文献)
<metadata>
<dunhuang：grotto>181</dunhuang：grotto>
<dunhuang：grotto authority="Pelliot">464</dunhuang：grotto>
</metadata>

北区石窟 B59

<metadata>

<dunhuang：grotto>B59</dunhuang：grotto>

</metadata>

研 究 论 著

(举例)

<metadata>

<dc：creator>郑阿财</dc：creator>

<dc：title>敦煌写本孔子备问书初探</dc：title>

<dc：language>Chinese</dc：language>

<dcterms：bibliographic Citation>

1990 年敦煌学国际研讨会文集(石窟史地、语言编)页 434—472，沈阳，辽宁美术出版社，1995. 7</dcterms：bibliographic Citation>

<dunhuang：manuscript>P. ch. 3756</dunhuang：manuscript>

<dunhuang：manuscript>P. ch. 3255 </dunhuang：manuscript>

<dc：identifier>http：//...... xxx. pdf</dc：identifier>

<dc：subject> 儒家</dc：subject>

<dc：subject> 蒙学</dc：subject>

</metadata>

建议：文中使用的敦煌卷子编号<dunhuang：manuscript>、网上公开全文的地址<dc：identifier>、论文分类与关键词<dc：subject>等均由著者本人补上。

关于“敦煌知识库”的构想

樊锦诗 张元林
（敦煌研究院）

一、建立“敦煌知识库”是时代的需要

1. 必要性和迫切性：敦煌文化遗产作为中国历史文化宝库中的亮点，正愈来愈引起人们的关注。近年来，关于敦煌艺术和历史的出版物和电子媒体、网页层出不穷，出版物不消说，仅在几大门户网站，只要敲进“敦煌”二字，相关的条目就达几百条。有一般的知识介绍，也有为专门的学术研究之用，可谓琳琅满目，信息量非常丰富。但是，不容忽视的是，也带来一些令人担忧的问题。突出的表现为，一是零碎而不系统，多浮光掠影，且相互抄袭。二是泥沙俱下，良莠掺杂，在一些基本信息和知识方面出现大量常识性错误，而且其中有不少是官方网页。如：某一网页这样写到：“车到柳园已是晚上 8 点有余，而天色尤亮。如同是在下午 3、4 点钟一般。此地离敦煌市还有几十公里的路，买了票往里走，一路还思寻着一个河北的农民”，连犯两个常识性错误，真不知道这位作者的敦煌之行有什么收获，要命的还要误导读者；类似的错误还有诸如“莫高窟仅次于敦煌市西南十几公里处，一片绿洲掩映着沙石沉淀而成的三危山。”还有一家有名的出版社在其系列“典藏中国”光盘中，“1987 年 12 月被联合国教科文组织列为世界文化遗产。1991 年被联合国教科文组织列入‘世界文化遗产’名录。”在短短的几十字的说明中竟有如此矛盾的叙述，如此不负责任；还有许多表现在对历史知识的无知或任意篡改上。如：“1990 年被发现，到 2000 年已有 100 年历史了。藏经洞也就是敦煌莫高窟第 17 洞，是开凿在第 16 洞甬道壁上的一个小洞。藏经洞的发现有一定的偶然性。清光绪二十六年(1900 年)，在清除第 16 窟的淤泥时”，如果说年代是笔误的话，那“淤泥”之说不知从何而来？还有如“可恶的王道士，数着那几枚铜板儿，高兴得合不拢嘴，露出满口的黄牙。古时敦煌有个乐樽和尚，一日走到三危山下的大泉河谷，突然发现三危山金光万道，现出‘三世佛’、菩萨、仙女等”，任意发挥，不顾史实；而一些则表现出对敦煌石窟艺术基本知识的错误解释，如“敦煌莫高窟是甘肃省敦煌市境内的莫高窟、西千佛洞的总称”、“莫高窟分上下两层，南北长约 1 600 米在现存的洞窟中，属北魏时期的有 31 个，隋朝时期的 110 个。唐朝是敦煌艺术最繁荣时代，遗留下来的洞窟有 45 个”(中华全国台湾同胞联谊会网页)等等；有的则信口开河，说“莫高窟又名敦煌石窟”、“看了敦煌莫高窟，就等于看到了全世界的古代文明”、“敦煌艺术是人类文明的曙光”等等，胡乱评价，无限拔高，反映出对敦煌艺术及其价值实际上并不了解。甚至于有的在网上以敦煌研究院老一代艺术家的后人自居，借这些老艺术家之口发布自称为“鬼话连篇”的鬼怪故事，把莫高窟这样的艺术殿堂描绘成一个充满诡异气氛的地方。在当今网络环境下，知识的传播速度可用“瞬间”二字来形容。这些错误的讯息四

处传播，不仅无助于读者对敦煌文化的了解，而且还必然会误导读者。

在这种现状下，这一方面，为全社会提供一个权威而准确的敦煌资讯已显得十分必要。为此，2002年，敦煌研究院正式开设了敦煌研究院网站（www. dha. ac. cn），以提供有关敦煌文化、艺术方面的准确资讯为主要宗旨，短短三年间，发布了二百万字的敦煌文化方面的信息，读者达10万人次，产生了一定的积极影响。但是，由于敦煌文化范围博大、内容浩繁，而仅靠一家网站，还不能满足广大读者多方面的需求，需要有各个方面的专家和相关机构携起手来，共同来做传播正确资讯的工作。

另一方面，国际敦煌学经过一百年的发展，业已公布的资料和成果难以计数，仅敦煌文献就分布在全世界约七十多家机构，其内容的丰富性、典藏地点和研究成果的多样性，已远远超出我们个人能力和精力之所及。特别是进入新的世纪以来，借助于网络技术的发展，国际敦煌学发展迅猛，新资料和新成果不断涌现，并正在实现网络资源共享。而我国在这方面却相对滞后，许多研究者为了查找与自己研究相关的资料，仍需要不远千里，东奔西跑，费尽周折。显然，过去那种各自为战、条块分隔、手工作坊式的研究方式以及学术资源相对闭锁、不注重交流和资源共享的传统做法都已经不适合国际敦煌学发展的总趋势了。这种状况已经引起我国敦煌学界的关注。自20世纪90年代始，国内一些科研单位和研究所在这方面也做了一些工作，如全国不同高校和科研单位的数十位学者联合撰写的《敦煌学大辞典》，兰州大学与敦煌研究院合作建立兰州大学敦煌学研究所，国家图书馆与英国国家图书馆的“国际敦煌学项目”等合作研究和资源共享项目，都为敦煌文化的传播和学术研究起到了积极的推动作用。近年来一些机构也开始在研究文献方面做了一些数据库，如兰州大学图书馆和敦煌所合作建立的敦煌学数据库、敦煌研究院等机构和美国梅隆基金会联合建立的“梅隆国际敦煌档案（MIDA）”，以及敦煌研究院资料中心在建的敦煌学研究专题文献数据库等，但是，类似这样的努力还仅仅是个开头，而且都只完成了一小部分，无论信息量还是技术手段，都还远远不能满足学术界的需要。因此，在目前情况下，从敦煌学自身的特点出发，总结、归纳、整理、收集敦煌学相关文献和研究成果，建设一个全面而权威的敦煌学网络数据库，以不断促进世界范围内敦煌学研究文献资料的流通和研究成果的共享就显得十分必要，而且势在必行。这样的知识库应该是一个既有助于传播、弘扬敦煌文化和艺术，杜绝虚假知识的泛滥，同时又能为学术研究提供准确和最新研究资讯，促进学术发展的“敦煌知识库”。

2. 宗旨：我们的敦煌知识库，定位应该非常准确，目的应该十分明确。我们认为，主要宗旨应包括下述两方面。一、提供有关敦煌文化、艺术的正确资讯，增进知识传播；二、提供各类学术资源，实现资源共享，促进学术发展。因而，这样的知识库，基本上也应该是非赢利性的、公益性的。但是考虑到目前我国的国情，我们个人认为可以区别对待。对于向社会公众和读者提供一般有关敦煌文化、艺术的正确资讯的这一块，可以是完全无偿性的，而为学术研究服务的这一块，可以收取适当的费用，以用于维持知识库日常运作。

3. 特色：鉴于其“增进知识传播，促进学术发展”的社会公益性，我们认为，除了储存有丰富的信息量外，我们的敦煌知识库还应有自己的鲜明特色，即“开放性”和“互动性”。我们建设这样一个知识库，内容包括敦煌知识的各个方面、各个领域，因此，单凭某一个地区，或者某一研究领域的力量，是无法完成的，需要整个敦煌知识界和学术界通力协作，共同打造。更重要的是，这样的知识库建成以后，不能像以往一样，将大量的资源搜罗起来后锁于“深闺”，或专供一小部分人利用，而是要面向整个社会，面向整个学术界。这就要求我们首先在主观意识要有一个革新，既要摒弃妄自尊大、以我为主的心态，又要放弃保守、封闭的做法，以一种宽广的、开放的态度积极参与建设敦煌知识库，而敦煌知识库也应禀承“有教无类”的原则，不论什么人，来自何方，都能够自由利用知识库，以便最大限度地发挥知识库的作用。同时，还要体现“互动”的特色。我们理解的敦煌知识库，不应仅仅是一堆“死”知识的简单堆积或排列，而应具有强大的检索功能和更新能力，能满足不同层次的读者和研究者的不同需求。这就要求知识库与读者之间、知识库与信息来源之间、知识库的各门类之间，保持非常良好的沟通关系，保证彼此间的交流畅通无阻。在这个意义上讲，知识库既是一个信息库，又是上述三者间的交流平台，从而实现人和知识间的“互动”以及人和人之间的“互动”。在当今的网络环境下，实现这两大特色的技术手段已完全不成问题。

二、敦煌知识库的具体架构

1. 基本内容 敦煌知识库的具体架构的设立，应以更好地实现其宗旨为指导原则。敦煌知识库，实际上就是一个大的、综合的信息库或者数据库。由“基本信息库”和“学术信息库”两部分组成。前者包括相对而言较为固定的知识和信息，后者主要侧重于收集当前的学术研究性，包括对前者的学术研究动态、研究成果等。在这两个部分中，又分别有许多子项目。

1）基本信息库：（1）敦煌石窟专题数据库，可包括如下专题：敦煌石窟内容总录、敦煌石窟碑文、题记相关、敦煌莫高窟供养人及其服饰专题、石窟各种经变画专题、石窟断代、分期专题、敦煌民俗、敦煌石窟史专题、飞天、图案等、各种动物相关专题、石窟建筑；本生、佛传、因缘、史迹画等专题；音乐、舞蹈专题、世界敦煌艺术品收藏机构；（2）敦煌文献专题数据库，可包括如下：敦煌文献总目、敦煌文献馆藏目录索引、敦煌汉文文献、敦煌非汉文文献、敦煌社会文献、敦煌宗教文献、世界敦煌文献收藏机构等等，还可以继续细分下去；（3）综合知识数据库，包括与敦煌相关的其它方面的知识，如敦煌历史、人物、宗教、少数民族专题、丝绸之路、地方历史等等。

2）学术信息库，首先对敦煌学的相关内容进行详细的分类，按照严格的著录标准进行著录，分做成若干个小的数据库，最后形成一个大型的综合数据库。其次，对每一个的专题数据库进行详细的划分，列出相关的论著目录、主题，写出内容提要，给读者一个题录式目录索引，而这些数据库则可设计成多途径的检索模式。具体包括：（1）敦煌石窟研究专题数据库，包括上述各专题的研究文献、著录等、敦煌石窟研究文献、敦煌石窟艺术研究图像、敦煌石窟研究编年、佛教石窟寺研究；（2）敦煌文献专题研究数据库，包括敦煌文献专门史研究、敦煌文献少数民族研究、敦煌专题文献研究、敦煌学史、敦煌文献研究论著目录等。目前敦煌研究院资料中心已收集中文论著目录一万余条，将制作成专题目录数据库。这一工作分成两个步骤，先做成目录数据库，可按题名、作者、主题词、关键词等进行查找；亦可按分类进行查找。同时，制作每篇文章的提要。第二步，在原来的基础上制作成全文数据库。

3）敦煌石窟保护与研究专题数据库，其中又包括若干子专题。

2. 运行机制 敦煌知识库应该建立适合自身特点的组织架构和运行机制。考虑到敦煌知识库内容的庞大和门类的繁多，以及相关资源的分散性，应采取“现实馆藏”和“虚拟馆藏”相结合的组织模式。前者是指建立一个专门的馆藏，来储存和整理知识库需要的各种信息和数据，后者是指资源共享，即将各个相关院校、科研机构图书馆的相关数据相互链接。因为从目前现状看，大量的敦煌学研究的相关资源收藏在各个学术机构和院校的图书馆中，如果所有的都要另起炉灶，势必量大惊人，而且造成不必要的浪费，最可行而便捷的方法，就是充分发挥现有各个机构研究资料的收藏和整理优势，各领一块，分工协作，然后通过网络，相互联通，实现共享，并形成合理的文献资源布局。但不论何种模式，都必须建立新的运行机制，即必须成立一个打破各自隶属关系的全国性的统一协调机构或类似于全国范围的敦煌知识库共建共享协调委员会，来统筹安排，组织实施这项工作，并制定相关的全国通用的标准，及对文献标引人员进行培训，掌握编制标准化数据的技能，将已建成的非标准化的数据库改为标准化数据库，最终形成一个高效丰富、多边共享的敦煌知识数据库网络系统。

建设敦煌知识库，是我国敦煌学界在新的形势下提出的顺应时代潮流的宏伟设想。但这样一个多方协调、多方共建的知识库的建立，不能一蹴而就，必须有赖于全国乃至世界敦煌学人的长期努力和合作。因此，如何使这一美好的设想付诸实施，并最终为敦煌知识的传播和国际敦煌学事业的发展服务，是时代赋予全体敦煌学人的使命。

简论敦煌学知识库的基本框架和搜索引擎

李伟国（上海人民出版社）

一

敦煌学知识库应当包括原始材料和整理、考释、研究性资料两大部分。

原始材料的形态是图片，又可包括艺术图片和文献图片两大部分。

艺术图片应当囊括敦煌立体和平面艺术的一切门类，包括石窟建筑、彩塑、壁画等等，以各种历史编号（石窟编号和其他艺术品编号）并按照艺术品的种类和内容性质置放。图像可分可合（一石窟、一铺、一相对完整的内容主题的表现等等，这是合；一段、一局部等等，这是分），分解图像的分解单位越小越好。

文献图片依各藏家编号（长卷可再分阅读单位，一般以一纸为宜）和各种知识分类体系置放。

整理、考释、研究性资料又可以分为录文或图片说明、集成性资料、工具书、考释及论著等部分。

两个数据库的分类排列方式，可以参考《敦煌学大辞典》的知识框架。

我把“原始材料”全部定义为“图片”，是想强调对“实物”的重视，各种文物、艺术品须以图片来表达自不待言，即使是遗书文献，也应强调实物图片。因为有许多文献尚无录文，而已有的录文也不完全准确，对于研究者来说，眼见为实，看到原始材料，总是比较踏实，而且文献图片所提供的信息，实际上远远不止文字内容。

图片库和文字库应该建立紧密的和松散的链接（一对一、一对多、多对一、多对多等）关系。

二

在解决了知识库的技术支持课题（包括汉字和其它文字的标准库）以后，应当从知识库全部信息元的置放状态及其功能出发研发一种较好的信息浏览和调用工具。其间非常重要的任务，就是要编制一个以“同义语义场”为主的搜索引擎。

在从《四库全书》等大型文献数据库中索取语词及与之相关的资料时，常常会遇到这样的情况：由于不了解某种概念的表述形式不止一种，而遗漏了相关的重要资料。这对于学术研究是十分不利的。比如“淳化阁帖”，有人又称之为“淳化法帖”、“阁帖”、“淳化帖”；朱熹的著作“五朝名臣言行录”和“三朝名臣言行录”，前人又常常称之为“朱子名臣言行录”、“朱熹名臣言行录”、“名臣言行录”、“五朝录”、“三朝录”甚至“言行录”，而司马迁又被称之为“马迁”、“史迁”、“太史公”，至于李白被称为“李太白”、“太白”、“诗仙”，杜甫被称为“杜子美”、“子美”、“杜工部”、“工部”等等，是为大家所熟悉的。

在敦煌学中也是一样，比如竺法护又名竺昙摩罗刹，时人称为“敦煌菩萨”。又如般若波罗蜜多心经，简称般若心经、心经、多心经。学者或使用者对于一个不甚熟悉的、需要查找的概念的不同表述方式，常常是只知其一，不知其二，或者不知其多的，这样在使用敦煌知识库的时候，对某一方面的资料就不可能竭泽而渔。

我将对某种概念的不同表述形式称为“同义语”，也可以称为同位语、同价语，“同义语”比一般的同义词更为宽泛。在普通语词中，除了同义词、近义词以外，还包括类义词，比如“死”这个概念，据统计有 600 多种表述形式，而对同一人物、地区、职官、日期、事物、事件等等的各种不同的称谓，则更为丰富，简繁异体汉字、同一人物的不同语言的人名表述，也可以视作“同义语”。上述《心经》本身有多种表述方式，另外还有玄奘、般若共利言、法成、失译人名等各种译本，又有慧净等多种疏本，这些都是围绕着一个核心概念展开的。而维摩诘所说经、法华经等通行佛经的诸品与相关的经变乃至壁画，也可以作广义的同义语处理。把各类“同义语”的“一对一”、“一对多”对应资料加以搜集处理，形成一个“同义语”的集合体，这就是我所说的“同义语场”。其实，“同义语场”本身就可以编成一个数据库。

敦煌知识库的同义语搜索引擎的编制其实并不十分困难，只要利用《敦煌学大辞典》，将其中涉及的大量同义语梳理出来就可以了。如有遗漏，在使用过程中可以不断加以补充。

编制安装了同义语场这个搜索引擎，使用者在输入关键词查检有关资料时，可以得到与该关键词的若干同义语（当然，也可能没有），对于查检信息的完整乃至研究线索的扩大，是十分有效的，有时甚至会给研究者一个惊喜。

在敦煌知识库里，海量的信息应当是有序的，有序适于浏览，但大多数研究者使用敦煌知识库是为了随时查检与手头研究课题有关的资料，是一种无序阅读，而有了同义语场这个搜索引擎，海量信息的状态会发生质变，信息的活性更高，使用效率也更高。

关于建立敦煌学知识库的学术规范问题

柴剑虹(中华书局)

在敦煌学国际联络委员会的协调与组织下,各国敦煌学家、研究机构与相关技术部门合作共建敦煌学知识库,是新时期学术发展与文化技术交流的需要,十分重要,亦非常必要。顾名思义,“知识库”的概念,应当区别于人们通常所说的“资料库”、“数据库”、“信息库”:一是知识库入库对象的范围更广泛,二是应该对入库的资料、数据在科学判断的基础上分门别类,去粗取精、去伪存真,加工提炼,融会贯通,便于统一编排,能够运用计算机技术快速检索与使用,使其具备知识的掌握、判别、分析、运用的功能。因此,遵循学术规范,就成为建立知识库至关重要的问题。

“敦煌学知识库”,则由于敦煌学本身的学术范围、框架、特性、风格,其学术规范也必须具备自己的个性特点。例如敦煌文物收藏品的流散性、模糊性、零碎性及与此相关的种种不确定因素与复杂性;又如敦煌学与吐鲁番学、西域学、丝路学、龟兹学、藏学等学术的关联与交叉;再如敦煌文献中大量的“胡语文献”整理研究与现代语言学研究规范的关系问题,等等。这些都要求我们逐步明确与完善敦煌学知识库的学术规范。这里,我只能先就以下七个方面的问题,简略地提出自己的粗浅意见,请方家指正。

一、敦煌文物收藏品编目涉及的收藏地名称、简称、缩略语以及编号全称、简称及对照和一品多号等,目前仍然纷乱不一,但已经有条件梳理清楚,须订立统一规范。

由于历史的原因,敦煌莫高窟藏经洞文献在重见天日后不久,即遭劫掠,流散海内外。对它们的收藏地及机构的名称、简称及所使用的缩略语,众说不一,其中有使用者的习惯、研究与翻译水平的原因,也有历史变迁本身的原因。例如俄国奥登堡考察队1915年运到圣彼得堡“亚洲博物馆”的敦煌文物,由于1930年4月该博物馆改为“东方学研究所”,写本文献入藏于该所,其他艺术品入藏于冬宫艾尔米塔什博物馆。后东方所隶属于苏联科学院亚洲民族研究所,而该研究所后又改称为东方学研究所列宁格勒分所;1991年苏联解体后研究所名称又改为俄罗斯科学院东方研究所圣彼得堡分所。其间又有中译者将“民族”错译为“人民”者,于是,中文著作里就出现了苏藏、前苏联藏、俄藏、列(宁格勒)藏、圣彼得堡藏、东方所特藏及苏联科学院亚洲人民研究所、亚洲民族研究所、东方学研究所、俄罗斯科学院东方研究所圣彼得堡分所等不同名称;又由于二战前有弗鲁格研究员对部分敦煌写卷的编目,20世纪50年代中期开始有孟列夫博士带领的小组人员的编目,就又出现了汉文写卷注记目录、叙录、孟目及苏-、俄-、列藏、ф.、Дх.、Дх-、L-等多种冠名。尽管孟氏主编的两册注记目录中附上了相关对照表,还是给研究者带来了诸多不便。其他如英藏、法藏、日藏的敦煌文物和德藏的吐鲁番文物也有种种类似的情况。若建立知识库,就必须在一一厘清的基础上加以规范。这里还要特别提出敦煌文物收藏单位的缩略语问题,因为目前也无一个统一的表示,极易引起混乱,造成失误。如中国国家图书馆目前接近编制完成的中国国内所藏敦煌写本分类联合目录，就其中25个收藏单位使用了下列缩略语：

津艺　津图　敦研　酒博　甘图　西北师大　永博　中医学院

张博　北大　敦博　定博　高博　浙图　浙博　文保所　南图

上图　上博　温博　甘博　湖博　重博　文物公司　中图

有些比较明白，有些就容易产生歧义，应当仔细推敲后重新确定。

二、遗址及文物出土地点及相关地名（中文、西文的统一与对照；古今地名、同地异名等），目前可谓杂乱无章、各行其是，应该创造条件，先编撰相关工具书（如《西域地名集成》），然后逐步统一。

敦煌及与其相关的周边西域地名，由于历史变迁和使用不同民族语言等各种原因，或一地多名，或一名异译，常使研究者无所适从，只得各行其是。例如我最近看到一本关于吐鲁番及周边地区历史文化的译著，吐鲁番的拉丁文译名就有 Turfan、Tulufan、Turpan 三种。它如：图木休克（图木楚克、图木修克），托库兹萨莱（脱克孜萨莱），交河（雅尔河、崖尔），克孜尔（克兹尔）等等，屡屡在一本书中同时出现。至于同一地名在不同著作中的异译纷呈，更是司空见惯之事。至于敦煌地区的地名，虽然由于敦煌莫高窟藏经洞所出地理文书及社会经济文书整理研究工作取得的进展，已经基本厘定，但各家引述亦缺乏统一规范。半个多世纪前冯承钧先生曾编写出《西域地名》一书，成为研究西域史地者必备的工具书。而现在看来，该书缺失之处不少，尤其在古今地名的对音翻译方面，尚欠规范，已经不能适应学术研究的需要。经过学者专家近五十年的考辨论证，现在已经具备了编撰新的西域地名工具书的基本条件。为了符合建立敦煌学知识库规范化的要求，我们应该积极推动此项工作的开展。

三、定名问题要求准确性、科学性与实用性的统一，既要最充分地反映研究的已有成果与最新信息，又要为新的进展留出足够的空间。

文物及文献的定名，既是整理研究的某个结论，又是深入研究的基础，不可能很快统一，我们应当也必须允许一些异名的存在。但是，如果已经为学界所公认的，则应该可以要求规范化，不要再各行其是。例如文学界对“敦煌变文”的整理与研究，已经取得了长足的进展，最初的研究者对相关写本的判断与定名，现在已经被证明是不正确的（如《敦煌变文集》中收录的有些作品并非变文），那就不能为图方便而继续沿用旧名。又如对“敦煌歌辞”的整理研究，有的研究者表现出很大的主观随意性，甚至无根据地添删拼凑原始文献的内容以证实自己的观点，造成文学作品体裁的混乱。还有在整理辨析敦煌文献的过程中，涉及一些传世典籍名称的，早年的研究者由于核对古籍的困难或记忆、判断的失误，难免有失察之处，在研究深入进展和今天电子检索条件已经比较便捷的情况下，更应该逐一辨误存正。

四、文物编目中的注记问题，往往会发生客观描述与主观判断的矛盾，如敦煌写本的纸质、颜色、书体、衍夺、错讹等，应该尽量使用科学的规范语言予以简明扼要的表述。

敦煌藏品注记目录的列项，各目多少不一，目前还难以统一，但应该总结经验教训，在图录本大量印行的条件下，逐渐减少主观判断的不科学性。例如以下是已经出版的几部辞典、目录和论著中对于敦煌写卷中书体与字体的描述：

敦煌学大辞典

篆书　隶书　楷书　行书　草书　行草书　今草书　章草　真草

狂草　飞白　唐宋美术字　行楷书　硬笔楷书　行草　行书

甲　目

字不佳　字极草　字工整　字极工　甚工整　字较拙

书体甚佳　书法精美　书法工整　书法整齐　书写工整　书法整严

书法甚工整　书法甚佳　书法拙劣　字迹工整　字不工整　字体工整

字极工整　字体较大　字甚工整　字较工整　字体甚佳　文字整洁

文字佳美　字较拙劣　行书　正楷书写　行书优美　楷书流畅

字连贯有力　字体在行草之间

乙　目

字品佳　字品差　字品劣　字略肥　较恭正　恭正　字品尚可

字品甚佳　书品佳　书品差　书品劣　书品尚可　书品甚佳　字甚拙劣

隶书　楷书　正楷　行楷　隶楷　行书　八分书

楷书清秀　楷书较瘦　楷书略肥　楷书柳体　楷书颜体　楷书带颜体

楷书带颜体意　楷书带隶意　楷书代隶意　楷书略带隶意　楷书略代隶意

其　他

细草书　细楷书　字体潦草　字体不熟练　不匀称　字体不太熟练

字体大　字体小　字体粗　楷书大字　楷书小字　字体很大

楷书有浓笔画　硬笔　竹笔　苇笔　狼毫所写　羊毫所写　兔毫所写

很明显，这些描述性的“术语”里有许多带有相当大的主观随意成分，往往既不切合敦煌写本的实际，也不符合字体学、书法学的名称规范。如果知识库输入这样的数据，肯定会造成混乱，让研究者无所适从。至于古代写本纸质及其染色加工等等，更为复杂，不是几个字便可以说清楚的。我认为应该确定统一的标准，遵循删繁就简的原则，尽量做到客观注记。

五、人名问题。在敦煌文献的研究中，经常会碰到同人异名异出及译名不规范的问题，给研究者与读者带来不少困扰。例如某论著索引里就因为俄罗斯学者孟列夫（孟西科夫、孟什科夫、缅希科夫）、鲁多娃（鲁多娃 M. A、俄鲁多娃 M. A）人名的不统一而造成赘出等失误。由于敦煌吐鲁番学从其一兴起便是一门国际性的新潮流学问，相当一批外国汉学家“预流”其中，许多汉学家习惯使用汉文名字，也有一些专家有自己的固定的中文译名，如斯文赫定、洛克齐、沙畹、马伯乐、伯希和、斯坦因、奥登堡、戴密微、苏远鸣等等，均不应再使用异译。又如日本学者的名字，则应该遵从使用日本国通行汉字的习惯，一般不宜用中文简化字或繁体字来替代。至于普通西文人名的汉译，这方面虽无统一规范的国家标准公布，中国大陆与港台地区及海外华文报刊亦时有差异，但国内已经有比较通行的工具书可以参照，也有条件逐步施行规范化操作。

六、篇名、书名（外文原文及译文）及卷次、页码和出版机构、时间。这方面目前最不规范,也不仅敦煌学界所独有。我们可以分别就中、外文共同研讨出一个基本规范的定式来,在试行的基础上以权威书刊为阵地示范推行。

七、电子文档的兼容性与数字化技术规范。这个问题让研究者深感头疼,又必然制约知识库的使用,严重影响其效率与生命力。尤其是中文字库容量的扩展与兼容、繁简字的正确转换、多种西文字符的使用等,是学界最为关切的问题。至于数字化技术的种种手段,现在是各家探索,各显神通,各行其是,一方面,我们寄希望于科技的进一步发展,逐步解决一些带普遍性、规律性的难题;另一方面,我们急切盼望加强相关技术人员之间的交流、磋商与合作,共同探讨与拟订最科学、简便、实用的技术规范。

总之,统一、共建敦煌学知识库的学术规范是涉及科学性、实用性,体现其学术水准和可持续发展的根本问题,大家应共同切磋,携手合作,加强借鉴与交流,尽量减少随意性,淡化主观色彩与个性化风格,求大同,存小异,方能不辱历史使命,为敦煌吐鲁番学的进步做出积极贡献。

2005 年 11 月

关于建设敦煌学知识库的若干建议

张国刚(清华大学)

这次上海师大做东,召开专门会议,研究敦煌学知识库的建设,是很有意义的一件事情。很高兴受邀参加本次会议。参加这次会议的有来自京都大学、耶鲁大学、海德堡大学、北京大学以及台湾和内地的许多学者,说明大家对于这件事情非常关心。

我对敦煌学知识库的建设是外行。看了大会散发的一些材料后,知道敦煌学知识库的建设确实是很复杂的一件事情。敦煌文献、敦煌文物和石窟本身,都分散在国内外不同的地方,比如英国、法国、俄罗斯、日本、德国以及国内的国家图书馆和兰州、敦煌等地。这些拥有资源的单位,大多已经有了自己的网站,也有一些没有资源的研究机构也有与敦煌相关的网站。陈爽博士提供的资料表明,其实许多东西都已经在网上登载了。只是它们很分散,也没有系统的规划。让这些单位展示自己没有的东西当然有困难,而读者利用这些网站的资料也总觉得美中不足。这就是我们要建立一个统一的敦煌知识库的意义所在。要让更多的人更加便捷地利用敦煌的所有资讯。

但是,我们又不可能把全世界的敦煌资料文物的信息都"一统江湖"式地集中起来进行处理。不仅没有这个行政权力,也没有这样大的经费财力。再说,也没有必要把各家现在有的成果推倒重来。可以说,无论从操作层面上看,还是从实际可能性上看,统筹协调是建立敦煌知识库的前提。

那么,如何统筹协调?

我以为,这次会议大家把各自的意见说了出来,只是务虚。之后就应该成立一个协调机构,制定标准,统筹规划,分工合作。上海师大其实就可以牵一个头,成立一个办事机构。有些事情现在可以着手去做。第一,要动员各个拥有敦煌资讯的单位参加到这个协作网中来,都热心于参加敦煌知识库的建设。第二,要规范知识库的建设标准,要协调各个单位的登录内容,并有所分工。比如,石窟资讯、文书资讯、胡语文献与汉文文献资讯、研究资料等等,如何登录,如何分工,如何互补,都要研究协调去解决。第三,在制定统一标准的同时,考虑各个机构现有资讯的网上登载情况,做出兼容的解决方案,而不是从零开始,让各个单位推倒重来。第四,在各个单位分工合作的基础上,要有一个相当于"门户"作用的中心网站,可以巧妙地连接各个单位的分网站,以便使之成为一个完整的敦煌知识库。门户中心网站可以设在上海或者北京。

总之,我认为建设敦煌知识库关键在于协作,要协作就得有人出来挑头,要做出一些牺牲和努力。我高兴地看到这次会议开了一个好头,但我更寄厚望于会议之后更实质性的步骤。

敦煌学知识库的建设与个性化文献检索服务系统的设想

汤勤福[1]　项育华[2]

（1. 上海师范大学；2. 上海通仁信息科技有限公司）

一、敦煌学知识库与个性化文献检索服务系统的关系

敦煌学知识库的建设已经被提上议事日程上来了，这次由上海师范大学主办的"敦煌学知识库国际学术研讨会"对此专门进行了研究，开了个好头。我们在会议上也对此从理论上提出了一些看法(汤勤福《古典文献数据库的困境与敦煌学知识库的对策》)。本文则从技术层面着眼，结合我们在设计"e书库"文献检索服务系统的经验教训，力图把建设敦煌学知识库与学者使用的个性化数据库结合起来考虑，以便真正从研究需要出发来解决敦煌学知识库建设问题。

敦煌学知识库是包括雕塑、建筑、壁画、文字资料等等内容的容量极大的数据库，它是一个总库，不可能由学者个人建立，也不可能由研究者完全载入个人电脑中进行使用。换句话说，敦煌学知识库只能是由某一单位(机构)主管或主持、对众多有关单位数据库进行整合的庞大的数据库群。作为研究者，他没有可能也没有必要将如此庞大的数据库载入个人电脑中使用。然而，为了研究方便，研究者当然需要并希望在个人电脑中建立自己研究所需的资料库与相关文献检索服务系统，以利研究的顺利进行。因此，我们认为，在考虑建立敦煌学知识库之初，就有必要设计一套与敦煌学知识库相关，或说能够兼容知识库的文献检索服务系统，这样对敦煌学知识库的建立与学者个人研究都有好处。

在我们看来，敦煌学知识库应该是由各有关单位分别建立，然后通过网络或因特网(Internet)整合起来，相互兼容，各有特色的一个庞大的数据库群。各有关单位各负其责，尽可能地将有关资料组合到敦煌学知识库中，并保证资料的完整性、可靠性及系统性。而主管或主持单位(机构)则全盘协调各有关单位数据库的关系，互相提供数据库接口，真正做到"以一统众"。而作为具体的学者，应该拥有一个属于自己研究范畴或领域的个人数据库，而对这个个人数据库进行管理与操作的便是个性化的文献检索服务系统。

按照我们设想，敦煌学知识库是个能自由升级的、以提供强大功能为主、彻底解决版权问题的公共文献数据库，即一个规模庞大的学术研究资源库。从理论上说，敦煌学知识库应该是一个统一的设计比较周密、技术先进、与其它个性化文献检索服务系统在技术上能实现良好兼容的数据库；而个性化文献检索服务系统应该是"百花齐放"式的但必须能

与敦煌学知识库兼容的小型数据库。两者关系是源与流的关系。敦煌学知识库与个性化文献检索服务系统区别在于：敦煌学知识库应该侧重于各种文献资料的完善、完备，并对个性化文献检索服务系统提供良好的支持，而个性化文献检索服务系统则应该充分考虑研究者实际需要，具备研究者所需要的强大的功能。鉴于此，我们认为目前应该从两个层次上来解决问题，一是尽快建立敦煌学知识库；一是抓紧开发个性化文献检索服务系统。

建立敦煌学知识库必须有各有关单位的参与，共同协商，相互支持，并获取有关主管部门的大力扶植，才有可能得以顺利进行。这不是本文所能解决的问题。本文专就所要建立的敦煌学知识库资料与个性化文献服务系统之间的兼容问题——也就是敦煌学知识库在技术上如何个性化问题进行一些探讨。在我们看来，解决敦煌学知识库与个性化文献检索服务系统两者之间的关系，实际上是规模庞大的敦煌学知识库如何与个性化文献检索服务系统的“契合”，即两者互相兼容的程度。根据我们近几年的实践，感到要解决这些问题并非是不可能的。其实只要各有关单位能真正做到资料共享、利益共存，就完全有可能解决这一问题。

目前拟建的敦煌学知识库是个总库，它与各分库的关系，实际上是主管或主持单位与其它有关单位的合作关系，因此，总库与各分库之间的技术规范应该力争统一，对已有的各分库技术上加以改进，以因特网为纽带来“合成”总库。我们不同意在抛弃各分库的前提下另行建立总库的设想，因为它将浪费极大的已经建成的数据库资源。总库兼容各分库，它是神经中枢，总库与分库相互之间提供数据库接口，通过因特网来管理，就能比较容易地形成一个整体的数据库群，这一“多快好省”的办法应该引起我们的思考并加以采纳。然而，建立敦煌学知识库并不是我们的出发点与终极目的，让学者利用它来进行研究才是我们的出发点与终极目的。因而，如何解决敦煌学知识库与学者研究的关系才是应该关心和思考的问题。在我们看来，设计出一个能与敦煌学知识库兼容的、能下载有关数据的、功能相当强大的、便于学者进行研究的个性化的文献检索服务系统，是解决这一问题的重要方面之一。如果能达到这一目的，那么上述问题就迎刃而解了。

二、个性化的文献检索服务系统设计的总体设想

下面，以我们自行设计的“e书库文献检索服务系统”作为基础，来讨论个性化的文献检索服务系统的设计的设想。

首先，有必要简单阐述个性化的文献检索服务系统的形成原理。在我们看来，这一系统总体设计可以采用UML建模方法以及面向对象的系统分析手段来建立。它主要由四个大部分构成：文献检索主程序、文献内容数据库、文献内容编辑与导入工具、在线更新程序。具体的结构见系统结构图：

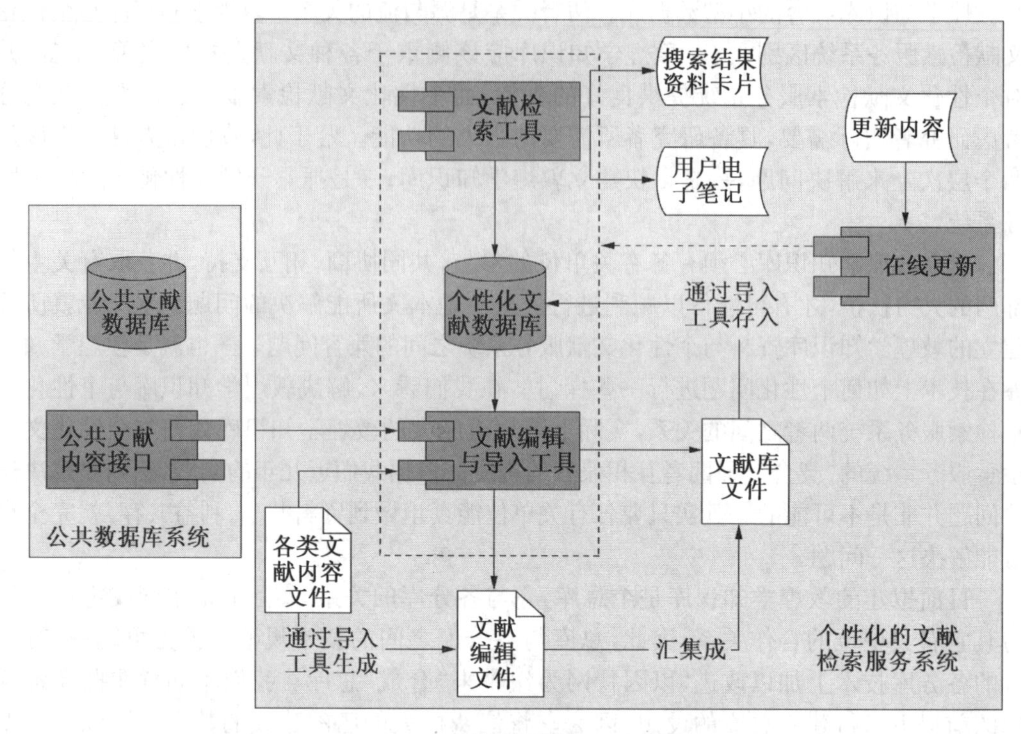

系统结构图

如上图,可以比较清楚地看出四大部分相互之间的关系,下面分别加以阐述。

2.1 文献检索工具:主要完成以下功能:文献内容阅读、全文搜索、用户电子笔记、搜索结果生成卡片以及卡片管理、文献研究专用日历换算、辅助输入法等。

2.2 文献内容数据库:存储文献内容以及用户的卡片笔记等内容,以便对它进行各种操作。

2.3 文献编辑与导入工具:主要完成对各种来源的文献内容的加工编辑,生成编辑后的文件并汇总成文献库文件,这一文献库文件可以最终导入到用户的文献数据库,并可以不断增加文献数据库的内容;同时又可以从数据库中提取出某些文献文本或电子笔记、卡片内容,方便用户之间的学术交流。

2.4 在线更新:完成系统的 BUG 更新、版本更新等。本功能模块采用 Web 架构来实现。

以上模块在实现过程中,我们认为应该采用跨语言平台文字处理技术内核,能在任何语言版本的操作系统中输入、输出 Unicode 字符,并支持 GB18030 编码。

三、个性化的文献检索服务系统的主要技术内容

个性化的文献检索服务系统的主要技术内容包括许多方面,这里只谈主要方面,以期展示个性化的文献检索服务系统的主要技术内容。

3.1 跨语言平台字符处理技术

考虑到目前用户使用情况,个性化的文献检索服务系统应该兼容 Windows98 到

Windows XP 的各种版本，应该支持跨语言平台实现大字符集和 Unicode 双编码支持。这项技术具有很强的创新性，尤其对古文献的数字化有着非常重要的作用，可以大大提高 GB18030 的应用面。

系统跨语言平台的特性必须体现在以下几个方面：

使用 Unicode 作本系统的内部编码：使不同地区语言平台上都可以原样显示或输出字符到 GDI(图形设备接口)，并在目前流行的不同语言版本的文献数据库管理系统上能存取数据。同时，这使在 Windows98 和 WindowsME 平台上也能应用目前的 GB18030 字汇。众所周知，四字节编码是不可能在 Windows98 和 WindowsME 两个平台上正常使用的，然而目前这些新增的 GB18030 字汇对应的 Unicode 仍是双字节编码的，因此能被 Windows98 和 WindowsME 平台正常处理。

双编码支持：自带独立的 GB18030 与 Unicode 编码映射表，不同地区语言平台上都可以输入和输出 GB18030 和 Unicode 两种编码字符。

前后兼容处理 GB18030 标准外字汇：GB18030 目前收录了 27 000 多个汉字，对于文献数字化来说，其字汇量是远远不够的。Unicode 比 GB18030 多收录了 42 778 个汉字，即 CJK Unified Ideographs Extension B 区(CJKB 区)的汉字。系统跨语言平台以 Unicode 为内部编码，虽然可以直接使用 CJKB 区的编码，但考虑到 CJKB 区的汉字尚未被 GB18030 收录以及向后兼容 Windows98 和 WindowsME(CJKB 区为四字节编码，此两平台不能处理)两方面原因，目前通过使用自定义编码区(对应 Unicode 中的 EUDC 区)来补充字汇。在自定义区安排汉字时，以向前兼容的原则、按照汉字认同规则从 CJKB 中挑选(也可参考尚未发布的 CJKC 区)，并建立其与 CJKB 区在 Unicode 上的同字映射表，以便输入、字符比较时作等值处理，在系统向外作 Unicode 编码数据输出时，可以根据需要按 CJKB 编码来输出。未来随着 GB18030 字汇扩展，建立在 GB18030 上的同字映射表，向外作 GB18030 编码数据输出时，可以根据需要按新对应的标准编码来输出。

内建 Unicode 输入法：使用系统跨语言平台内置的汉字辅助输入法，按拼音、按笔划部首、按旧形笔划部首等规则来输入汉字，这样可输入包括所有 GB18030 标准汉字以及本系统自定义的汉字，如此，用户可以不受操作系统的输入法的限制而自由地输入任何字符。

字汇扩充：GB18030 与 Unicode 编码映射表、汉字关联表以及汉字读音、笔划部首、旧形笔划部首表，可以独立于系统跨语言平台其它部件单独升级，以适应以后 GB18030 或 Unicode 中字汇的扩充。

3.2 汉字关联搜索技术

个性化的文献检索服务系统不应该依赖操作系统的代码页，而应该自带独立的汉字关联表(包括简体字与繁体字、异体、通假、俗字等关联)和汉字读音、笔划部首、旧形笔划部首表(可暂依《康熙字典》为标准)，不同地区语言平台上都可以提供比操作系统更实用的字符比较、排序等处理方法，可以按拼音、按笔划部首、按旧形笔划部首等排序，并且支持汉字关联比较。实际上，这是采用汉字内容关联技术算法内核，运用于全文搜索、显示等方面，使简体、繁体、异体、俗字、通假字之间的关联搜索得以自由实现。例如，搜索“复”、“覆”、“復”、“複”;“云”与“雲”;“后”与“後”等关联词，只要打开“关联”功能，无论输入繁体或简体都视为等值或同序，就能搜索出对应的字词；而关闭“关联”功能，则只能检索出某一特定的字词。系统还应该支持关联内容的搜索，例如搜索“唐太宗”时，“李世民”、“秦王”也能同时搜索出来。当然，在这一关联中，自然有可能包含与它有相同信息内容的人，因为上述“秦王”完全可能是秦朝的某一王。这就需要采用“在搜索结果”中再次检索的方法，以便用户缩小检索出来的范围。

3.3 统一图形用户接口层(UniGUI)技术

建立统一图形用户接口层(UniGUI)，管理字符在 GDI(图形设备接口)上的显示输出，并在层内直接实现简体字与繁体字字形转换功能，上层调用者不需要为简体字与繁体字输出显示的需要而转换自身数据。同时，为向后兼容 Windows98 和 WindowsME(此两平台仅对少数几个 GDI 基本输出的函数支持 Unicode，并没有全面针对交互界面控件支持)，重新编程实现菜单、标签、文本框、列表框、按钮、树形图等许多交互界面控件的输出显示功能。

3.4 精细结构化内容，多级阅读、多级检索技术

个性化的文献检索服务系统应该充分考虑文献的特殊性，即许多文献本身带有大量图表、图片等内容(无论古代或现代文献都会有图表)，因此，它必须对文献内容作更为精细的文本化和结构化，即对文献中的表格、图片等特殊元素进行处理，以便格式化输出、缩小全文搜索及文档定位粒度，从而提高用户的阅读研究效率。此外，如图所示，个性化的文献检索服务系统还应该提供一个多级阅读、多级检索的创新性应用模式：

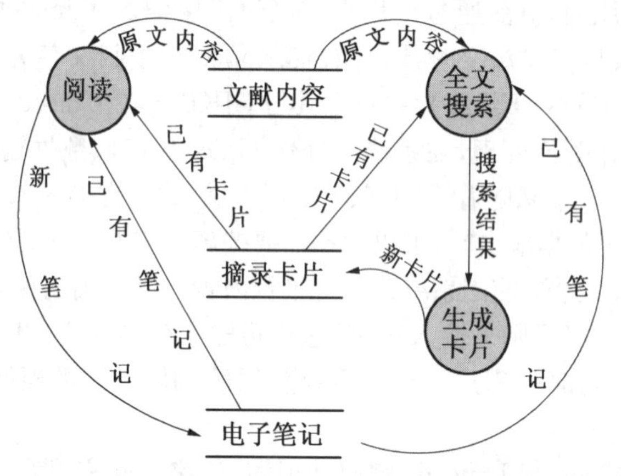

个性化的文献检索服务系统在文献内容结构方面的特性应该予以充分考虑：例如通过阅读原文、摘录卡片等不同层级的内容，结合使用笔记功能，方便用户对文献内容的泛读、精读以及摘录利用。又如通过对原文、摘录卡片和用户笔记等不同层级内容的全文检索，有选择地生成或摘录卡片、再检索已有卡片，可进一步再生成新的卡片，反复执行这一过程，大大加强素材提炼，使用户在这一个性化的文献检索服务系统有效利用计算机带来的对资料提炼的优点。

3.5 版本化文献内容，支持动态加入内容、多方协同勘误技术

网络的广泛运用，使我们完全可以考虑协同勘误技术在数据库中的运用。因为通过网络，我们可以十分方便地对数据库文献的错误内容进行修订，以期数据库文献内容更为精确。因此，精细结构化的内容，可结合版本化管理的技术，使系统方便地支持文献内容的动态发布加入和多方协同勘误。动态发布加入和多方协同勘误是目前所有数据库所不

具备的功能，它是指文献数据库内容通过网络进行协同勘误或增加文献内容，从而使数据库内容不断得到更新和充实，从而获得更为准确、更为丰富的数据库。它的实现过程原理如下图：

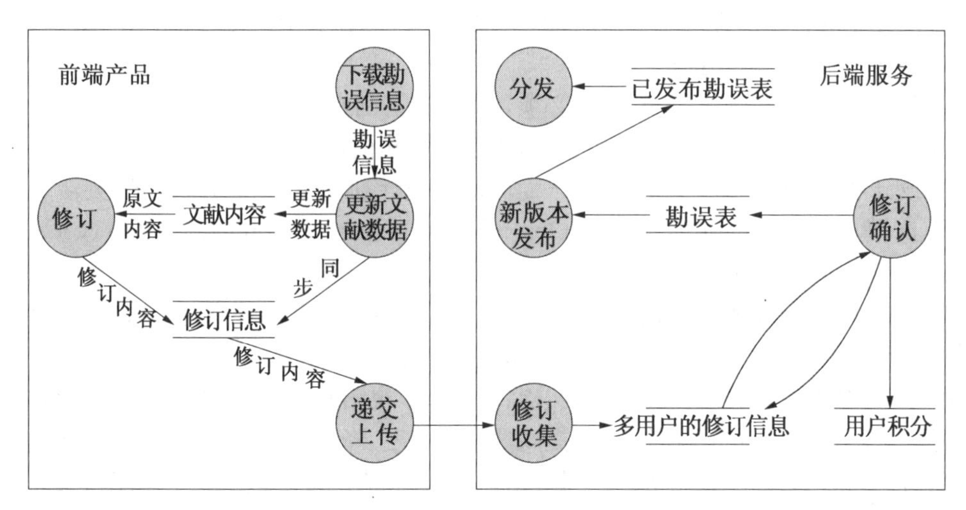

文献内容版本化特性体现在：

用户阅读文献内容，可对原文中的错误或疑点作修订。但修订信息另外存储，不真正改变原文内容。

用户提交上传修订信息，后端网站的修订收集服务接收各方用户的修订信息，将其存储并记录提交用户、时间等信息。

内容发布者对已收集的多方修订信息进行考据，在后端执行修订确认，将正确结果加入勘误表，同时回写修订信息的采纳状态和增加用户体验积分。

内容发布者在后端分批对勘误表进行发布，升级勘误表的版本（也是相应各文献的版本）。

在后端网站的分发服务配合下，用户下载最新发布的勘误表，更新各自数据库文献原文，完成版本升级。

前端产品与后端服务间的数据传递通过 Internet 用 SOAP/XML 技术在线执行，也可以将相关内容导出到磁盘、光盘等可移动媒介，交由另一方再安装载入相应的系统。

3.6 文献研究专用日历技术

考虑到古文献采纳的记时方法的特殊性，个性化的文献检索服务系统应该专为古文献研究者设计一套日历换算工具，支持公元前后几千年大时间跨度的历法换算，并可按公历、农历、回历、帝制纪年中任意一种作为基本历来推算其它几种的对应时间，并且附有相关时间的历史大事记。

3.7 多种系统部署结构技术

个性化的文献检索服务系统除支持传统的单机、客户/服务器结构外，还应该支持基于 SOAP、XML 等最新技术的“客户/WEB 服务”结构，使系统可以按 WSDL、UDDI 规范在 Internet 上发布。

3.8 海量信息综合搜索技术

作为一个比较先进的个性化的文献检索服务系统，应该具有对海量数据进行综合分析的技术，可采用数据挖掘技术在海量文献内容中搜索特定的关键字，并对搜索结果进行关联分析、加权分析，为用户提供准确、全面的搜索结果。

3.9 文献内容安全管理和处理技术

开发完整的文献内容安全管理功能，实现对文献内容安全的处理的预定、处理、搜索过程的安全控制和监督功能。

在我们看来，要实现这一技术，就必须采用相关基础原理，它主要包括以下内容：

在分析设计阶段中，采用 UML(统一建模语言)建模技术。

在设计和实现中，采用 OOD/OOP(面向对象设计/面向对象编程)技术，灵活运用了一些设计模式，如：Adapter、Bridge、ObjectPool、Composite、Command、Observer、Interpreter、Mediator、Visitor 等。

我们认为，个性化的文献检索服务系统应该采用分层设计原理，将交互、处理、存储严格分层设计，伸缩性强，便于单机、网络、Internet(因特网)等方式发布。主要是：采用视图、文档相分离的原理，使得一视图多文档、一文档多视图便于实现；采用数据与格式相分离的原理，既方便数据格式化输出，又提高搜索的速度、降低搜索的难度；采用版本化数据内容管理，数据内容同步技术等等。只有这样，才有可能设计制造出一个功能强大的个性化的文献检索服务系统。

另外，个性化的文献检索服务系统还要采用结构化数据全文搜索技术。在图形界面显示输出时，支持 WindowsXP 主题技术，使系统充分兼顾用户个性化审美需要。在全文搜索及摘录卡片生成时，采用多线程技术。还必须采用最新基于 HTTP 协议的 SOAP/XML 技术处理系统在 Internet(因特网)上的通信，能穿过防火墙的阻隔，也可以按 WSDL/UDDI 规范发布系统，较其它方式更便于系统配置管理。还应该采用数据库数据保护技术，即防止误删、误覆盖原始文献数据的技术。只有这样，才有可能使个性化的文献检索服务系统不断处于先进的状态。

四、个性化的文献检索服务系统的主要技术特色分析

上述已经初步勾勒出我们设想的个性化的文献检索服务系统的整体框架，下面进一步分析它与现在流行的一些数据库的异同，以体现其主要的技术特色。

4.1 跨语言平台字符处理技术

该项技术具有很强的创新性，对文献的数字化有着非常重要的作用，尤其是向后兼容目前还大量使用的 Windows98 和 WindowsME 平台，大大提高 GB18030 的应用面。

下表是采用该项技术创新后的功能对比：

操作系统	技术要点	未采用该技术创新		采用该技术创新	
		简体中文版	其它语言版	简体中文版	其它语言版
Windows 98/ME	GB18030 汉字显示输出	GBK 部分	不能	能，并可简体字与繁体字自由切换	
	汉字比较、排序	普通的拼音排序(GBK 部分)	按编码值排序	按拼音、笔划部首、旧形笔划部首排序，并支持汉字关联比较	

续 表

操作系统	技术要点	未采用该技术创新		采用该技术创新	
		简体中文版	其它语言版	简体中文版	其它语言版
Windows 98/ME	GB18030汉字键盘输入	输入法（GBK部分）	不能	输入法（GBK部分）、内置的辅助输入法	内置的辅助输入法
	GB18030文档输入、输出	GBK部分	不能	能	
2000/XP/2003	GB18030汉字显示输出	能	需安装GB18030代码页	能，并可简体字与繁体字自由切换	
	汉字比较、排序	按普通的拼音、笔划排序	安装GB18030代码页可按普通的拼音、笔划排序，否则按编码值	按拼音、笔划部首、旧形笔划部首排序，并支持汉字关联比较	
	GB18030汉字键盘输入	输入法	需安装输入法	输入法、内置的辅助输入法	安装的输入法、内置的辅助输入法
	GB18030文档输入、输出	能	需安装GB18030代码页	能	

4.2 文献内容精细结构化技术

利用OOP设计思想，对文献内容结构进行建模，可以对文献内容结构精细化到各类表格、图片等，使得用户检索精度与广度大大提高。

下表是采用精细结构化阅读和检索方面的技术对比：

技术应用要点		未采用精细结构化	采用精细结构化
内　容	数字化程度	扫描图片或者统卷文本块	章节级文本块
	结构化程度	卷级	最小章节级，且支持处理夹注、尾注、图表、宗谱表等特殊元素
	图表、宗谱表等特殊元素处理	不支持	支持
阅　读	摘录卡片	不支持	支持，并可跳转到来源文本
	用户注解、颜色标注	有的支持	支持，并可在摘录卡片中执行
	用户修订	不支持	支持，并可反馈到内容发行者
检　索	关联检索技术	有的支持	支持，并支持同字映射
	还原检索	不支持	支持

续　表

技术应用要点		未采用精细结构化	采用精细结构化
检　　索	逻辑组合检索	有的支持	支持,并可运用于著者条件限制
	生成摘录卡片	有支持的,仅简单输出至文件	生成结构化的,并有强大的管理功能
	对卡片再检索	不支持	支持,且再检索的结果可再生成卡片
	对用户笔记检索	不支持	支持

4.3　大时间跨度的历法算法技术

提供的古文献研究专用日历,采用一般日历软件的列表检索法是很难达到预期效果,因此必须采用特殊的日历算法,以便能向用户提供其他日历难以达到的精度(可达毫秒级)和时间跨度(公元前后几千年)的古文献专用换算日历。

4.4　汉字关联搜索技术

汉字关联搜索:允许搜索时系统自动匹配与待比较汉字具有简繁、异体或通假关系的其它汉字。这项功能对古文献研究者或爱好者来说,具有重要作用。另外,支持搜索串的"并且"、"或者"和"非"等逻辑语义限制外,还支持全/半角、通假字、简繁字、异体字等分类汉字关联匹配,且搜索结果精确定位到内容元素级,可以在后台全文搜索,使用户同时可以进行阅读等其他操作。同时,还支持"还原搜索"方法。所谓"还原搜索"就是使数据库中有标点的文献还原成原始的文献状态,因此,在所需检索的文字中夹入任何符号都可以准确搜索出所需要的词汇。

上面我们对建立敦煌学知识库的总体认识作了说明,同时也讨论了如何解决敦煌学知识库与个性化文献检索服务系统之间内在联系的技术途径。当然,这仅是我们的初步设想,还有待于专家学者们的批评指正,以期对建立敦煌学知识库与专家学者的研究有一定的参考价值,这就是我们的期望所在。

参考文献

[1]　陈爽:《网络古籍全文检索系统简介》,《文史知识》2002年第4期。
[2]　沈迪飞主编:《图书馆自动化应用基础》,湖北科学技术出版社,1992年,第135—159页。
[3]　Diane R. Tebbetts: Your next system: planning for migration. Proceedings of the International Conference on New Information Technology, MicroInformation, Boston, 335-342(1992).
[4]　John Berry: Upgrading systems, software and microcomputer. Library Journal, 1989, 114(15): 56-59.
[5]　张尚英:《古籍电子化问题探析》,《安徽师范大学学报》(人文社科版)2002年第2期。
[6]　郑永晓:《古籍数字化与古典文学研究的未来》,《文学遗产》2005年第5期。

注:本文由我们共同商量写作提纲,汤勤福执笔写初稿,项育华进行技术审定,最后再由汤勤福进行文字修订。文中图表由项育华制作。

敦煌文书目录知识库构建设想
——以敦煌文书编目工作为中心

杨宝玉(中国社科院历史所)

敦煌学知识库的构建是一项系统工程,换言之,敦煌学知识库体系乃是由若干子知识库组成的,只有建好每一子知识库,才能使整个知识库体系完备合理。毫无疑问,敦煌文书目录知识库应是敦煌学知识库体系中的一个极其重要的组成部分,其自身的使用价值既高,又可成为链接其它子知识库的纽带。正像敦煌学知识库体系的构建应由敦煌学研究者和计算机技术研究者共同完成一样,其子库敦煌文书目录知识库的构建也需要由敦煌文书编目工作者和电脑网络工作者提供各自研究领域的专业知识并进行有机结合。我们知道,近年的IT业发展迅速,与文献编目相关的计算机技术已相当发达,很容易将编目工作者的合理设想程序化,也许可以说,只有我们想不到的,没有电脑做不到的。因而我们在构建敦煌文书目录知识库时,工作的重点和难点似乎不在计算机技术方面,而在于对敦煌文书编目工作本身的研讨。以往笔者曾著文探讨敦煌文书编目与分类工作[1],并实际进行过一些编目实践,为《英藏敦煌文献》[2]编制了目录索引[3],在编目过程中曾接触并设法解决了一些问题。现不揣浅陋,试将自己的思考贡献出来,敬请方家批评指正。

一、敦煌文书目录知识库应以哪些基本数据为建库基础

这个问题实际上就是应该对敦煌文书的哪些特征及相关信息进行揭示。笔者认为应包括以下各项:

文书编号:应首先揭示各收藏者出于典藏需要给文书编定的编号,这种编号既可以反映文书的现今收藏地和收藏者,又能使其对应的敦煌文书具有唯一性,为研究者所熟悉,是敦煌文书最重要的编号。于此应注意的是:当某一文书有收藏者给定的两种或多种编号(如中国国家图书馆藏敦煌文书的千字文编号和近年统一重编的BDxxxxx号,法国国家图书馆亦曾将少量文书并入其它号从而使该文书拥有不止一个编号)时,应均予揭示并说明其对应关系。另外,某些图录或目录编者也曾给敦煌文书重拟过编号(如当年北图拍摄缩微胶卷时即曾据《敦煌劫余录》的著录顺序拟过北xxxx等顺序号,黄永武《敦煌宝藏》即用此号编排文书,孟列夫等编《苏联科学院亚洲民族研究所藏敦煌汉文写本注记目录》时给所收文书拟定过款目编号L. xxxx,翟理斯编《大英博物院藏敦煌汉文写本注记目录》时也给所收文书拟定过款目编号G. xxxx等),这些编号也为很多研究者所熟知,并经常在论著中引用,故构建敦煌文书目录知识库时,对使用者有可能用来检索的所有编号均应采集并以不同标识符号进行区分。

文书名称:这是揭示文书内容的最重要的途径,应以固定的标识符号说明其为文书

原名、现学术界已无争议的定名，或有争议的各种拟名等。当文书保留有原题时，亦应说明其为首题、尾题，亦或卷中的品题等。

文书类别：敦煌文书的分类历来是学界争议颇多而又迄无定论的问题，构建敦煌文书目录知识库时对这个问题是无法回避的，应首先组织专家进行广泛而深入的研讨，拟定适用于敦煌文书的分类原则和分类体系，然后再由敦煌文书编目工作者依据相对固定的类目表对文书进行正确归类，并尽可能揭示其它的见仁见智的归类方案，即尽量多设置参照类目。

文书文种：即抄写或印制该文书时使用的语言，如汉文、藏文、梵文、于阗文、回鹘文、粟特文、突厥文等。

文书文本描述：既应包括有无特殊文字（避讳字、武周新字、二字合文现象等）、所用字体（隶书、楷书、行书、草书等），及字迹清晰程度等，又应包括文字行数、每行大致字数、页数（适用于册页装文书）、有无界行、附图情况、印章情况、花押情况等。

文书外观与物质形态描述：包括载体材料的材质（纸、木、麻布、丝绢，及其色彩等）、尺寸（长度、高度）、特殊的成书方式（适用于刻本、拓本，敦煌文书绝大部分为写本，似不必另作说明）、特殊的装帧形式（适用于采用经折装、旋风装、蝴蝶装、线装、梵夹装等装帧形式的文书，大多数敦煌文书为卷轴装，似不必另作说明）、附件（如卷轴装文书的轴与褾带，册页装文书的编绳等）保留情况、文书本身的完整残缺情况及保存情况（如修复情况）等。

文书的拼合状况：揭示可与该文书拼合的其它文书的编号及相对拼合位置。

文书题记与关键词：应揭示文书中保留的各种题记，重要题记需全文过录。应尽可能配置多种关键词以揭示文书的作者、抄写者、供养者、持有者、抄写时代等个性化特征，及文书中出现的人名、官名、官衔名、佛寺道观名、地名等专有名词。凡是具有实际检索意义的字段都应收集和揭示，因为关键词采集的多少决定着知识库可提供检索途径的多少，这是影响知识库准确性和完备性，即影响知识库质量与效率的关键性工作之一，若出现误差，将直接造成使用者的漏检和误检。

文书的研究状况：揭示收录该文书图片的重要图录的信息，特别是有关该文书的重要研究成果的名称、作者、刊发处所等等，以便使用者能据此线索查找敦煌学知识库体系中的另一子库——敦煌学研究论著知识库。

文书的其它情况：以按语或附注揭示上述各项之外的重要特殊情况，如因后人疏误而掺入的非敦煌文书的真正的出土地点（如斯坦因编号敦煌汉文文书中即有和阗、吐鲁番阿斯塔那遗址、塔里木盆地、米兰等地出土文书）等。

总之，虽然并非每件敦煌文书都蕴含上述各项信息，但我们拟定的编目原则应能统摄各种复杂情况，即构建敦煌文书目录知识库时，应尽可能全面深入地揭示文书特征及相关信息，因为它们是知识库的基本要素，该知识库的其它功能均是在此基础上生发的。

二、敦煌文书目录知识库应提供哪些检索途径和其它功能

使用者研究方向和角度的不同，决定了他们对知识库的要求不同，构建敦煌文书目录知识库时应尽可能满足各种要求，即提供尽可能多的检索途径和其它功能。

事实上，本文第一部分探讨的敦煌文书目录知识库中的任何一项基本数据都有可能

成为检索点，故都应通过计算机技术对它们进行标识。不过，以我们的经验，下列检索途径的使用频率更高，构建敦煌文书目录知识库时应着力加强对它们的设计：

以文书编号检索：应保证使用者能从编号检索到知识库中存储的该号文书的全部信息，因为敦煌文书的特殊性决定了知识库中文书信息的最主要的排序与管理方式应是按编号编排，故文书编号自然应当是最重要的检索点。

以文书名检索：应保证无论是文书的原题、文书的定名，还是在学术界影响较大的拟名都可以成为检索点。

以类目检索：应保证使用者不仅能以知识库构建者采用的基本类目进行检索，还能借助众多的参照类目以使用者自己认定的类目进行检索，至少能辗转了解到知识库构建者的编目理念，并据此换用更为合理的检索字段，重新检索。

以各种关键词检索：这些检索点量大种类多，使用频率极高，故构建知识库时一定要予以高度重视。

现代的计算机检索模糊了传统的文献检索概念，提供了多途径深度检索的可能性，使用者既可能做单项检索，又可能做组配检索和模糊检索，知识库的构建者应尽可能满足使用者的需要，而检索途径的多寡和便利与否，又是由最初构建知识库时收集信息的多少与标识方式决定的，因而在最初处理每件文书的基本信息时应尽可能将工作做细做深。

除供检索外，敦煌文书目录知识库还应具备其它功能，如：1. 成为链接敦煌学知识库体系中各子库的纽带，可以链接敦煌文书原件图片库、敦煌文书录文库，及相应的研究成果库等等。2. 便于维护人员对数据进行修改编辑，包括对原收集数据的更正和重新排序及新数据的补充。敦煌学是一门不断发展变化的学问，新的研究成果不断问世，敦煌文书目录知识库应能做到即时或定期的更新与维护，以保证所提供信息的正确性和时效性，为实现此目标，应鼓励注册会员提供意见和建议。3. 应允许注册会员下载与自己的研究有关的资料，然后根据自己的需要自行修改编辑，从而建立自己的个性化的小资料库。

结　语

多年来学者们一直在呼吁编制一部容纳各国各类藏品的敦煌文书联合目录，目前各收藏单位及个人正纷纷公布所藏藏品，同时敦煌学也已走过了近百年历程，有了巨大发展，这一切都为编制敦煌文书总目录创造了条件，而现今随着计算机技术的飞速发展，数字化的敦煌学时代已经到来，我们应该，也完全能够充分利用高科技成果，将这部目录编成数字化的，即以构建敦煌文书目录知识库来实现几代敦煌学者的理想。

近年刊发的探讨敦煌学知识库（或称数据库）和敦煌文书编目问题的文章为数不少，学者们各抒己见，仁者见仁，智者见智，既表现出研究者对此事的极大关注，也从一个侧面反映出编目工作在敦煌学研究工作中的重要意义及其难度之大。正如《敦煌遗书总目索引·叙例》中所说："编制索引本身原是极其复杂艰巨的工作"，笔者以为，敦煌文书目录知识库的构建会是一项难度大，工作量亦不小，但意义更为重大的工作，从一开始我们就应认真总结以往编目工作的经验教训，学习借鉴前人的编目成果，着力比较探讨既有目录之间的联系、区别，及其对后人的启示，并反复分析敦煌文书自身的特点和使用者的多方面需求，努力做好敦煌学和目录学方面的准备工作，从而制定出符合学术规范的切实可行，并可长久实施的计划，然后脚踏实地地去做每一项工作，以使敦煌文书目录知识库具有资料丰富准确、检索方便、功能强大等特点，充分发挥目录之学在敦煌学中的作用。当然，敦煌学既是一门不断发展的学科，敦煌文书目录知识库的构建也应是一项具有开放性，换言之，即需不断完善的工作，我们应随时关注并吸纳最新研究成果，使敦煌文书目录知识库具有人性化界面。相信随着敦煌文书的不断公布，特别是研究工作的深入，建库工作中的问题会暴露得越来越充分，当然解决的办法也会随之越来越合理而科学。

2005年12月25日

参考文献

[1] 如笔者曾于1988年完成了硕士研究生毕业论文《国外敦煌汉文文献编目工作述评》，该文后与指导老师白化文先生所撰《中国敦煌汉文文献编目工作述评》一同交河北人民出版社，于1989年5月出版，名为《敦煌学目录初探》。

[2] 中国社会科学院历史研究所、中国敦煌吐鲁番学会《敦煌古文献》编辑委员会、英国国家图书馆、伦敦大学亚非学院四方合作编辑，前14卷为图版，1990年9月—1995年5月四川人民出版社出版，第15卷为总目索引。

[3] 《英藏汉文佛经以外敦煌文献总目索引》，这是专为《英藏敦煌文献》编制的总目索引，2001年元旦已将电子版最终定稿交四川人民出版社，在随后的几年中又已校对过两三次清样，但不知何故，至今未出。关于该《总目索引》的具体情况，笔者曾在《英藏敦煌汉文文献目录述要》(载《敦煌文献论集——纪念敦煌藏经洞发现一百周年国际学术研讨会论文集》，辽宁人民出版社2001年5月)、《敦煌汉文文书分类目录(索引)述要》(载《2000年敦煌学国际学术讨论会文集》，甘肃民族出版社2003年9月)两文中作过介绍。

古典文献数据库的困境与敦煌学知识库的对策

汤勤福(上海师范大学)

一、古典文献数据库存在的严重缺陷

20世纪80年代后,计算机技术开始涉入到古典文献研究中,对传统的古典文献整理与研究方法产生了极大冲击。那种手工劳动式的整理与研究方式越来越使人感到落后与不便,而对计算机涉入该领域已成众多学者的要求。20余年来,古典文献数据库从无到有,目前遍地开花,已成"燎原"之势。我们不能不承认它们确实对古典文献的整理与研究起到相当大的推进作用,然而在这"盛况"之下,我们不得不指出,这些古典文献数据库确实存在较为严重的缺陷,若不尽快加以解决,那么就会制约着古典文献整理与研究领域的正常的发展,对其它学术研究当然也会带来不利影响。

在此,笔者先阐述目前古典文献数据库存在的一些问题,以期引起有关部门及关心敦煌学知识库建设的专家学者们的关注。

大致说来,目前流行的古典文献数据库主要问题有以下几个方面:

其一,整体规划较差,公益程度甚差。当然,首先应该看到,国家有关部门确实着手做过一些规划,也实施一批较大的古典文献数据库项目,目前也建成了一些较大的古典文献数据库。如2002年10月,国家科技图书文献中心受科技部的委托,牵头联合中国科技信息研究所、国家图书馆、上海图书馆、中科院图书馆、北京大学图书馆等单位,启动了我国数字图书馆标准规范建设项目。这一项目的目的就是力图建立我国比较统一和规范的数字图书馆标准,自然也会对建立古典文献数据库有较大的借鉴与参考的价值。又如北京大学《中国基本古籍库》、上海图书馆《古籍影像光盘制作及检索系统》等等。其它各地也陆续建成或在建一些规模较大的古典文献数据库。

我们在肯定这一成绩的同时,也必须看到,由于实施这些项目的"政出多门",因而至今没有制定或形成出一个比较符合国内古典文献数据库发展状况的通盘考虑的真正有价值的规范体系,这些项目的承担者仍是各自为政,数据库之间并不能兼容,不可能形成技术上兼容和数据库"合力"。如此就浪费了大量的人力物力,没有将有限的资金、技术资源及文献资源发挥出更佳的效果。

从社会效益或说实际使用价值来看,也不尽人意。因为至今为止建立的各种数据库仍人为地设置许多障碍,无法使它们实现较大的国家收益和"公益"价值。如果说数据库由国家立项和投资,收益自然应该归国家,或者成为不收费的公益数据库。但事实上,收益既不归国家,又未能成为公益数据库,这不能不说是个极大的遗憾。这种现状已经受到越来越多的学者的质疑。笔者不反对使用有关数据库交纳一定使用费用,但收费单位一定要说明收费后大致去向,不能国家投资,个别单位乃至私人图利。

其二,数据错误严重,影响研究深入。这一情况主要是有一定技术实力的软件开发商投资的古典文献数据库。比较而言,各科研机构、大专院校及各地图书馆建立的古典文献数据库数据质量较高,而开发商投资的数据库数据质量较差。有些开发商仅仅是把文本进行文字扫描导入,疏于校对,因此文本错误百出,难以卒读。当然,确实也有少量开发商制作的数据库质量较高,如迪志公司开发的《四库全书》之类,然而这样的数据库凤毛麟角,难以寻觅。由于利益驱使,绝大多数开发商都以"独自开发"为己任,数据库设计相互保密,互不兼容,使用户深感不便。这些问题已严重地影响到古典文献数据库的正常发展了。

其三,数据重复严重,冷门数据罕见。目前数据库品种繁多,但由于考虑到使用者对文献内容的需求,许多开发者热衷于开发热门数据,而一些比较冷门的文献则鲜有人问津。如《四库全书》已有武汉大学版、上海人民出版社版等数种,而二十四史更是种类繁多,几乎所有古典文献数据库都收录在内。我们知道,对具体研究者来说,文献的学术价值与热门、冷门毫无关系,所谓文献热门与冷门,仅是使用人多少而已。例如二十四史,确实使用者甚多,但敦煌资料中的某一著作,或许对研究敦煌学的专家来说更为重要。

且不说那些数量繁多、质量也不甚高的数据,内容重复导入浪费了多少人力物力,其实也使用户陷入一种无可适从、欲舍不能的境地。用户往往为了某些少量文献内容不得不购买和安装整个数据库操作系统,而且这些庞大的数据库大量占据硬盘空间,导致计算机运行速度大为减慢。笔者有一位同事,计算机上竟然装了七种有关古典文献的数据库!至于那些允许网上检索资料的文献数据库,又往往因为容量极大,上网检索者多,导致"交通阻塞"!

其四,技术关卡重重,难以互相兼容。各开发者既鉴于不同开发目的与技术条件,又为防止他人解密,因此在开发过程中在数据库某些程序中人为设置技术障碍,以保障自己利益不受损害。自然,开发者需要投入大量人力物力,保障本身利益不受损害是无可非议的。然而也由于人为地设置了障碍,却使各种文献数据库之间不能兼容,无法形成合力,先进的技术反而成为技术壁垒。实际上,这一情况大大浪费了宝贵的人力资源与财力,对古典文献的开发与利用有百害而无一利。

另外,由于技术壁垒,在古典文献数据库的文字方面问题更大。据有关学者估计,我国古籍常用汉字大约为 4 万余个,这还不包括超过 2 万个异体字及数千甲骨文、金文等古文字。然而我国目前在计算机上采纳的国标字库(GB)和扩展字库(GBK),两者相加也只有 27 000 余字,这与我国古籍常用汉字数量相比,差距甚大。为了弥补这一缺陷,一些开发者就采取在自定义区自造字、有些用图片的方式来填字。然而这些自造字、图片字,有不少字占据了扩展 B 的位置,导致字库冲突;即使那些在自定义区的自造字,拷贝到 WORD 文本之后,由于内码位置的差异就变成其它字了,从而导致文本严重错误。例如《四库全书》文本拷贝出来就有严重错误。

其五,功能单调落后,难为科研服务。计算机技术日新月异,因此建立较早的古典文献数据库功能早已显得单调落后,有的只能做些简单检索、拷贝,没有更为先进的功能,已经完全不能适应学术研究的需要了。即使现在开发的一些古典文献数据库,由于往往没有学者参与研发,功能与现实需要之间存在比较大的背离。即使如上海人民版的《四库全书》,其检索功能虽有添加"作者"、"书名"等限定条件,但检索结果只是罗列一排出处,无法直观地了解检索到的具体内容，对研究者来说使用相当不方便。遗憾的是，《四库全书》功能已经“定型”，现在已经不再继续开发，因此这一数据内容较为准确的巨型古典文献数据库几成“鸡肋”。

其六，版权制约开发，英雄难施本领。数十年来，国内许多出版社花费了极大的精力，甚至专门组织专家点校了不少重要古籍，为学术研究的发展作出了极大贡献。然而随着计算机时代的来临，却出现了无法回避的“版权”问题。自然，一些数据库开发者忽视或无视了国家有关版权法规，侵犯了这些出版社版权，理所当然地会受到版权起诉。笔者以为，保护版权是每个学者乃至每个公民应尽的责任，根本毫无讨价还价的余地。然而问题是，现在一些出版社由于各种原因，没有对自己已出版的点校过的古典文献进行开发，而愿意开发这些古典文献资源者却望洋兴叹，导致宝贵的资源处于长期待开发的境地，这种两难境地对古典文献的整理与研究确实带来许多不便。因为如果有关出版社不愿授权，那么开发者只能返回到没有标点的原始文本中去，或者不再开发。无论是哪种情况，都使希望使用古典文献数据库的专家学者感到极其失望，当然，这也就严重影响了古典文献整理与研究的现代化进度。

上述六种情况并非全部，还能举出若干现象，但已经能看出目前我国古典文献数据库所陷入的窘状了。

二、古典文献数据库建设的出路

上述种种现实情况，已经是制约计算机技术对古典文献整理与研究支持的瓶颈了，这些问题得不到解决，即使计算机技术再发达，恐怕也难以对古典文献整理与研究予以真正意义上的支持与帮助。

那么，如何寻找出一条有利于古典文献数据库发展的出路？笔者认为：应该设计和开发出新一代古典文献数据库的软件。按照笔者设想，这代软件应该以建立能自由升级的公共古典文献数据库为目的，是一种以提供强大功能为主、彻底解决版权问题的数据库，实际上是建立一个规模巨大的功能相对完善的学术研究资源库。

公共古典文献数据库是综合性数据库，只能由国家有关部门作为主要规划者，它应该尽可能地包罗我国传世古典文献、碑刻资料和出土文献等。在此基础上允许建立适应每个研究者研究范围的个性化的文献检索服务系统。个性化的文献检索服务系统则是每个具体研究者所拥有的安装在各自计算机上的文献检索服务系统，它拥有一定数量的适合自己研究的范围的古典文献文本数据。

公共古典文献数据库与个性化文献检索服务系统各有侧重，两者关系是源与流的关系。公共古典文献数据库应该侧重于文献数量的完善、完备，而个性化文献检索服务系统则应该考虑符合研究者需要的强大功能。因此，从本质上说，公共古典文献数据库应该是一个统一的设计比较周密、与其它个性化数据库在技术上能实现良好兼容的数据库；而个性化文献检索服务系统应该是“百花齐放”式的但必须能与公共古典文献数据库兼容，可以下载其文献数据的而非“各自为政”的小型数据库。

笔者近几年参与开发数据库的实践，以为要解决数据库存在的缺陷及问题是完全可能的。大致说来，可以从以下几个方面来解决：

其一，加强总体规划，建立公共古典文献数据库。由国家有关部门协调，组织攻关。

至今为止，国家投入资金并不少，由于制度原因，只是向某些重点院校或科研单位、向重点项目投入巨资，而承担项目的单位却建立的是各自为政的古典文献数据库，虽然也为学术研究作了一些贡献，但毕竟设计思路不同，相互之间不能兼容，妨碍到数据库共享及进一步发展。以笔者愚见，国家有关部门应该主动负起责来，加强领导，尽快重新考虑古典文献数据库的立项和相互兼容的技术问题，组织力量、投入资金，真正建立起一个规模巨大、能为绝大多数研究者利用的公共古典文献数据库。同时也应该考虑所立项的古典文献数据库与其它数据库（如现代文献数据库、当代文献数据库、期刊数据库等）之间的兼容关系，只有这样，或许若干年之后就能建立起一个价值极大的能真正为学术服务的公共古典文献数据库。当然，就公共古典文献数据库来说，应该定位在“公益”上，不以“利”为主，可以进行适量收费服务，这样才能真正建立一个有价值的公共古典文献数据库来。

其二，文献数据内容与检索服务系统分离。

我们知道，一个古典文献数据库实际上是由两大部分组成的，一是古典文献数据库内容，即文献数据内容，二是对这些数据进行管理的文献检索服务系统。目前所见古典文献数据库都是“两者合一”。从管理形式来说，一是网络管理，即网络版；一是个人管理，即单机版。就功能来说，两者都允许检索、打印等简单功能，而网络版一般不允许读者操作卡片、书签等个性化的功能，单机版则有做卡片、书签等功能。就文献数量来说，网络版与单机版两者相同（如《四库全书》之类）。

笔者以为，现行各种古典文献数据库无论网络版还是单机版，其功能确实比较简单，没有从单纯的文本内容竞争的思维中解脱出来。因此，应该进入以文献检索服务系统功能竞争为主，文本数据竞争为辅的体系，或许这是解决古典文献数据库的出路。也就是说，文献数据内容与检索服务系统分离开来，让擅长计算机技术的开发者（开发商）致力于功能开发与完善，而具体文本的整理可由研究学术的专业人士来完成，然后通过一定渠道导入到公共古典文献数据库中。这样，开发者就可能开发出功能强大的文献检索服务系统，而数据库中的文本也由于专业人士的加入而能大大提高文本的准确率。其实，整理古典文献数据文本可以采用投标（或以申报项目形式）来确定，规定统一格式，要求文本的正确率达到一定比例，完成后再分别导入这一公共古典文献数据库中；经过若干年努力，最终能形成一个规模巨大、适应于学术研究的公共古典文献数据库。这种方法不但节省了大量重复投资，真正做到人尽其才，物尽其用，而且一旦建立起这个规模巨大的公共古典文献数据库，可以解决目前数据库泛滥、文本错误太多、重复劳动等弊病，并且真正能做到广大学者对古典资源“共享共有”。

至于个性化的文献检索服务系统，它无须考虑文献文本内容，但必须功能强大、操作方便，并与公共古典文献数据库完全兼容，研究者通过“购买”文本或其它方式来方便地组建自己的数据库，这样或许会给学术研究带来真正的方便。

显然，将文献数据库内容与检索服务系统分离，是解决目前“列国纷争”情况的最佳途径。

其三，确定字库方案，以利数据库发展。

要真正解决公共古典文献数据库问题，还必须解决字库问题。目前，国家虽然组织专家在论证有关字库问题，然而由于进程不快，远远落后于当今计算机技术发展的需要。按照笔者的看法，应该建立一个以 Unicode 字库为基础的、适应汉语古籍需要的，并与国际接轨的真正有中国特色的字库。这就需要抓紧工作，迅速落实扩展字库B的内码。同时根据我国汉字的具体特点，对自定义区域的6 400字的内码配置也应该有所规范，例如解决古典文献中的俗字、避讳字缺笔等，这样才能使汉语字库统一问题落实到实处。如果真能做到如此，那么就能解决目前古典文献数据库之间字库互不兼容问题。

与字库相关联的是字体问题。古典文献数据库应该考虑到古代文献对文字的特殊需要，笔者以为凡是古代文献数据库中的文本应该保留繁体字，以防繁简不分而导致文义偏差。应该强调的是，古代文献必须以繁体字导入数据库，但应该允许在数据库中自由进行繁简转换，换句话说，若需要使用繁体字时，文本可以保留繁体字，而需要简体时，可以十分方便地转换成简体，这样就适应用户对繁简体的不同需要了。

其四，解决古典文献版权问题。

困扰古典文献数据库建设版权问题其实通过一定方法也可以得到解决。笔者以为，有关出版社在维护自身版权权益的前提下，应该从大局出发，在收取一定数量的报酬前提下，允许制作有关古典文献的数据库，以利学术研究的发展。至于报酬多少可以也应该实事求是地酌情商定，国家有关部门应该主动与那些出版社协调，亦可将目前大量分散投入到各课题中的资金中抽出部分来补偿有关出版社，双赢互利，以求突破版权瓶颈，早日解决这一棘手的问题。

与此相关的是古典文献电子文本的版权问题，这也是个极难处理的问题。因为用户若贪图小利，版权意识不强，不愿花费代价使用电子文本，就容易产生“盗版”问题，如此就使得古典文献电子文本制作者的正当利益大受损失。按笔者设想，如果真正能够由国家有关部门主管古典文献数据库建设工作，那么就可以设想建立公共古典文献数据库，规定导入数据库的文献文本都给予一个“统一编号”，没有统一编号的文献就不能直接导入公共古典文献数据库和个人使用的文献检索服务系统中。也就是说，个人使用古典文献电子文献必须花费一定的代价才能取得使用权，必须从公共古典文献数据库中下载才能导入数据，这样就可以保证制作古典文献电子文本者的一定收益，防止版权意识不强者侵权使用。同时由于古典文献电子文本都有了统一编号，那么也就可以防止某一具体文献文本重复录入的问题。即使有部分重复，古典文献电子文本也可以在用户选择过程中优胜劣汰。

其五，建立公平的交易平台。建立庞大的公共古典文献数据库当然需要投入巨大的资金，而这种古典文献数据库自然不是每一个普通研究者购买得起的，实际上，作为一个具体的研究者，也没有必要拥有庞大的数据库。因此，应该允许个人在交纳一定数量的经费后，自由上网使用这一数据库，并允许购买（下载）一定数量的古典文献文本，自行导入各自的文献检索服务系统，以利建立个性化的有实用价值的数据库。为了防止文本私自拷贝，可采取数据库接口对接的办法来解决，即只能从甲数据库直接导入乙数据库，而不能自由转换为WORD或其它文本形式。如果真能做到这样的话，既可防止文本数据盗版，也有利于学者建立自己个性化的数据库，那么就将会促进学术研究的迅速发展。

鉴于此，有必要建立一个公平的交易交流平台，既不是“就此一家，别无分店”的垄断式的高价出售，又不是无论你需要不需要而进行的“一揽子交易”式的硬性搭售。在笔者看来，应该允许研究者自己输入的文本在交易平台上自由交易或交换。当然，学者将自行输入文本无偿赠送给同行应该予以鼓励。学术是公器，没有必要像守财奴那样守住这一私产，当然也不能鼓励从网上下载一些有价值的文献文本或其它资料作为牟利的手段。

三、建立敦煌学知识库的对策

古典文献数据库的困境已如上述，目前拟建敦煌学知识库，笔者以为应该注意上述问题，采取有效对策，使敦煌学知识库自建立之初就有一个较高的起点，避免自己陷入困境。我的建议是：

1. 定义准确，范围扩大。

就目前来说，学者大多把建立敦煌知识库的范围涵盖国内外所有的文献资料，也同意把敦煌壁画、雕塑艺术包括在内。事实上，目前所见一些有关数据库确实也从这方面努力。这一点，笔者表示完全同意。然而，如果仅是把敦煌知识库的定义局限于此，笔者则不能苟同。在笔者看来，敦煌知识库的定义应该更为宽泛一些，即还应该包括今人研究成果，以及敦煌地区及周围出土的与敦煌相关的资料和实物。今人研究成果对今后研究的重要性，自然不必多说，因此有必要将此纳入知识库范围之中。而敦煌地区及周围出土的与敦煌相关的资料和实物则是我们深入研究敦煌学的宝贵参考资料，其重要的参考价值也是不容忽视的。

2. 整体规划，通力合作。

众所周知，由于拥有敦煌资源的单位的支持及学界同仁的努力，目前已有不少有关敦煌资源的数据库或网站，如国家图书馆、敦煌研究院、甘肃兰州大学等等，都建立了自己的网站或数据库，为学者研究提供了不少方便。这都应该予以充分肯定与赞赏。现在敦煌学研究同仁都表示要建立敦煌学知识库，笔者以为应该尽可能容纳进来，建立广泛的合作与联系，减少重复投资，使资源得到充分利用。然而，就目前情况来说，各单位的数据库建立时间不同，采用技术路线不一，虽说都有自己特点，但兼容仍存在较大困难。因此，笔者认为有必要进行一次“圆桌会议”，建议目前拥有数据库的单位在一起商讨兼容的技术处理办法，讨论如何整合所有资源，以使新建立的敦煌学知识库尽可能地兼容它们，为学术研究提供更为扎实的条件。就目前来说，由于过去建立的一些数据库，限于技术条件，确实目前已有过时之嫌，因此，建议有关单位加快技术改造，对原有数据库进行技术升级，以提升技术水准，为建立敦煌学知识库提供有利条件。

3. 阶段实施，量力而行。

敦煌学知识库的建立绝非是一蹴而就之事，而是需要一个相当长期的过程，这是因为就我们目前掌握与已予以整理的敦煌资料来说，毕竟并非全豹。因此，我们既不能等待资料全部整理完毕后再着手建立敦煌学知识库，也不可能一气呵成地建成敦煌学知识库。因而，只能采取阶段实施，量力而行的策略。具体说来，可以采取先国内，再国外；先壁画雕塑，再文字资料的做法。

为什么要采取这样的做法？这是因为国内资源统合起来相对比较容易，实施较为方便，而国外即使有专家学者愿意支持，但实施仍有一些困难或说有时间差。因此，现在不必等待，条件基本成熟即可着手商讨建立敦煌学知识库问题。其实现在应该说条件已经基本成熟。至于先壁画雕塑，再文字资料，是基于这样的考虑。因为壁画雕塑是比较“现成”的，即已经存在，不必再查核寻找。因此可以先着手进行。当然，在具体步骤上仍有个阶段问题，如壁画雕塑可先搞平面图像，再搞立体图像，可先做单幅图像，再做影视式的全方位图像。而文字资料情况较为复杂。国内外资料情况基本弄清了,但所藏单位众多,使用条件限制不一,可供使用的技术力量更为悬殊,因此,要“统一步骤”恐怕是极难办到的事。依笔者来看,文字资料可依轻重缓急的区别来加以对待,应该先将最为重要的资料吸收到敦煌知识库中去。

4. 总库分库,条理有序。

在建立敦煌知识库时,应该从整体考虑,将各地所设置有关数据库容纳进去,合成一个规模较大的总库,它包括所有敦煌学的内容。因此,总库就是各分库的总和。然而,由于各地的数据库一般都包括他们所掌握的所有资料,因此,有必要考虑再分置数个分库,如壁画库、文献库、雕塑库、建筑库、佛教库、籍账库等等。如此就可以整合各地已经存在的有关数据库,又在各地数据库的基础上建立起一些分库(专题库),那么研究者利用资料就十分方便了。这种方式,既不是排除原有的各地有关数据库的新建,又在实际研究需要的基础上加以重建,既省力省钱,又利于学术研究,一举数得。

值得补充的是,敦煌知识库还有必要与吐鲁番文书关联起来,对两者的资料加以整合,以利学者研究。

5. 起点要高,规划要细。

显然,上述讨论的建立敦煌学知识库应该是比较可取的。当然,在实施中仍存在许多需要解决的技术问题、经费问题、规划问题,甚至还可能出现其它意想不到的事。但是,作为现在考虑要建立的敦煌学知识库,就必须在比较高的起点上着眼,尽可能地以设计最先进的数据库角度出发来考虑,而不能仅从一地一处着眼来考虑问题,否则就会走上古典文献数据库建设的老路去。因此,在规划之时,就必须仔细考虑各地资料、有关数据库如何整合,以及经费的来源、先进技术的采取等等。把问题考虑清楚了,工作起来就会比较顺利,就不会走冤枉路!

这里还须指出,由于各地建立有关数据库的目的不同,如敦煌研究院自然应该考虑旅游问题,就完全可能在其网站中出现一些有关旅游方面的介绍,自然也会建立资料性质的数据库。笔者以为,这也不必硬性规定两者分离,而是要比较合理地处理好两者的关系,如有关旅游方面的资料可向任何人公开,而有关资料的数据库则可视情况予以处理。例如,敦煌雕塑当然要公开,但并非所有敦煌雕塑资料都必须公开,因为一般旅游者不需要太详细的资料,他们只需要部分平面照片或部分立体照片即可,而研究者则可能还需要该雕塑的尺寸大小、雕塑的具体背景资料、现在保护状况等等。因此,在建立敦煌学知识库时,就需要仔细加以区分与规划,不能不加区分地一概公开或公布。其实退一步讲,有关旅游方面的数据库也可以由敦煌地方旅游部门去建立,或许更为恰当。

另外,在具体规划敦煌学数据库时,还要考虑敦煌学的一些特殊问题,如敦煌众多俗字的字库问题如何解决,同一经卷的不同版本出现的文字、名称差异,文本资料与图像资料在数据库中的关系、结构方式等等,这些都需要通盘考虑,否则就可能出现混乱,不利于建立一个比较科学的敦煌学知识库。

古籍文献索引与知识发现

——知识库基础理论研究之一

史　睿(中国国家图书馆)

古籍是中国历史文化遗产最为重要的物质载体,面对蕴藏于浩如烟海的古籍之中的文化思想,究竟应该如何解读,如何履践,不免令人有"一部十七史,不知从何说起"的感觉。胡适之先生认为传统的经史研究存在范围太狭窄,注重功力而忽略理解,缺乏参考比较的材料等积弊,故以清代三百年间第一流人才的心思精力,都用在经学的范围内,却只取得了一点点的成果,关键是缺少对古籍的系统整理,又不注重学术成果的积累,两千四百多卷的《清经解》,大多是一堆流水烂账,没有条理,没有系统,人人从"粤若稽古"、"关关雎鸠"说起,怪不得学者看了要望洋兴叹了。针对清儒治学方法的缺陷,胡适之先生着重提出,必须系统地整理古籍,包括索引式、结账式和专史式的整理。[1]此后,学界编纂了多种引得、通检、索引、年表等检索工具,部分完成了索引式整理的目标,拜前辈学者之赐,我们享受了检索知识的诸多便利。回顾国立北平图书馆(今国家图书馆)的历史,不难发现编制索引、目录等检索工具始终是一项重要的工作内容,很多传世之作,如《国学论文索引(初编)》、《清代文集篇目分类索引》、《石刻题跋索引》、《中国善本书提要》等都是出自国立北平图书馆学者之手。[2]今天,传统索引仍然具有不可替代的知识管理特性,能与最前沿的数字图书馆技术结合,我们要将它的优势与数字图书馆这个新媒体的特性结合,把古籍的索引式整理工作做得更加深入、更加出色。索引,乃至一切传统检索工具,本质上都是揭示人类知识内在关联的某种方式,而且完全符合人类的认识习惯,其性质正是数字图书馆所应具备的特性,彻底研究索引的知识扩展和知识管理功能,能给我们带来极大的启示。[3]未来数字图书馆中,只有借助索引的知识扩展和知识管理的思路和特性,才能构建信息时代人类知识的新体系,探索实现知识发现的新方案。本文旨在探讨数字图书馆发展新趋势与传统索引的关联,索引的标引、编制和知识管理对于数字图书馆知识管理的启发,以及探索利用传统检索工具实现知识发现的方案。

一、数字图书馆的定义和发展趋势

数字图书馆的定义千奇百怪,聚讼纷纭,我们认为必须从数字图书馆的功能入手才能切中肯綮,即凡是以知识管理方式实现知识发现功能的数字典藏才是真正意义上的数字图书馆。数字图书馆应该是以人类可理解的基本信息为单位,以知识自身逻辑为线索进行管理知识获取的网络媒体,是国家知识基础设施的组成部分。国家知识基础设施(National Knowledge Infrastructure,简称 NKI)是应用计算机及网络存储和传播人类知识、经验和智能,改变人类知识获取方式的全新体系。数字图书馆的使命是提供获取有用的知识、管理知识、充分利用并共享知识的新渠道,并提高获取有用的新知识的效率,缩短新知识转化为一般社会常识的周期。

图书馆是建构人类知识体系的重要机构,研究人类知识的构成及其内部联系是图书馆学研究最为重要的课题,无论古典目录学还是现代图书馆学,都以此为题中应有之义,人工智能研究更结合哲学、数学、语义学和计算机技术,试图模拟人类的认识、加工、分析知识的过程,逐渐形成重要的前沿学科。但是我国图书馆学界历来重视研究目录著录和机读目录格式,对于知识管理的研究却比较滞后,这必然严重阻滞我国的图书馆学理论研究和数字图书馆建设的发展。我们应当利用后发优势,建立知识库(Knowledge base)为基础的数字图书馆模型,以数据挖掘(Knowledge Discovery in Database,简称 KDD,又称知识发现)技术,促进知识、经验和智慧的有效积累、社会共享和社会转化。数据挖掘技术是实现数字图书馆功能的必要技术手段,数据挖掘又称数据库中的知识发现,是指从大量数据中提取出可信的、新颖的、有效的并易于理解的知识的高级处理过程。这必将大幅度地提高我们学习、研究中国古代文化的效率,将学者的时间和精力从艰苦而繁琐的爬梳、翻检工作中解放出来,开拓新的学术领域,推动人文学术研究的发展。

知识库不同以往所作的任何单个数据库(Database),也不是多个资源库的叠加。数据库里储存的是数据,而知识库收集知识,收集的方法就是将分析数据的逻辑、思维的流程、或一个重要个案的完整记录,知识库里的信息会成为将来研究的重要指标。知识库以知识体系为核心组织全部信息,底层是具有严格规范控制的各学科关键词,这是支撑全部知识库的基础(见知识库架构示意图)。它不仅是实现数据挖掘和无缝链接的必要支撑,也是全部知识互相联系的必要桥梁。在文史领域内,具有规范控制的索引已经形成了完整的体系,而且有大量的经典之作,可以作为知识库建构知识的依据。这些索引所提供的规范关系是一种社会公共知识,我们以这些知识为线索建立起应用数据库,把从不同文献抽取的各学科的关键词串接成完整的知识体系。这就如同用一条线把珍珠串连成项链一样,其价值自然大幅度提升。

知识库架构示意图

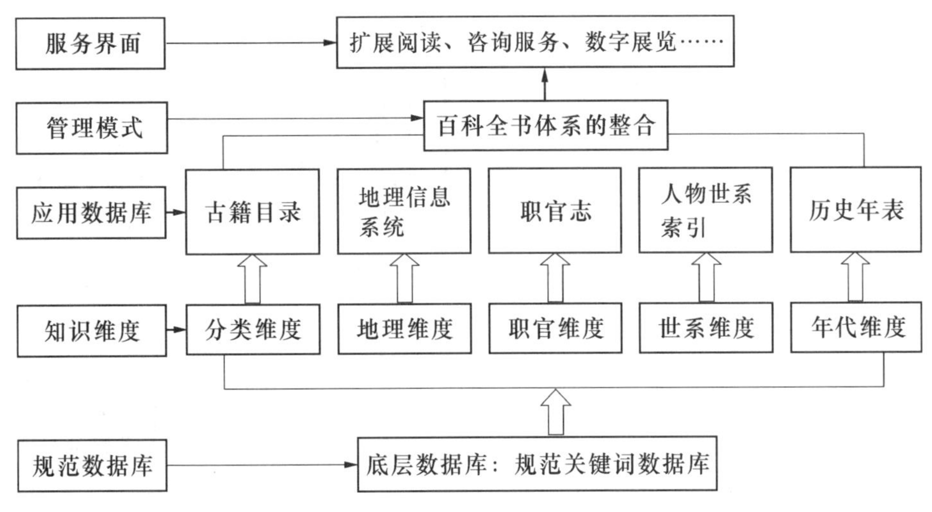

实现知识发现的方式有二,其一是知识扩展,其二是模式识别。

知识扩展模式示意图

模型一：

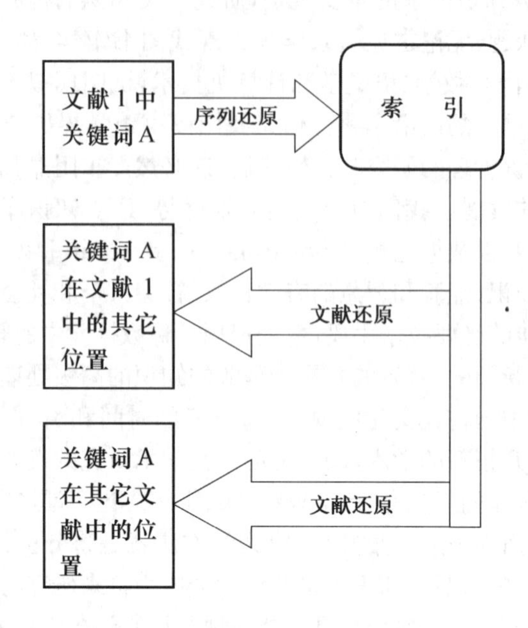

模型二：

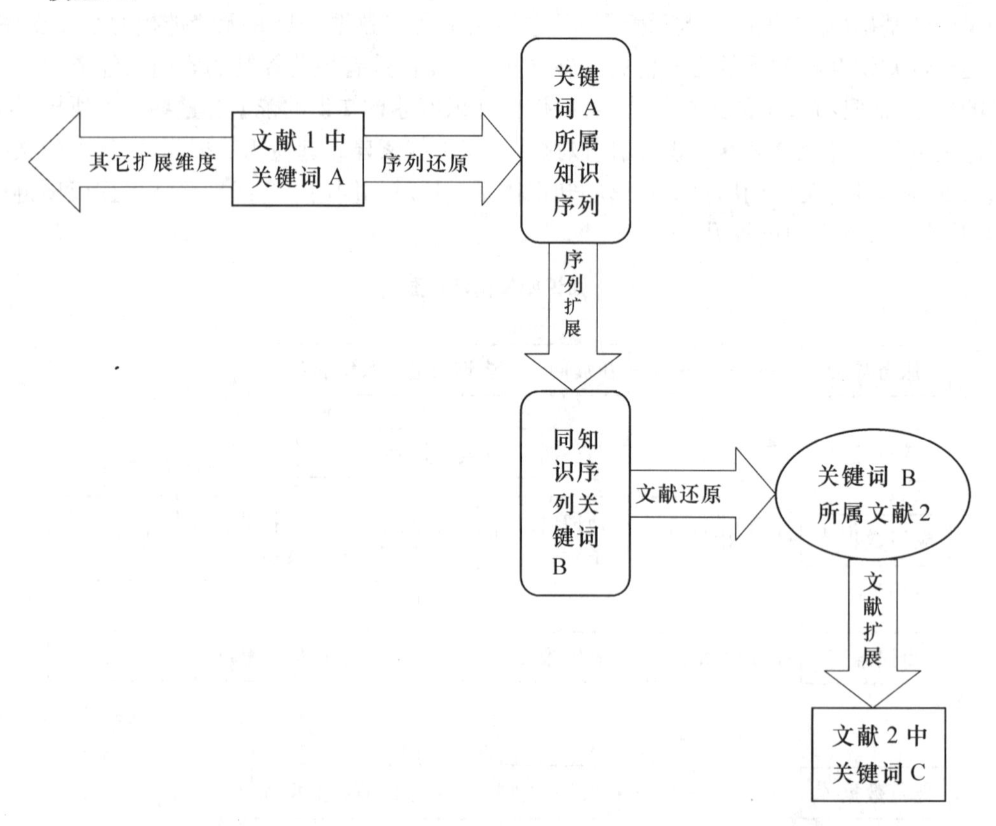

知识发现的特征之一是为用户提供纳入一定的序列之中的知识，提供用户按照已知序列查询未知知识的便利，这个功能我们称之为扩展功能。人类的阅读习惯往往是从文

本中的一个关键词联系到另外的关键词，而这种联系的依据就是知识内在的本然的关联。读者在阅览文献时，总是在进行顺藤摸瓜式的检索，要求在一定的知识序列中获得新知识。知识扩展的简单模式是由某种或某类文献的专门索引完成的，它从文献中的某个关键词跳转至索引，再由索引连接到原文献的同关键词出现的所有位置，甚至扩展到此关键词其它同类文献中的所有位置(知识扩展示意图之模式一)。其复杂模式则是从某个关键词扩展至索引，还原至文献，再由文献延伸到其它关键词，又跳转到其它索引，再还原到另外的文献，以至更多的索引和文献。

模式识别，就是通过计算机用数学技术方法来研究模式的自动处理和判断。我们把环境与客体统称为“模式”。信息处理过程的一个重要形式是生命体对环境及客体的识别。随着计算机技术的发展，人类有可能通过模式识别实现复杂的信息处理过程。对人类来说，特别重要的是对光学信息和声学信息的识别，这是模式识别的两个重要方面。市场上可见到的代表性产品有OCR(Optical Character Recognition)和语音识别系统。识别过程与人类的学习过程相似。以“汉字识别”为例：首先将汉字图像进行处理，抽取主要表达特征并将特征与汉字的代码存在计算机中。就像老师教我们这个字叫什么如何写记在大脑中，这一过程叫做“训练”。识别过程就是将输入的汉字图像经处理后与计算机中的所有字进行比较，找出最相近的字就是识别结果，这一过程叫做“匹配”。这样的认知方式最符合人类的一般认识习惯。同样的，我们查询知识时，往往从它们的某些特征或某种属性入手，而未必能够明确指出它们的概念，这样简单而生硬的输入式检索方式就无法满足我们的查询要求。现在，新的模式识别逐渐从汉字识别发展为词义识别、文章识别、格律识别等等方面。我们模仿人类一般的认识习惯，建立起多种知识模型，可以用于文献的自动标引和自然语言处理。同样道理，数字图书馆将这些知识模型和标引结果结合起来，当用户需要查询具有某种类型的文献时，系统能够按照这些特征查到目标文献。北京大学中文系所做的《全宋诗》检索工具已经实现格律的自动标引，能够提供格律识别功能。

知识发现所具有的知识扩展和模式识别的特性是现有普遍使用的输入式检索方式无法比拟的，有极大的优势：首先，输入式检索仅限于查询单个关键词，无法由单个语词或概念扩展到其它相关的关键词；其次，输入式检索要求读者必须实现确知查询的关键词，不提供按照关键词属性模糊查询、递进式查询的功能；其三，所得结果也很少能够依照用户的需求进行排序和筛选，致使检索无法深入。与之相比，知识发现所能给予用户的便利是很大的，首先，其知识组织符合人类认知习惯，揭示知识本然和内在的知识关联，给定导航和索引，方便读者阅读时任意扩展至相关知识序列，并顺藤摸瓜地发现新颖而有效的知识。总之，以知识库为核心的数字图书馆突破了传统图书馆仅限于对文献物理载体的管理和书名检索，提升到文献全文信息查询和知识管理的层次，满足用户知识发现和知识扩展的需求。必须指出，所有数字图书馆具有的新功能都是基于传统的检索工具的基础之上，并从中获得巨大的启示。

二、传统检索工具给我们的启示

本文虽以索引与知识发现为题，但是所论不仅限于一般的现代意义上的索引(Index)，而是扩展为传统检索工具。它给我们带来以下三个方面的启示，其一是深入标引，其二是规范控制，其三是知识组织和管理。

清代学者章学诚提出，将古籍中人名、地号、官阶、书目等一切有名可治、有数可稽者都制成韵编（即音序索引），以收事半功倍之效，这正是深入标引的传统。[4]受传统业务观念所限，目前图书馆的标引仅仅限于书目型关键词以及与之相关的少数人名和地理关键词。但是我们必须认识到，这样的标引深度和范围对于数字图书馆处理全文文献、实现知识发现而言是远不敷用的。标引深度方面，现有的传统检索工具给我们提供很多启示。文献中的人名、地名、官名、书名、年代、典故、制度、族属、范畴、语词等关键词都有相应的索引，此外，标引年代和人物、事件关联的检索工具有年表、年谱，标引人物传记出处的有人物传记资料索引，标引人物亲属关联的有家谱、姓氏录（姓纂）、世系表、行第录，标引人物科名的有登科记、进士题名碑，标引中国古代官僚制度的有官品令、职官志，标引人物任职年限的有郎官石柱题名、御史精舍题名、翰林学士壁记、刺史考、职官年表，标引地理方位的有历史地图、全国地理总志或地方志、城坊考，标引知识分类的有类书和百科全书，标引国家制度和政令沿革的有通典、会典、会要等等。这些标引类型都应为数字图书馆用以标引文献中的知识及其关联，惟有达到这样的标引深度，数字图书馆才能充分吸收传统检索工具的优势，在此基础上迈进一步。

规范控制是为了保证文献标目的一致性，以便有效地实现对标目进行统一管理的手段，规范控制应包括以下内容：规范标目、参见标目、规范标目与相关标目之间的参照关系，以及选取标目及确定其参照关系的依据。规范控制在纸本检索工具中曾被广泛运用，并取得了很大成功。值得注意的是，规范控制分为两个方面，即合并的规范控制和区分的规范控制，两方面结合起来才能得到最佳结果。合并的规范控制是将相同所指的不同关键词合并为一个款目，选择其中一个关键词作为规范标目，其它的作参见标目。区分的规范控制是将不同所指的相同关键词区分不同标目，每个标目说明区分的依据。规范控制是编制索引必须进行的一个过程，没有规范控制的索引也就失去了大半的效用，查全率和查准率都会大幅度降低。所以建立知识库的首要工作就是建立规范数据库作为基础，所有的标目都应有对应的规范标目，并与之链接。读者的检索的第一个目标应是规范数据库，而所得结果也应是相应的规范标目的列表，然后再从规范标目之下所链接的参见标目找到所需的具体的参见标目。我们认为，实现知识发现不仅需要单个关键词的规范控制，还需要分类方法和分层方法的规范控制，这就是建立规范的知识管理体系。

知识组织是实现模式识别和知识扩展功能的重要条件，它向读者提供多维度的知识管理方式。如所周知，仅仅依靠树状的分类体系是无法满足读者的查询要求的，索引就是在这个基本经验的基础上发展起来的。人们发现，如果将树状体系视为平面，那么为这个体系编制一项索引就如同增加了一个维度，成为三维的体系，而多维的结构所得到的查询效果，明显比平面体系的效果高出很多。所谓知识维度，是指按照知识内在关联组织起来的某种序列，是人类认识客观对象的一种向度或模式。传统检索工具，例如书目、年表、世系表、年谱、行第录、登科记、职官图、职官年表、城坊考、历史地图、全国地理总志或地方志、类书、政书等等，每个类型都提供了将知识结构化的一种模型或序列，如果将事实填入其中，我们就能获得相关知识之间本然的关联。它的形态如同二维表，多个二维表的结合构成对象数据库，而结合的纽带就是相同的规范关键词。建立起丰富的不同维度的数据库，以规范关键词数据库连接，我们就得到了知识库基本模型（见知识库概念图）。有了这样的方法，我们才能实现知识扩展和模式识别。

数据挖掘不同于简单一致的检索，它可以帮助我们进行根据所检索关键词的属性做知识发现。如果我们拥有“登科记”模式的人物资料数据库，我们可以查得某个历史人物的登科年代，查得他所中科目，那一科的考试题目，将其中的人物关键词与人名规范数据库及人物传记资料数据库相连，就可以分析某些历史人物之间科第联系与政治态度之间的关系。如果我们有《唐代交通图考》模式的地理信息数据库，我们就可以查得唐代某地去往另一地点所走的驿道和所经的城镇，需要的里程，还可以根据所用的交通工具估算所用时间，等等。数据挖掘还可以帮助我们按照一定逻辑序列对关键词进行统计，例如南北朝隋唐时代世家大族婚姻关系的姓氏分布统计，又如我们可以利用历史人物籍贯索引和历史人物职官年表，就某个朝代宰相、将军作籍贯地域统计，再如我们抽取某些人物传记中城市住居地的关键词（如某城某坊里），置于基础数据库提供的城市地图之上，就可以统计不同坊里的居民身份构成，等等。这样的新知识的获取，是以前简单一致的输入式检索无法做到的，这完全依靠知识维度的增加和知识库的合理组织。

如所周知，传统的纸本工具书，包括索引、类编、目录、年表、历史地图等，尽管已经提供了相当多的便利，但是仍然不能摆脱纸本检索工具的种种缺陷，如门类不齐全，排检方式单一，缺少综合条件和渐进式检索方式，无法产生再生资源，只能部分地完成信息查询功能，不能做到海量数据中的知识发现，携带不便、复制困难又在其次。例如《世说新语笺疏》所附《书名索引》以字顺方式排检，如果读者希望检索家谱类书名，则必须翻阅全部的书名索引才能毫无遗漏，如果依照分类排检方式，则读者会直接查得所需家谱类古籍，节省很多时间。数字图书馆恰可发挥计算机和网络海量存储、互动、多排检方式和复杂筛选的特征，我们所设想的知识发现解决方案正是针对上述问题，确保信息查询的查准率和查询率，并实现海量信息中的知识发现。其重要步骤包括古籍文献的载体转换、深入标引、规范控制和多维度的知识管理。

三、建立知识模型解决方案

在建立知识模型方面，计算语言学所取得的成就能给我们提供很大的启发。北京大学计算语言所的专家在自然语言的建模方面取得了重大进展，自然语言语义和语法的数学模型都已逐步建立，有中文概念词典（一部 WordNet 框架的现代汉语语义词典），还有兼顾语义与语法方面的范畴词典和范畴语法。计算语言学最核心的课题是建立起结构化的概念词典（概念即同义词集合），获得语义学的数学模型，对自然语料库的语料进行分析；然后建立句法理论的数学模型，决定概念如何组合成为更大的语言成分；再加上范畴语法的所建立的良好的语义描述和句法描述的同构关系而将两者联系起来，人们就可以从不同的假设和目的出发来分析和处理自然语言。[5]知识模型的建立也是如此，以关键词为基本单位，突破以往图书馆仅仅以物理形态为文献管理单位的旧观念。同时，从基本的知识维度出发，建立每类知识关联的模型，作为联结关键词的“语法规则”，将各类关键词模型组合成更大更高的知识模型，最后直至建立其全部的知识体系。

同时，我们也认为，建立知识模型，实现模式识别和知识扩展既是计算语言学的发展，又与之互相补充。专家指出：“自然语言语义的形式化问题很困难，目前数学和逻辑学都没能为之提供一个令人信服的工具。首先，自然语言的句法与语义的界定是一件不可能的事：与人工语言不同，自然语言的句法和语义纠缠在一起，几乎在所有的层面上，二者都是不可分割的。其次，为描述自然语言而构造的句法和语义无歧义的形式语言的描述能力值得怀疑。”[6]与之比较，建立知识模型的难度则低得多，它所揭示的是确实而稳定的知识关联，而且已经经过经验和学术的验证，还有传统检索工具为蓝本。我们还认为，语义模型的建立最终还要和知识模型联合起来才能发挥更大的效用，以专名为核心的知识模型和以语词为核心的语义模型在人类知识体系中又可互相补充。

建立知识库的首要工作是建立知识模型，它是知识扩展、模式识别和知识管理最重要的基础。传统检索工具进行知识组织的基本维度，是我们建立知识模型的基础，也构成了数字图书馆的应用数据库的主要类型，试列举如下：

（一）书名、篇名类

1. 古籍书目型，例如《四库全书总目》、《中国古籍善本书目》；
2. 书名规范索引型，例如《同书异名汇录》、《同名异书汇录》；
3. 题跋索引型，例如《古籍版本题跋索引》、《石刻题跋索引》；
4. 篇目索引型，例如《清人文集篇目分类索引》、《四库全书文集篇目分类索引》。

（二）人物类

1. 人名规范索引型，例如《室名别号索引》、《清人室名别称字号索引》；
2. 人物传记资料索引型，例如《唐五代人物传记资料索引》、《宋元方志传记索引》；
3. 人物姓氏、世系型：《元和姓纂》、历代正史《宗室世系表》、《宰相世系表》；
4. 人物科第索引型，例如《登科记考》、《明清进士题名碑录索引》；
5. 人物年谱型，例如《白居易年谱》、《王国维年谱》。

（三）地理类

1. 地名规范型，例如《中国古今地名大辞典》、《中国历史地名大辞典》；
2. 地理总志型，例如《元和郡县图志》、《太平寰宇记》；
3. 地方志型，例如《两京新记》、《长安志》；
4. 地图型，例如《中国历史地图集》、《唐代交通图考》。

（四）职官类

1. 职官体系表，例如历代史书《职官（百官）志》、《唐六典》、《通典・职官典》；
2. 职官制度年表，例如《唐仆尚丞郎表》、《唐刺史考》、《唐九卿考》。

（五）主题类

1. 文学题材索引型，例如《唐人小说》、《弹词叙录》；
2. 古典诗文主题索引型，例如《文苑英华》、《佩文韵府》。

（六）年代类

中外历日转换型，例如：《二十史朔闰表》、《两千年中西回史日历》。

（七）年表

大事年表型，例如：《中国历史大事年表》、《中国文学史大事年表》。

（八）名物类

古代名物索引型，例如《中国古代名物大典》、《中国衣冠服饰大辞典》。

我们注意到，以上各类各型的传统检索工具并非同一形态，我们必须依据它们的原生形态和知识维度各自来建立知识模型，然后根据它们之间必然的关联再把不同维度连接起来，以支持全部知识体系中的知识发现。

首先是建立关键词模型，对比以上传统检索工具的特征，我们会发现以往图书馆界所使用的标引和著录格式，如 CNMARC 之类，远远不能满足这样多样的复杂的关键词建模需求。这是因为 MARC 格式产生于计算机信息处理技术产生初期，当时计算机主要用于计算，而信息处理能力仍然处于较低水平。MARC 的信息处理设想是将个体描述的丰富维度压缩到一个平面之内，甚至将个体描述于信息的组织管理也置于一个平面之中，这势必导致信息处理功能的低下。新的 DC 元数据格式符合 XML 置标语言，有了简化的形式，而且开始重视管理层面的问题，但是如果我们依然忽视知识模型和知识管理，仍旧像使用 MARC 格式那样使用 DC 元数据格式，那么就难免重蹈覆辙，将数字图书馆建设引入歧途。我们认为简单著录和详细描述之间并不矛盾，如果我们能够认识到每个关键词和其它关键词的联系都是一个不同的维度，那么我们自然会选择 DC 元数据格式做最简单的著录（大约每个表格只需五个左右的著录项目），然后再将多个著录的二维表格互相叠加，形成一个放射型的知识模型（见知识维度示意图）。在数据库类型中，我们认为的关系型数据库最适合作为描述和管理的媒体，它恰好是以二维表为核心，多重叠加而成的，它能够在一定的管理软件中发挥知识扩展的功能。每一类关键词，都可以建立一种对应的关系型数据库。关系型数据的特征是结构化的，它可以实现对于关键词的运算。所谓运算，包括关键词的赋值、比较、排序、筛选。经由关键词的运算，就可以进一步实现含有这些关键词的文本的识别、排序和筛选。以往，非结构化的全文检索和结构化的数据库检索分属不同领域，无法实现相同的功能，对于全文信息的处理始终停滞在无索引的简单一致检索阶段；如果我们通过关键词的结构化建模和运算，而将全文信息处理推向结构化处理阶段，那么将是通向知识发现的重要一步。

知识维度示意图

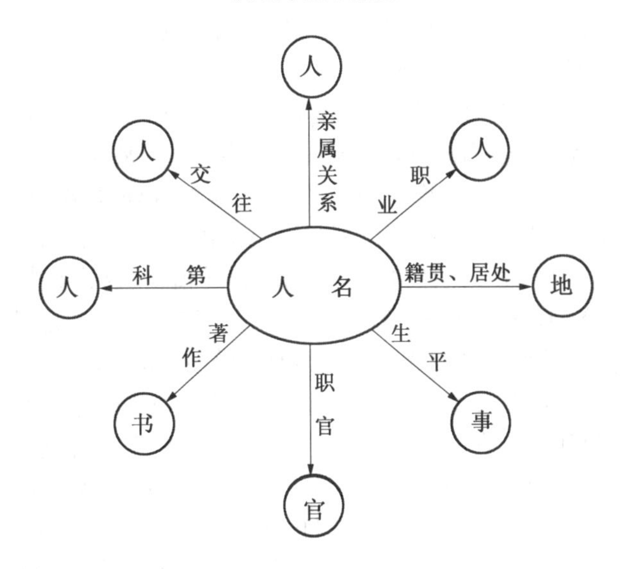

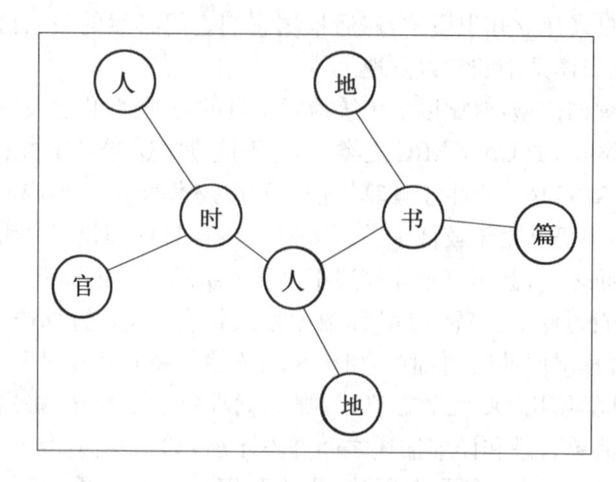

除了单个关键词的建模，我们还要考虑不同关键词的联结，分子生物学的分子模型给我们带来了启发。分子模型是通过科学实验得到的观测结果，是对分子中元素组合形态的客观描述。同理，每类关键词描述中都会关联到其它类型的关键词，这种关系总是处于一定的知识维度之中，沿着这些知识维度我们就获得了不同关键词的连接模型。在关键词A模型的二维表中，A是主款目，而置于与A相关的关键词B模型中，则B为主款目，这种互为主次的关联中，不同的关键词模型就得以联结了。这样的联结形态与分子模型的外观十分相似。

依照这些关键词之间的本然的内在关联建立起来的模型，其功能是远胜于传统检索工具的，因为前者可以进行关键词的运算，还可以抽取文献的主题、体裁、结构、类别、韵脚、格律等特征，进行排序、筛选、统计和分类，寻求不同文本之间的相关性，后者限于媒体形态，无法实现多途径排检，也难于互相联结为一个整体。

我们可以举出一个实例，显示建立知识模型所能实现的功能——模糊查询。模糊查询综合了知识扩展和模式识别两种要求。图书馆的检索功能，仅仅注意到读者在题目、著者等方面的模糊检索需求，提出了多种应对方案，但完全没有留意读者时间模糊查询、地理信息模糊查询、分类模糊查询、人物关系模糊查询等方面的需求。时间模糊查询，即查询特定的时间段落或周期中数据，例如检索早于某年、晚于某年或某年至某年之间的数据，或是提取多年以来某个季节的数据；地理信息的模糊查询，即检索同属于某些行政区划或地形地域的数据，例如检索属于唐代都畿道范围内的碑铭资料；分类模糊查询，即检索同属于某些特定类别的事物，例如检索属于百合科的植物，或是查找属于史部传记类的古籍；人物关系模糊查询，即检索属于某些特定族属、特定家族、特定社会关系的数据，例如检索中古时期博陵崔氏家族的人物，等等，类似的模糊查询要求还有很多。我们建立了地名规范模型、古今地名沿革模型和地图模型，就能满足地理信息模糊查询要求；建立了年表模型，就能满足时代模糊查询要求；建立了百科分类模型，就能满足分类模糊查询要求；建立了人物关系模型（世系关系、同业关系、同科关系、同僚关系，等等）、人物籍贯模型，就能满足人物模糊查询要求。总之，与旧日输入式检索相比，具有知识发现功能的数字图书馆不再是一个冷冰冰的输入栏，而是由多种多样的导航页面构成，其连接方式是人性化和符合人类认知习惯的，提供依据知识模型产生的模糊查询和递进查询功能，还能利用已有的知识模型对查询结果进行复杂的筛选、排序和统计。

建立知识管理体系，从传统检索工具中发掘其特性，为我所用，研究为知识建模服务的各类标准，是当前数字图书馆基础理论研究领域最为紧迫的课题，而且是形成图书馆核心竞争力的重要因素。科技的发展和引用固然是实现数字图书馆的手段，但是没有内容专家做建筑师，提供建设数字图书馆的思想和理论，那么科技仍然只是砖瓦、水泥，不能自己变成一座大楼。

参考文献

[1] 胡适：《〈国学季刊〉发刊宣言》，原载《国学季刊》第1卷第1号，1923年1月。此据欧阳哲生编《胡适文集》3，北京大学出版社，1998年12月，第5—17页。

[2] 王重民编：《国学论文索引(初编)》，国立北平图书馆，1929年；王重民、杨殿珣等编：《清代文集篇目分类索引》，北平图书馆，1935年；杨殿珣编：《石刻题跋索引》，上海商务印书馆，1940年；王重民：《中国善本书提要》，上海古籍出版社，1983年。

[3] 参见拙稿《论中国古籍的数字化与人文学术研究》，《北京图书馆馆刊》1999年第2期，第28—35页。

[4] 章学诚：《校雠通义・校雠条理》，《章学诚遗书》，文物出版社，1985年，第98页。

[5] 于江生、俞士汶：《中文概念词典的结构》，来自 http://icl.pku.edu.cn/yujs/papers/pdf/StrucCCD.pdf。于江生：《范畴语法简介》，来自 http://icl.pku.edu.cn/yujs/papers/pdf/intr2cg.pdf。

[6] 于江生：《计算语义学简介》，来自 http://icl.pku.edu.cn/yujs/papers/html/intr2cs_1.htm。

关于敦煌学数据库*

赵书城　庄　虹　冯培红　沈子君
（兰州大学）

随着全球信息化革命的发展，情报文献学，包括历史文献学，面临由传统型向现代型的转变。无论是文献的采集、分编、著录，还是文献的检索、传递、服务都面临着强烈冲击，其标志是：计算机技术发展异常迅速，计算机的使用日益普及；高密度存储技术日新月异，软件及数据库的开发形成产业；数据通讯技术也是如此，国际互联网（Internet）向全球迅速扩展，信息高速公路建设成为国策。近年来，我国网络建设发展迅速，已建成中国教育科研网、中科院网、邮电网等信息网。重硬件、轻软件，重网络、轻资源的问题日益显现，互联网上有路无车、有车无货的情形时有发生。因此，建设中文信息资源，尤其是建设对于学科建设、经济发展有意义的，具有民族、地域特色的数据库已经成为我国网络建设发展的重大问题。建设敦煌学数据库，便是在这种情形下提出的。

公元4世纪，乐僔和尚在莫高窟修建了敦煌的第一个洞窟。自此以后，历代人们陆续修建，经过十几个世纪的努力，先后开凿了一千多个洞窟，为我们留下了博大精深、内容极为丰富的文化艺术宝库。在这里，一千多年间中华民族政治、军事、经济、历史、文化、艺术以及对外交流等方面的资料，形象、生动地保留了下来。在这里，绘画艺术、雕塑艺术、建筑艺术彼此关联、交相辉映，和谐地、天衣无缝地糅合在一起。它为研究我国和中亚、以及印度次大陆的历史，提供了浩如烟海的珍贵资料，是人类稀有的文化宝藏和精神财富。

敦煌石窟，闻名于世。敦煌石窟及从藏经洞出土的5万余件敦煌遗书是人类历史上罕有的宝贵遗产。近一个世纪来，国内外许多学者对之争相研究，成果累累，形成一门新兴的学科——敦煌学。

世界上历史悠久、地域广阔、自成体系、影响深远的文化体系只有四个：中国、印度、希腊、伊斯兰。而这四个文化体系汇集的地方只有古代西域与敦煌。敦煌作为中西各文化的交融点，其特定的时空概念规定了敦煌学的特殊内涵。敦煌学赖以成为基础的不外乎敦煌地区遗留下来的文物文献资料，而这些资料产生于古代敦煌地区，比较真实而全面地反映着古代敦煌特有的历史风貌。同时，它也为中国古代史研究、中亚史研究，乃至世界史研究提供了宝贵的资料。

敦煌学在20世纪已成为一门国际性的显学，体系结构庞大，内容涉及面广，涵盖了许多门分支学科，如宗教、历史、地理、艺术、文学、民族、民俗、经济、政治、文化、语言文字、中西交通、石窟保护及维修以及医学、建筑等。敦煌学内容博大精深，各分支学科之间互相关联、彼此交叉，因而对于敦煌学的综合研究来说，迫切需要加强各学科间的信息沟通，共同合作。又由于敦煌学是一门国际性的学科，文物资料散藏各国，而世界各国也都有专门的研究敦煌学的机构与队伍，因此亟需加强各国敦煌文物的刊布工作与共同使用，进行合作研究。近年来，敦煌学研究硕果累累，有了长足的发展，进入一个繁荣时期。同时，有关专家学者亦越发深刻地感受到全面、系统、立体地对敦煌学进行研究的重要性和紧迫性，提出了对现有敦煌学资料及研究成果进行全面系统的分析和整理的要求。如何利用计算机等高科技手段也自然地摆在大家的面前。

鉴于以上原因，建立敦煌学数据库成为利用新的技术手段与方法来研究敦煌学的重要而迫切的问题。敦煌学数据库的建立，可以使分散在全世界的敦煌文物资料集中起来，形成资源网，使资料信息得到共享，研究信息得到沟通，同时也方便研究者们迅速地掌握与了解全球敦煌学研究的动态，使自己的研究站在科研的前沿，出最新的成果。从另一个方面说，敦煌是古代中西文化的交融点，是世界文化结构体系中重要的一环，充分地把握其自身的特征，深入地进行敦煌学的研究，才能把敦煌学深入发展下去。

目前，已有一些学者在遗书编目、石窟保护等方面利用计算机技术做了初步尝试。英国大不列颠图书馆的《国际敦煌学项目数据库》(International Dunhuang Project)更是开国际敦煌学项目网络数据库的先河。但是就总体而言，在敦煌学研究的整体领域内，计算机技术的运用仍远未普及，资料利用、信息沟通与成果互享等方面相对落后，妨碍了敦煌学科研的前沿性与先进性。在各分支学科内部，重复研究、多次劳动的现象时有发生，浪费了大量的人力与劳动，这显然不利于敦煌学研究的学科发展。

综上所述，依据敦煌学自身的交叉性、立体性、国际性的特点，考虑敦煌文物资料散藏各国，而世界各国也都有专门的研究敦煌学的机构与队伍的现状，面对加强各敦煌学分支学科间的信息沟通及共同合作的迫切需要，利用计算机技术，建立一个综合全面并具有权威性的敦煌学研究资料及研究成果的数据库，不仅意义重大，而且十分必要。

目前，CALIS(中国高等教育文献保障体系)管理中心已正式批准立项，研制开发“敦煌学网络数据库”。该项目由兰州大学图书馆牵头，以兰州大学敦煌学研究所和敦煌研究院的文献研究成果为依托，与兰州大学计算机系共同完成网络支持、数据库设计、应用程序开发和各种文献信息的数字化，并对数据库内容和应用程序进行维护和更新。相信多层次、各学科及各种优势力量的结合一定会使敦煌学网络数据库顺利建成。

该数据库具有强烈的地域色彩，将包含文、图、音、视等多媒体信息。采取基于Browse/Web Server的三层体系结构，连入国际互联网，便于使用、维护和更新。这将大大促进敦煌学研究的发展和国际交流，具有重要的学术意义、不可估量的文化价值和社会效益。本项目的创新之处在于：敦煌学数据库的建立是计算机技术在敦煌学上大规模、完整地应用，必将促进敦煌学的发展，也是计算机技术应用领域扩展的一次极好的尝试；该数据库采用先进的超文本和超媒体技术、Web技术，直接建立在Internet网络上；该数据库拟利用数据挖掘技术(Data Mining)，高度自动化分析数据库中的时间，作出归纳性推理，从中挖掘潜在模式供敦煌学专家分析；该数据库采用自动搜索技术自动搜索、更新和维护敦煌学数据库及其相关网址。

敦煌学数据库的设计将计算机技术和敦煌学研究紧密地结合起来，主要内容包括计算机网络设计、数据库分析和设计以及敦煌学内容的收集、整理及数字化。具体如下：

一、数据库的设计

根据敦煌学的体系内容(包括历史、地理、宗教、民俗、语言文字、文献、考古、艺术、科技、文物保护、敦煌学史等各学科），数据库将包含文字、图像、音频、视频等多媒体信息。具体分为四大板块：

1. 敦煌遗书及绢画、洞窟题记数据库

敦煌遗书及绢画、洞窟题记是文字性第一手珍贵史料，属于敦煌学数据库的重要内容之一。敦煌遗书出土于藏经洞，共五万余卷，分别散藏于中国、英国、法国、俄国、日本等各个国家。另外莫高窟、榆林窟的榜书题记和绢画题记也留下不少珍贵的文字资料。

2. 敦煌绘画、彩塑数据库

敦煌绘画包括洞窟壁画与丝绢幡画。可以利用计算机图像处理与数据库管理技术，通过摄影测量技术及仪器扫描，实现敦煌壁画及绢画、彩塑的数字图像存贮，并配备辅助性文字说明与解释，建立文字档案，使之图文并茂，形象美观。

3. 敦煌学研究文献数据库

敦煌学研究要处于学术的前沿，必须掌握学界的已有成果与研究动态，避免重复与无用劳动，沟通学者之间的信息。敦煌学论著目录包括百年来出版的书籍、论文，以方便检索查找，提供给敦煌学研究者利用，确保研究的前沿性。

4. 敦煌学的研究专家和机构数据库

敦煌学研究机构与队伍包括全世界的各个科研单位、高校及个人等。

二、数据库应用程序的开发和 Web 页面的设计

一是面向管理者的应用程序，主要完成对敦煌学数据库内容的管理、更新和维护，将基于 Client/Server，方便内容的及时更新，并具有较好的安全性；二是面向用户的应用程序，将基于 Browse/Server 模式，使用户可以通过浏览器方便快速地查阅所需信息和资料，随时得到有关敦煌学的最新研究成果和趋势。

三、计算机网络设计

数据库通过中国教育科研网接入 Internet，供世界各地学者及爱好者浏览使用。

敦煌学文献的收集研究、整理及数字化工作基于兰州大学敦煌学研究所和敦煌研究院有关专家的研究课题与成果，以及其他敦煌学者的研究论著，数据的整理录入由图书馆组织完成。现阶段有关敦煌学数据库的文献准备工作和技术准备已臻于成熟：

1. 文献收集

兰州大学图书馆有关敦煌学及相关学科藏书 6 万余册，中国敦煌吐鲁番学会兰州大学资料中心有藏书 2 万册及全套缩微胶片，历史系资料室有关敦煌学方面的藏书达 2 万册，敦煌研究院资料中心藏书 24 万册。

2. 文献研究成果

1998 年已检索有关敦煌学论文目录共 3 700 多条，英藏敦煌文献的目录与内容共 2 万条，莫高窟、榆林窟等壁画题记内容近 2 000 条，以及河西走廊各石窟寺及其它文化古迹的图片及介绍性文字 800 多条。兰州大学敦煌学研究所主编的《敦煌学辑刊》、敦煌研究院主编的《敦煌研究》和北京大学出版的《敦煌吐鲁番研究》为国内的敦煌学研究期刊，是数据库中研究文献的重要来源。

3. 技术准备与网站建设

兰大图书馆已录入书目数据10余万条，于1998年3月建成图书馆Web网站；兰大所建的“敦煌艺术”站点有飞天彩塑数据近百条，是数据库建设的基础。

兰州大学为“211工程”重点建设高校，图书馆自动化建设取得长足进步，有一支熟悉计算机技术的专业队伍。已建书目、期刊数据库15万条，全面实现计算机管理；并通过Web站点与CERNET连接。敦煌学数据库所需网络服务器（SUN工作站）、扫描仪已安装完毕，另有5台微机可供专用。兰州大学敦煌学研究所1998年与敦煌研究院联合申请获得敦煌学博士学位授予权，专家队伍实力雄厚，研究成果卓越。

敦煌是一个圣地：敦煌学更是万千学者寄梦其中的学科。对敦煌学的研究已走过了百年历程，积累了许多宝贵的经验，更取得了许多突出的成果。建立敦煌学网络数据库，一方面是充分考虑敦煌学自身的特点，总结、整理、归纳已有的研究资料和研究成果，促进世界范围内敦煌学研究资料的流通和共享、研究成果的交流以及研究人员的合作和互通声息；另一方面更是希望使该数据库成为一个普通人走近、了解敦煌的门径，专家学者考查、研究敦煌的工具，让更多的人来关心敦煌，让敦煌学研究进一步发展，真正实现国人“敦煌在中国，敦煌学在世界！”之理想！

参考文献

[1] 唐常杰、王利强等：《基于Web的数据库的研究》，《计算机应用》1998年第10期。

[2] 赵书城、董翔：《西部地区高校图书馆自动化建设与信息服务的思考》，《国际会议论文集》，北京大学出版社，1998年。

[3] 赵书城等：《任重而道远——对我馆40年来二次文献工作的回顾》，《图书馆建设》1998年第5期。

[4] 施萍婷：《敦煌研究院、上海图书馆、天津艺术博物馆敦煌遗书巡礼》，《东洋学报》1990年第1—2期。

[5] 郑炳林主编：《敦煌吐鲁番文献研究》，兰州大学出版社，1995年。

* 原载《敦煌学辑刊》1999年第1期（总第35期），第128—131页。

关于敦煌学数据库中检索字段的探讨*

吕　娟　董　翔
（兰州大学）

我国学术界自1909年得睹敦煌文献之时起，即开始对其进行整理和研究，经过我国学者和日、法、英、俄等国学者的共同努力，以整理和研究敦煌文献为发端的学术研究领域逐渐扩大，并形成了一门新的学科——敦煌学。现在，敦煌学已成为一门国际显学，它的研究文献散见于世界各地，跨学科、多语种，面对繁多的敦煌学文献信息，面对纵横交错的信息高速公路，面对日益迫切的用户需求，把敦煌学文献数字化，走特色数据库建设之路，才是我们最佳的选择。随着"211工程"高等文献保障系统(CALIS)项目之一的特色数据库建设工作的开始，我馆研建敦煌学数据库的工作已拉开了帷幕。敦煌学数据库的建设任务是把分散于各种载体有价值的专题文献信息予以收集、整理、加工、编排，令其电子化、网络化、资源化、系统化、长效化，以求重组信息资源，优化文献结构，方便读者检索，共享网上资源。因此，为保证敦煌学文献的共享性，数据库的建设必须实行标准化和规范化。在工作实践中，我们就敦煌学数据库的检索字段问题作一初步的探讨。

1. 以CN—MARC格式为标准

众所周知，应用计算机处理数据，只有在一个格式下建立的书目数据，才有可能存放在同一个数据库中提供给读者使用；另一方面，敦煌学数据库的文献源为本学科领域中专指性很强的文献。因而建库过程中，首先按照CN—MARC规定处理数据。其次，为全面完整地揭示文献信息，数据库提供了题名（含正题名、副题名）、著者、文献出版（刊名、篇名、年、卷、期、页）、附注项、文摘（题要）、丛书项、主题词、新增词、关键词、分类号、ISSN或ISBN、馆藏项等检索字段。

2. 敦煌学数据库中主要检索字段分析

作为CALIS项目之一的敦煌学数据库，最终的实现目标为：用户通过Internet在统一Web界面下进行检索，以满足读者对数据检索查询的要求。现将主要检索字段进行分析。

2.1　606字段——主题词字段、610字段——关键词字段

主题词是能用于描述、存贮、查找文献而作为建立检索工具依据的规范化词汇，它在机读目录中占有十分重要的地位。主题标引工作就是准确地、系统地、唯一地、简明地表达文献主题，对文献主题的自然语言进行人为控制，概括描述、分析优选、压缩提炼，形成概念上是单义性的、科学稳定性的、兼容性的，形式上是结构化、符号化和机读化的标识。因而使用主题词检索机读数据，检索结果精确，提高了文献的查准率。但是，主题词检索向用户提供的是《汉语主题词表》（以下简称《汉表》）中的规范词，多数用户都不熟悉《汉表》中的受控词，这给用户在检索时带来了不便；相反用户在进行检索时通常感到使用本

学科的自然语言要比使用受控语言方便得多。而关键词是那些出现在文献的标题(篇名、章节名)以至摘要、正文中,对表征文献主题内容具有实质意义的语词。关键词灵活,相对于主题词来说,具有易用性;同时正是由于关键词是文献作者的书面语言,用作情报检索更能体现文献的保障原则,各学科的用户在进行检索时一定会感到使用本学科领域的关键词要比使用受授语词方便得多;而且关键词是完全专指的,它可以对用在文摘、索引式文献中出现的任何一个有实际意义的词进行检索,因而具有较好的检准率。然而,关键词是采用自然语言的语词,对自然语言中存在的等同关系不加规范,也不显示词与词之间的等级关系和相关关系,使同一主题的文献分散,容易使用户检索受挫或漏检。

因此,在建敦煌学数据库时,既做了主题词字段也做了关键词字段,使二者的优点结合起来,互为补充。一旦有了这两个检索字段就能为用户提供与规范语言并行的自然语言检索入口。用户在检索时可以灵活地使用不同检索点进行逻辑组配,即把主题词和关键词检索点组配起来使用,以保证文献的查全率和查准率。

2.2　606字段,新增词的分析

文献的主题标引是保证机读目录质量的重要组成部分,主题词采用的是《汉表》中的受控语言,但随着学科的不断发展,新的名词术语不断涌现,许多专指词必须用非受控语言即自然语言来标引,力求使文献主题的专指程度较高。在敦煌学数据库的建库实践中,由于所标引的文献源学科专业性很强,利用《汉表》中的受控词不能全面完整地揭示文献主题内容,因而我们使用了新增词,示例如下(以下示例中划横线者为新增词):

1. 敦煌汉简书法精选

汉字——书法——汉简——秦汉时代

2. 敦煌莫高窟供养人题记

美术考古——供养人——莫高窟

3. 古丝路音乐及敦煌舞谱研究

舞谱——音乐——丝绸之路——古代

4. 敦煌写本碎金研究

古籍——抄本——碎金——研究

5. 敦煌石窟秘方与灸络图

美术考古——中医——药学——针灸——灸络图

6. 敦煌愿文集

遗书——愿文——文集

7. 敦煌变文集补编

敦煌学——变文——文集

新增词是指反映新学科、新技术等的概念词,该词在现用词表中无相应的专指词,也无法以直接上位词标引,也无法组配;这类词以自然语言形式出现,但并不是纯粹的自然语言,诚如张琪玉先生在《情报语言学基础》一书中指出:“这种纯的自然语言检索,如果说是不能的,也是低水平的。”因而在使用这类词时对自然语言中大量存在的等同关系、等级关系和相关关系的词进行规范和控制,以便克服自然语言中影响检索效率的不利因素,起到提高检索效率的作用。此外,在计算机技术处理上,新增词前加了标识符“*”,一旦《表》扩充后,使计算机能够通过指示符把主题词字段的新增词导出,编目人员可根据《汉表》对照新增词，进行修改，使其变为受控语言，再将其导入主题词字段，从而使数据升级得以实现。

2.3　丛书项、附注项字段

在著录敦煌学数据库文献源的过程中，我们通过对具体书目的分析发现，丛书项、附注项对揭示文献主题也起到了一定的作用。示例如下：

丛书项(225 字段为丛书项字段)：

1. 敦煌文献研究

225，敦煌学文库

2. 北凉译经论

225，敦煌学文库

3. 敦煌僧诗校辑

225，敦煌文献丛书

4. 敦煌天文历法文献辑校

225，敦煌文献分类录校丛刊

5. 敦煌吐鲁番学耕耘录

225，敦煌丛刊二集

6. 段文杰敦煌研究五十年纪念文集

225，中国敦煌石窟保护研究基金会资助出版丛书

附注项(300 字段为附注项字段)：

1. 敦煌学大辞典

300，本书由中国敦煌石窟保护研究基金会资助出版

2. 敦煌文献语言词典

300，本书收有敦煌文献语言词条 1 526 个

3. 俄藏敦煌文献

300，俄罗斯科学院东方研究所圣彼得堡分所藏敦煌文献

4. 法藏敦煌西域文献

300，法国国家图书馆馆藏敦煌西域文献

在对具体书目进行分析的基础上，采用文献计量统计的方法，对 300 种带有丛书项的文献和 200 种附注项的文献进行了统计，统计结果见下表：

与文献主题词相关度 / 数量百分比 / 款目	种数	密切相关		一般相关		无关	
		数量	百分比	数量	百分比	数量	百分比
丛书项	300	184	61.3%	80	26.6%	36	12%
附注项	200	75	37.5%	65	32.5%	60	20%

从以上统计数字可以看出丛书项、附注项与主题词相关程度均达到 65%以上；同时丛书项、附注项采用的是与源文献一致的自然语言，因此它对文献的主题及文献的内容具有一定的专指性，利用计算机软件，实现了从关键词检索点入口查词，计算机不仅从关键

词字段而且从丛书项和附注项字段也可抓取与之匹配的文献，以确保文献的查全率和查准率。

在敦煌学研究已历经百年的今天，建设敦煌学数据库开拓了敦煌学研究的新领域，填补了专题性学科数据库的空白；敦煌学文献数字化极大地方便了学者的检索需求；敦煌学数据库的网络化，因其开放性、共享性，能引起不同层次读者的研究兴趣，使得敦煌学这门国际显学的学术地位愈来愈重要。为保证网络环境下敦煌学数据库建设的高质量、高效益，在建库过程中更应注重对检索字段的著录，注重对检索字段信息的收集和选取，保证数据库的准确性和完备性。要完成一个优质的、高水平的数据库的工作任重而道远，需要付出大量的智慧和汗水。

参考文献

[1] 郝春文：《敦煌文献与历史研究的回顾和展望》，《历史研究》1998 年第 1 期。

[2] 张琪玉：《情报语言学基础》，武汉：武汉大学出版社，1997 年 7 月。

[3] 侯汉清、马张华：《主题法导论》，北京：北京大学出版社，1991 年。

[4] 郝旭：《汉语受控词表检索系统结构模式探析》，《情报杂志》1998 年第 1 期。

[5] 徐成兵：《情报检索中的受控语言和自然语言》，《情报》1995 年第 5 期。

* 原载《敦煌学辑刊》1999 年第 2 期(总第 36 期)，第 101—104 页。

敦煌学文献信息元数据框架构想*

李鸿恩(敦煌研究院)

一、元 数 据

计算机技术及现代信息处理技术的发展,使得潮水般的文献信息资料纷纷登上网络媒体,已构成对图书情报界的挑战。目前,网上使用的引擎技术在编制方面又过于简便,不能满足检索需要。因此,对网上资源的开发、管理和有效利用是广大文献信息工作者面临的重要课题。文献信息资料工作急需完成一个重要角色的转换,即从传统的文献收藏者变成社会信息的管理者和发布者,图书馆将成为信息集散地和发布中心。与传统图书馆面临不同的是它将由原来面向由印刷技术为依托的纸质载体为处理对象转变为以网络技术为依托的数字化文献信息资源。

我们知道,传统文献信息资料是依靠图书馆分类、编目工作,组织文献资源的整序管理并提供用户服务的,而在网络环境下数字化资源已逐渐成为信息资源的主流,仅仅依靠传统的技术和方法,将很难适应形势的发展。

互联网上所有的应用都是建立在协议、标准的基础上。这也是当代信息资源开发的基础。为了能够适应现代计算机技术和网络环境中信息资源的组织、管理、存储及传输和检索,20世纪末,不同版本的元数据标准应运而生。元数据是有效地组织与处理任何数据化文献信息资源的工具。一般定义为,关于数据的数据(data about data),也称为描述数据的数据(data that describe data)。其功能是对资源定位和管理有助。

国际图书馆协会联盟(IFLA)对元数据的定义是:描述资料的资料,可用来协助对网络电子资源的辨识指示其位置的任何资料。

从元数据的定义出发,我们可以认为传统图书馆里的编目工作以及其后由计算机自动生成MARC数据是元数据和元数据产品,但若从更科学更为严格的意义上讲,后者仅仅是继承了前者的思想体系,而其功能则不可同日而言。

DC元数据也称为都柏林元数据,由美国OCLC公司发起,1995年在美国俄亥俄州的都柏林镇召开了第一届元数据研讨会,提出了都柏林核心元素集(Dublin Metadata core Element set)。其目的是通过对信息数字化及网络资源的描述、管理和定位、评估,为非专业用户提供一种易于掌握和使用的网络资源著录格式和更多的检索途径,从而提高网络资源的开发利用效率。

二、敦煌学信息资料的分布特征

敦煌学诞生源于20世纪初藏经洞的发现。它既有大量的文物遗址和洞窟内雕塑、壁画作品及遗书,又有对这些文物实体内容研究和描述形式的纸质载体的文献资料;既有对这些文物实体的数字化再现，又有对历史上形成的大量的图版资料（如已出版的众多大型画册等）的数字化处理；既有大量壁画临摹作品，又有大量历史上遗留下来的胶卷和照相底片。由于历史原因，这两类文献资料中有一部分本身已成为文物资料。作为历史资料和文物也应当进行数字化处理。从分布的时间范围来看，敦煌文献资料涉及到世界上很多国家及国内众多图书馆和博物馆。

敦煌学研究是一项综合性跨学科的科学研究活动，由此而形成的研究成果也必然是包含社会科学和自然科学及技术工程各领域的知识记录。截止到2000年底，据不完全统计，敦煌学研究文献资料已达10 636件（部），学科内容已涉及文献研究、历史、地理、考古、石窟资料、宗教、民俗、民族、语言文字、文学、艺术文物保护等方面，同时还有向交叉学科发展的趋势。如石窟艺术的研究对象就包括了石窟建筑、结构形制、地质情况及窟内壁画、雕塑作品的内容、艺术风格、所用颜料的化学成分、壁画依附载体（崖壁）的成分研究。这就形成了对同一对象从不同学科、不同层面的研究态势，随之产生了多学科复合性的文献信息资料。应当指出的是，近年随着保护意识不断增强，敦煌学研究的技术手段涉及到大量的物理、化学、生物科学及环境科学知识。这一系列的科研活动的成果必然以文献信息载体的形态出现。

三、敦煌学数据的特点及设计思路

在敦煌学信息资源中，一个将被元数据描述的对象往往是一个较为复杂的复合对象，是一个抽象对象的集合体。它包括原始对象、对象复制品、数字复制品。在制定标准时应有超前意识，主动靠拢国际标准，并兼顾本单位部门信息资源特点。对文献类型的信息资源应遵照国际互联网有关框架协议及国际上通用的工作规范和标准。对文物资源信息则应当根据其自身特点，注重对描述性元素的拓展。

在对敦煌学文献信息资源描述时应注意与一般图书文献著录方式有所区别。它不仅是对文献资料所含内容及其纸质载体本身的描述，而且在很大程度上要求对描述该文献所反映的原事物对象的具体说明。由于这些文献资料很多都是以相关文物实体为研究对象的，与这些文物内容及其价值有密切关联，应明确这部分重要事实。例如，某一窟内一幅壁画被某位艺术家临摹后形成一幅绘画作品，著录时应尽可能详细描述相关信息，包括临摹作者、临摹时间、壁画所在空间位置、所用纸张及颜料类型、临摹手法、收藏单位等。此后，一位研究人员对该壁画进行专题研究形成了专题文献。该文献中又增加若干摄影作品也包括上述作者的那幅临摹作品。它们与作者文中的信息构成了一个完整的总体，已成为文献不可分割的一部分。因此，对于敦煌学文献信息资源描述时，必须认真对待涉及到原文物实体及其在文献中交叉重复再现的作品。

在文献资料实现数字化以后，还应对数字影像及全文进行著录。凡是敦煌学研究范围内的文物实体及相关信息资料都应在元数据框架内全面反映和充分揭示。

（1）窟内原始壁画与论文、专著及临品、摄影作品及其数字图像是同一研究对象的不同层面的交叉再现，只是由于研究手段、技术方法不同，而形成不同载体。文字型资料是根据壁画的特征紧密结合相关资料综合研究的结果，而临品及摄影作品则针对壁画的原貌实体的描述，数字图像（无论是以实物及研究成果）可统称为数字化再现。

(2) 一幅壁画由于研究目的、方法不同也可产生不同形式的文献资料。如：在摄影过程中使用的相机型号、用光、角度不同，会产生不同的效果。由于环境变化、受病害侵袭壁画本体也会发生较大变化。同一壁画被不同艺术家临摹时，由于对作品的理解不同，采用的技法、纸张、装裱形式不同也会产生风格各异的作品。

(3) 同一壁画及复制品(临品、图片、底片)利用不同方法形成数字产品(数码相机、扫描仪等)，由于机器性能不同、技术手段不同也会产生不同的数字图像。它们在大小、分辨率等方面必然有所差别。

对于壁画研究者和欣赏者来说，首先要检索的对象是洞窟内的原壁画。如果需要深入研究，再根据需要检索相关文献资料及其复制品。因此，壁画元数据应首先提供壁画的描述性元素，其次为相关文字型资料，壁画复制品，及数字图像记录。

由于不同载体、不同时空、地域的信息资源著录内容比较广泛，对同一事物不同表现形式的相关信息及复制品，再现的数字产品，要求元数据体系框架内应建立多重有效的关联，使之彼此独立而又相互连接，用户只要检索到其中一条记录，即可由此方便地检索到全部相关记录。

四、敦煌学元数据设计原则

(一) 坚持科学性原则

科学性原则就是要求编码规则应严格遵守网络上信息传输/交换协议，对信息数据进行编码处理要严格执行 WWW 上运行数据交换的已有标准和协议，使其达到在技术上具有先进性和科学性。

对于记录中的元素及其属性说明的描述语言及语法结构应保持严格一致性，要求从实体、属性、联系的角度分析各个标准中元素/字段的设置和意义。应采用 XML 扩展置标语言及相关语法结构以及 RDF 资源描述框架作为元数据描述的元语言，将对象的内容与形式的描述分开，给每个元素(elements)特定的语义，采用等级划分形式准确地描述其内容特征。

在编制元数据标准框架时还应重点突出专业扩展性。在数字图书馆中，元数据标准只能提供最基本、最一般、最广泛意义上的数据描述和管理，而敦煌学是一门专业性较强、学科内容丰富、数字资源非常广泛的学科，一些特殊性质的内容及背景资料不可能被一一列入。另外，对一些前沿学科领域或交叉学科领域，会要求更为细致的描述，因此应允许在已有的标准框架内容中，在特指的语义定义中扩充一些元素和属性值。

(二) 实用性原则

在设计时对元数据的选择应考虑其在一定范围内的通用性，使其在实际应用中尽可能覆盖多种相似或相近的对象实体，达到既能有效控制元数据数量，又能使编目人员及用户简单易学，提高工作质量及检索效率。同时对广大用户的使用需求，包括检索习惯，对元数据的理解，接受程度等因素都应当认真考虑。因为制定元数据标准的目的是向用户更充分地揭示信息资源(特别是网上资源)，用户的需要应是最终衡量标准。因此，在结构与格式的设计、元素的增删、语法及语义规则的制定等方面要尽可能从用户

增加系统与用户之间交互式对话(如：开放式的入口词表、反馈元素的

研究院网页，网址是：http：//www. dha. ac. cn/shuzidunhuang/shu. juku. htm。

敦煌学数字图书馆遗书元数据标准的设计与实现*

刘　华[1,2]　赵雅洁[1]　高大庆[1]　赵书城[1]
（1. 兰州大学；2. 西北民族大学）

引　言

敦煌学，就是以敦煌遗书、敦煌石窟、敦煌史迹为主要研究对象，包括上
涉及的宗教、艺术、历史、考古、语言、文学、民族、地理、哲学、科技、建筑、
性的学科。

敦煌遗书是指敦煌莫高窟17窟发现的5万多件经卷文书，包括在敦
的文书。由于众所周知的原因，敦煌遗书散存于世界各地(英国、法国、俄
了方便研究，许多专家从目录学的角度对一些遗书进行了著录[1]，专家通
信息后，还要花很大精力去查找遗书原件或者原件的缩微胶片，这种研究
了很大的不便。因此，从数字图书馆角度对遗书进行整理，对于敦煌学的
必要。

敦煌学数字图书馆是国家科技部项目，它的前身是Calis项目敦煌学
的目标是建设敦煌学领域的主题数字图书馆[2]，为敦煌学专家、学者提供
据资料和高保真的文物图像[3]。

数字图书馆是分布式计算机网络环境中的信息资源库，是应用数字
络，创建、存储、发布、利用信息资源的图书馆[4]。

元数据通常被定义为“关于数据的数据”[5]。它是数据库领域中关于
息。在数字图书馆资源中，标题、作者、关键字、摘要、时间等都可以作为
技术在数字图书馆建设中占有重要地位。在资源的加工、调度、检索、发布
技术发挥着关键性的作用。如果资源信息提供者都按照某种元数据标准
据，将有效地解决网络资源查找这一问题，真正实现Internet信息资源共
国际标准化组织都致力于制定相关领域的元数据规范。围绕着SGML、
等环境，产生了各种元数据规范。其中较有影响的有Dublin Core、CDWA

本文根据敦煌遗书的特点讨论了遗书元数据的著录对象以及著录单
家的帮助下，制定出敦煌遗书元数据标准，在制定时参考了DC、CDWA
据标准，该遗书元数据标准可用XML标记[7]。以此为基础建立的敦煌
成了对敦煌遗书有关资料有效的整理、组织、发布及网上检索。

1. 敦煌学遗书元数据的建立需求

敦煌遗书不同于一般的文献资料。遗书既是包含丰富史料的典籍，

文物。考虑到敦煌遗书的文献性和文物性特点，建立遗书元数据标准的过程中需要讨论著录对象，确定著录单位[8]，还要考虑敦煌学界公认的分类[9]。

1.1 著录对象及其关系

敦煌遗书包括三个数据对象：出处典籍、遗书、数字图像。出处典籍主要指遗书内容来源的佛教、道教经书及儒家经典如妙法莲华经、道德经、论语等的基本情况，遗书指敦煌所出5至11世纪的古写本及印本，而它的数字图像主要指针对遗书拍摄或制作的数字图像。

完整的遗书元数据实际上是对遗书本身及其出处典籍以及其数字图像的全面反映，所以必须将其三者结合起来进行描述。

➢ 典籍与遗书之间的联系

多卷遗书的内容可以来源于同一部典籍，两者之间可以通过典籍名称反映这种关系。

➢ 遗书与数字图像间的联系

同一卷遗书可能由多幅数字图像来反映，两者之间可以通过统一编号反映这种关系。

由统一编号唯一标识的一卷遗书只有一条信息，但数字图像的数量却是不定的，其原因是，遗书原件大小不一，可能长达20米，也可能小如手指头，这就造成统一编号相同的遗书的数字图像的数量也是不定的。

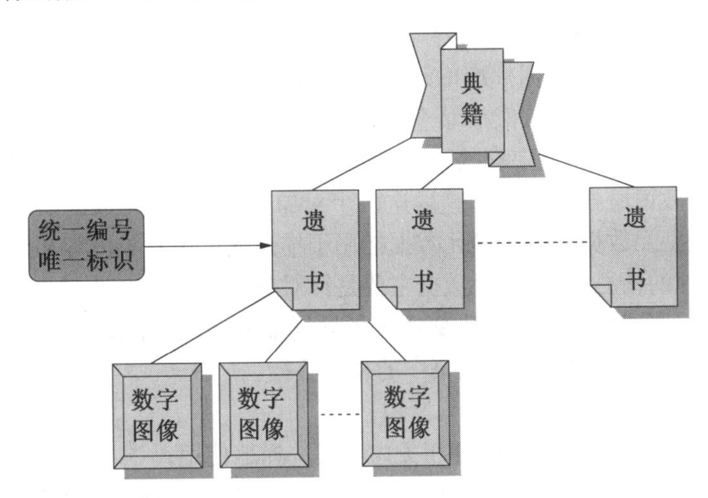

1.2 遗书元数据的著录单位

遗书元数据的基本著录单位是建立遗书元数据标准过程中必须要考虑的重要因素。对于来自相同典籍的经卷，不同的抄经人会产生不同的抄本，虽然所抄经卷相同，但是其抄写人、抄写地点、抄写时间、抄写字体、方法以及纸张材料等都可能不相同，现今保存的完好程度也不同，一份经卷可能破损分成好几个残片，而且这些残片可能收藏在不同的地方。所以一份经卷的不同抄本视为不同的遗书写卷，同一个遗书写卷又有大小各异的物理残片，通过与敦煌学领域专家的讨论，本文把每个物理残片作为一个著录单位，所建立的元数据标准以统一编号作为它的唯一标识。

1.3 遗书的分类

在对遗书元数据进行著录时，并不是随便、按照任何次序进行著录，为了著录以及管理的方便，在其著录时要遵循一定的规则，要按照现有敦煌学界公认的遗书的分类[10]依次进行著录。遗书分类如下图：

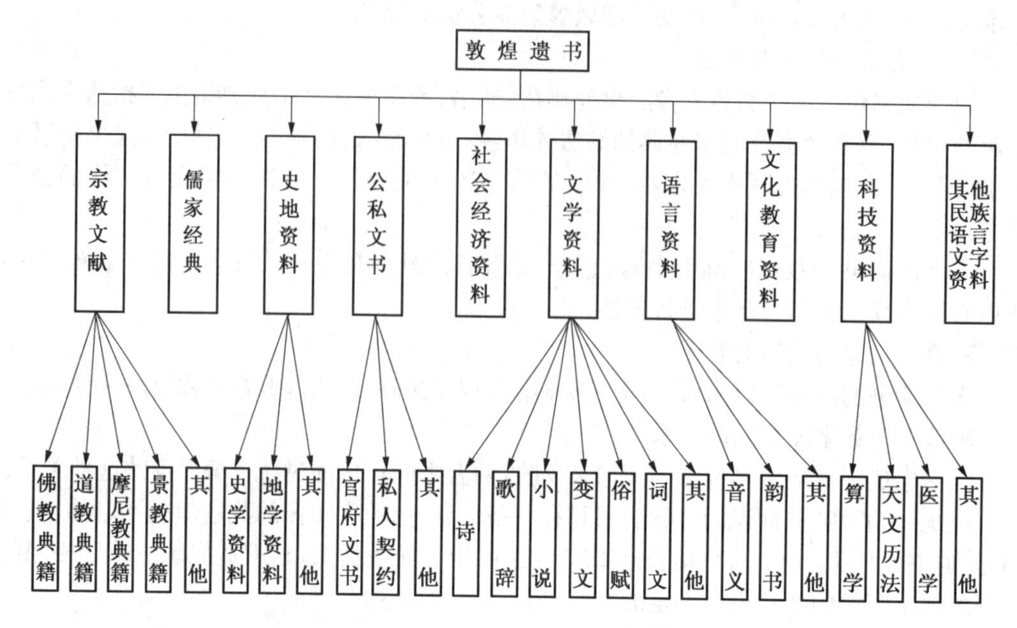

2. 敦煌学遗书元数据标准的内容与结构

在建立敦煌学遗书元数据标准的过程中，首先将收集得到的各种敦煌遗书的原件资料、目录资料转换为数字信息，然后结合遗书数字图像来建立敦煌遗书元数据标准。这样，敦煌遗书的多媒体信息主要有两种，分别是以文本信息为载体的敦煌遗书目录和以数字图像为载体的敦煌遗书数字图像。以这两个对象为核心，将元数据的结构划分为描述型元数据和管理型元数据。描述型元数据指用于描述或标识对象内容和外观特征的元数据，是元数据标准的核心；管理型元数据主要是针对数字化图像而设[5]。

针对敦煌文献分藏世界各地、典藏情况各异这样复杂的情况，从敦煌遗书的标识、遗书内容、物理外观三方面定义敦煌遗书中的相关数据：

- 标识项：对敦煌遗书进行索引、标识；
- 内容可选项：对敦煌遗书中的相关内容有选择地使用；
- 外观可选项：对敦煌遗书的外在信息进行描述（包括可视数字图像描述）。

在制定“敦煌遗书元数据标准”时，参考了 DC、CDWA 两种已有的元数据标准。DC 用于描述网络资源，CDWA 用于描述博物馆与艺术作品。敦煌遗书兼有这两方面的特点，一方面它的数字对象具有网络资源的特点，另一方面由于敦煌遗书本身属于文物，所以又不是一般意义上的网络资源。只有将这两者结合起来才能良好地描述敦煌遗书资源。以下是敦煌遗书元数据标准的内容，以描述型元数据和管理型元数据分别列表，并给出和 DC、CDWA 的对应关系。

2.1 描述型元数据

内容结构	元数据项	元　　素	子 元 素	参 考 标 准
描述型元数据	标识项	统一标识 identifier	统一编号　consolidated number	DC 核心元素 Resource Identifier
			收藏地　collected place	
			参考编号　reference number	
			标志含义 sign meaning	
		名称 title	定名 denominate	DC 核心元素　Title
			题名 lemma	
	内容可选项	主题词和关键词 subject and key-words		DC 核心元素 Subject and Key-words
		语种 language		DC 核心元素　Language
		类型 type		DC 核心元素 Resource Type
		描述 description	首题　start theme	DC 核心元素 Resource De-scription
			尾题　finish theme	
			品题　section theme	
			题记　dedicate	
			本文　content	
			印录　seal	
		相关资源 relation		DC 核心元素 Relation
		按语 comment		
		现勘本出处 provenance		
		出处典籍 derivational book	名称　name	
			作者\译者　author\translator	
			总卷数　total number	
			包含遗书卷数	
		其他 else		
	外观可选项	写本年代 date	公元纪年　A. D	DC 核心元素　Date
			推定年代　understand　dynasty	
			历史纪年　dynasty years	
		原件物理特征 physical de-scription	物理残缺情况 physical deformity information	CDWA 元素　Measurement Materials
			内容残缺情况 content deformity information	
			度量　measurement	
			材料　material	
			卷面特征　page layout information	
			格式　format	
			书法特点　handwriting	
			缀合情况　compose	

可见，描述型元数据有13个元数据项，其中8项与Dublin Core相对应，1项与CD-WA相对应。如计算子数据元素项，共有34项。

1. 统一标识(identifier)：对敦煌遗书作一致的索引。复合型元数据，有4个子元素，子元素均为字符型；

(1) 统一编号(consolidated number)：每一卷敦煌遗书的唯一标号。

(2) 收藏地(collected place)：遗书的现藏地。

(3) 参考编号(reference number)：主要是北图新、老编号之间的对应。

(4) 标志含义(sign meaning)：对统一标识中给出的某些特定字符作专业解释。

2. 名称(title)：敦煌遗书中写卷的标题。复合型元数据，有2个子元素，子元素均为字符型；

(1) 名称：根据遗书给出的相关信息而设定的名字。

(2) 题名：写卷原有的标题。

3. 主题词和关键词(subject and keywords)：指敦煌遗书内容的关键词和词组短语。字符型，无子元素；

4. 语种(language)：敦煌遗书所使用的语言。字符型，无子元素；

5. 类型(type)：依据遗书的内容和学术价值对敦煌遗书作出的分类。字符型，无子元素；

6. 描述(description)：遗书内容的文本描述。复合型元数据，有6个子元素，子元素均为字符型；

(1) 首题(start theme)：即写卷开始部位原有的题目。

(2) 尾题(finish theme)：即写卷尾部原有的题目。

(3) 品题(section theme)：遗书中包含品的题目。

(4) 题记(dedicate)：录自写卷尾部的内容。

(5) 本文(content)：指原卷录文。

(6) 印录(seal)：遗书中包含的印章。

7. 相关资源(relation)：敦煌遗书与其他敦煌资源之间的关联。字符型，无子元素；

8. 按语(comment)：敦煌学的研究专家通过细致的比较、研究，形成的对该写卷本身的见解。字符型，无子元素；

9. 现勘本出处(provenance)：指明该卷遗书出自现勘本的具体位置。字符型，无子元素；

10. 出处典籍(derivational book)：遗书内容来源典籍的名称。复合型元数据，有4个子元素，子元素均为字符型；

(1) 典籍名称(derivational book name)：典籍的名称。

(2) 典籍作者\译者(derivational book author\translator)：典籍的作者\译者。

(3) 总卷数(derivational book total number)：完整典籍的总卷数。

(4) 包含遗书卷数(derivational book include number)：内容来自这部典籍的遗书总卷数。

11. 其他(else)：其他关于敦煌遗书的内容。字符型，无子元素；

12. 写本年代(date)：遗书何时成稿、成卷。复合型元数据，有4个子元素，子元素均

年 (A. D)：西元纪年。
代 (understand dynasty)：中国古代的朝代。
年(dynasty years)：朝代中的年号。
理特征(physical description)：遗书物理外观的描述。复合型元数据，有
元素均为字符型。
缺情况(physical deformity information)：遗书的保存情况。
缺情况(content deformity information)：因为物理的分离，导致内容的残

measurement)：遗书原件大小、形状。
material)：遗书原件材质、纸色及材料生产年代。
征(page layout information)：行字数、行数、页数。
format)：天地头、栏、书行。
点(handwriting)：同时期的遗书体现的不同书法体系。
况(compose)：将物理分离的经卷重新整合成完整的经卷。
型元数据

元数据项	元素	参考标准
文档结构项	图片数量 picture amount	
	图片顺序 picture order	
实例说明项	图片编号 picture number	CDWA Related Visual Documentation
	图像格式 format	
	文件大小 size	
	精度 precision	
	使用权限 purview	

项对应由统一编号唯一标识的某卷遗书的数字化图像的数量及顺序，一卷
个数字图像，各图像由实例说明项描述。

字图书馆是针对敦煌学这一国际显学而建立，研究内容涵盖石窟艺术、敦煌
文献、敦煌地震史料、敦煌旅游、敦煌研究机构、敦煌研究专家等许多方面。
这一技术对敦煌学进行整理、收集、检索，并对敦煌专家及敦煌爱好者提供
，对敦煌学的研究有极其深远的意义。
数字图书馆项目中，课题组建立的敦煌遗书元数据标准是基于敦煌学的知
敦煌学专家反复讨论制定的，对于信息时代促进敦煌学的新发展有重要意
准中大部分数据项与国际通用的元数据标准一致，可实现敦煌学资料在

Internet网上的共享。

参考文献

[1] 王重民、刘铭恕编：《敦煌遗书总目索引》，商务印书馆，1962。
[2] 刘利萍：《主题(敦煌学)数字图书馆的体系结构的研究与实现》，兰州大学硕
4月。
[3] 赵书城、蒙应杰、马建国、陆为国：《敦煌学 Web 数据库的设计与实现》，《计
2002年第1期，第19—22页。
[4] http://www.theatlantic.com/unbound/flashbks/computer/bushf.htm 2003年
[5] 肖珑、陈凌、冯项云、冯英：《中文元数据标准框架及其应用》，《大学图书馆学报
第29—35页。
[6] 杜芳：《基于XML的敦煌图像检索的研究》，兰州大学硕士论文，2002年4月。
[7] 杜义涛：《敦煌学数字图书馆中XML技术的应用与研究》，兰州大学硕士论文，
[8] 胡海帆、汤燕、肖庞、姚伯岳：《北京大学古籍数字图书馆拓片元数据标准的
http://www.idl.pku.edu.cn/5/page.htm 2001年6月12日。
[9] 段文杰、施萍婷等主编：《甘肃藏敦煌文献》，甘肃人民出版社，1999年9月。
[10] 施萍婷等主编：《敦煌遗书总目索引新编》，中华书局，2000年7月。

* 原载《上海交通大学学报》第37卷增刊，2003年9月，第226—229页，收入时有

言、段落标题、结论、图表及正文，经过分析判断而形成主题概念。

文献主题概念大多数是由若干个概念因素构成的，每一个概念因素，用一个主题词(单元词、关键词或叙词)表示。主题因素分为主要因素和次要因素。主要因素是文献论述的学科理论、方法、现象(事物)等基本概念。次要因素包括通用概念、地理位置(国家与地区)、时代以及文献载体形态等。

文献标引形成的标引句，一般是按逻辑次序排列的，是一种层次结构，是按语意从泛指到专指层层展开、层层深入具体化的。如：洞窟—壁画—颜料—化学成分。洞窟、壁画、颜料均为这篇文献研究的对象即事物，实际上研究的颜料化学成分，也有可能再具体深入到各个方面的研究中，如颜料—化学成分—测定。

典型的主题结构如下：

事物

事物的种类

——事物的部分

　——部分的部分

　　——事物的方面

　　　——方面的方面

　　　　——地区

　　　　　——时间(时代)

研究敦煌学的理论、学术观点和资料方面的文献，一般标引格式为：研究对象—研究范围—位置限定(洞窟编号、遗书号等)—时代。

3. 文献主题分析步骤

阅读文献

——分析出文献主题

　——文献主题分组与筛选

　　——主题因素的分解

　　　——主题因素字面形式的筛选

四、敦煌文献分析标引的要求与细则

1. 敦煌文献的标引要求

主题标引是针对文献所涉及的事物进行的，而不是针对文献内容的学科性质。必须客观地揭示文献内容，严格遵守国际标准文献主题标引规则(GB 3860—83)和本细则，认真阅读原文及段落标题(最少通读三遍)，深入分析主题概念，准确选择标引词及著录内容和地区、时代。

抽取和筛选关键词时应尽量对照《敦煌学大辞典》与《敦煌石窟知识辞典》[5]，以专业研究人员惯用语为标准。

文摘正文应简明扼要，每篇不超过 50 字为宜，准确揭示文献主题内容。

为保证文献标引深度，提高建库质量，每篇文献的关键词应不少于 6 个。文献主要概念应选择 3 个以上的关键词来表示，次要概念必须选择专指性较强的关键词，充分揭示标引重点。

工作单中的每一著录项目都是揭示文献特征及信息检索的具体标识，又是录入工作的依据。应根据不同文献类型，逐项认真填写。

2. 敦煌研究文献标引工作细则

文献中洞窟主题与遗书主题概念是标引的重点，应进行深度分析并专题标引。对文献研究的主题或主题的主要方面要细致分析摘出来，如洞窟编号、数量、雕塑与壁画内容、遗书编号、名称等。

凡是以洞窟内容为主题的研究文献，应首先分清其研究对象所论及的是洞窟内容，还是石窟建筑及保护的问题，然后逐项分析标引。

尽可能地揭示文献信息内容的深度和广度。对于研究某一具体洞窟和遗书的文献，需深入标引到主题的各个方面；对于研究某一专题，而涉及到的一批洞窟或遗书，需一一列出洞窟及遗书编号，如关键词字段无法列出时，可在文摘字段再加以注释。

填写工作单之前，应按文献主题所表达的标引句从泛指到专指的逻辑次序把关键词排序后方可填写。

文献标引时应根据各种文献的不同情况区别对待。选取对本学科研究有情报价值的部分进行重点标引。如对考察发掘报告之类的文献应重点标引新发现、新结论。对于议论文与科研论文报告之类的文献应重点标引其新颖的观点和论据资料，对于游记类文献重点应放在 20 世纪 80 年代之前。对学术专著类文献，则按有关标准及工作细则处理。

参考文献

［1］ 中国科学技术情报研究所、北京图书馆：《汉语主题词表》，北京：科学技术出版社，1979。
［2］ 《中国分类主题词表》，北京：华艺出版社，1994。
［3］ 《社会科学检索词表》，北京：社会科学文献出版社，1994。
［4］ 季羡林：《敦煌学大辞典》，上海：上海辞书出版社，1998。
［5］ 马德：《敦煌石窟知识辞典》，兰州：甘肃人民美术出版社，2000。

* 原载《敦煌研究》2003 年第 4 期，第 96—98 页。

敦煌学信息检索系统介绍及使用说明

李鸿恩(敦煌研究院)

敦煌学信息检索系统是围绕着“以读者为中心,以学科文献典籍为基础,人性化设计理念,规范化著录”四个方面来设计的。

敦煌学信息资源检索系统分为两个基本部分,即《敦煌学分类检索词表》与敦煌学信息资料数据库。它是根据敦煌学的性质、研究任务及服务对象特点而建成的具有特定收藏范围及专业特色,并能够提供特殊检索功能的信息资源数字化集合体,其核心部分是特色数据库。

它涵盖了敦煌学产生以来研究领域里的各个研究门类,各种类型的信息资源,并按标准和规范对其整序,进行信息整合,使之成为能够满足用户需求,为学科发展提供全方位、多层次服务的信息资源保障体系。它是一个利用现代化网络技术和信息技术构建的虚拟化的数字图书馆,是敦煌学知识仓库,是处于最底层的支撑系统。因此,也是一个学科发展中建设时间跨度最长的百年大工程,是一项能够人人受益的基础设施。

一、敦煌学分类检索词表

敦煌学丰富的文献信息资源是建库的基础,也是研究者索取的对象。基于这种认识,我们一反过去传统的做法,在认真借鉴前人研究成果的基础上根据学科发展特点编制了《敦煌学分类检索词表》。它是一部规范敦煌学及其相关联学科术语概念的词表,是为敦煌学研究机构进行文献数字化标引和检索工作、建立计算机信息管理系统提供的基础工具书。本书共收录检索词语 8 千条,采用传统体系分类方法与分面分类方法相结合的模式,并明确界定了检索词间的语义关系,使其中每一条词语在检索系统中都可以作为表达文献主题概念的一个检索点,使文献资料分类与知识领域多维型的动态发展相适应。其内容包括敦煌学分类号检索词对应表、字顺表(主表)、族首词索引和英汉译名对照表。

分类号检索词对应表和字顺表是词表的主要组成部分,两表可从不同检索角度提供选择检索入口词信息,可参照使用。英汉译名对照表是主表的辅助工具,主要规范系统内外信息交换活动,促进信息资源共享,在实践中常常起到一个敦煌学英汉对照专业词典的作用。本表在编制过程中,为了突出敦煌学研究的学科特色,充分反映浩瀚的敦煌学文献中丰富的内涵,始终遵循如下原则:

(1) 学术性与实用性相结合的原则

本词表的分类体系以我国社会科学传统的分类体系为基础,参照了院资料中心已有的分类表,收录叙词以学术性和使用频率为参照,叙词词形以敦煌学界认定为标准。

(2) 两种检索语言兼容互换的原则

本表采用分类主题一体化的编制模式,分类表的类目与字顺表的叙词原则上一一对应。

分类表含9个学科大类，39个专业类目，包容了我国敦煌学研究的传统学科及新兴学科，对一些学科范围目前尚难界定的科学暂不设类。本表分类框架如下：

1 敦煌学研究概况
12 敦煌宗教研究
13 敦煌出土文献研究
14 敦煌文物藏品的组织与管理
15 敦煌石窟艺术研究
16 敦煌历史研究
17 敦煌地理研究
18 敦煌石窟文物保护与维修
19 敦煌学信息化、计算机技术

字顺表（主表）的首字为汉字叙词，一律按汉语拼音首字母的顺序排列。为显示词间关系，本表将叙词概念通过一定的符号联结成语义关系网，以明确词义，有助于标引人员和检索人员准确选用叙词和扩充查词范围。

（1）属分关系

用标记符号“S”和“F”表示，其中“S”是“属”字拼音的首字母。此符号后面的词为上位词（即上位概念）。“F”是“分”字拼音的首字母。此符号后面的词为下位词（即下位概念），如下例：

斋　文
S　佛事文书
F　患文
难月文
亡文
脱服文
愿文
社斋文

（2）用代关系

表示这种关系的标记符为“Y”和“D”，其中“Y”是“用”字汉语拼音的首字母。表中此符号后面的词为正式叙词；“D”是“代”字汉语拼音的首字母。表中此符号后面的词为非正式叙词，如下例：

学士郎—（正式叙词）
D学侍郎

与上例对应：

学侍郎—（非正式叙词）
Y学士郎

该标目下的题要、全文、综述及摄影作品、临品等全部相关信息提供给用户。

2. 检索点全面,检索方式多样,逻辑检索功能使所有字段均可任意匹配检索,做到查询无盲点,可定义输出检索结果的限制条件。

查询方法:

查询界面简洁大方,显示读者传统的查询途径,所有字段的表述均有完整的描述,文字流畅并符合中文的语序和逻辑。

供读者使用的检索界面分为两部分,其中上半部为高级查询,下半部为简单查询。

1. 在高级查询中,读者只要录入洞窟号或相应的任意检索词,点击检索栏,即可快捷的得到检索结果。

2. 在简单查询(一般检索)中,读者可分别按照:题名/著者/分类号(中图法、馆藏分类号)/出版物名称/刊期/出版单位、出版时间等字段检索。

3. 所有字段均可任意组配检索,做到查询无盲点,每次最多可进行三重组配检索,从而提高查询速度,保证了查全率和查准率。

注:① 文献类型、年代、文种为限定条件,不能单独作为检索点,必须与前面的检索点配合使用。

② 文献题名、作者、出版社属前方一致检索,只需输入前面一部分汉字即可。

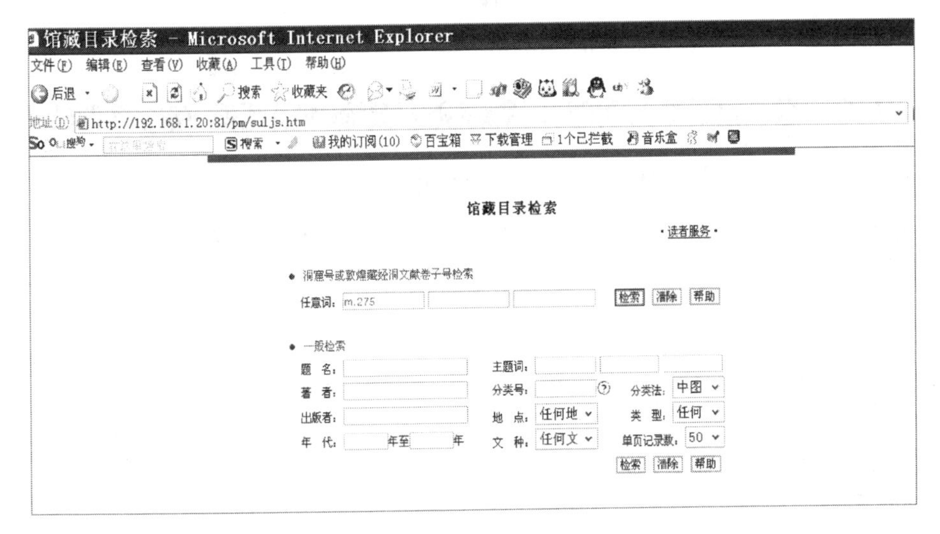

(图 1)

查询实例:

1. 在任意词查询中录入 M. 275,用洞窟号查询,检索结果显示共有 51 条相关文献(见图 2),选择其中第 31 条"莫高窟北朝洞窟本生、因缘故事画补考",显示了文献题名、出版单位、刊期、作者单位、参考文献数、文摘等详细信息。其中凡显示蓝色字段,下面有横线词组,均可点击链接,扩大检索视野。如此文可以从石窟考古、壁画研究、因缘故事画及石窟编号、著者、文献题名、出版单位等 23 个检索词入口查询。(见图 3)

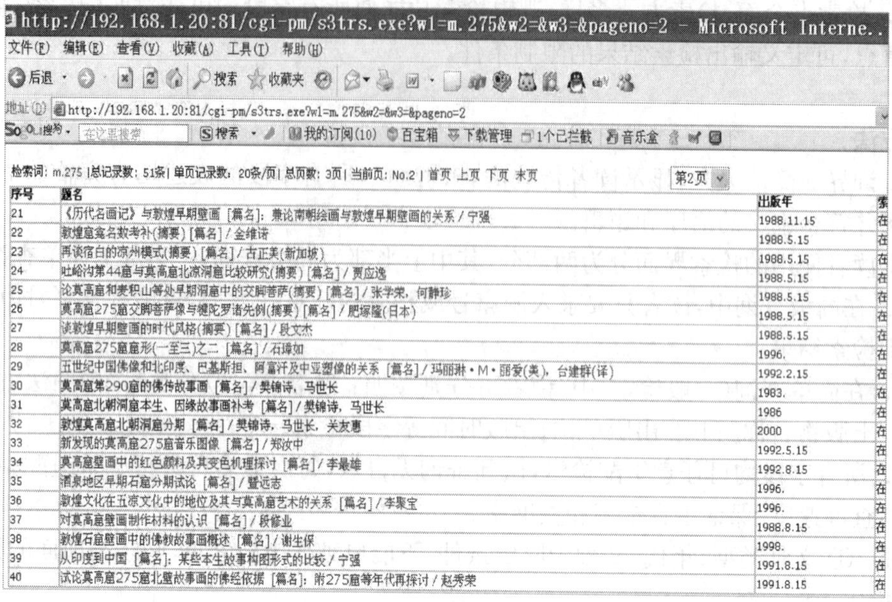

http://192.168.1.20:81/cgi-pm/s3trs.exe?w1=m.275&w2=&w3=&pageno=2 - Microsoft Interne..

文件(F) 编辑(E) 查看(V) 收藏(A) 工具(T) 帮助(H)

后退 · 搜索 收藏夹

地址(D) http://192.168.1.20:81/cgi-pm/s3trs.exe?w1=m.275&w2=&w3=&pageno=2

搜狗 · 在这里搜索 搜索 · 我的订阅(10) 百宝箱 下载管理 1个已拦截 音乐盒

检索词: m.275 |总记录数: 51条| 单页记录数: 20条/页| 总页数: 3页| 当前页: No.2 | 首页 上页 下页 末页 第2页

序号	题名	出版年	索
21	《历代名画记》与敦煌早期壁画 [篇名]: 兼论南朝绘画与敦煌早期壁画的关系 / 宁强	1988.11.15	在
22	敦煌窟龛名数考补(摘要) [篇名] / 金维诺	1988.5.15	在
23	再谈宿白的凉州模式(摘要) [篇名] / 古正美(新加坡)	1988.5.15	在
24	吐峪沟第44窟与莫高窟北凉洞窟比较研究(摘要) [篇名] / 贾应逸	1988.5.15	在
25	论莫高窟和麦积山等处早期洞窟中的交脚菩萨(摘要) [篇名] / 张学荣, 何静珍	1988.5.15	在
26	莫高窟275窟交脚菩萨像与犍陀罗诸先例(摘要) [篇名] / 肥塚隆(日本)	1988.5.15	在
27	谈敦煌早期壁画的时代风格(摘要) [篇名] / 段文杰	1988.5.15	在
28	莫高窟275窟窟形(一至三)之二 [篇名] / 石璋如	1996.	在
29	五世纪中国佛像和北印度、巴基斯担、阿富汗及中亚塑像的关系 [篇名] / 玛丽琳·M·丽爱(美), 台建群(译)	1992.2.15	在
30	莫高窟第290窟的佛传故事画 [篇名] / 樊锦诗, 马世长	1983.	在
31	莫高窟北朝洞窟本生、因缘故事画补考 [篇名] / 樊锦诗, 马世长	1986	在
32	敦煌莫高窟北朝洞窟分期 [篇名] / 樊锦诗, 马世长, 关友惠	2000	在
33	新发现的莫高窟275窟音乐图像 [篇名] / 郑汝中	1992.5.15	在
34	莫高窟壁画中的红色颜料及其变色机理探讨 [篇名] / 李最雄	1992.8.15	在
35	酒泉地区早期石窟分期试论 [篇名] / 暨远志	1996.	在
36	敦煌文化在五凉文化中的地位及其与莫高窟艺术的关系 [篇名] / 李聚宝	1996.	在
37	对莫高窟壁画制作材料的认识 [篇名] / 段修业	1988.8.15	在
38	敦煌石窟壁画中的佛教故事画概述 [篇名] / 谢生保	1998.	在
39	从印度到中国 [篇名]: 某些本生故事构图形式的比较 / 宁强	1991.8.15	在
40	试论莫高窟275窟北壁故事画的佛经依据 [篇名]: 附275窟等年代再探讨 / 赵秀荣	1991.8.15	在

(图 2)

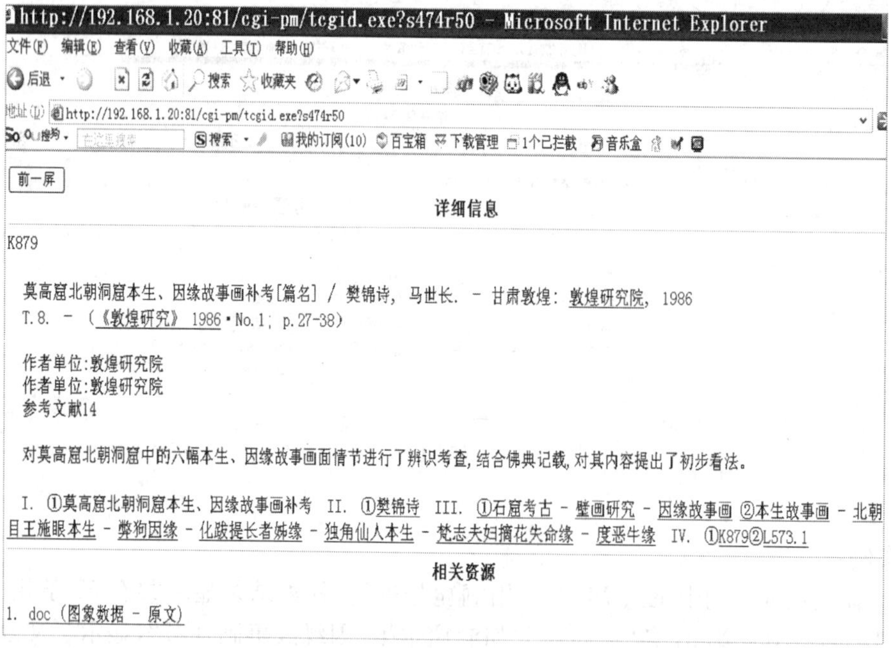

http://192.168.1.20:81/cgi-pm/tcgid.exe?s474r50 - Microsoft Internet Explorer

文件(F) 编辑(E) 查看(V) 收藏(A) 工具(T) 帮助(H)

后退 · 搜索 收藏夹

地址(D) http://192.168.1.20:81/cgi-pm/tcgid.exe?s474r50

搜狗 · 在这里搜索 搜索 · 我的订阅(10) 百宝箱 下载管理 1个已拦截 音乐盒

前一屏

详细信息

K879

莫高窟北朝洞窟本生、因缘故事画补考[篇名] / 樊锦诗, 马世长. - 甘肃敦煌: 敦煌研究院, 1986
T.8. - (《敦煌研究》 1986·No.1; p.27-38)

作者单位:敦煌研究院
作者单位:敦煌研究院
参考文献14

对莫高窟北朝洞窟中的六幅本生、因缘故事画面情节进行了辨识考查,结合佛典记载,对其内容提出了初步看法。

I. ①莫高窟北朝洞窟本生、因缘故事画补考 II. ①樊锦诗 III. ①石窟考古 - 壁画研究 - 因缘故事画 ②本生故事画 - 北朝 目王施眼本生 - 弊狗因缘 - 化跋提长者姊缘 - 独角仙人本生 - 梵志夫妇摘花失命缘 - 度恶牛缘 IV. ①K879②L573.1

相关资源

1. doc (图象数据 - 原文)

(图 3)

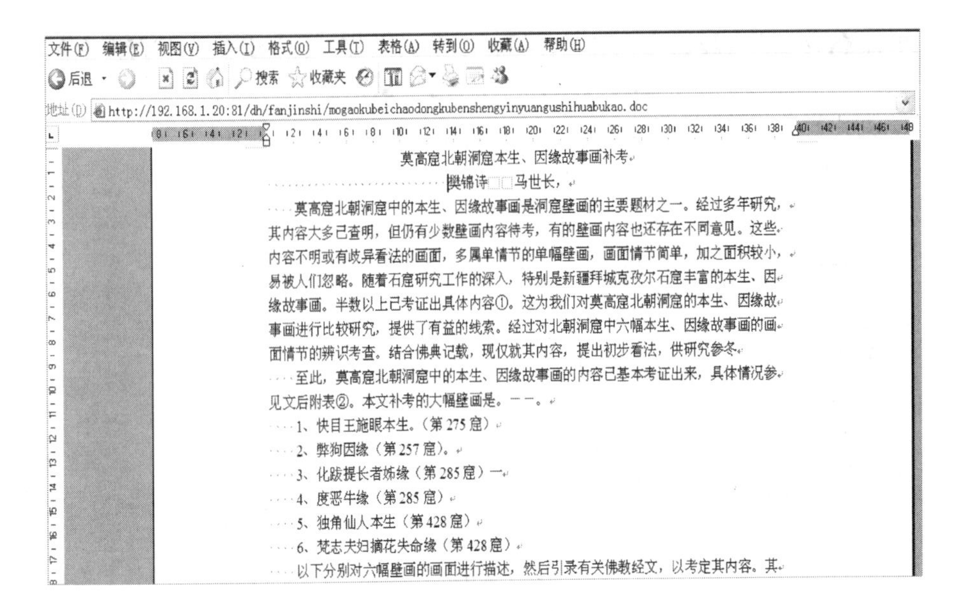

莫高窟北朝洞窟本生、因缘故事画补考

樊锦诗 马世长

莫高窟北朝洞窟中的本生、因缘故事画是洞窟壁画的主要题材之一。经过多年研究，其内容大多已查明，但仍有少数壁画内容待考，有的壁画内容也还存在不同意见。这些内容不明或有歧异看法的画面，多属单情节的单幅壁画，画面情节简单，加之面积较小，易被人们忽略。随着石窟研究工作的深入，特别是新疆拜城克孜尔石窟丰富的本生、因缘故事画。半数以上已考证出具体内容①。这为我们对莫高窟北朝洞窟的本生、因缘故事画进行比较研究，提供了有益的线索。经过对北朝洞窟中六幅本生、因缘故事画的画面情节的辨识考查。结合佛典记载，现仅就其内容，提出初步看法，供研究参考。

至此，莫高窟北朝洞窟中的本生、因缘故事画的内容已基本考证出来，具体情况参见文后附表②。本文补考的六幅壁画是。一一。

1、快目王施眼本生。（第275窟）

2、弊狗因缘（第257窟）。

3、化跋提长者姊缘（第285窟）一

4、度恶牛缘（第285窟）

5、独角仙人本生（第428窟）

6、梵志夫妇摘花失命缘（第428窟）

以下分别对六幅壁画的画面进行描述，然后引录有关佛教经文，以考定其内容。其

（图4）

2. 在上例检索中如同时录入“M. 275”和“综述”即表示用两个关键词进行组配检索，则结果为“莫高窟275窟研究综述”，同理也可显示全文。

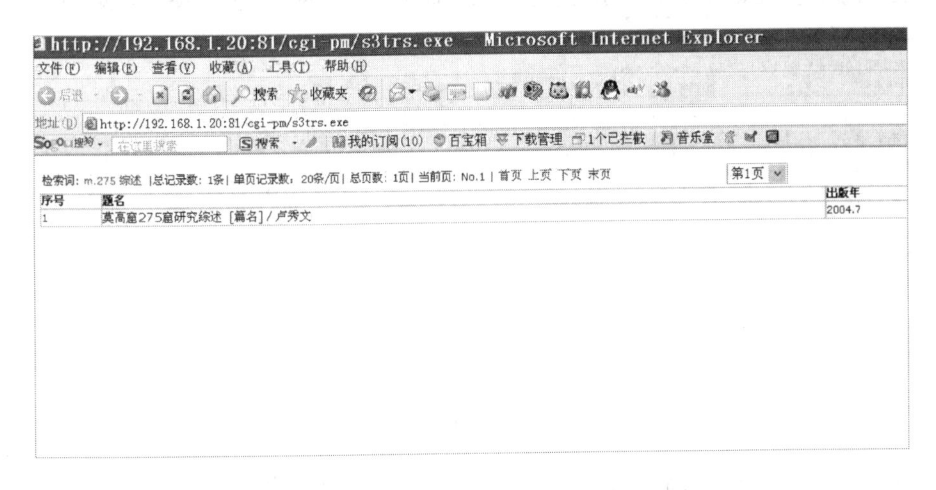

检索词：m.275 综述 |总记录数：1条| 单页记录数：20条/页| 总页数：1页| 当前页：No.1 | 首页 上页 下页 末页

序号	题名	出版年
1	莫高窟275窟研究综述 [篇名] / 卢秀文	2004.7

（图5）

3. 在任意词查询中录入“樊锦诗”，用著者查询，检索结果显示共有20条相关文献（见图6）。

检索结果如下：

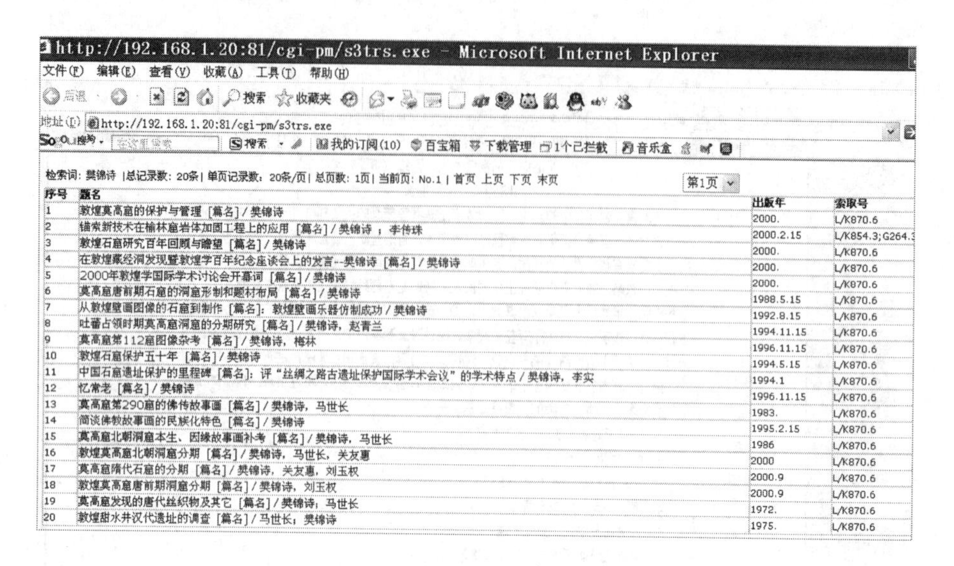
http://192.168.1.20:81/cgi-pm/s3trs.exe - Microsoft Internet Explorer

检索词：樊锦诗 |总记录数：20条| 单页记录数：20条/页| 总页数：1页| 当前页：No.1 | 首页 上页 下页 末页

序号	题名	出版年	索取号
1	敦煌莫高窟的保护与管理 [篇名] / 樊锦诗	2000.	L/K870.6
2	锚索新技术在榆林窟岩体加固工程上的应用 [篇名] / 樊锦诗 ；李传珠	2000.2.15	L/K854.3;G264.3
3	敦煌石窟研究百年回顾与瞻望 [篇名] / 樊锦诗	2000.	L/K870.6
4	在敦煌藏经洞发现暨敦煌学百年纪念座谈会上的发言--樊锦诗 [篇名] / 樊锦诗	2000.	L/K870.6
5	2000年敦煌学国际学术讨论会开幕词 [篇名] / 樊锦诗	2000.	L/K870.6
6	莫高窟唐前期石窟的洞窟形制和题材布局 [篇名] / 樊锦诗	1988.5.15	L/K870.6
7	从敦煌壁画图像的石窟到制作 [篇名]：敦煌壁画乐器仿制成功 / 樊锦诗	1992.8.15	L/K870.6
8	吐蕃占领时期莫高窟洞窟的分期研究 [篇名] / 樊锦诗，赵青兰	1994.11.15	L/K870.6
9	莫高窟第112窟图像杂考 [篇名] / 樊锦诗，梅林	1996.11.15	L/K870.6
10	敦煌石窟保护五十年 [篇名] / 樊锦诗	1994.5.15	L/K870.6
11	中国石窟遗址保护的里程碑 [篇名]：评"丝绸之路古遗址保护国际学术会议"的学术特点 / 樊锦诗，李实	1994.1	L/K870.6
12	忆常老 [篇名] / 樊锦诗	1996.11.15	L/K870.6
13	莫高窟第290窟的佛传故事画 [篇名] / 樊锦诗，马世长	1983.	L/K870.6
14	简谈佛教故事画的民族化特色 [篇名] / 樊锦诗	1995.2.15	L/K870.6
15	莫高窟北朝洞窟本生、因缘故事画补考 [篇名] / 樊锦诗，马世长	1986	L/K870.6
16	敦煌莫高窟北朝洞窟分期 [篇名] / 樊锦诗，马世长，关友惠	2000	L/K870.6
17	莫高窟隋代石窟的分期 [篇名] / 樊锦诗，关友惠，刘玉权	2000.9	L/K870.6
18	敦煌莫高窟唐前期洞窟分期 [篇名] / 樊锦诗，刘玉权	2000.9	L/K870.6
19	莫高窟发现的唐代丝织物及其它 [篇名] / 樊锦诗；马世长	1972.	L/K870.6
20	敦煌甜水井汉代遗址的调查 [篇名] / 马世长；樊锦诗	1975.	L/K870.6

（图 6）

4. 用组配检索的方法提高检索的专指度（见图 7）。在上例检索中，同时键入"石窟保护"即表示二者组配检索，结果共有四条相关记录。

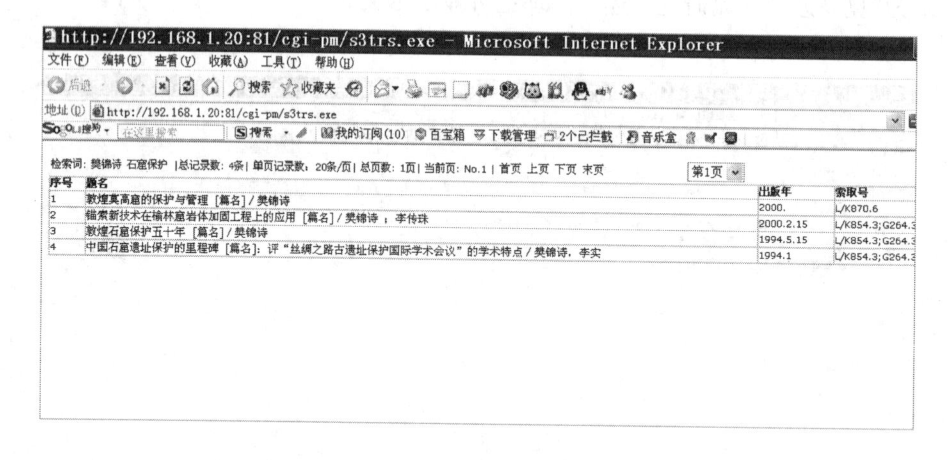
http://192.168.1.20:81/cgi-pm/s3trs.exe - Microsoft Internet Explorer

检索词：樊锦诗 石窟保护 |总记录数：4条| 单页记录数：20条/页| 总页数：1页| 当前页：No.1 | 首页 上页 下页 末页

序号	题名	出版年	索取号
1	敦煌莫高窟的保护与管理 [篇名] / 樊锦诗	2000.	L/K870.6
2	锚索新技术在榆林窟岩体加固工程上的应用 [篇名] / 樊锦诗 ；李传珠	2000.2.15	L/K854.3;G264.3
3	敦煌石窟保护五十年 [篇名] / 樊锦诗	1994.5.15	L/K854.3;G264.3
4	中国石窟遗址保护的里程碑 [篇名]：评"丝绸之路古遗址保护国际学术会议"的学术特点 / 樊锦诗，李实	1994.1	L/K854.3;G264.3

（图 7）

选择第一条："敦煌莫高窟的保护与管理"，可显示详细信息如下图：

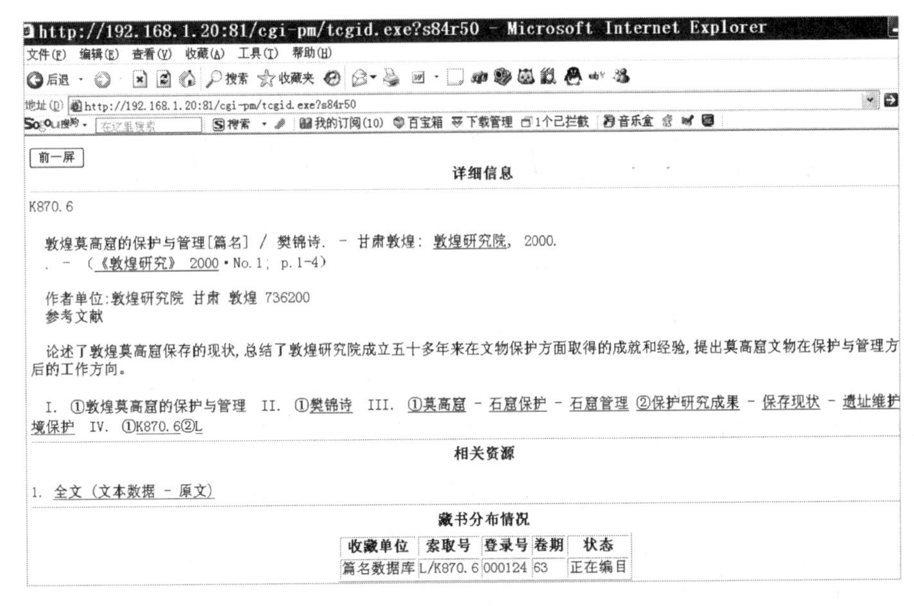

收藏单位	索取号	登录号	卷期	状态
篇名数据库	L/K870.6	000124	63	正在编目

(图 8)

点击"全文(文本数据-原文)",可连接到原始论文的全文。

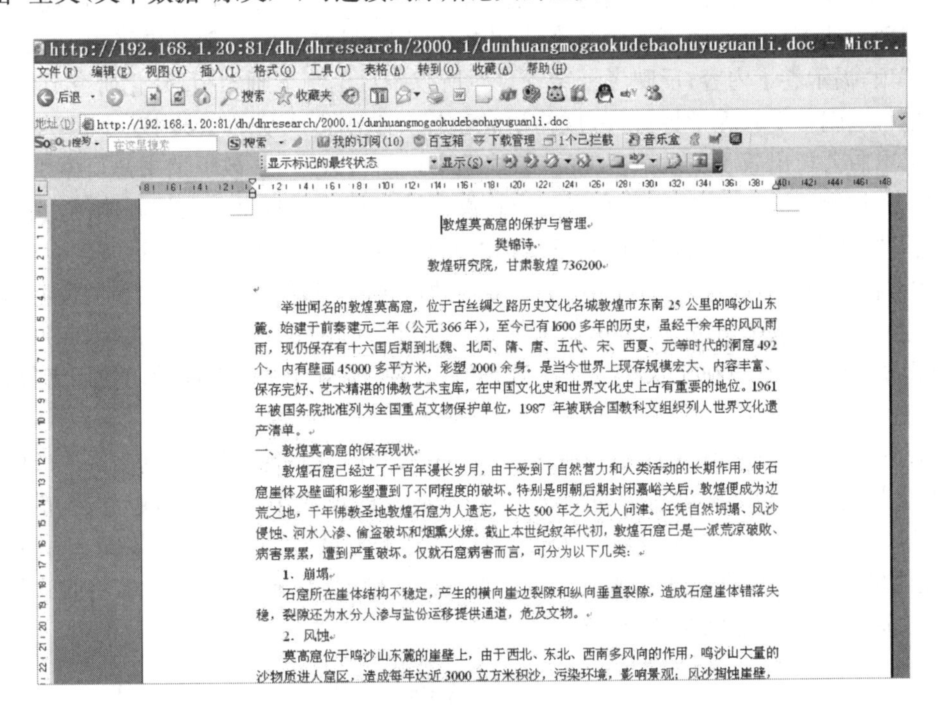

敦煌莫高窟的保护与管理
樊锦诗
敦煌研究院,甘肃敦煌 736200

举世闻名的敦煌莫高窟,位于古丝绸之路历史文化名城敦煌市东南 25 公里的鸣沙山东麓。始建于前秦建元二年(公元 366 年),至今已有 1600 多年的历史,虽经千余年的风风雨雨,现仍保存有十六国后期到北魏、北周、隋、唐、五代、宋、西夏、元等时代的洞窟 492 个,内有壁画 45000 多平方米,彩塑 2000 余身。是当今世界上现存规模宏大、内容丰富、保存完好、艺术精湛的佛教艺术宝库,在中国文化史和世界文化史上占有重要的地位。1961 年被国务院批准列为全国重点文物保护单位,1987 年被联合国教科文组织列入世界文化遗产清单。

一、敦煌莫高窟的保存现状

敦煌石窟已经过了千百年漫长岁月,由于受到了自然营力和人类活动的长期作用,使石窟崖体及壁画和彩塑遭到了不同程度的破坏。特别是明朝后期封闭嘉峪关后,敦煌便成为边荒之地,千年佛教圣地敦煌石窟为人遗忘,长达 500 年之久无人问津。任凭自然坍塌、风沙侵蚀、河水入渗、偷盗破坏和烟熏火燎。截止本世纪初年代初,敦煌石窟已是一派荒凉破败、病害累累,遭到严重破坏。仅就石窟病害而言,可分为以下几类:

1. 崩塌

石窟所在崖体结构不稳定,产生的横向崖边裂隙和纵向垂直裂隙,造成石窟崖体错落失稳,裂隙还为水分人渗与盐份运移提供通道,危及文物。

2. 风蚀

莫高窟位于鸣沙山东麓的崖壁上,由于西北、东北、西南多风向的作用,鸣沙山大量的沙物质进人窟区,造成每年达近 3000 立方米积沙,污染环境,影响景观;风沙掏蚀崖壁,

(图 9)

敦煌遗书数据库的开发与应用*

邰惠莉[1]　沈子君[2]
(1. 敦煌研究院；2. 兰州大学)

编者按：此文原发表时间较早，因此“运行环境”称 486 以上机型、WIN95/WIN98 操作系统。实际上，目前该系统已经升级，可以在 WIN XP 上运行。

一、《敦煌遗书数据库》说明

《敦煌遗书数据库》是为《敦煌遗书总目索引新编》(施萍婷主撰稿、邰惠莉协编，中华书局 2000 年 7 月出版)研制的计算机查询检索程序。

1962 年商务印书馆出版了王重民、刘铭恕先生编著的《敦煌遗书总目索引》，公布了英藏、法藏、北图藏及国内外散藏的敦煌遗书约 2 万余号。是敦煌学界第一次比较完整意义上的敦煌遗书目录。此书的编纂在体例上有许多可取之处，在叙录中采用了“题记”、“说明”项，揭示卷子内容，反映考证结论。对所收条目编制笔画索引，外化研究成果。自出版之日起就备受敦煌学界好评，成为研究敦煌文献不可或缺的工具书。1986 年，台湾新文丰出版公司出版了黄永武主编的《敦煌遗书最新目录》，对《敦煌遗书总目索引》未定名的一大批佛经进行定名，并公布了列宁格勒所藏敦煌遗书目录。在编制体例上省略了“题记”、“本文”、“说明”项，没有编制索引，不能直观地给读者更多的信息。《敦煌遗书总目索引新编》是综合以上二书的优点于一身，增加了标志、按等揭示写卷内容的说明部分，尽可能反映敦煌遗书研究近百年研究成果的一本综合性目录。《敦煌遗书数据库》以新编总目为依据，利用计算机强大的信息处理功能，方便、快捷、准确、全面地向使用者提供所需信息。

《敦煌遗书总目索引新编》收录范围仅限于对敦煌研究院现有的缩微胶卷汉文部分的编目，实际也就是对《敦煌遗书总目索引》的增补。即英藏第一批缩微胶卷公布的 1—6 980号，法藏 2 000—6 048 号，北图藏的 1—8 738 号，总目约 2 万条。《敦煌遗书总目索引》收录的散藏部分(有一部分现在已不知收藏处)、俄藏、日藏、国内外散藏将收入续编，有待目录完整后补充进数据库系统。

二、《敦煌遗书数据库》的建库

目前使用的敦煌遗书目录一般是由卷号、名称(经名)组成。有些目录包括题记、本文、说明等项。但现有的这些还不能完整地反映一件遗书的面貌。对于敦煌研究的使用者来说，研究的方向不同，对遗书目录的检索也有特殊的要求。在设计这个遗书总目数据库时，我们试图尽可能全面地将遗书所能涉及的内容包涵进去。

敦煌遗书数据库的应用程序需涵盖敦煌遗书的基本信息。包括：遗书的收藏地、统一编号(卷号)、名称(经名)、标志、分类号、对应号、题记、说明、本文、按、图等相对完整的敦煌遗书目录所包括的信息内容。数据库的应用程序需有相对完备的数据库维护功能,能进行数据的录入、数据检索、数据修改等。应用程序还应能满足对数据统计和分析的要求。

根据信息组织的需要和用户使用的需求,确定数据库只需一张数据表格就能涵盖所有相关信息,该数据表格应包含如下条目:

1. 统一编号(KTYZ)——编号指收藏单位对文献所给予的流水号。在数据库中起着查重的作用。

2. 收藏地(KSCD)——以代码的形式反映遗书的收藏地点。

3. 对应号(KDYH)——仅适用于北京图书馆。北京图书馆所藏敦煌文献在1909年入藏时,是采用我国传统的千字文分类法,从"地"字开始至"位"字结束,缺"天"、"玄"、"火",共八十七字,每字编一百号,共编8 738号。1930年陈垣先生编著《敦煌劫余录》时,按分类整理排序,虽然没有编著新的顺序号,却也没有再按千字文号排序。1979年北京图书馆拍摄缩微胶卷时,也是按《敦煌劫余录》的顺序重新编号即现在使用的顺序号。但长期以来学者在使用时采用的还是千字文号。这次编著《敦煌遗书总目索引新编》时,北京图书馆采用顺序号,在顺序号后用小括号对应千字文号。计算机在管理中,自动按汉语拼音的顺序排序,当使用千字文号进行检索时,就形成了既不是千字文号排序,又不是顺序号的排序,检索千字文的某一个字时,这时显示的排序不是从1—100号,而是在千字文编号后按顺序号的大小排序的,这是在使用过程中需要特别注意的地方。

4. 经名(KJMZ)——即该遗书所抄写的实际内容的直接反映。此条目在数据库的要求中不能成为空值。

5. 品名(KPMZ)——反映经卷中所存在的子目项,多用于佛经。

6. 标志(KBZZ)——是遗书保存现状的反映,也是我们定名的依据之一。按原卷的实际情况著录,用代码的形式注明为首题、尾题、原题、首缺、尾缺、首尾俱全、首尾俱残、中题、拟名等十二种。

7. 分类号(KFLZ)——按类别归属遗书。依文献内容分十三大类约七十小类,最细分至三级编码。

8. 原文(KBWZ)——比较特殊或有重要学术价值的文献,照录原文,对不甚重要或无明确意义的杂写,在说明项中叙述。

9. 题记(KTJZ)——是透露经卷书写年代、书写因由及施主或受持者目的等信息的最有价值的部分,本数据库一律全文抄录。敦煌遗书中的题记有纪年题识、译经题记、写经缘由题记、受持者题记等。

10. 现状(XIANZHUANG)——反映文献卷长、卷高、纸质、纸张数、天头、地脚等详细资料。

11. 图片(TUPIANMIN)——遗书是具体形象的实物资料,将每件遗书的原貌以图片的形式输入数据库,以利于读者研究。目前只有少数遗书的图片输入,在本数据库中留下该字段,以便于将来数据库内容的扩展。

12. 说明(KSMZ)——是诸项中最为灵活、信息量最大的部分。对原卷内容的揭示(如佛经中的品题)、对卷子的文字描述(书法、品相、避讳字、武周新字、尾轴、校勘、经音字)等都可放入说明项。

13. 按——是对《敦煌遗书总目索引》内容的扩充和增补。刘铭恕先生的《斯坦因劫经录》列有"说明"一项,王重民先生的《伯希和劫经录》也有说明项,只是没有冠"说明"二字。《敦煌遗书总目索引新编》保留了王、刘二位先生的"说明"项,而将新加的说明改用"按",以示区别。"按"是体现作者对经卷主观认识的窗口。对该卷研究的现状、定名的依据及与此卷相关的内容介绍均可入此。

三、《敦煌遗书数据库》前端编程和运行系统

(一) 前端编程:

1. 编程软件:DELPH15。

2. 运行环境:486以上机型、WIN95/WIN98操作系统。

3. 运行方式:运行SETUP进入安装程序,按提示进行安装;安装完毕即可直接使用。

4. 软件功能:该软件具有一般的数据库应用程序所具有的基本功能,包括:

数据录入(方便用户大批量录入新数据)

数据检索(支持多种模糊查询功能)

数据修改(查询修改在同一界面下,方便快捷)

数据排序(对检索出的数据根据用户要求进行排序,有四种选择)

报表打印(允许用户对检索出来的数据进行打印操作)

5. 软件特点:Windows风格的图形界面,方便、友好;

按钮式操作,简单、明了;

弹出式说明项,即时掌握程序动作情况;

即时查看、即时修改,使对数据库的操作更快捷、可靠;

支持模糊查询,更方便,为数据的统计、分析提供了可能;

方便的报表打印功能,方便用户查得的数据即时打印。

(二) 运行程序:

数据库是存放在系统内的有一定的组织形式的数据集合。为了确保数据的唯一性和查询的方便快捷,需要给数据库定义主关键词。主关键词必须是能唯一确定整条信息,即在一张报表中主关键词的值不能重复,也不能为空值。这就需要结合本数据库中存储的信息内容及字段划定出合适的主关键词。在本表中,存储的是一些关于敦煌卷子的基本信息,包括卷子的名称、品名、收藏地、对应号、分类号、说明、本文、题记、按语等。由于说明、本文、题记、按语等都可能为空值;收藏地、分类又有可能重复,这些字段都不能做主关键词。经名和品名比较集中地反映了数据的信息,但是由于信息的特殊性,是有可能出现经名或品名相同的数据,如下两条数据:

阿弥陀经 出067 分类号同为00011(佛教典籍类 佛经)

阿弥陀经 芥040 分类号同为00011(佛教典籍类 佛经)

这两条数据的经名相同,分类号相同,但显然是两条数据,必须录入两次;若以名称为主关键字,则数据将会拒绝第二条记录的录入。同理,分类号也不合适单独作为主关键词。

综合以上所有情况考虑，我们把“统一编号(KTYZ)”作为主关键词。因为它既不会是空值，也不会重复，唯一确定了数据库中的每一条记录。

为了查询方便，显示数据时的有续、规整，还需要给数据库中的表添加索引。在本数据库中添加了“统一编号”这一项的索引，定义为“升序、无重复”。“升序”即按“统一编号”对数据项中序号自动排序和识别大小写。

在数据应用程序中，为了根据用户的不同需要对数据进行排序，采用SQL查询语句中的“ORDER BY 字段名”排序语言实现按不同的字段对数据进行排序和操作。如，用户希望将现有的数据按“经名”进行排序列表，程序将运行更新子程序，在其中添加“ORDER BY LJMZ”语句，实现按“经名”对数据进行排序的操作。程序中提供了四种排序方式供用户选择：“按经名排序”、“按统一编号排序”、“按分类号排序”和“按收藏地排序”。

数据库有ACCESS和PARADOX两种数据库类型，即便于用户使用ACCESS直接打开、修改，也使用户使用“敦煌遗书数据库”应用程序时对数据库的访问更加安全、快捷。

四、《敦煌遗书数据库》应用程序

数据库应用程序就是对遗书资料的存贮、修改、管理、查询、显示和打印。

1. 存贮即数据的记录。本系统设计了方便的视窗式输入，在系统的提示下按顺序输入信息。对存贮的信息设计了安全系统，可永久保存数据。

2. 修改：如果要对已有信息进行修改，不需要再进入到输入程序中，这是数据库为了自身的安全而附加的一项保护措施。只要进入数据库使用程序，在列表状态下目录中的所有数据表格都出现在界面中，此时只需将光标定位在需修改的目录位置，直接进行修改即可。本数据库具有操作方便、简单易学的优点。在数据库使用中设置了工具栏。只需选择工具栏中的符号，即可到行首、行尾、文件首、文件尾、删除一条旧记录、增加一条新记录等。如要添加或删除一条记录，首先在工具栏中选择添加(＋)或删除(－)命令，选择确定符号执行命令即可。

3. 查询：是数据库管理的实用程序。一般情况下，当我们寻找所需要的信息时，传统的方式是采用按笔画排序的笔顺或按汉语读音排序的音序，而所能进入这两项索引的音序或笔顺基本局限于目录的第一个字。而分类检索法，可将相同内容归纳在一起，前提是要熟练掌握规定的分类法。现代计算机检索，模糊了传统的检索概念，实现了索引的多种可能。本系统为用户建立了九种方式的查询模式，还可用“并且”和“或者”同时选用两种以上的方式组合查询。这就是说首先数据库中的各个列表均可进行检索，其次单项的检索可实现任何字符串的检索。在查询时可选择自己所希望的查询方式：前匹配方式(所检索的字符串出现在文献首)、后匹配方式(所检索的字符串出现在文献尾)、任意匹配方式(所检索的字符串出现在任意部位)、精确查询方式等。

4. 显示：进入数据库管理程序，是用视窗表格形式显示信息，除此之外，用户可根据自己的需要利用查询功能显示信息。利用统计工具用逻辑组配或按顺序号排序方式显示结果。

5. 打印：数据库管理系统可以很方便地根据用户要求，采用表格、文本的形式将所需内容打印出来，在打印之前，可以对所需信息进行编辑，以满足不同的使用要求。

五、《敦煌遗书数据库》的前景及扩展性

《敦煌遗书数据库》目前并不完善，首先收录的内容就不完整。据目前已公布的世界各地收藏的敦煌遗书目录统计，遗书的数量达五万多件。目前我们的数据库收录的法藏、英藏、北图藏约2万件左右，仅占全部遗书的50%左右。另有俄罗斯存约1万9千余件、斯坦因6980后残缺部分约7千件、日本19个收藏单位及私人收藏约1千件、印度收藏的非汉文部分、德国3件、瑞典的数件回鹘文写卷、丹麦14件等约有2万多件还没有完全公开目录。国内收藏中北京图书馆还有新编号约7千件，国内其他9个省市25个文博单位收藏有大约2千余件敦煌遗书，私人手中也还有零星的收藏。将这一部分数量巨大的目录收入数据库，才是完整意义上的《敦煌遗书总目数据库》。其次，对数据库本身来讲尚有待于进一步完善和充实。

敦煌学研究迎来新世纪之际，将已有的研究成果反映在目录中，建设专题的敦煌学数据库，是敦煌学发展的必然趋势。目前遗书研究向着专题化、纵深化的方向发展。利用敦煌遗书数据库，可以更快捷、更方便地将专题目录归纳在一起，为研究提供了更有利的工具。计算机发展日新月异，容量更大、速度更快的新机型不断涌现，使编制容纳大量遗书内容的实用性数据库成为可能。现代信息高速公路，也可通过网上的传递以实现全球共享最新的研究成果。

* 原载梁尉英主编《2000年敦煌国际学术讨论会文集：纪念藏经洞发现暨敦煌学百年：1900—2000(历史文化卷)》(上册)，题目为《敦煌遗书数据库的开发与应用》，甘肃民族出版社，2003年9月；此据敦煌研究院网页整理(http：//www.dha.ac.cn)。

敦煌历史文献(敦煌史料)数据库编纂设想

马　德(敦煌研究院)

一、缘　　起

敦煌藏经洞出土的五万多件敦煌文献,大体包括“敦煌写经”与“敦煌文书”两大部分。其中“敦煌文书”约有一万件左右,内容包括敦煌及中国古代经济、政治、军事、法律、民族、民俗、社会生活、农牧业生产、学术思想、宗教活动、文学、天文、地理、科学技术、中医药学等各个方面,号称中国古代文化的百科全书;同时,敦煌写经及敦煌石窟、敦煌藏经洞所出绘画品等,保存了大量的题记资料。以上这些可统称为“敦煌历史文献”,都是中华民族珍贵的历史遗产和文化财富,对研究敦煌乃至整个中国古代社会,对总结历史的经验教训、促进中华民族的伟大复兴和人类社会的进步发展,都有重要的作用和意义。

自从20世纪初敦煌文献重新面世以来,中国以及世界各国的几代学者们,进行了长达百年的不遗余力的研究,在各方面都取得了长足的进步,填补了中国古代历史文化研究中的部分空白,为探讨中国古代社会及人类古代文明做出了有益的尝试。但截至目前,对敦煌文书及相关文献的研究还是分门别类的、分散地进行,学者们都是限定在各自的研究范围之内进行一些整理和研究,还没有一部比较全面、完整的敦煌历史文献资料辑录,更谈不上数据库的建设。

本数据库拟将全面搜集和整理所有敦煌汉文文书、题记等资料,建立先进、快捷的检索系统,为学术界提供敦煌汉文文书等资料的全部信息和最大的方便,在敦煌事业的进一步发展方面发挥其重大的应用价值。

二、内　　容

1. 文书类:敦煌经济、政治、军事、法律、文学、地理、科技、宗教(佛教)活动及各类社会生活文书,敦煌历史人物传记资料,其他汉文文书;

2. 写经题记类:敦煌汉文写经题记;

3. 石窟题记类:石窟上各类人物、发愿文题记及榜书资料;

4. 绘画品题记类:敦煌所出各类绘画、印刷品题记。

三、启动情况及下一步的工作

目前,敦煌研究院已将敦煌文献数据库的编纂列入院级课题2005—2006年启动项目。本数据库所需要的初级应用程序(试用)目前已经基本编辑就绪,并试录入一部分文献。现予演示,请各位专家指教。

本数据库是敦煌研究方面的最基础的资料工作,主要的工作大约一千万字的文书全文的录入和整理。电子文本将采取自己输入和向专家征集相结合的方法进行。录文一律使用标准繁体字(现演示简化字为试用稿)。录文有重复者,选用最佳者。所有文书录文将确保一流的敦煌文书录文质量,必要的时候由编纂者与录文提供者及相关专家共同敲定。

目前,这项工作已经得到部分敦煌学界同行的支持,目前已经征集到的录文约二百万字,这些录文将经过整理后编入数据库。本数据库的建设首先希望得到敦煌学界专家学者们的支持。希望到会专家学者就此提供自己的书面意见,肯定、否定都行,以便敦煌研究院下一步在考虑研究是否正式立项时作参考。

接下来,如果敦煌研究院将本数据库的建设正式立项,即可有一定的经费投入,这项工作也就是可以较好地进行。我们会拿出其中一部分经费来酬谢提供电子录文的专家们的辛劳,当然这种酬谢可能也只是象征性的,不会太多。已经提供的录文,都是专家们自愿的,酬谢问题日后一并考虑。

敦煌遗书编目所用数据库及数据资料

方广锠(上海师范大学)

敦煌遗书数量巨大。根据我这些年的统计,汉文遗书大约有58000号,分布如下:

1. 英国图书馆,约14 000号
2. 法国图书馆,约4 000号
3. 中国国家图书馆,约16 000号
4. 俄国圣彼得堡东方学研究所,约19 000号
5. 日本散藏,约2 000号
6. 中国散藏,约3 000号
7. 西欧、北美及其他地方散藏,约数百号

将这么多的敦煌遗书编为总目录,其工作量之大,产生的数据量之多,可以想见。敦煌遗书兼有文物、文献、文字三个方面的研究价值,因此,目录中需要著录的内容也非常丰富,加大了数据的类别与数量。如何处理如此既庞大,又庞杂的数据,是我二十多年编目实践中最为头痛的问题之一。

计算机技术的飞速发展,对我们从事敦煌遗书研究,特别是从事敦煌遗书整理与编目的研究者来说,提供了前所未有的便利工具。但如何在敦煌遗书的编目中充分利用计算机技术,特别是数据库技术,仍然是一个需要进一步研究的问题。

下面把我在这些年中,怎样利用数据库从事敦煌遗书编目;以及在这个过程中,对利用数据库进行敦煌遗书编目与研究有些什么想法,向诸位做一个汇报。

首先需要说明的是,搞数据库需要有充足的经费。由于经费的原因,我没有条件去请专家、请有关大学的计算机专业或专门公司来设计编目所需专用数据库,只能自力更生。所谓自力更生,就是尽量不花钱、少花钱,请我的亲戚、朋友帮忙。俗话说:一分价钱一分货。我的数据库投入很少,所以功能也就非常简单。只能做一些最基础的工作。下面略做介绍。

一、敦煌目录索引程序简介

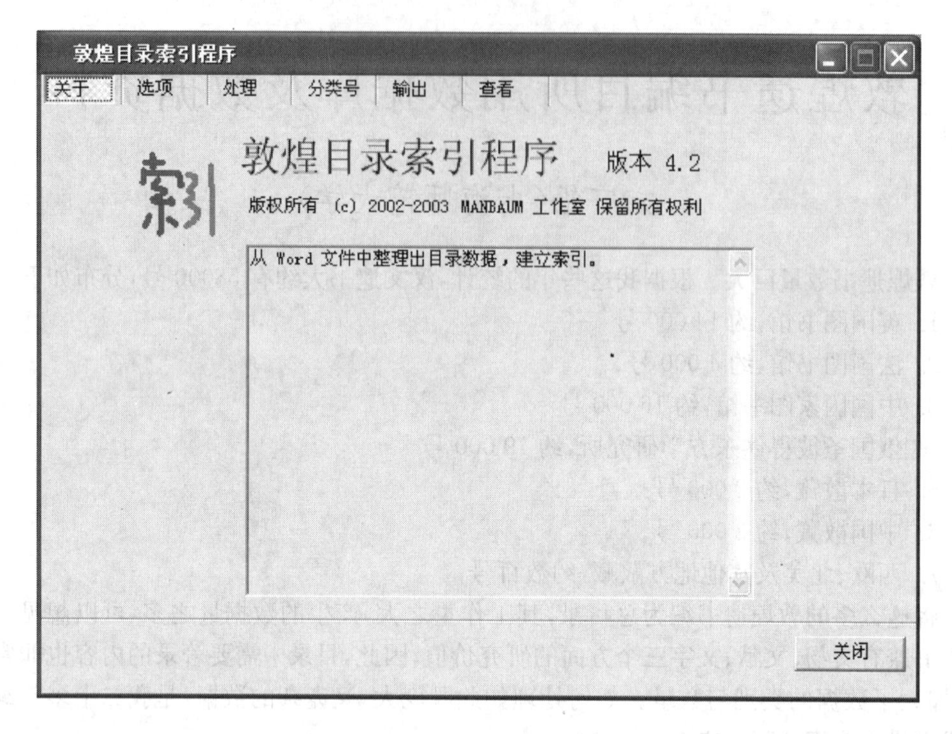

上面是我委托 MANBAUM 工作室开发的《敦煌目录索引程序》的主界面。这项工作从 2002 年初开始，其间曾经反复修改，到 2003 年底完成 4.2 版本。也就是说，在 2 年的时间中，曾经有过四次较大的修订，才形成现在的情况。

最初的设想，是想做一个单纯的索引程序，以将敦煌遗书中的相关信息检索出来，便于编目时参考使用，所以采用了这个名称。但随着程序的编纂，发现它实际可以容纳更多的功能，而索引功能反而并不显著。所以，它实际是一个敦煌遗书编目的辅助程序。主要功能是将 Word 文件中的相关数据直接读入数据库，建立数据文件，以备查考、检索、改错，从而提高目录的质量。

该程序包括选项、处理、分类号、输出、查看等几个重要的界面。

二、选　　项

选项包括数据管理、运行日志、输出数据管理等三大板块，界面如下：

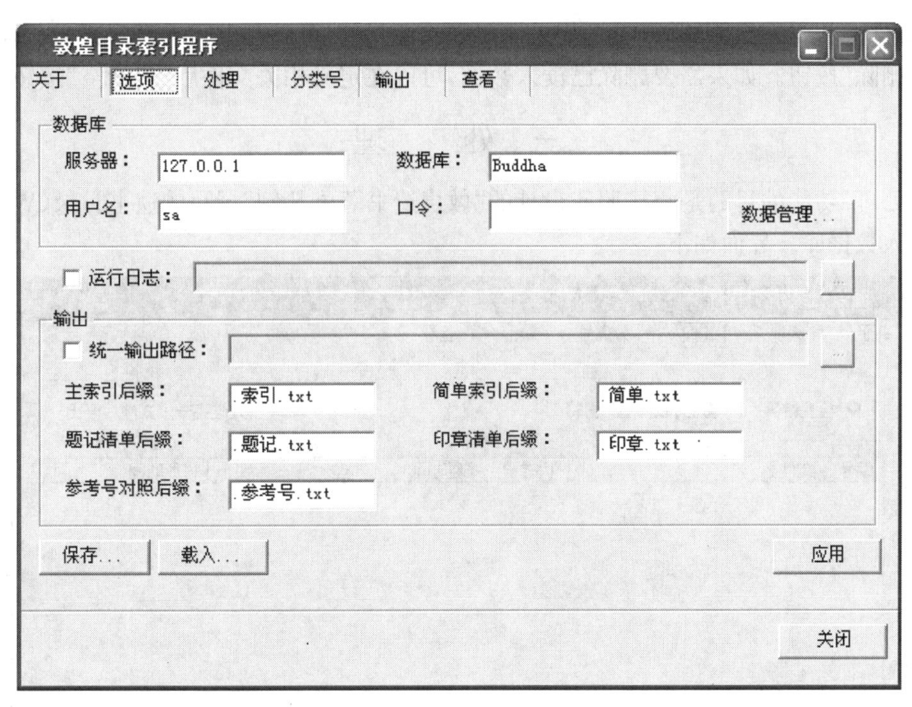

这里介绍数据管理中的清理数据功能。点开“选项”中的“数据管理”，然后再点开“清数据”，可以出现下一界面：

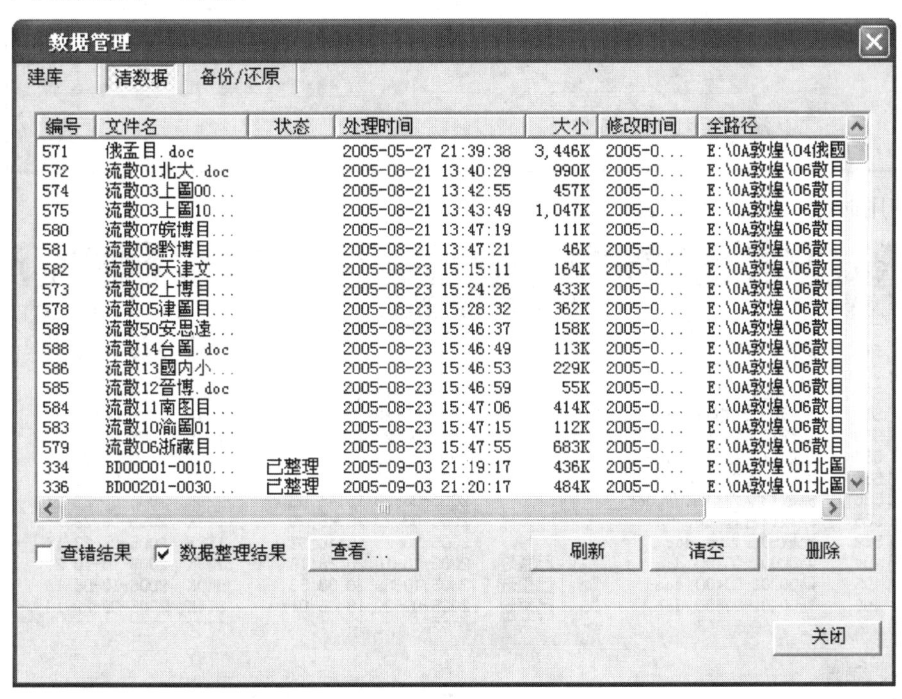

该界面可以反映数据库中保存的全部文件，包括这些文件在数据库中的序号、名称、状态（是否已经经过整理）、处理时间（即读入数据库的时间）、大小、原文件修改时间、路径等。由于我的这个数据库功能比较简单，有时需要把已经读入数据库的源文件删除，重新读入；有时需要将读入的数据删除，重新读入，所以设计这一功能，以便及时删除一些过时

的源文件及数据。具体的操作是，如果需要删除源文件，可以在上述界面定义需删除文件后点“删除”按钮。如果需要删除已读入数据，可以在定义相关文件后点“清空”按钮。

三、处　　理

“处理”功能的目的是将按照我设计的“敦煌遗书著录凡例”撰写的遗书目录（Word 格式）读入数据库。界面如下：

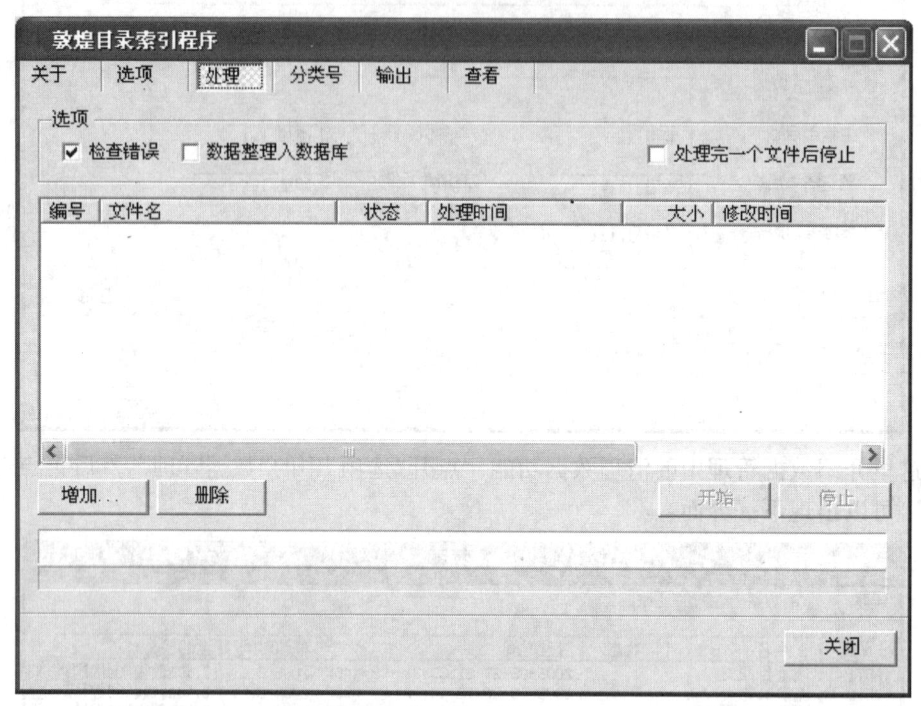

使用时，点“增加”按钮，出现如下界面：

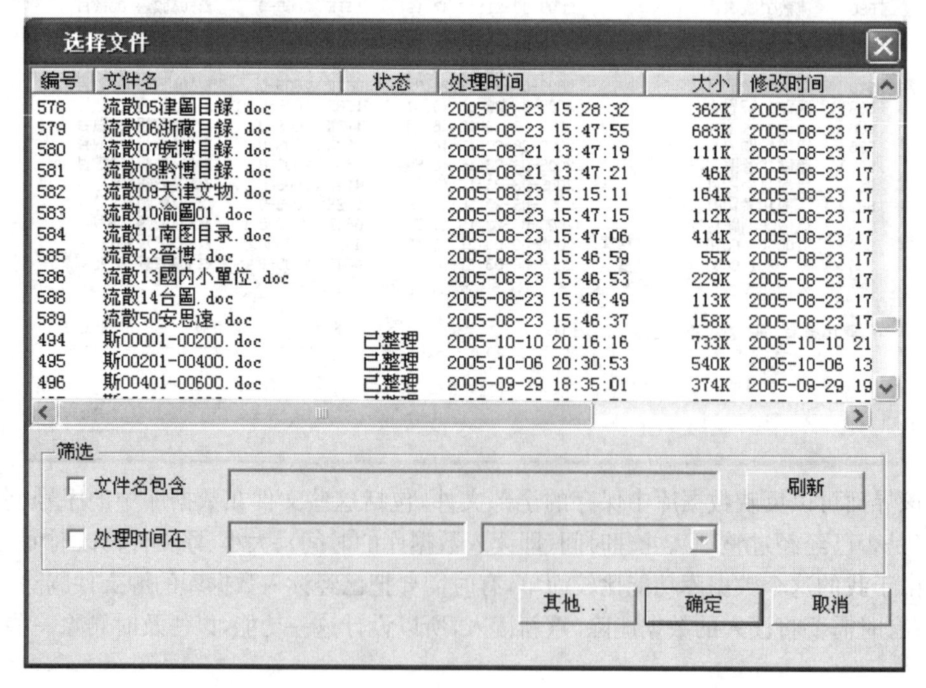

在文件列表中选择需要读入的源文件，比如 578 号到 582 号等 5 个文件，界面如下：

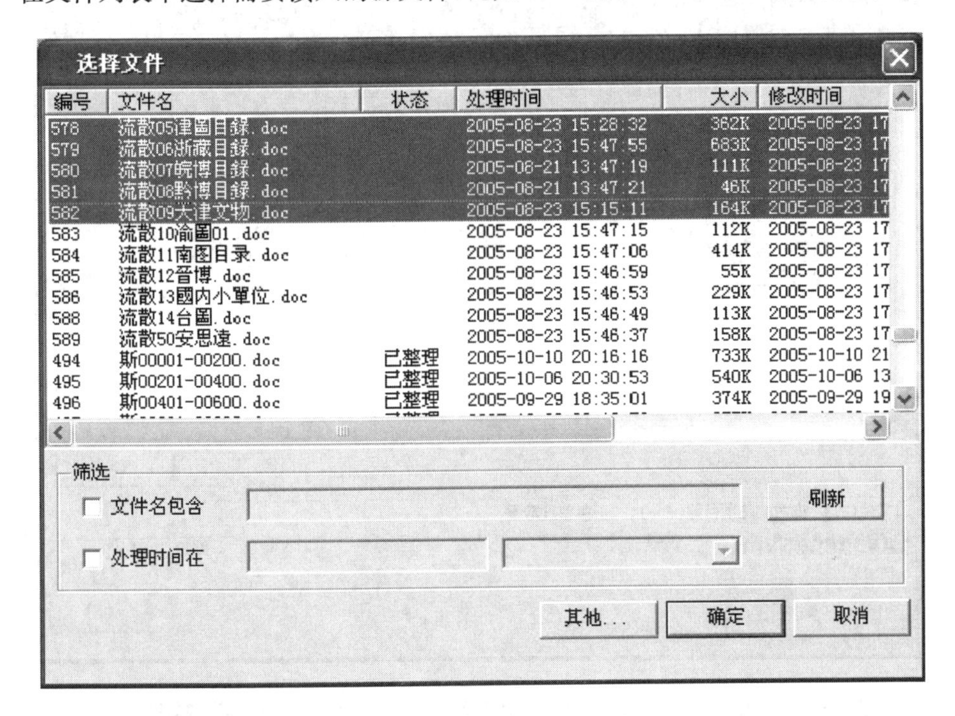

然后点确定，便得出如下界面：

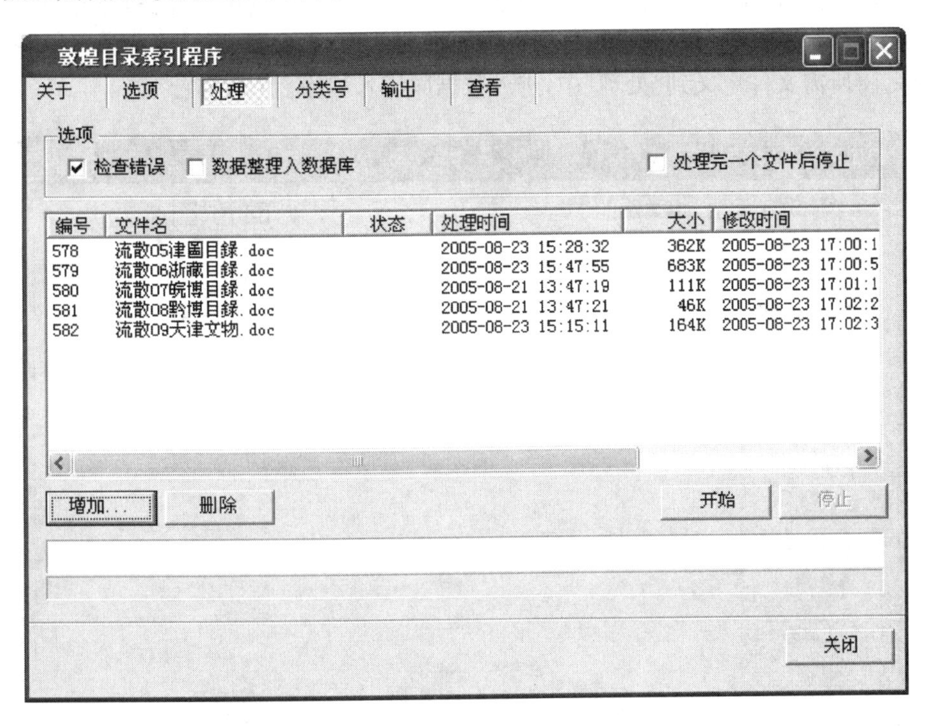

这时选择“数据整理入数据库”，并点“开始”按钮，便可以进入读文件程序。界面如下：

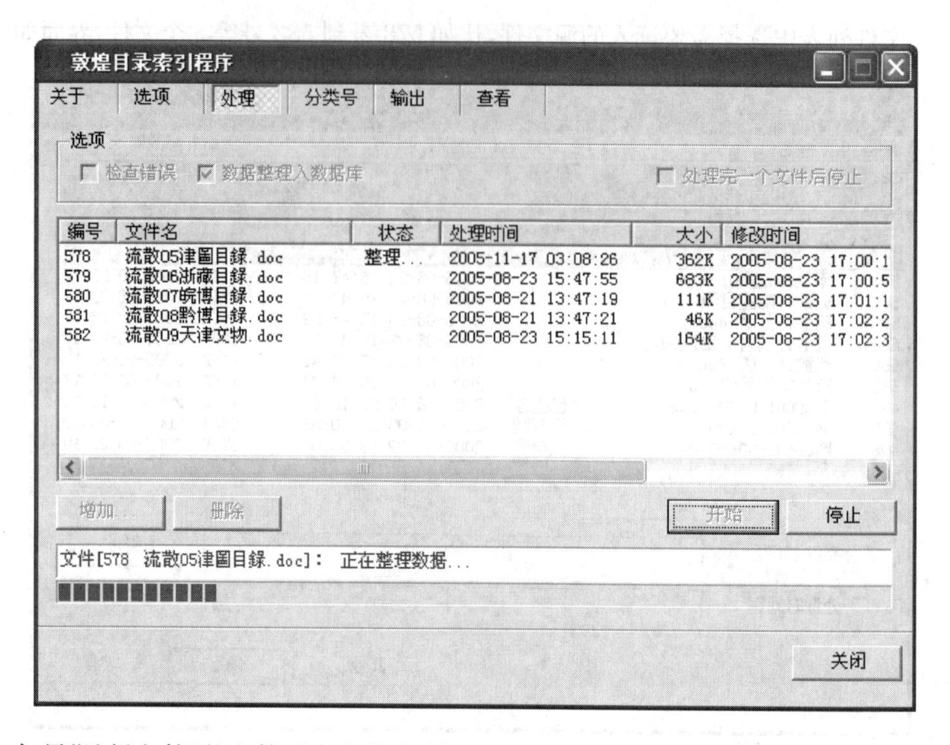

如果“选择文件”的文件列表中没有所需源文件，则可点“其他”按钮，这时会出现“增加源文件”界面，这个界面类似与计算机的“资源管理器”，可以从中寻找与选定自己所需要的源文件。按照以下程序，可以把自己需要的文件列入“选择文件”界面中，然后按照上述程序，将所需文件定义到“处理”中，进入数据库读入程序。具体如下：

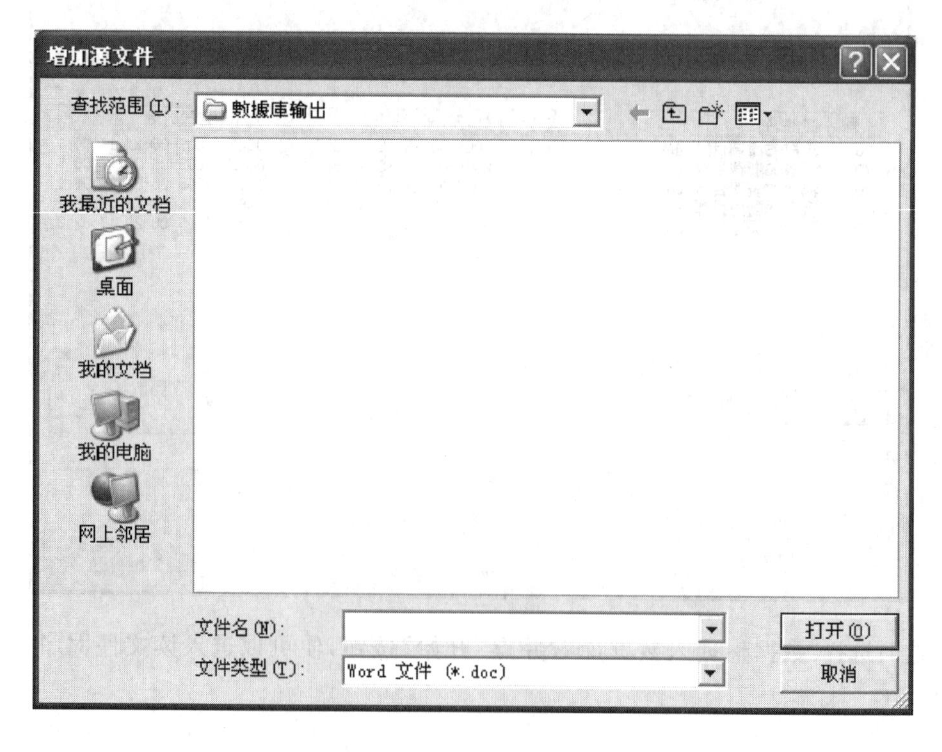

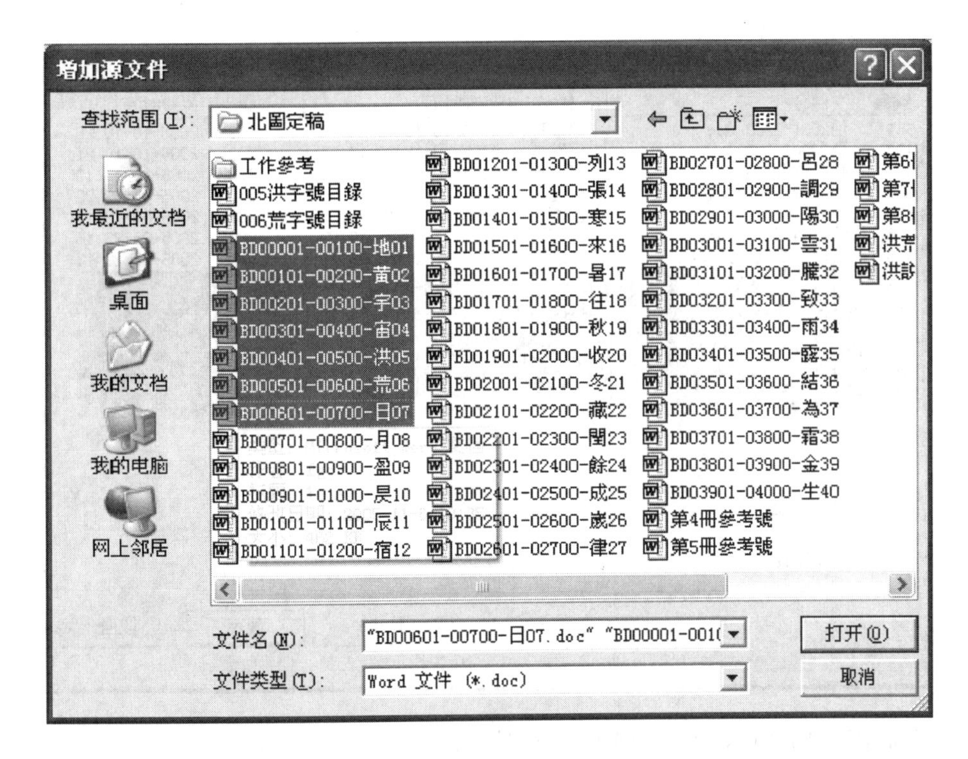

然后按“打开”按钮，把所需文件读入“选择文件”列表。

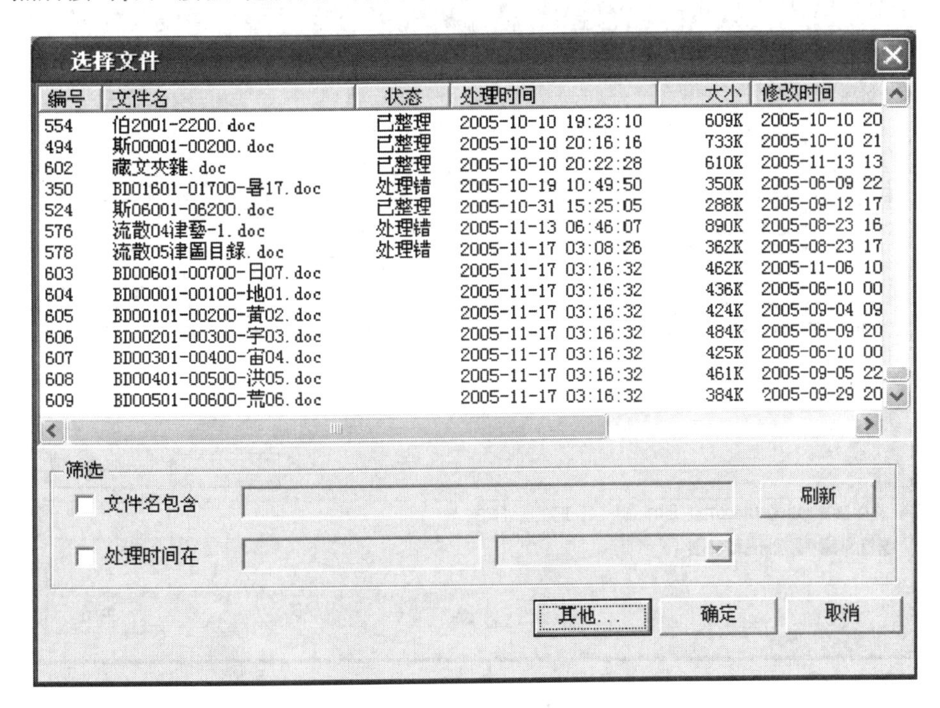

进而把这些文件选中。

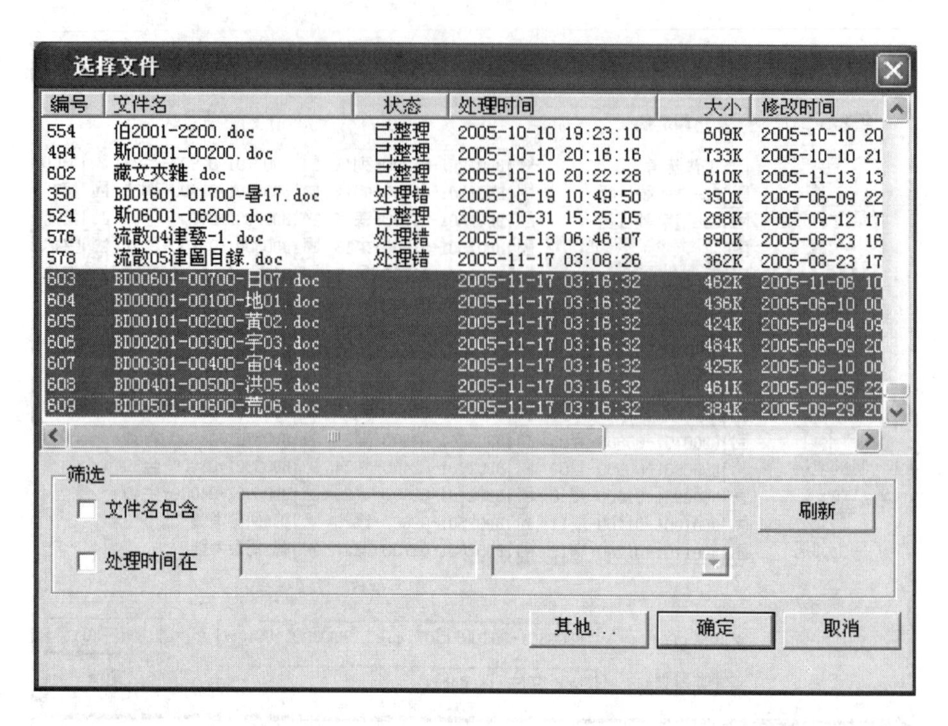

按"确定"按钮，进入"处理"列表，经行处理。

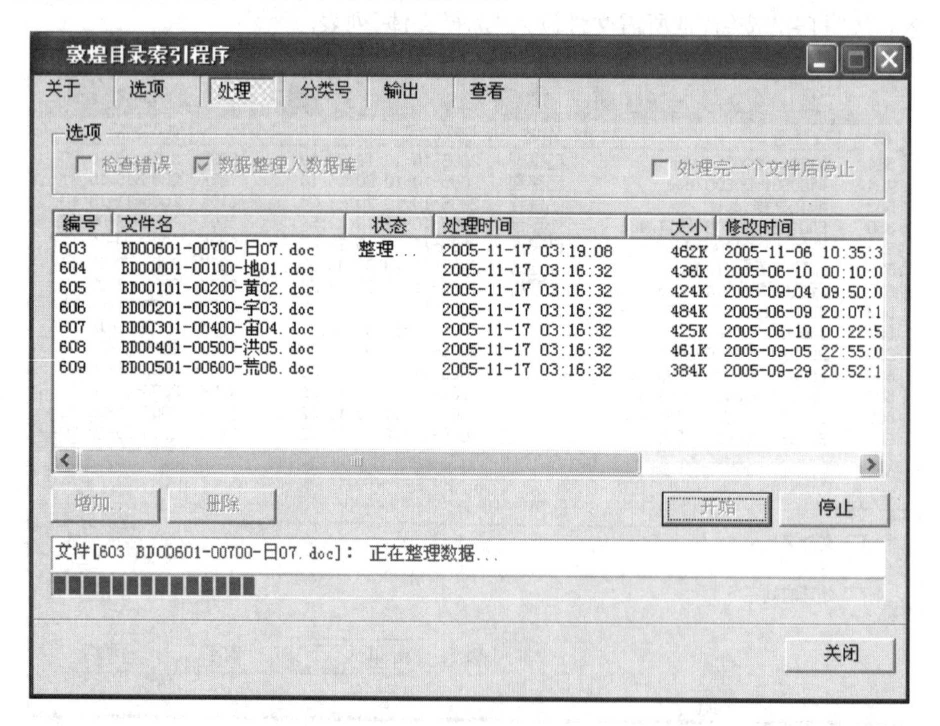

四、分 类 号

我所编撰的敦煌遗书目录是一个分类目录。为了让计算机自动完成文献的分类，我在设计敦煌遗书分类法的同时，给每一种文献赋予一个惟一的分类号。如属于佛教大藏经正藏的遗书分类结构如下：

1　佛教遗书
11　正藏
111　《开元录入藏录》所收经
112　历代已入藏经
113　历代所译未入藏经
114　敦煌所译未入藏经

对于《开元录入藏录》所收典籍，给予编号如下：

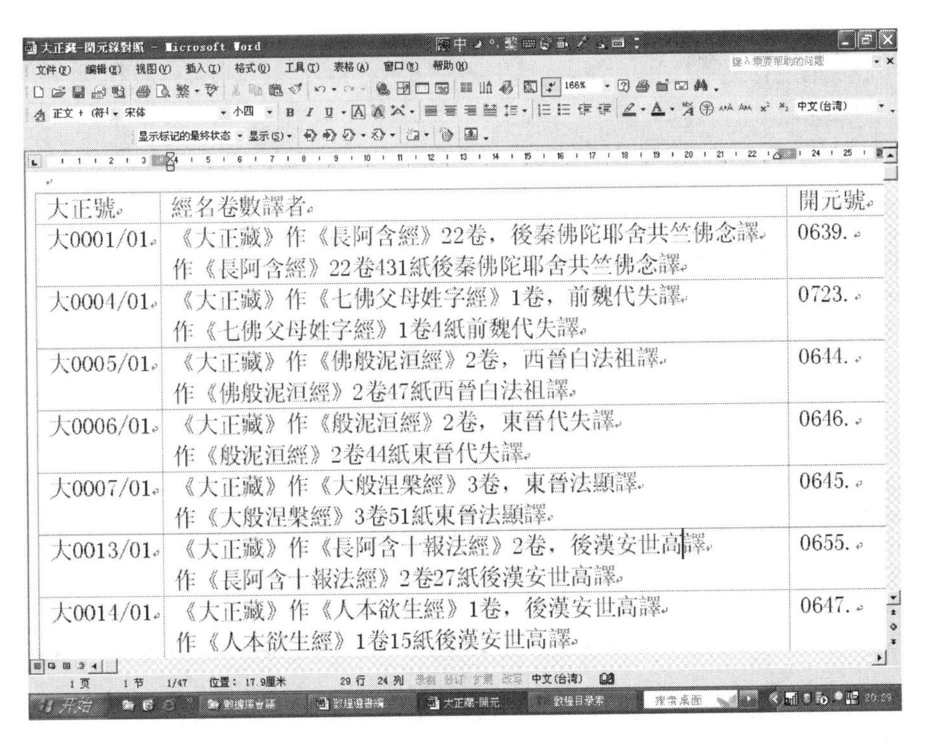

大正號	經名卷數譯者	開元號
大0001/01	《大正藏》作《長阿含經》22卷，後秦佛陀耶舍共竺佛念譯 作《長阿含經》22卷431紙後秦佛陀耶舍共竺佛念譯	0639.
大0004/01	《大正藏》作《七佛父母姓字經》1卷，前魏代失譯 作《七佛父母姓字經》1卷4紙前魏代失譯	0723.
大0005/01	《大正藏》作《佛般泥洹經》2卷，西晉白法祖譯 作《佛般泥洹經》2卷47紙西晉白法祖譯	0644.
大0006/01	《大正藏》作《般泥洹經》2卷，東晉代失譯 作《般泥洹經》2卷44紙東晉代失譯	0646.
大0007/01	《大正藏》作《大般涅槃經》3卷，東晉法顯譯 作《大般涅槃經》3卷51紙東晉法顯譯	0645.
大0013/01	《大正藏》作《長阿含十報法經》2卷，後漢安世高譯 作《長阿含十報法經》2卷27紙後漢安世高譯	0655.
大0014/01	《大正藏》作《人本欲生經》1卷，後漢安世高譯 作《人本欲生經》1卷15紙後漢安世高譯	0647.

上表编号以《大正藏》为序排列。因为在实际工作中，我以《大正藏》本为对照本，每部经典均标注《大正藏》本的经号。然后依据《大正藏》经号查找该经在《开元录入藏录》中的编号，亦即它的分类号。

比如《长阿含经》，在《大正藏》中的编号是0001号，在《开元录入藏录》中的编号为0639号，因此，它在我所编撰的敦煌遗书目录中的分类号为“F1110639”。“F”，意为“分类号”。

敦煌遗书目录索引程序的“分类号”界面如下。通过“分类号”界面，可以批量地为文献给予分类号，也可以发现与修订因为疏漏而错给的分类号。

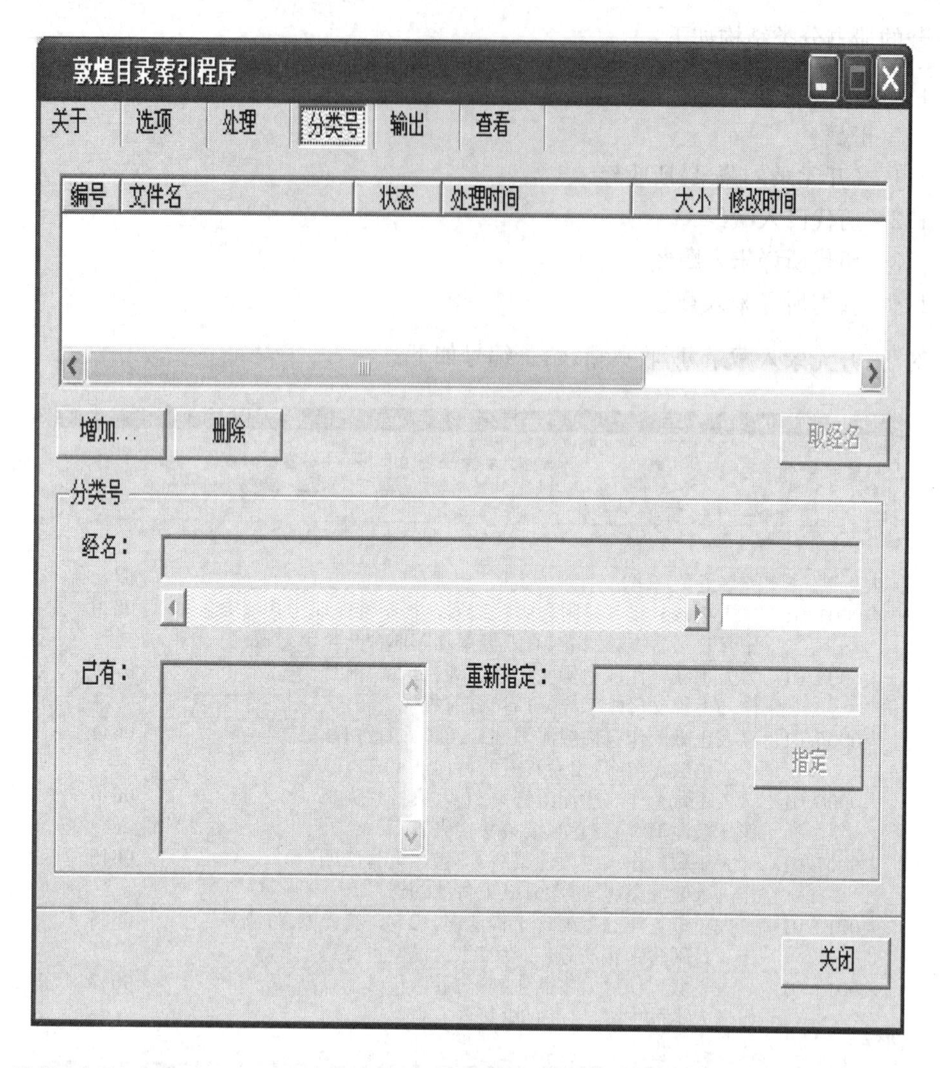

操作时，首先用“增加”按钮，将需要添加分类号的源文件导入文件列表。方法与“处理”相同。

源文件导入后，点“取经名”按钮，下面的空格中会出现这批源文件中共包括多少不同名称的文件。如以下界面导入英国图书馆藏全部敦煌遗书后，显示不同名称的文件共有 4 384 种(编目尚未完成，这里的数字不准确)。

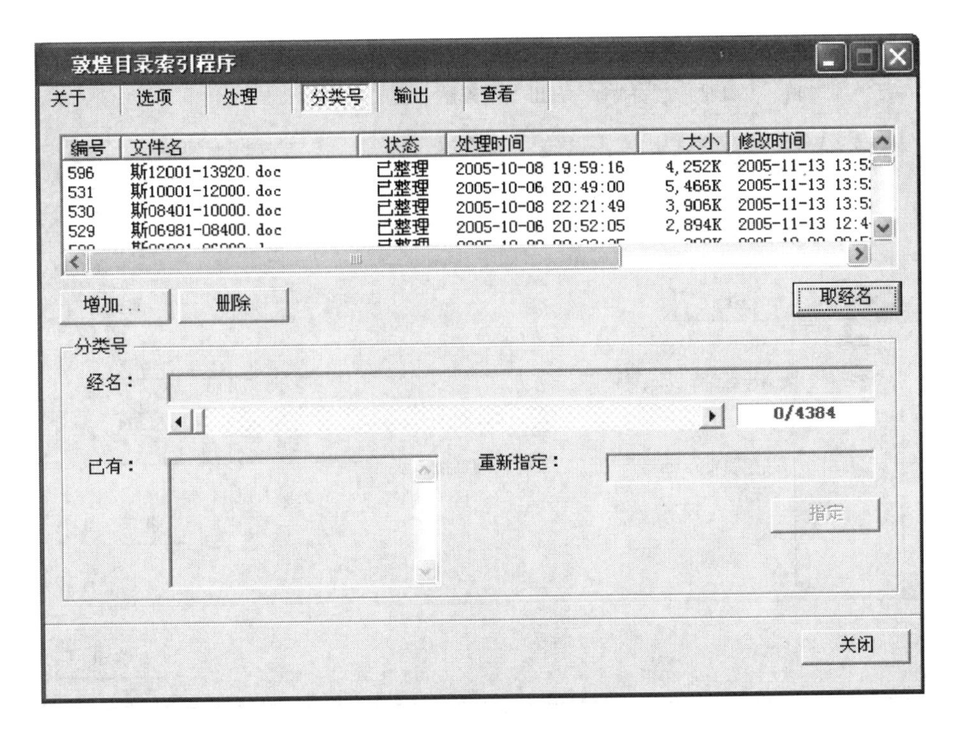

其中《心经》共有135号，其分类号为F1110021。

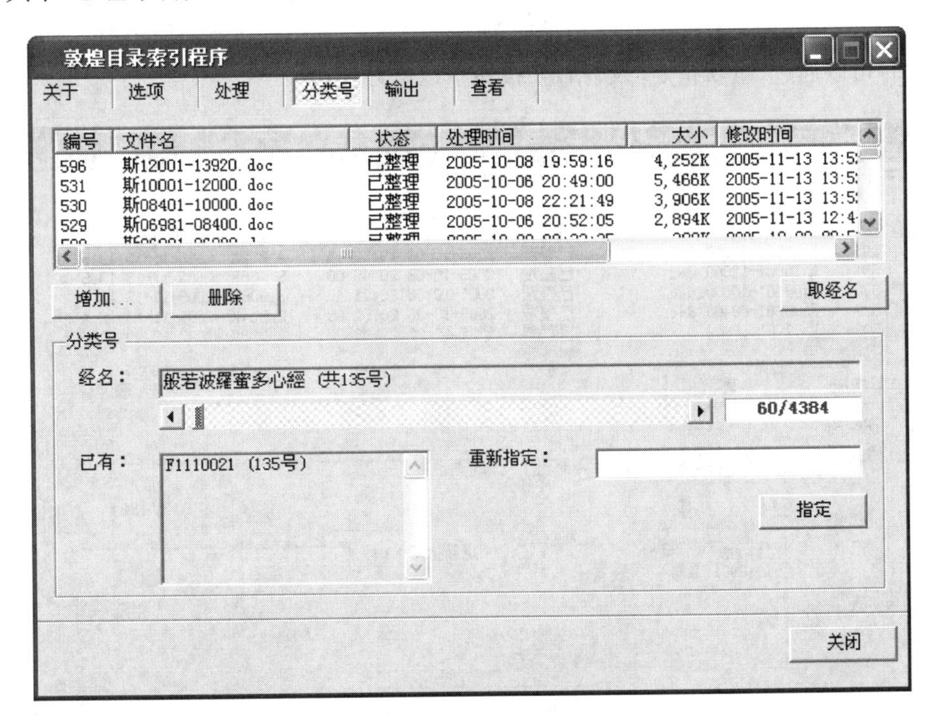

其中《春秋左传杜注》有4号，尚未给予分类号。此时可以通过“重新指定”及“指定”按钮给予分类号。

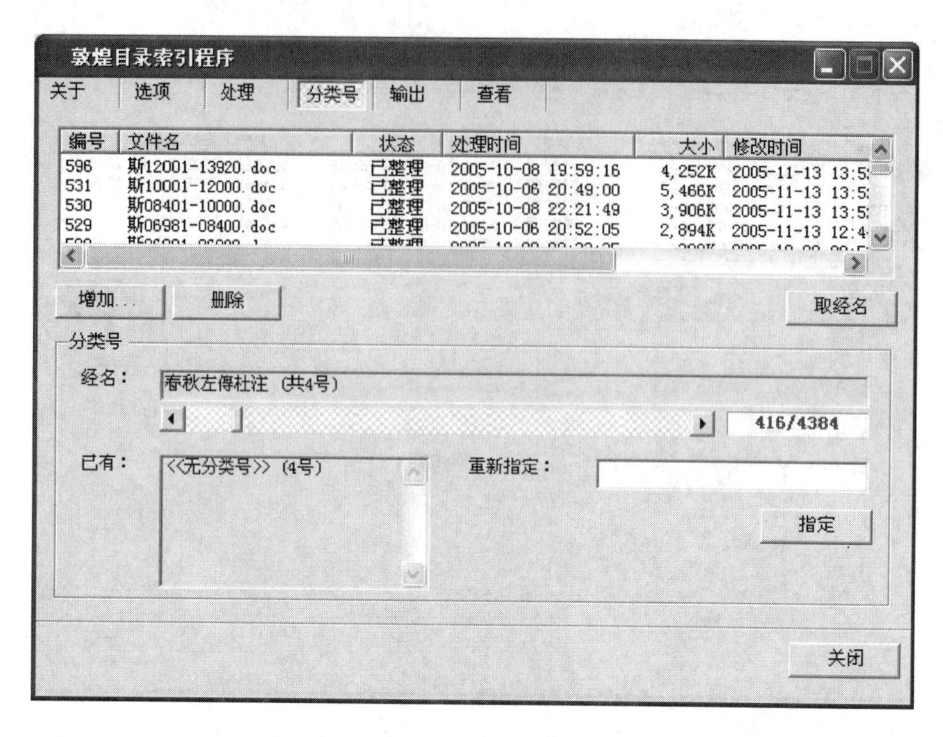

以下界面显示,《晋译华严》共有 36 号,其中分类号为 F1110080 者 35 号,分类号为 F1110081 者 1 号。由于该经的分类号应为 F1110080,而 F1110081 是错误的,乃疏漏所致。此时可以通过“重新指定”及“指定”按钮予以修订。

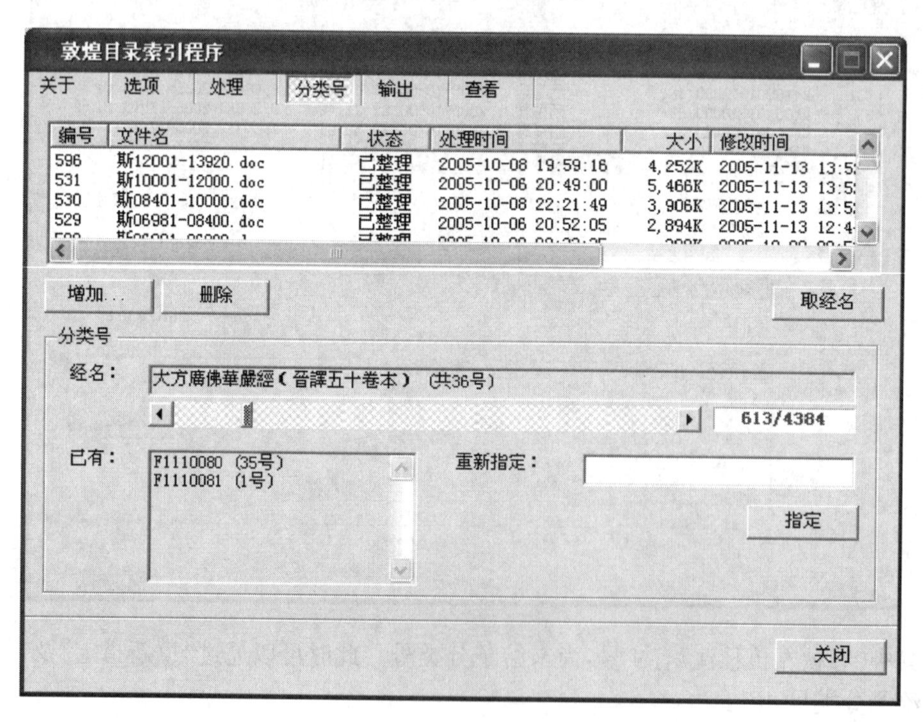

五、输　　出

“输出”的功能是输出检索成果。

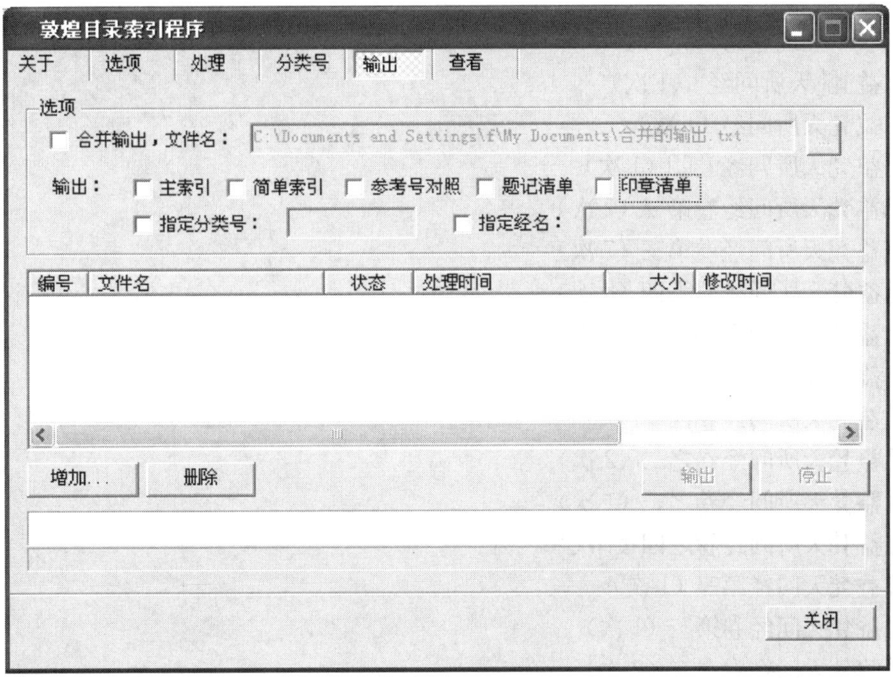

它的主要功能是：

1. 输出内容，可以任意选择并分别输出主索引、简单索引、参考号对照索引、题记清单、印章清单。这时需要在相应的空格中点选。

2. 检索对象，可以任意指定某部经典为检索对象。比如指定《妙法莲华经》，可以将它的分类号或经名填入相应位置。如果不指定，则将所有文献均作为检索对象。

3. 输出方式，从不同源文件（如 20 个北图文件）检索到的同一种（比如题记）检索结果，可以输出为 20 个不同的文件，也可以合并为一个文件。

4. 源文件，可以选定若干文件，如仅选北京图书馆的敦煌遗书为检索源文件。也可以将所有敦煌遗书全部列入。操作方法与“处理”一样。

主索引包括内容比较多，包括两大部分。第一部分罗列敦煌遗书中该文献的所有异名，分别首题、尾题列出，并列出每种名称的使用次数。还罗列不同时代的抄本各有多少号。此外罗列有题记、印章、杂写、护首的遗书有哪些，并逐一罗列卷号及题记、印章、杂写的具体内容。第二部分依照卷次，逐一罗列所有的卷号及其首尾经文与《大正藏》本的对照结果。如果有题记、印章、杂写，则在其下注明。

如：F1110144　《思益梵天所问经》的检索结果：

统计

共计 128 号

有题记者 8 号（具体卷号及内容略）

有印章者 3 号（同上）

有杂写者 2 号(同上)
有护首者 1 号(同上)

首题名
□……□经卷第二(1 次)
思益梵[天所问经](1 次)
思益梵天所问经(1 次)
思益梵天所问经卷□(1 次)
思益梵天所问经卷第二(7 次)
思益梵天所问经卷第三(7 次)
思益梵天所问经卷第四(6 次)
思益梵天所问经卷第一(7 次)
思益梵天所问经卷三(1 次)
思益梵天所问经卷四(1 次)
思益梵天所问经卷之二(2 次)
思益梵天所问经卷之三(1 次)
思益梵天所问经卷之四(1 次)
思益梵天问经第三(1 次)
思益梵天问经卷第三(1 次)
思益梵天问经卷之二(2 次)
思益经卷第四(4 次)

尾题名
卷二(1 次)
思益梵天经卷第二(1 次)
思益梵天所问经卷第二(6 次)
思益梵天所问经卷第三(3 次)
思益梵天所问经卷第四(6 次)
思益梵天所问经卷第一(6 次)
思益经卷第二(5 次)
思益经卷第三(11 次)
思益经卷第四(8 次)
思益经卷第一(9 次)
思益品第四(1 次)

年代
〈无年代〉(37 号)
5—6 世纪。南北朝写本。(1 号)
7—8 世纪。唐写本。(27 号)

7世纪。唐写本。(1号)
8—9世纪。唐写本(1号)
8—9世纪。吐蕃统治时期写本。(22号)
8世纪。唐写本。(1号)
9—10世纪。归义军时期写本。(20号)
北魏写本。(1号)
南北朝时期写本。(4号)
唐写本。(11号)
晚唐8、9世纪。(1号)
五代写本。(1号)

以下按照卷次逐一罗列所有的遗书。如:
卷一(41号)
BD00078号1
首2行上下残→大正586,15/36A22—23。
尾全→15/40B19。
(以下略)
卷二(28号)(略)
卷三(33号)(略)
卷四(26号)(略)

简单索引只罗列编号与经名,但标注题记等内容。如:
伯2126号4　思益梵天所问经卷四
伯2779号　思益梵天所问经卷三
敦研047号　思益梵天所问经卷四
敦研123号　思益梵天所问经卷二
敦研140号　思益梵天所问经卷三
敦研280号　思益梵天所问经卷四
敦研284号　思益梵天所问经卷二
俄00157号　思益梵天所问经卷一
甘博050号　思益梵天所问经卷四
甘博105号　思益梵天所问经卷一
甘博106号1　思益梵天所问经卷一
甘博106号2　思益梵天所问经卷二
甘图012号　思益梵天所问经卷二
津图071号　思益梵天所问经卷三
津文物20号　思益梵天所问经卷三
津艺068号　思益梵天所问经卷三
津艺071号1　思益梵天所问经卷三

津艺 071 号 2　思益梵天所问经卷四

有题记

津艺 237 号　思益梵天所问经卷三

津艺 242 号 A　思益梵天所问经卷四

津艺 242 号 B　思益梵天所问经卷四

上图 129 号　思益梵天所问经卷四

有题记

斯 00120 号 1　思益梵天所问经卷一

斯 00120 号 2　思益梵天所问经卷二

限于篇幅，其他的输出内容，不再一一介绍。

六、查　　看

查看功能是我在编目中经常使用，也是非常实用的一个功能。它的界面如下：

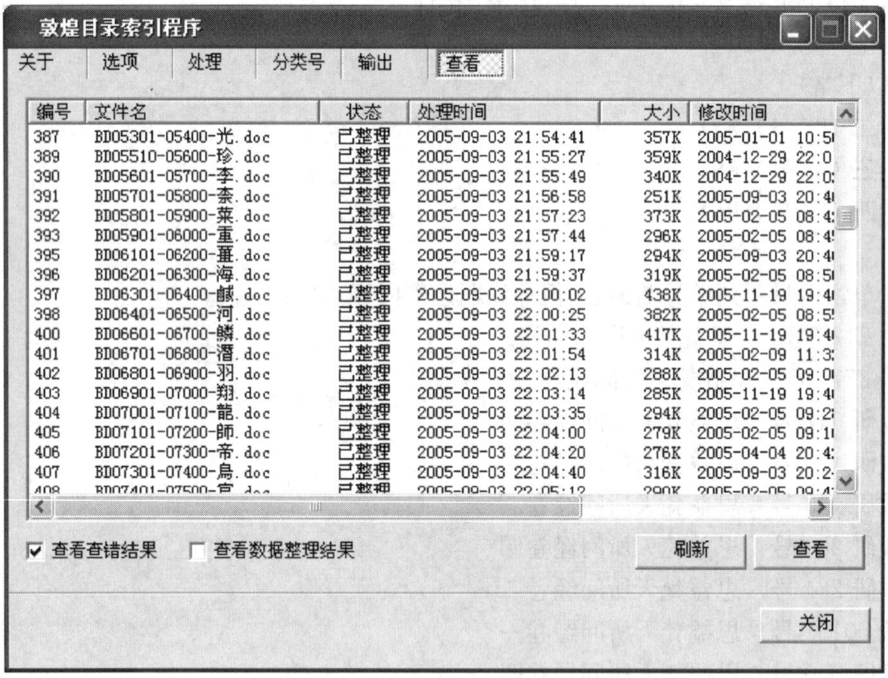

敦煌目录索引程序

关于　选项　处理　分类号　输出　查看

编号	文件名	状态	处理时间	大小	修改时间
387	BD05301-05400-光.doc	已整理	2005-09-03 21:54:41	357K	2005-01-01 10:5
389	BD05510-05600-珍.doc	已整理	2005-09-03 21:55:27	359K	2004-12-29 22:0
390	BD05601-05700-李.doc	已整理	2005-09-03 21:55:49	340K	2004-12-29 22:0
391	BD05701-05800-柰.doc	已整理	2005-09-03 21:56:58	251K	2005-09-03 20:4
392	BD05801-05900-菜.doc	已整理	2005-09-03 21:57:23	373K	2005-02-05 08:4
393	BD05901-06000-重.doc	已整理	2005-09-03 21:57:44	296K	2005-02-05 08:4
395	BD06101-06200-薑.doc	已整理	2005-09-03 21:59:17	294K	2005-09-03 20:4
396	BD06201-06300-海.doc	已整理	2005-09-03 21:59:37	319K	2005-02-05 08:5
397	BD06301-06400-鹹.doc	已整理	2005-09-03 22:00:02	438K	2005-11-19 19:4
398	BD06401-06500-河.doc	已整理	2005-09-03 22:00:25	382K	2005-02-05 08:5
400	BD06601-06700-鱗.doc	已整理	2005-09-03 22:01:33	417K	2005-11-19 19:4
401	BD06701-06800-潛.doc	已整理	2005-09-03 22:01:54	314K	2005-02-09 11:3
402	BD06801-06900-羽.doc	已整理	2005-09-03 22:02:13	288K	2005-02-05 09:0
403	BD06901-07000-翔.doc	已整理	2005-09-03 22:03:14	285K	2005-11-19 19:4
404	BD07001-07100-龍.doc	已整理	2005-09-03 22:03:35	294K	2005-02-05 09:2
405	BD07101-07200-師.doc	已整理	2005-09-03 22:04:00	279K	2005-02-05 09:1
406	BD07201-07300-帝.doc	已整理	2005-09-03 22:04:20	276K	2005-04-04 20:4
407	BD07301-07400-鳥.doc	已整理	2005-09-03 22:04:40	316K	2005-09-03 20:2

☑ 查看查错结果　☐ 查看数据整理结果　刷新　查看

关闭

它有查看差错结果与查看数据整理结果两项功能。

所谓“查看差错结果”，是用来纠正我编目中的不规范行为。如前所述，我设计了一个著录凡例，要求所有的敦煌遗书都要按照这个凡例来著录。但具体工作中，难免出现一些错误。比如首题项的编号应该是“4.1”，有时误写成“4.2”之类。这时，如果查看差错结果，这里便会出现错误提示，要求改正。

所谓“查看数据整理结果”，是将读入的全部数据，在这里用列表的方式罗列出来，以供检查。

使用上述两个功能时，可以任意定义源文件的范围。比如希望查看英国敦煌遗书的情况，可以把它们全部定义：

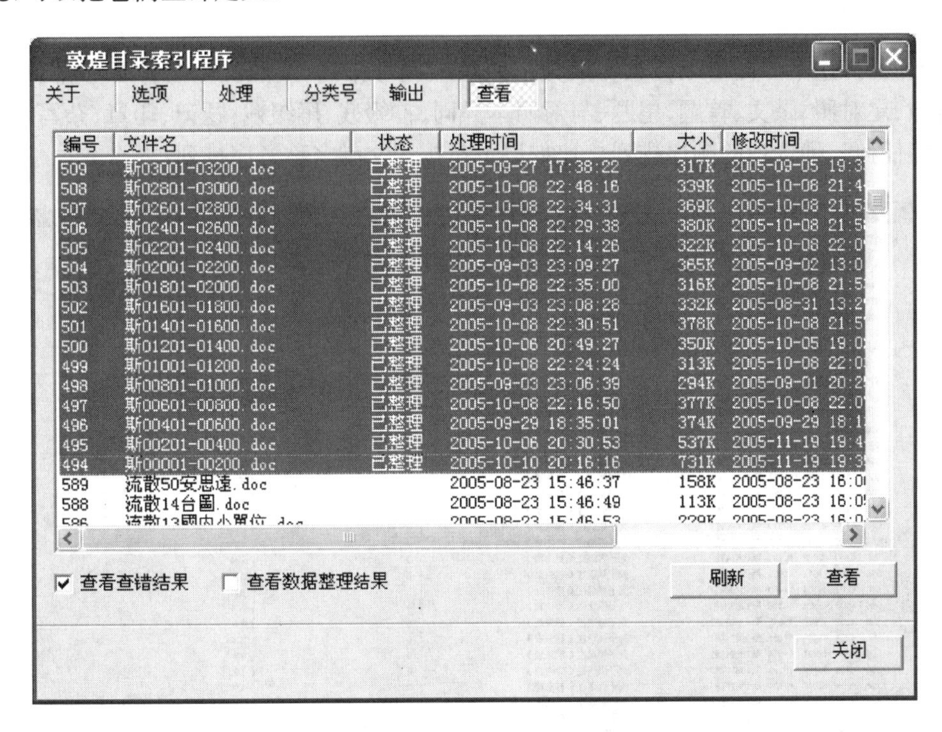

编号	文件名	状态	处理时间	大小	修改时间
509	斯03001-03200.doc	已整理	2005-09-27 17:38:22	317K	2005-09-05 19:3
508	斯02801-03000.doc	已整理	2005-10-08 22:48:16	339K	2005-10-08 21:4
507	斯02601-02800.doc	已整理	2005-10-08 22:34:31	369K	2005-10-08 21:5
506	斯02401-02600.doc	已整理	2005-10-08 22:29:38	380K	2005-10-08 21:5
505	斯02201-02400.doc	已整理	2005-10-08 22:14:26	322K	2005-10-08 22:0
504	斯02001-02200.doc	已整理	2005-09-03 23:09:27	365K	2005-09-02 13:0
503	斯01801-02000.doc	已整理	2005-10-08 22:35:00	316K	2005-10-08 21:5
502	斯01601-01800.doc	已整理	2005-09-03 23:08:28	332K	2005-08-31 13:2
501	斯01401-01600.doc	已整理	2005-10-08 22:30:51	378K	2005-10-08 21:5
500	斯01201-01400.doc	已整理	2005-10-06 20:49:27	350K	2005-10-05 19:0
499	斯01001-01200.doc	已整理	2005-10-08 22:24:24	313K	2005-10-08 22:0
498	斯00801-01000.doc	已整理	2005-09-03 23:06:39	294K	2005-09-01 20:2
497	斯00601-00800.doc	已整理	2005-10-08 22:16:50	377K	2005-10-08 22:0
496	斯00401-00600.doc	已整理	2005-09-29 18:35:01	374K	2005-09-29 18:1
495	斯00201-00400.doc	已整理	2005-10-06 20:30:53	537K	2005-11-19 19:4
494	斯00001-00200.doc	已整理	2005-10-10 20:16:16	731K	2005-11-19 19:3
589	流散50安思遠.doc		2005-08-23 15:46:37	158K	2005-08-23 16:0
588	流散14台圖.doc		2005-08-23 15:46:49	113K	2005-08-23 16:0

然后选定“查看数据整理结果”，再点“查看”按钮。得到如下界面（放大为全屏）：

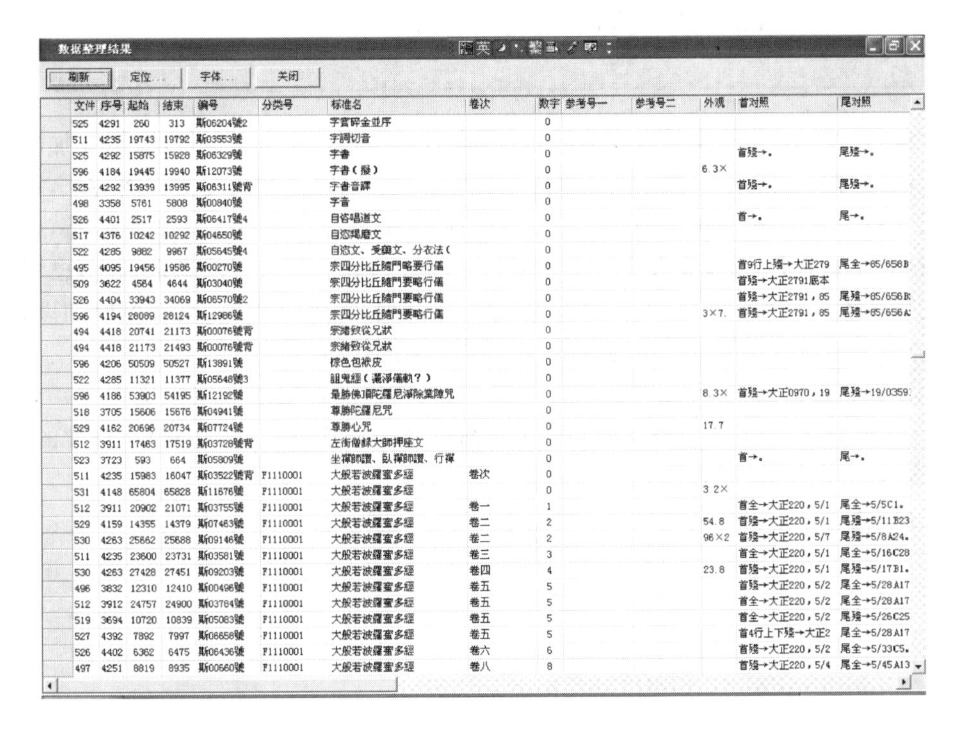

文件	序号	起始	结束	编号	分类号	标准名	卷次	数字	参考号一	参考号二	外观	首对照	尾对照
525	4291	260	313	斯06204號2		字寶碎金並序		0					
511	4235	19743	19792	斯03553號		字詞切音		0					
525	4292	15875	15928	斯06329號		字書		0				首殘→。	尾殘→。
596	4184	19445	19940	斯12073號		字書（擬）		0			6.3×		
525	4292	13939	13995	斯06311號背		字書音譯		0				首殘→。	尾殘→。
498	3358	5761	5808	斯00840號		字音		0					
526	4401	2517	2593	斯06417號4		自咨唱道文		0				首→。	尾→。
517	4376	10242	10292	斯04650號		自恣羯磨文		0					
522	4285	9882	9967	斯05645號4		自恣文、受龥文、分衣法（		0					
495	4095	19456	19586	斯00270號		宗四分比丘隨門略要行儀		0				首9行上殘→大正279	尾全→85/658B
509	3622	4584	4644	斯03040號		宗四分比丘隨門要略行儀		0				首殘→大正2791底本	
526	4404	33943	34069	斯06570號2		宗四分比丘隨門要略行儀		0				首殘→大正2791，85	尾殘→85/656B
596	4194	28089	28124	斯12986號		宗四分比丘隨門要略行儀		0			3×7.	首殘→大正2791，85	尾殘→85/656A
494	4418	20741	21173	斯00076號背		宗緒致從兄狀		0					
494	4418	21173	21493	斯00076號背		宗緒致從兄狀		0					
596	4206	50509	50527	斯13891號		棕色包袱皮		0					
522	4285	11321	11377	斯05648號3		詛鬼經（灑淨儀軌？）		0					
596	4186	53903	54195	斯12192號		最勝佛頂陀羅尼淨除業障咒		0			8.3×	首殘→大正0970，19	尾殘→19/0359
518	3705	15606	15676	斯04941號		尊勝陀羅尼咒		0					
529	4162	20696	20734	斯07724號		尊勝心咒		0			17.7		
512	3911	17463	17519	斯03728號背		左街僧錄大師押座文		0					
523	3723	593	664	斯05809號		坐禪師讚、臥禪師讚、行禪		0				首→。	尾→。
511	4235	15983	16047	斯03522號背	F1110001	大般若波羅蜜多經	卷次	0					
531	4148	65804	65828	斯11676號	F1110001	大般若波羅蜜多經		0			3.2×		
512	3911	20902	21071	斯03755號	F1110001	大般若波羅蜜多經	卷一	1				首全→大正220，5/1	尾全→5/5C1。
529	4159	14355	14379	斯07463號	F1110001	大般若波羅蜜多經	卷二	2			54.8	首殘→大正220，5/1	尾殘→5/11B23
530	4263	25662	25688	斯09146號	F1110001	大般若波羅蜜多經	卷二	2			96×2	首殘→大正220，5/7	尾殘→5/8A24。
511	4235	23600	23731	斯03581號	F1110001	大般若波羅蜜多經	卷三	3				首全→大正220，5/1	尾全→5/16C28
530	4263	27428	27451	斯09203號	F1110001	大般若波羅蜜多經	卷四	4			23.8	首殘→大正220，5/1	尾殘→5/17B1。
496	3832	12310	12410	斯00496號	F1110001	大般若波羅蜜多經	卷五	5				首殘→大正220，5/2	尾全→5/28A17
512	3912	24757	24900	斯03784號	F1110001	大般若波羅蜜多經	卷五	5				首全→大正220，5/2	尾全→5/28A17
519	3694	10720	10839	斯05083號	F1110001	大般若波羅蜜多經	卷五	5				首全→大正220，5/2	尾殘→5/26C25
527	4392	7892	7997	斯06658號	F1110001	大般若波羅蜜多經	卷五	5				首4行上下殘→大正2	尾全→5/28A17
526	4402	6362	6475	斯06436號	F1110001	大般若波羅蜜多經	卷六	6				首殘→大正220，5/2	尾全→5/33C5。
497	4251	8819	8935	斯00660號	F1110001	大般若波羅蜜多經	卷八	8				首殘→大正220，5/4	尾全→5/45A13

这个界面出现时的初始界面是按照分类号编排。即没有分类号的在前面，按照文献的汉语拼音音序排列。有分类号的在后面，按照分类号排列。这样，我现在可以清楚地看

出哪些已经入藏，哪些属于未入藏。将来全部有了分类号以后，这个界面本身就是一个分类目录。

但同时，这个界面可以任意切换为按照馆藏编号排列、按照文献名称音序排列、按照首对照、尾对照、录文、首题、尾题、与对照本异同、首缀残、尾缀残、题记、印章、杂写、护首、年代等任何一种选项的顺序排列。比如以下是按照文献名称音序排列：

数据整理结果

刷新　定位...　字体...　关闭

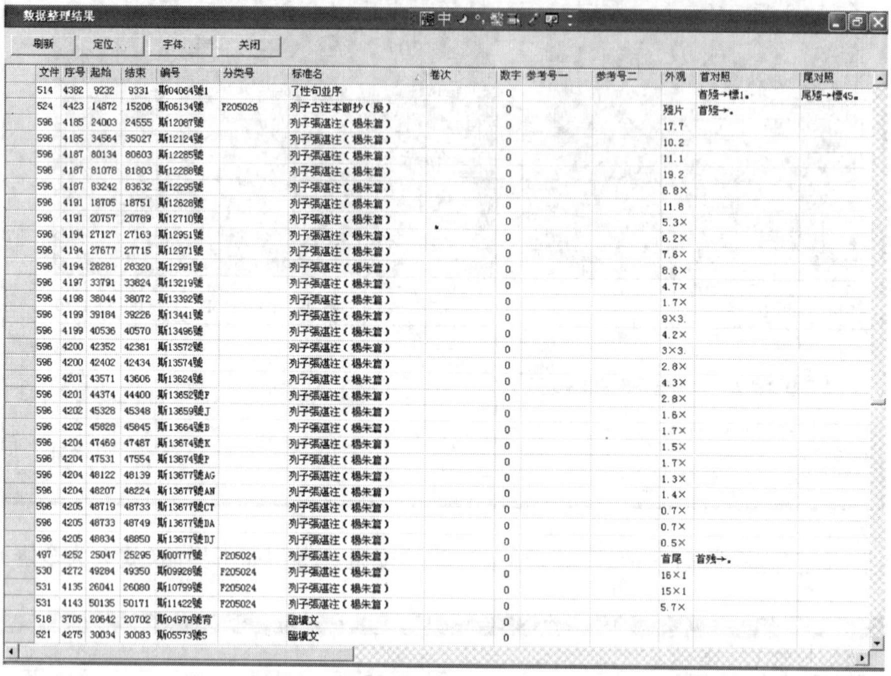

文件	序号	起始	结束	编号	分类号	标准名	卷次	数字	参考号一	参考号二	外观	首对照	尾对照
514	4382	9232	9331	斯04064號1		了性句並序		0				首殘→標1。	尾殘→標45。
524	4423	14872	15206	斯06134號	F205026	列子古注本節抄（擬）		0			殘片	首殘→。	
596	4185	24003	24555	斯12087號		列子張湛注（楊朱篇）		0			17.7		
596	4185	34564	35027	斯12124號		列子張湛注（楊朱篇）		0			10.2		
596	4187	80134	80603	斯12285號		列子張湛注（楊朱篇）		0			11.1		
596	4187	81078	81803	斯12288號		列子張湛注（楊朱篇）		0			19.2		
596	4187	83242	83632	斯12295號		列子張湛注（楊朱篇）		0			6.8×		
596	4191	18705	18751	斯12628號		列子張湛注（楊朱篇）		0			11.8		
596	4191	20757	20789	斯12710號		列子張湛注（楊朱篇）		0			5.3×		
596	4194	27127	27163	斯12951號		列子張湛注（楊朱篇）		0			6.2×		
596	4194	27677	27715	斯12971號		列子張湛注（楊朱篇）		0			7.6×		
596	4194	28281	28320	斯12991號		列子張湛注（楊朱篇）		0			8.6×		
596	4197	33791	33824	斯13219號		列子張湛注（楊朱篇）		0			4.7×		
596	4198	38044	38072	斯13392號		列子張湛注（楊朱篇）		0			1.7×		
596	4199	39184	39226	斯13441號		列子張湛注（楊朱篇）		0			9×3.		
596	4199	40536	40570	斯13496號		列子張湛注（楊朱篇）		0			4.2×		
596	4200	42352	42381	斯13572號		列子張湛注（楊朱篇）		0			3×3.		
596	4200	42402	42434	斯13574號		列子張湛注（楊朱篇）		0			2.8×		
596	4201	43571	43606	斯13624號		列子張湛注（楊朱篇）		0			4.3×		
596	4201	44374	44400	斯13652號F		列子張湛注（楊朱篇）		0			2.8×		
596	4202	45328	45348	斯13659號J		列子張湛注（楊朱篇）		0			1.6×		
596	4202	45828	45845	斯13664號B		列子張湛注（楊朱篇）		0			1.7×		
596	4204	47469	47487	斯13674號K		列子張湛注（楊朱篇）		0			1.5×		
596	4204	47531	47554	斯13674號P		列子張湛注（楊朱篇）		0			1.7×		
596	4204	48122	48139	斯13677號AG		列子張湛注（楊朱篇）		0			1.3×		
596	4204	48207	48224	斯13677號AN		列子張湛注（楊朱篇）		0			1.4×		
596	4205	48719	48733	斯13677號CT		列子張湛注（楊朱篇）		0			0.7×		
596	4205	48733	48749	斯13677號DA		列子張湛注（楊朱篇）		0			0.7×		
596	4205	48834	48850	斯13677號DJ		列子張湛注（楊朱篇）		0			0.5×		
497	4252	25047	25295	斯00777號	F205024	列子張湛注（楊朱篇）		0			首尾	首殘→。	
530	4272	49284	49350	斯09928號	F205024	列子張湛注（楊朱篇）		0			16×1		
531	4135	26041	26080	斯10799號	F205024	列子張湛注（楊朱篇）		0			15×1		
531	4143	50135	50171	斯11422號	F205024	列子張湛注（楊朱篇）		0			5.7×		
518	3705	20642	20702	斯04979號背		臨壙文		0					
521	4275	30034	30083	斯05573號5		臨壙文		0					

在编目过程中，由于文献有许多异名，而我们工作的时间拖得很长，先后参加的人员也有变动，因此，有时同一个文献名称会著录得不同。通过这种反复排比的方法，可以把这些错误找出来，一一改正。编目中关于对照项、分类号，乃至题记、印章、年代等，都会有诸多疏漏，比如前面《思益梵天所问经》年代表述的问题就很大，有的尚未判定，已经判定的表述也不统一。这些问题，通过数据库的对照排列，都可以发现，也就可以加以纠正。所以，查看功能对我们编目质量的提高，起到非常大的作用。

由于在查看界面中，每种文献都集中在一起，它们的首尾对照项也集中在一起。因此，如果考察首尾对照项，可以帮助我们分清敦煌遗书该文献与《大正藏》本分卷的不同，乃至敦煌遗书之间缀残的可能。

在此，我想介绍我编纂的另一个数据工具“诸经起讫”。

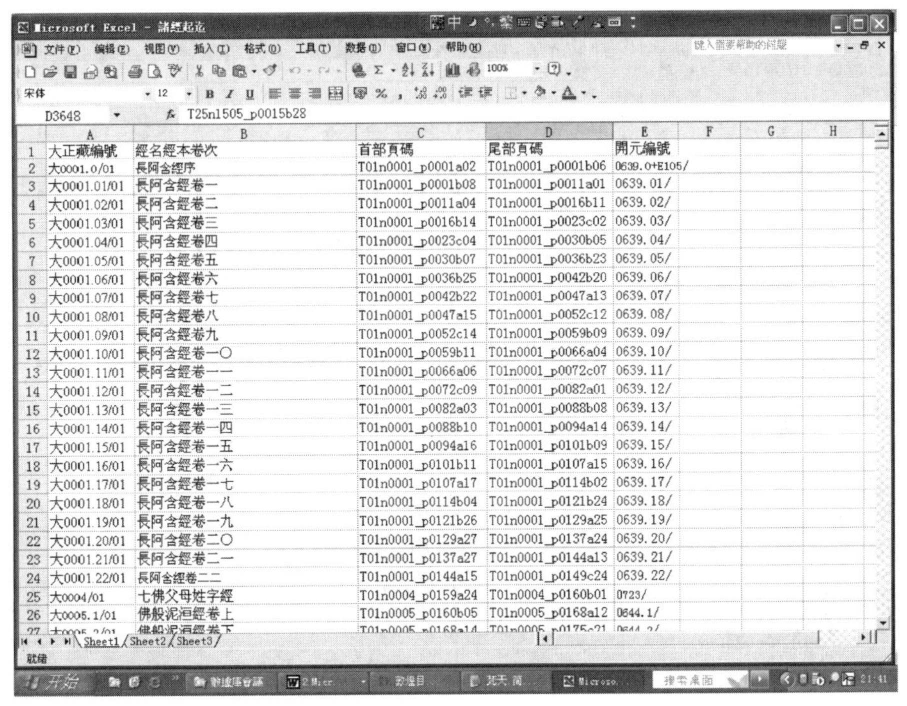

大正藏编號	經名經本卷次	首部頁碼	尾部頁碼	開元编號
大0001.0/01	長阿含經序	T01n0001_p0001a02	T01n0001_p0001b06	0639.0+E105/
大0001.01/01	長阿含經卷一	T01n0001_p0001b08	T01n0001_p0011a01	0639.01/
大0001.02/01	長阿含經卷二	T01n0001_p0011a04	T01n0001_p0016b11	0639.02/
大0001.03/01	長阿含經卷三	T01n0001_p0016b14	T01n0001_p0023c02	0639.03/
大0001.04/01	長阿含經卷四	T01n0001_p0023c04	T01n0001_p0030b05	0639.04/
大0001.05/01	長阿含經卷五	T01n0001_p0030b07	T01n0001_p0036b23	0639.05/
大0001.06/01	長阿含經卷六	T01n0001_p0036b25	T01n0001_p0042b20	0639.06/
大0001.07/01	長阿含經卷七	T01n0001_p0042b22	T01n0001_p0047a13	0639.07/
大0001.08/01	長阿含經卷八	T01n0001_p0047a15	T01n0001_p0052c12	0639.08/
大0001.09/01	長阿含經卷九	T01n0001_p0052c14	T01n0001_p0059b09	0639.09/
大0001.10/01	長阿含經卷一〇	T01n0001_p0059b11	T01n0001_p0066a04	0639.10/
大0001.11/01	長阿含經卷一一	T01n0001_p0066a06	T01n0001_p0072c07	0639.11/
大0001.12/01	長阿含經卷一二	T01n0001_p0072c09	T01n0001_p0082a01	0639.12/
大0001.13/01	長阿含經卷一三	T01n0001_p0082a03	T01n0001_p0088b08	0639.13/
大0001.14/01	長阿含經卷一四	T01n0001_p0088b10	T01n0001_p0094a14	0639.14/
大0001.15/01	長阿含經卷一五	T01n0001_p0094a16	T01n0001_p0101b09	0639.15/
大0001.16/01	長阿含經卷一六	T01n0001_p0101b11	T01n0001_p0107a15	0639.16/
大0001.17/01	長阿含經卷一七	T01n0001_p0107a17	T01n0001_p0114b02	0639.17/
大0001.18/01	長阿含經卷一八	T01n0001_p0114b04	T01n0001_p0121b24	0639.18/
大0001.19/01	長阿含經卷一九	T01n0001_p0121b26	T01n0001_p0129a25	0639.19/
大0001.20/01	長阿含經卷二〇	T01n0001_p0129a27	T01n0001_p0137a24	0639.20/
大0001.21/01	長阿含經卷二一	T01n0001_p0137a27	T01n0001_p0144a13	0639.21/
大0001.22/01	長阿含經卷二二	T01n0001_p0144a15	T01n0001_p0149c24	0639.22/
大0004/01	七佛父母姓字經	T01n0004_p0159a24	T01n0004_p0160b01	0723/
大0005.1/01	佛般泥洹經卷上	T01n0005_p0160b05	T01n0005_p0168a12	0644.1/

这是一个 EXCEL 文件。罗列五项内容：大正藏编号、经名经本卷次、首部经文页码、尾部经文页码、开元录编号。利用这个表格，我们可以查索到每一卷经在《大正藏》中的具体位置。如果敦煌遗书本的首尾起讫与《大正藏》本不一致，则说明它的卷本与《大正藏》本不同。这是写经常有的情况，反映了写经的演变，也影响了后代刻经的系统。需要加以注意。

其实，按照数据库的功能，我们完全可以把这个“诸经起讫”纳入我上述“敦煌目录索引程序”，让数据库自动检索敦煌遗书卷本与《大正藏》本卷本的异同，然后由我们来作出进一步的判断。也可以让数据库自动检索那些写卷的尾部经文与另一些写卷的首部经文接近，有缀残的可能。然后我们可以按照数据库的提示去检索原件，确定是否可以缀残。但现在我的这个“敦煌目录索引程序”还没有这种能力，只有等将来进一步改进。

说到这里，还想介绍一下我让中国佛学院妙智法师编纂的英国敦煌遗书人名索引初稿。这也是一个 EXCEL 文件，界面如下：

Microsoft Excel - 姓名0108

F469 沙州諸寺僧尼籍

	A	B	C	D	E	F	G
132	10212	安恆			斯11354號	傭馬送使等抄	
133	1003	安恆子	815或827年（未年）		斯01475號背	安環清賣地契	安環清姊夫。
134	3504	安弘嵩			斯02942號	大智度論卷第五十九	題記“帛慧融經比丘安弘嵩寫’
135	137	安胡胡	769年（唐大曆四年）	懸泉鄉宜禾!	斯00514號背	沙州敦煌縣懸泉鄉宜禾里大曆四年	大忠妹。
136	624	安胡胡	817-823年	金光明寺	斯00542號背	沙州諸寺寺戶車牛役薄	
137	707	安懷恩			斯00619號背	都虞侯安懷恩處分趙奴奴兄弟爭論牒稿	
138	4334	安懷恩			斯04276號	歸義軍節度左押衙安懷恩狀	
139	7907	安懷節	769年（唐大曆四年）	懸泉鄉宜禾!	斯00514號背	沙州敦煌縣懸泉鄉宜禾里大曆四年	安遊璟之叔。
140	1001	安環清	815或827年（未年）		斯01475號背	安環清賣地契	年廿一。年代確定參見[法]童丕
141	10407	安家生	727年（唐開元十五年）		斯11459號	瀚海軍印歷	
142	322	安嬌多	823年左右	大雲寺	斯00542號背	沙州各寺寺戶妻女放毛薄	
143	6487	安教練	982年（壬午年）		斯06452號	壬午年淨土寺常住庫借貸油麵物歷	
144	4249	安教授	丑年		斯04192號	唱賣得入支給歷	
145	9088	安教授			斯06350號	某寺交割文書	
146	8340	安教信	972年（宋開寶五年）	淨土寺	斯02894號背	同心一會帖	學士郎。
147	135	安金苟	769年（唐大曆四年）	懸泉鄉宜禾!	斯00514號背	沙州敦煌縣懸泉鄉宜禾里大曆四年	大忠弟。
148	627	安進漢	817-823年	金光明寺	斯00542號背	沙州諸寺寺戶車牛役薄	
149	596	安景朝	817-823年	永安寺	斯00542號背	沙州諸寺寺戶車牛役薄	
150	7983	安璟	769年（唐大曆四年）	懸泉鄉宜禾!	斯00514號背	沙州敦煌縣懸泉鄉宜禾里大曆四年	界定地畝範圍的簡寫人名。
151	3206	安靜法	788年（吐蕃辰年）	靈修寺	斯02729號	勘牌子歷	
152	5553	安久大歌	庚子年		斯05937號	某寺常住破歷	
153	4918	安君足			斯04657號	糧食破用賬	牧羊人。
154	483	安均妻	823年左右	大乘寺	斯00542號背	沙州各寺寺戶妻女放毛薄	
155	5599	安老			斯06233號	諸色斛斗破歷	
156	1254	安樂善	991年（宋淳化二年）	龍興寺	斯01946號	賣家姬契	知見者，法律。
157	3951	安力子	909年（後梁開平三年）	洪潤鄉	斯03877號背	安力子賣地契	
158	8781	安留遂	己亥年	普光寺	斯05845號	某寺貸油麵麻歷	

Microsoft Excel - 姓名0108

F469 沙州諸寺僧尼籍

	A	B	C	D	E	F	G
1373	7668	定昌	己卯年		斯00092號背	定昌得鞋價麥抄	
1374	8666	定昌			斯05598號背	雜寫	
1375	4194	定昌都頭			斯04121號	榮親客目	
1376	9072	定德			斯06307號	管內都僧正帖	
1377	5751	定富	酉年		斯06981號背	某寺欠麥得麥歷	
1378	1584	定光			斯02614號背	沙州諸寺僧尼籍	新沙彌。
1379	2774	定惠	865-870年	大乘寺	斯02669號	沙州敦煌縣諸寺尼籍	
1380	2325	定惠		靈修寺	斯02614號背	沙州諸寺僧尼籍	比丘尼。
1381	4494	定惠		大乘寺	斯04444號背	僧尼名錄	
1382	2729	定惠智	865-870年	大乘寺	斯02669號	沙州敦煌縣諸寺尼籍	
1383	1996	定惠智		大乘寺	斯02614號背	沙州諸寺僧尼籍	比丘尼。
1384	2762	定堅	865-870年	大乘寺	斯02669號	沙州敦煌縣諸寺尼籍	
1385	2800	定堅	865-870年	大乘寺	斯02669號	沙州敦煌縣諸寺尼籍	
1386	2301	定戒		靈修寺	斯02614號背	沙州諸寺僧尼籍	比丘尼。
1387	1889	定空			斯02614號背	沙州諸寺僧尼籍	比丘尼。
1388	2608	定明	865-870年		斯02669號	沙州敦煌縣諸寺尼籍	
1389	2160	定明		安國寺	斯02614號背	沙州諸寺僧尼籍	比丘尼。
1390	6361	定娘	丙午年		斯08443號	李梨闍出便黃麻麥名目3	
1391	3791	定奴			斯03287號背	梁定國戶籍手實牒	奴
1392	8518	定奴			斯04660號背	兄弟社納贈還欠及罰筵席歷	
1393	7694	定千	辛卯年		斯00263號背	雜寫	
1394	4284	定千闍梨	壬辰年		斯04211號	交付寫經人物色名目	
1395	8667	定然			斯05598號背	雜寫	
1396	4434	定忍		大乘寺	斯04444號背	僧尼名錄	
1397	1540	定昇			斯02575號	道場司上都僧統和尚狀	定昇是沙彌尼。
1398	2752	定心	865-870年	大乘寺	斯02669號	沙州敦煌縣諸寺尼籍	
1399	2012	定心		大乘寺	斯02614號背	沙州諸寺僧尼籍	比丘尼。

这个表格罗列姓名、生卒年代(或大致活动年代)、住址(所属寺院、乡里)、所出敦煌遗书卷号、遗书名称、备注等六项。由于它可以用任意一项为首选经行排列,因此,可以发现很多有意思的东西,订正我们以前对这些人物叙述的不少缺漏。这里限于篇幅,也不详细介绍了。

其实,这个人名索引,也应该与上述两个工具,纳入同一个数据库。此外,包括地名、职官名等一系列索引，都可以归纳在一起，使数据库的功能更加强大，为大家从事研究提供更大的方便。此外，敦煌遗书数据库还应该包括遗书的图版、录文、研究数据等一系列内容，让他们串联在一起，成为一个有关敦煌学的因陀箩之网。但是，如何实现这些功能，这需要将来的努力。

我非常清楚，我上面介绍的"敦煌遗书索引程序"，与数据库实际具有的功能相比，是非常低级的。如果说这个"敦煌遗书索引程序"现在还能够发挥一点作用，只不过是其中已经纳入4万号敦煌遗书的数据，这些数据已经形成一个整体，开始发挥团队效应。但是，由于我的"敦煌遗书索引程序"本身功能很差，这些数据具有的固有潜力，还远远没有发挥出来。

最后需要说明的是，已经输入的数据，并非定稿，有的还不完整，有的还有错误，需要不断地完善与修正。这也是我在数据库中设计文件删除、数据删除的原因，以及这些数据至今未能公开的原因。因此，本文提到的有关文献的具体数据，都不能作为正确的数据引用。

2005年12月于东京

开发专题文献数据库为敦煌学研究提供信息保障*

向　君[1]　卢秀文[2]
（1. 兰州商学院；2. 敦煌研究院）

一、建立敦煌学研究专题文献数据库

1. 信息资源数字化建设的必要性和迫切性

信息资源的开发和利用，应本着围绕节省用户的时间、吸引用户的注意和充分满足用户的需要为目的，为用户提供良好的、个性化的服务。在网络环境下，信息资源不断增加使信息分布呈无序分散的状态。网络信息资源具有高度的公众性，而信息发布却具有很大的随意性，缺乏必要的过滤和质量控制。这给用户选择利用网络信息资源带来了很大的不便，网络信息的查询、检索就十分困难。

互联网的发展为图书馆开展数字化的新型服务提供了一个良好的基础平台，但用户对内容资源服务的要求远远得不到满足。这两方面正是数字图书馆得以兴起的重要因素。在网络设施建成后，资源数字化工作明显滞后，网上资源信息缺少，无法充分发挥网络基础设施的社会应用效益。信息资源数字化建设也是敦煌研究院资料中心数字化建设的当务之急，是数字化信息服务的迫切需要。要建设外部网络环境，开展全方位网上文献信息服务的网络化，自动化的图书馆是信息服务系统的建设，是敦煌研究院资料中心建设的重点。为此，资料中心初步实现了从传统图书馆向数字化、网络化图书馆的转变。资源数字化是社会信息化发展的必然要求，这是敦煌研究院资料中心数字化建设的根本。一个图书馆最重要的贡献是数字资源的建设，与许多社会信息机构不同的是，数字图书馆着重于已有资源的重组而不是新资源的创建。数字图书馆使用其特有的模块化信息组织形式与基于知识概念体系的网状信息内容组织模式，揭示与建立已有数字信息间的关系，以专业知识概念为基础，构建面向用户的多媒体知识库群[1]。

随着数字信息资源、信息服务系统和用户信息环境的不断发展变化，数字图书馆机制也从基于数字信息资源系统形态逐步向基于集成信息服务的系统形态过渡，并开始向基于用户信息活动环境系统形态过渡。

数字图书馆工程规划方案的实施，将极大地提高图书馆在信息社会中的地位和作用。敦煌研究院资料中心建立面向用户为中心的网上文献信息服务机制，实现用户联机访问本地资源和虚拟资源开展网上文献资源共享，培养适应在网络环境下开展文献信息服务的专业人员队伍，使中心成为信息服务的场所。

2. 突出敦煌学专题文献数据库的特色

资源的特色化意味着优势。敦煌学作为区域性、世界性课题的研究，在整个学术界有其重要的价值,受到全世界有关学者的重视。莫高窟位居河西走廊西端,是世界文化遗产之一,还是甘肃省的旅游龙头。敦煌石窟是我国佛教艺术的重要组成部分,有着其它地区所不能替代的特殊性。自20世纪80年代以来敦煌学研究长足发展,进入90年代后,中外学者取得了优异的成绩。敦煌研究院资料中心地处敦煌、兰州两地,开展采编、流通、阅览、咨询、翻译等工作,是全院的信息服务中心,近几年来尤其重视敦煌学资料的收集、整理、研究、开发和利用。90年代末院领导派专家进行指导,提出了敦煌研究院资料中心"网络环境自动化管理的总体规划"。整体工程实施分为三个阶段:第一阶段属于传统业务工作的计算机管理,即按印刷出版单元组织文献资料,实现采访、分类编目、流通阅览、书目查询等日常工作的自动化管理。第二阶段按知识单元组织文献资料,突破印刷单元的限制,通过信息的技术处理直接把概念思维形式组织有序的集合系统。第三阶段按信息单元组织文献资料,建成虚拟图书馆,实现敦煌研究文献资料网络化管理。开始敦煌学研究的专题文献数据库建设,在书目数据库建设的基础上,对全部敦煌学研究文献资料进行分类主题处理,加深标引,建成有特色的专题数据库[2]。

特色是敦煌学研究专题数据库建设的生命。敦煌研究院资料中心藏书特点有别于其它图书馆,侧重于自己的收藏,专业性强。敦煌遗书收藏在中国、英国、法国、俄国、日本等地,这些遗书均有编号;敦煌石窟中的莫高窟也有各家编号。要做好专题数据库,首先要突出它的特色,要利用遗书编号、洞窟编号进行检索。作为专业性很强的资料中心应根据敦煌学研究发展领域的需要,建设具有自身特色的文献数据库,为敦煌研究院重点科研项目提供信息支持,从而使科研项目、学术研究有突破性的进展。

二、科学归纳分类,突出专题咨询

1. 敦煌学专题文献数据库的内容和分类

建库的设计:运行环境全面基于网络环境,工作人员在终端机上通过局域网访问数据库系统,录入数据、修改数据、查询检索数据等均在网上完成,易于操作,功能丰富,界面清晰明了。

首先,根据专业设置、科研能力、馆藏资源等合理设置专题文献信息数据库容纳的种类、布局结构、输入规范等,以使这一建库工作有计划、规范地进行。然后,由中心领导根据部门提出的专题,组织专业人员进行审题。专题确定后,将资料分配给个人,分头对所有书、刊、报进行专题搜寻;将敦煌学专刊以及各学术刊物上的敦煌学资料精心整理和加深度标引,科学分析相关文献信息,对其专题文献数据库进行总体设计。

文献信息数字化是数字化信息服务的基础,但要避免盲目的无选择的数字化,尽量避免重复建库现象。针对现有馆藏基础、馆藏发展计划、馆藏特点等,确定一个适当的敦煌学主题范围。

敦煌学内容虽十分广泛,但经过科学地整理、归纳,分类主要为敦煌遗书、敦煌石窟考古、敦煌石窟艺术、敦煌史地、敦煌科技保护、敦煌旅游、敦煌学理论等。敦煌遗书是藏经洞出土的遗书,总数达5万卷之多,内容包括佛教经典、道教经典、社会经济、历史、方志等,此外还有账簿、户籍、信札、寺院契约、经济历史资料等,是研究当时社会生活面貌的真实材料,也是研究我国古代文化的珍贵文献。敦煌石窟包括莫高窟、西千佛洞和安西榆林窟、东千佛洞、肃北五个庙和一个庙石窟等。石窟艺术包括壁画、彩塑和洞窟建筑。敦煌石窟艺术是中国美术史的重要内容,也是我国建筑史的重要内容。敦煌史地是研究古代的敦煌历史和历史地理。敦煌科技保护是敦煌壁画和敦煌遗书中的科技史资源和对洞窟的保护、颜料的分析等。敦煌旅游主要指对我国古代文化遗产的宣传等。敦煌学是一门发展中的学科,其理论建设,仍在不断深化和探讨之中。敦煌学理论包括敦煌学概念、范围、特点、研究对象,敦煌学在学术研究上的价值,目前研究敦煌学的意义,敦煌学本身发展史等。敦煌学各分支学科及各系列、项目之间,常常有关联、交叉甚至部分重合的现象,都存在着不同程度的关联、交叉或部分的重合。这一现象,主要是由于敦煌学各分支所使用的材料和所研究的内容存在着某种关联、交叉或部分的重合。既然如此,敦煌学各分支所研究的目的、着眼的角度和所要解决的问题各有不同,所以必须分别成立各自的系列科目[3]。敦煌学有其特殊性,仅莫高窟就有492个洞窟,每一个窟都有编号,由于历史原因,对敦煌莫高窟实地进行编号者有8家,其中外国有3家,即英国斯坦因、法国伯希和、俄国奥登堡;国内有5家,即敦煌官厅、高良佐、张大千、史岩、敦煌文物研究所。最近又有樊锦诗、蔡伟堂先生新编的《重订莫高窟各家编号对照表》,待刊。敦煌遗书流失各国,1983年由商务印书馆编《敦煌遗书总目索引》[4],敦煌研究院在此基础上又重编和校对,最后由施萍婷主编、邰惠莉助编完成了《敦煌遗书总目索引新编》[5]。新编包括《斯坦因劫经录》、《伯希和劫经录》、《北京图书馆藏敦煌遗书简目》。数量之多的洞窟编号和遗书编号需要科学的规范标引,研究这些专题文献的分类设定应在敦煌学专家的指导下进行,争取设置科学、合理,录入要规范,字体、字符的类型要统一,严格按照国家有关文献处理标准做到统一著录格式,规范格式。

源文献的收集准备:源文献的收集范围包括敦煌研究院资料中心的文献、敦煌本地出土地方文献和其它图书馆的相关文献,还有经过人工干预、系统合理的备份网上信息,收集到的敦煌学和相关文献要经过充分细致地分析研究,严格加工、筛选、归类和整理,以提供高质量的数据,使用户满意。

文献的数字化处理:收集来的敦煌学资料信息整理后,使之规范化、系统化,然后将其作为正式的文献信息录入库中。

2. 敦煌学专题数据查询方案的建立和完善

用户对敦煌学专题数据的查询总是要求全面、准确,求精、求细、求新,查询方案将直接影响检索效果。为使用户检查顺利进行,要精心划分和建立检索类别。

检索界面:检索界面应该简洁、清晰,没有繁杂的步骤,可操作性强。帮助功能应提供留言功能,具有实际指示作用。

检索方式:敦煌学数据库系统要提供关键词、主题词、题名、洞窟编号、遗书编号、著者、出版机构、出版时间等多种检索途径,可以根据需要进行单项检索、模糊检索、组配检索。

检索选项:可以同时检索最新文献和过期文献,使用户在二者之间方便进行切换。敦煌学数据库提供词表检索功能,即利用《主题词表》、《敦煌学大辞典》规范选择检索词,并根据主题词的相关关系、替代关系、上下位关系,调整、确定检索词,然后直接启动检索。

三、为敦煌学研究充分服务使信息资源利用最大化

敦煌研究院资料中心工作人员要有强烈的服务意识,随时捕捉新的国内外敦煌学研

究信息，充实敦煌学数据库，要有计划地定期录入数据。

培养用户的信息检索能力：资料中心工作人员在向用户提供信息服务过程中，要随时对用户进行有关检索知识、技能和方法的指导，使用户能熟练地使用本数据库进行检索。

在专题服务中要经常征求用户意见，改进服务。专题服务中往往有多项服务，每次新的服务都应向用户询问上次的系统和情况，总结经验，尽可能做到主动回访，跟踪服务。做好宣传工作，提高敦煌学数据库的利用率。使敦煌研究院资料中心不仅成为研究敦煌学信息服务中心、专业资料中心，而且真正成为国际敦煌学信息研究中心和信息发现、搜集、捕捉的中心。

参考文献

[1] 张晓林：《数字图书馆机制的范式演变及其挑战》，《中国图书馆学报》，2001 年第 1 期。
[2] 李鸿恩：《敦煌研究院文献信息资料网络化管理实践与思考》，《敦煌研究》，2001 年第 4 期。
[3] 李正宇：《敦煌学体系结构》，《敦煌研究》，1993 年第 2 期。
[4] 商务印书馆：《敦煌遗书总目索引》，北京：中华书局，1983 年。
[5] 敦煌研究院：《敦煌遗书总目索引新编》，北京：中华书局，2000 年。

* 原载《敦煌研究》2003 年第 4 期，第 99—101 页。

《敦煌俗字典》与《敦煌大字典》的图文制作

黄　征(南京师范大学)

以收释敦煌莫高窟藏经洞出土写本文献异体俗字为要务

本字典以收释敦煌莫高窟藏经洞出土写本文献异体俗字为要务,包括英国、法国、俄罗斯、日本等国所藏敦煌文献和中国北京、天津、上海、甘肃、杭州等地所藏敦煌文献,甘肃藏卷还包括1944年常书鸿等先生在莫高窟土地庙塑像内剥离出来的全部敦煌文献。敦煌汉简及吐鲁番、黑水城、楼兰等地出土文献只作备考之用。

俗字即不规范异体字

包括《干禄字书》所定"俗"、"通"二类,"通"为流行已久之俗字。字又有"并正"、"并通"、"并俗"者,故俗字固然可以异构纷呈,即正字亦可不止一个。只是正字即便有两个并立者,都是规范异体字;俗字纵有百十并立者,皆属不规范异体字。字有规范、不规范之别,而无"文雅"与"通俗"之辨。此是国家"书同文"政策之必然要求。

单字之外,兼收合文

常见合文有"廿(二十)"、"卅(三十)"、"卌(四十)"、"(菩萨)"、"菩提"、"涅槃"、"阇梨"等。

古字、讳字,随亦采集

例如"时"之古字,"使"之古字,"誓"之古字;"治"之避讳字,"贯"之避讳字,"叶"之避讳字,"机(基)"之避讳字。古字、讳字虽非一般所言之俗字,然而皆为特殊字形,未有专书收录,查阅较难,故亦随手摘录,稍作分析。

隶、楷、草、行,书体不限

隶书盛行于汉、隋之间,堪称小篆之背叛,故为俗字之渊源,应该一网打尽;楷书肇端于六朝,定型于隋代,有唐以后则盛行不衰至今,为俗字之薮泽,应该尽力搜讨;草书与隶书、楷书相伴而生,随前者而成章草,随后者而为今草,敦煌写本中主要应用于佛经义疏、官员批文等,亦应注意采择;行书随楷书而生,习见于各种应用文与严肃性较低之写本,变化多端,皆应择取。

《正名要录》、《俗务要名林》、《字宝》等俗字书多所采用

凡《正名要录》所列正字,以"[正字]"标识;《俗务要名林》、《字宝》等俗字书所收僻字甚多,亦多采用。其它类别文字,例如隶古定字、避讳字、合文、花押等,亦酌加"[ ]"号以标识之,或在按语中分析说解。

收字以实际用例为先

原卷字迹特别清晰或可以考定年代者尤其优先采录。韵书、儒典之类,大多辗转抄承,世代相因,较难确定字形流行之时代,故反以次要文献视之,酌加于后。

各条组成

一般包括字头、注音、异体俗字扫描真迹、引证、按断考辨，必要时增加其它内容。

依次排列异体俗字

各字头之下，依次排列异体俗字，大致以时为序，先隶后楷，依照形似程度排列。

真迹直接扫自正式出版图版书

各字真迹，皆直接扫自正式出版图版书，高度保持原形。为使字形更加清晰，扫描字形皆增加文字与底色间之亮度、对比度，去除与字形无关之斑点，修复因技术原因所致缺损与断折。

书证取之于敦煌文献原卷

引证材料所列书证，皆取之于敦煌文献原卷真迹，标明原卷出处之简称与编号，以便读者随时覆核。书证之真迹字形，为便省览，一般以正字字头表之；或有某条之内前后正俗同举、不容改并者，则采用与其真迹字形相同、相近之异体字。凡书证中与真迹字形相应之字，并皆在字形外加套方框识之。

考辨按断力求简明扼要

考辨按断力求简明扼要。如遇疑难之字，则适当加强考证。

单字按照汉语拼音顺序排列

单字按照汉语拼音顺序排列，书后附加《正名要录》完整图版、原卷字形笔画索引、使用卷号顺序索引、使用卷号分类索引、敦煌俗字研究参考文献目录等。

参考与引用敦煌文献目录及其简称

参考与引用敦煌文献目录及其简称，由于来源不同，编号各异，又加本字典编著时多有增添图片序号，不能划然如一。

敦煌发现之地论宗诸文献与电脑自动异本处理*

【日】石井公成(日本驹泽短期大学)

前　　言

在禅宗、三阶教、变文等各领域诸研究学者的努力下,敦煌佛教文书的解明有了长足的发展。然而却依然残存着大量的"佛经疏释"以及"佛教问答"等有着暧昧称呼而又性格不明的断片。这些断片之中关于初唐以前的那部分,其中包括了较多的地论宗文献,以及这些地论宗文献对三论宗、天台宗、华严宗等的教理形成有着重要意义等点,在近十数年间均得到了确认[1]。地论宗教学,在六世纪不仅是北方的主流教学,而且因大量制作并广泛传播其简明的纲要著作,给予了各个学派很大的影响。

本文将在简单介绍敦煌发现之地论宗文献的日本研究状况的同时,并论述这些地论宗文献对禅宗以及三阶教研究所具有的重要意义。此外,还将介绍对包括地论宗文献在内的整个敦煌文献研究有益的强力方便的 NGSM 计算机处理方法。

敦煌文献中之地论宗文献

最先对敦煌发现的地论宗文献有所重视的,应推矢吹庆辉。矢吹于 1910 年代至 20 年代在伦敦以及巴黎调查敦煌文书之际,就注意到《十地经》与《十地经论》注释残卷的众多,其中一部分的照片曾被其提供给当时正在编纂中的《大正大藏经》,并被收录于第八十五卷。然而,《大正藏》所收的诸如此类文献,仅仅是或多或少地被华严教学以及唯识思想的研究同仁等所利用,而地论宗写本自身的研究却几乎没有。

在此种状况之下,战后真正致力于地论宗写本研究的,当推以藤枝晃先生为中心的京都大学人文科学研究所的敦煌研究班。而与文献学研究密切结合,并明确了北朝写本特色的藤枝先生的研究也为世人所瞩目。其研究班之中,有对地论宗文献的思想特色发表过一系列重要论文的古泉圆顺先生。古泉先生在对《胜鬘经》的注释 S. 6388 以及纲要著作的 S. 613V 进行分析后,认为其应为与天台文献所言及的地论师之说有着同一观点的地论宗文献,同时也提示了先于天台教学出现之教理存在的可能性。另外,作为《法华经》注释的 S. 4136 应被称之为慧远撰的《法花经义疏》,并指出其与吉藏的《法华义疏》极其相似。古泉先生在《胜鬘经》注释类的研究过程中,注意到初期地论宗文献曾用"自分行","他分行"等语,而到了慧远的时代则开始进行"自分"与"胜进"的对比等等,其对各时代的用语变化的重视,为地论宗写本的年代判定作了开拓。

而在 1970 年代,重视《胜鬘经》注释的研究学者则当推鹤见良行先生。鹤见先生为了调查净影寺慧远所给予吉藏的影响,在敦煌写本中发现了相当于慧远的《胜鬘义记》下卷的残片文献(P. 2091,P. 3308)。此外,还值得注意的是,在日本之所以《胜鬘经》注释研究有所进展，是因为有着期望发现虽被称为圣德太子所作，但却异说纷纭的三经义疏之中的《胜鬘经义疏》所参照过的样本注释这个背景的。

其次，平井宥庆先生则着力于在敦煌写本中找出鸠摩罗什、僧肇、道生等与智顗、吉藏等之中间时代的注释，并由此解明注释的变迁过程。而此中的变化，恰恰表明了敦煌地区，以及给予敦煌影响的中原地区所具的佛教研究的倾向以及理解程度，并表明了佛教在中国被融合、改变的过程。平井先生特别针对《维摩经》、《法华经》等的注释与 S. 6492 以及其它的纲要著作发表了大量有意义的论文，其中也包含了地论宗系统的文献。虽然平井先生对个别的写本的特征以及北朝佛教全体的特征的解明倾注了心力，由于当时的地论宗研究并未受到重视，使得平井先生也未对地论教学的特色有所说明。

另一方面，对智顗教学的形成过程进行研究的青木隆先生，则在 1980 年代中期，对“缘集”概念有所重视，认为智顗所用的有为缘集、无为缘集、自体缘集、法界缘集四种缘集说，应为受地论宗南道派影响而产生的。而智顗也在以批判的角度将地论宗学说采纳的同时，构筑了自己的思想体系。此外，青木先生还推断对智顗产生影响的，并非“慧光→法上→慧远”系统，极可能是“慧光→道凭→灵裕”系统的思想。此种缘集说当然可称为华严宗四种法界说的原形，实际在地论宗文献之中亦可见到采用“法界缘起”一语的资料。青木先生因作了二种缘集乃至三种缘集在智顗时代被增加为四种的推断，使得缘集说成为此后判断地论宗文献年代最踏实稳健的基准。

对中国、朝鲜的华严教学进行研究的石井公成(笔者)，在参照上述诸研究的基础上，亦开始对地论宗教学进行研究。在发现了日本金泽文库所藏三藏佛陀撰《华严两卷旨归》，应为地论宗南道派后期的作品后，并由此解明了此《两卷旨归》的观点与强调大乘诸经无优劣皆平等的慧远相异，在教判上则主张《华严经》至上的事实。此外，在对新罗义湘《一乘法界图》的研究过程中，发现了敦煌文献中所见的被称为“法界图”(P. 2832B, S. 2734)以及“三界图”(S. 3441)等的文献也是讲说缘集的南道派文献，指出其与 S. 613V 应同属于尊重《大集经》的系统所为。由此，察知了“法界图”等的行位说，与智顗所引的作为地论师说的行位说极其近似，并对智顗产生影响，以及新罗的华严教学所保有的地论教学影响更甚于中国华严教学等的事实。在中国，除慧远著作之外的地论宗文献虽几乎遗失殆尽，而与慧远相异系统的南道派文献及受其影响的文献，则流传到中国西陲的敦煌，以及中国东方的新罗和日本，并残存了其中的极少部分。此则与因在敦煌文书中发现禅宗文献而引发推进重新调查韩国日本的传世文献的状况相同。石井进一步指出了《大集经》在北方作为讲说无障碍的经典而受到尊重，而《大乘五门十地实相论》(北 8377)与《大乘五门实相论》(北 8378)等，则是地论宗南道派中的《大集经》尊崇派的文献。青木先生则受此影响开始进行敦煌文献的调查，并先后发现了《融即相无相论》(北 8420)，《涅槃经疏》(北 615，北 8575，北 6616)等，解说地论宗特有教理、教判的写本以及断片，并在解明地论宗教理、教判的展开过程的同时，寻求着其对天台教学的影响。

1995 年，继承了藤枝先生敦煌研究班传统的荒牧典俊先生组织了以解明地论宗文献为中心的北朝后半期佛教思想的研究班，青木先生与石井亦于后参加。作为研究班的成果，荒牧典俊编著《北朝隋唐中国佛教思想史》则于 2000 年 2 月由京都法藏馆出版，荒牧典俊、船山彻、石井公成、青木隆四人，分别撰写了关于敦煌文书中地论宗写本的论文。其中，荒牧先生针对青木先生在研究会上所提及的《融即相无相论》末尾所见“第一佛性门，第二众生门，第三修道门，第四诸谛门，第五融门”之“五门”的问题，明确了其应为西魏丞相王宇文泰令昙显等编集的“百二十门”。而“五门”的细分结果，则恰是“百二十门”，宇文泰修改了江南及山东所流行的经典讲义方法，令经典“开讲”时必须宣述此“百二十门”。荒牧先生更研讨了地论教学开始寻求“心”以及“阿梨耶识”的过程，在强调了《起信论》与地论教学的类似性后，指出了《起信论》应为其注释书(译者注：《大乘起信论义疏》)作者昙延的作品。

船山先生则论述了地论宗教学在其教判以及行位说等方面皆受到南朝的成实涅槃学的影响。船山先生认为，所谓“别教、通教、通宗教”之地论宗的三教判之中，“别教、通教”为南朝既存的概念，最高级的“通宗教”，则是基于《楞伽经》的地论宗独自学说。青木先生则将其本人的研究进行综合整理，明确了被天台宗、华严宗所重视的融即思想，其基础部分在地论宗时既已经得到形成，并从用语以及教判方面着手将地论宗诸文献按年代进行整理使其得以图示。青木先生的这篇论文，可称为近十数年来地论教学研究成果的代表作。石井则认为在如来藏随缘、真如随缘的思想形成过程中，《楞伽经》发挥了重要的作用，中国思想亦受到其的影响，并针对地论宗、华严宗、禅宗等的随缘概念作了研讨。

地论教学禅宗

如前所叙，以敦煌文书为中心的地论宗文献研究，在近十数年间突飞猛进，因此对地论教学感兴趣的研究学者也越来越多。作为禅宗的研究学者并且是本次会议发言者之一的伊吹敦先生，于一九九八年所发表的论文《关于地论宗南道派心识说》[2]，即是其中一例。伊吹先生，亦发表过从日本的佛教文献中收集并研讨假托菩提达摩所撰《楞伽经疏》逸文的论文[3]，在深入此研究的同时，自然而然地结合了地论宗心识说等的研究。对于初期禅宗，虽被认为受到《华严经》影响，然而华严教学的开始推广，既然应在与惠能同代的法藏的晚年前后，则解明《华严经》对此前的禅宗的影响，就必须对地论宗、三论宗等的《华严经》解释作研讨。

此种状况，在三阶教方面亦是同样。禅宗与三阶教，虽然同在北方的邺附近开始流传发展，慧可与信行以及他们的大多数弟子在年轻时所学的还应是属当时主流的地论教学。事实上，在阅读敦煌地论宗写本之时，禅宗与三阶教的共通点频繁出现之多令人吃惊。

例如，六世纪中叶的南道派纲要书籍，S. 4303 的“广佛三种身”章中，针对法佛、报佛、应佛三身有以下记述：

> 法佛知一切众生与己同体，理处无差。……法佛古今平等，无修无得。
>
> （敦煌宝藏　二一三上）

法佛，即是对于法身佛知何之问，回答了“法佛知一切众生与法佛自身同体，并无二别”，并断言了“法佛因为古今平等，所以既无修行亦无果可得”。此点，《起信论》在叙说‘真如用’之际如下文所示：

> (诸佛如来)以取一切众生如己身故，而亦不取众生相。此以何义，谓如实知一切众生及与己身真如平等无别异故。
>
> （大正三二　五七九中）

即，诸佛如来如实知一切众生之真如与自身真如平等无二。而此说恰与前者的观点相同。S. 4303 叙说“体、相、用”等文，虽与《起信论》相似点较多，但却没有引用过《起信论》，甚至可能根本不知道《起信论》，所以此等类似之处，可认为是《起信论》与地论宗文献的思想相近所致。在此更值得重视的是，S. 4303 的右部引文更接近地论宗北道派的菩提留支所译的《金刚仙论》之点。被称为菩提留支所著，并与《起信论》以及菩提留支的《入楞伽经疏》逸文有着共通点的《金刚仙论》[4]，在从“不住”的角度叙说“我心”时，曾做以下解释：

> 所以复名我心者，明初地菩萨既证圣位，现见真如平等之理，由会此理，解知我之所有真如佛性无为法身，众生所有真如佛性无为法身亦复如是，一体平等，无二无差别。
>
> （大正二五　八〇四下）

即《金刚仙论》明确了初地菩萨因现见真如平等之理，使其理解了自身的“真如佛性无为法身”与众生的“真如佛性无为法身”即为“一体平等无二无差别”。此外《金刚仙论》所论法身平等性之处中，亦有以下说明：

> 此就行者，以明法佛体无增减非修得行也。
>
> （大正二五　八五九下）

总之，其强调了法佛之体无有增减，亦不依修行而得。而此观点，应与所谓南宗禅的人为的修行否定以及坐禅否定有所共通。禅宗除却神会系统，从慧可到马祖的弟子之代，皆对《楞伽经》尊崇的事实不容忽视[5]。

在此更应重视 S. 4303 右部引文之后，对于三身为一时成立还是顺次成立之问的回答，其文如下：

> 答曰，依三藏解，法佛古今常湛然无修无得，体成在先。……依所承法师所云，中国人解义不同，随国土各异，义无并通。然实大乘义，理无所隔。
>
> （同，二一三下）

法佛亘古至今湛静一如，无修行亦不得果，三身中之法佛在最初即完成其体，此解答亦如“依三藏解”之言，是基于印度僧的解释而言的。此后，S. 4303 在罗列了三身成立顺序的多种解释后，又介绍了著者之师的所言，即“中国人的解释亦不尽相同的理由在于国异使得说异不得一致。但是从实大乘的角度理解的话，则各种学说的根本道理是相同且不矛盾的”。著者之师，很可能是先前被称为“三藏”的僧人，而此处的“中国”，应可被认为是世界的中心国（madhya-desa，madhya-jana-pada）的印度。

印度三藏认可多种解释的例子，以及此亦认可“理”之共通性的例子，亦可见于《高僧传》求那跋摩三藏传末尾所引的遗偈。翻译完《杂阿毗昙心论》的求那跋摩，在叙说自己修行人生的这篇长长的遗偈的后半部，这样写道：

> 诸论各异端　修行理无二
> 偏执有是非　达者无违诤
>
> （大正五十　三四二上）

其主张即为，经论虽所说各异，但对于修行的至理却有其一致，如仅执着于一个观点的正确与否则只会引起是非争论，悟者则会超越对立而无争。此偈因吉藏屡屡引用并强调而为世所知。袴谷宪昭教授认为吉藏的引用,应从求那跋摩遗偈的全文内容进行考察,并指出此遗偈中,以不净观、四念处、四善根位、见道、无执着的顺序,已经将禅的构成要素全部包含在内。同时通过用语的新旧,暗示了亦存在求那跋摩以后所作的可能性[6]。笔者在其教示的基础上对此遗偈的研讨过程中,发现了其全体构想应与《楞伽经》的四种禅为背景,特别是其后半部分与求那跋陀罗译四卷《楞伽经》译语共通处所甚多,以及其与《达摩多罗禅经》的译语亦有共通之处等点[7]。

此遗偈及求那跋摩传,虽有可能为后世传说中的菩提达摩传提供了一部分的素材,在此希望得到重视的是,不论作为地论宗文献的 S. 4303 还是求那跋摩三藏的遗偈,印度三藏则认为其理为一,而通过语言的表现虽多,却不矛盾,并且其观点与以指月譬喻而著名的《楞伽经》可能相关之点。此外,依照新罗华严宗的传承,树立别教、通教、通宗(通宗教)之三教判的,当为佛陀三藏,因佛陀三藏曾基于《楞伽经》而树立了通宗。这应当是指《楞伽经》的"宗通、说通"说,佛陀三藏亦是与地论宗有深厚关系的人物,在北方,积极研究《楞伽经》的学派,有地论宗与慧可系统的二派。禅宗,因将地论宗所追求教理,再结合自身进行实践之处显而易见,使得两者有其共通点。其后,菩提留支及光统律师欲毒杀菩提达摩等传说的应运而生,亦可认为是地论宗与禅宗因有着相当多的近似点而招致对立产生的。禅宗文献,不仅对菩提留支所译十卷《楞伽》利用频繁,在利用四卷《楞伽》之时,亦应该间接受到菩提留支的《入楞伽经》注释的影响。就连否定了《楞伽经》传授之传承的神会,亦认为《楞伽经》的"宗通、说通"说适用于禅宗,并将神秀、普寂系统的禅作为说通,惠能的禅作为宗通,可见其亦不能彻底脱离《楞伽经》。

地论教学与三阶教

常盘大定曾推测,创始三阶教的信行学承地论宗南道派,并非与法上至慧远的法系,而是与道凭至灵裕的法系有所交流。道凭至灵裕的法系几乎未有文献残存,其具体情况亦属不明,但如本文前述,因近来对敦煌地论宗文献多为异于慧远系统的法系所为的事实逐渐明晰。而事实上 S. 613V 亦提及道凭之名,并介绍了有关一乘的解释。由此,在解明三阶教思想之时,就有必要对此系统的地论宗文献进行研究。

三阶教文献之中,《对根起行法》在述说其特有观点"普敬"之时,这样写道:

> 明普敬者,于内有八段。
>
> 一者如来藏,有二种。一者法说,如来藏是一切诸佛菩萨声闻缘觉乃至六道众生等体。二喻说者有五段。……

对于普敬一切人的理由,其分为八段来论。第一,其人不分凡夫或是圣人,皆有以如来藏为本体之点。此下在五重譬喻之中,正如西本照真先生所指,阿耨达池与八大河之喻是基于《胜鬘经》,其它则皆基于《楞伽经》。此外,西本先生同时指出,被认为较《对根起行法》早成立的敦煌本《三阶》之中:

> 准依四卷《楞伽经》第四卷,就如来藏说,以伎儿身,喻如来藏。以伎儿伎量,喻六道众生。以伎儿身作一切伎量尽,喻如来藏作一切道众生尽,乃至以如来藏作一切声闻缘觉菩萨如来尽,亦如是,类以可知。

依其所说内容所示,亦是基于四卷《楞伽》[8]。可见,"普敬"的第一根据应为四卷《楞伽》的如来藏说。虽然三阶教将《涅槃经》作为重要依据的事实广为人知，而三阶教，因需理解以《涅槃经》为中心的佛性说、如来藏说亦重视了《楞伽经》。其重视《涅槃经》及《楞伽经》之点，禅宗亦与同样。地论宗重视《涅槃经》，亦是以《涅槃经》为最高理念的宗派。由此可见，重视《涅槃经》以及《楞伽经》，可称为北方所形成的地论宗、禅宗、三阶教的特征。

还需指出的是，《对根起行法》所被注目的，与强调一切众生拥有佛性以及如来藏之点的印度经典所不同，应是其明确了只有如来藏才是佛、菩萨、众生等一切存在的“体”。此并非佛、菩萨、众生，将各自的如来藏作为本体拥有，而应是唯一的如来藏来作为本体。此问题与众生是否各自拥有阿梨耶识的问题相近，吉藏在《中观论疏》第六本中，这样写道：

旧地论人计一切众生同一梨耶。

（大正四二　九三下）

述说了旧地论人认为一切众生同一阿梨耶识。此外同书第七本中，这样写道：

又旧地论师以七识为虚妄，八识为真实。

（大正四二　一〇四下）

旧地论师因采用七识虚妄、八识真实之说，使得“同一梨耶”说与“同一如来藏”说成为同义。“旧地论人”或者“旧地论师”，不单是指古时的地论师，还可能是指与作为地论宗代表的慧远所相异的系统，依此段吉藏的证言可见，可以认定信行禅师的观点与“旧地论人”、“旧地论师”相近。

正如此前简述之意，地论宗、禅宗、三阶教，皆在北方形成，并有较多的共通点。由此禅宗及三阶教的研究学者，今后在继续注意敦煌发现的地论宗文献的同时，必须对北方的佛教全体进行综合性的研究。反之，准备开始研究地论宗的教理及实践的，则必须在关注与禅宗及三阶教的关系的同时进行研究。还有一点相当重要的，即是不论是地论宗还是禅宗、三阶教，在研究其敦煌写本之时，必须注意日本及朝鲜的文献中曾引用的诸宗逸文，换言之，必须在中国、朝鲜、日本即所谓的汉字佛教文化圈全体中进行研讨。而对于禅宗研究，今后对于越南佛教的研究也将会变得很重要。

有效利用 N-gram

对于佛教文献研究而言，计算机无疑是极有效的。尤其是地论宗的文献，因为在几乎都是细碎的断片之时，单单的检索或者索引制作已经不够，有必要进一步依靠计算机的处理。然而，当对非专家不可的处理方法而困惑时，则期望不仅强力而且文科系的佛教研究学者亦能马上使用的简单方法出现。而能满足此要求的恰是利用 N-gram 的处理方法。目前，笔者正与文法学、文学、佛教学、东洋史等领域的友人共同致力于此方法的改善及有效利用，而程序等亦在因特网上免费公开[9]。因其基干为 Perl 的 script，应该可以适用于任何国家的任何电脑。

N-gram，是作为情报学先驱而闻名的 Claude E. Shannon 所提倡的概率、统计性质的自然语言分析法。此种分析，可将文章以任意长短进行分割。例如，将《般若心经》本文以一字单位进行分割的话，则如下所示：

观 自 在 菩 萨 行 深……

此后，通过统计的话，就可以了解哪个汉字全部共出现几次。以二字单位进行分割的话，则：

观自　自在　在菩　菩萨　萨行……

三字单位则：

观自在　自在菩　在菩萨　萨行深……

如此通过指定的长短单位将文章全体进行自动分割，此后则可将分割部分在全文中出现次数进行自动计算。最后则会表示出“空”字7次，“般若”单词3次，“观自在”单词1次等等。

如上述方法不进行单位固定，指定“最短1字至最长7字”对文章从头开始分割的话，则如下：

观
观自
观自在
观自在菩
观自在菩萨
观自在菩萨行
观自在菩萨行深
自
自在
自在菩
自在菩萨
自在菩萨行
自在菩萨行深
自在菩萨行深般
……

此时，在如此分割之后，亦可自动计算各例在全文中出现的次数。将其它经典用同样方法进行分割处理，再与《般若心经》的分析结果进行比较的话又如何呢？“自在”或者“菩萨”之类普通的词汇的话，两文献中即使出现亦不能说明两者是否有特殊关系。然而，“自在菩萨行深般”之类的表现在双方的文献中出现时，与其说是偶然的一致，不如说甲文献有较高的可能性在利用乙文献的表现形式。笔者提出了将此种复数文献比较后的结果以方便易懂的一览表进行表示的方式，并称其为NGSM(N-Gram based System for Multiple document comparison and analysis)。例如，将地论宗文献中的重要纲要书籍S. 613V，与求那跋陀罗译四卷《楞伽》，菩提留支译十卷《楞伽》来进行NGSM处理，将其结果的极小部分抽出如下（因校正不完全，所以数字并不正确）。左端数字，即表示全部文献中出现的次数，汉字右边的数字6，则表示此为六字一致之处。右边括号之中，S即是S. 613V，G即是求那跋陀罗(Gunabhadra)译，B即是菩提留支(Bodhiruci)译的省略记号。S：1的意思则是，在S. 613V中曾出现一次。

2　差别如因陀罗　6（S：1，G：1）
2　成就一切聚生　6（S：1，B：1）
6　一切修多罗　5（S：1，B：3，G：2）
2　五法三自性　5（S：1，G：1）
3　不然何以故　5（S：1，B：1，G：1）
8　何以故以不　5（B：8）
7　何以故不无　5（B：7）
60　一切众生　4（S：5，B：32，G：23）
14　第一义谛　4（S：4，B：10）
3　如来之藏　4（S：1，B：2）
1　法界缘起　4（S：1）
9　因缘义　3（S：6，B：2，G：1）
4　起心　2（S：1，B：2，G：1）
1　起信　2（S：1）

通过此一览表可见，S. 613V 用了四卷《楞伽》的特色，即“五法三自性”一语，而“第一义谛”一词及“如来之藏”的说法则仅见于 S. 613V 与十卷《楞伽》，未见于四卷《楞伽》，以及仅 S. 613V 用到“法界缘起”和“起信”等等，值得深究的事实接二连三地被发现。此外，“何以故以不”与“何以故不无”的说法则因多见于十卷《楞伽》而着重此点对十卷《楞伽》进行检索后可知，十卷《楞伽》多处用到“何以故。以无～故”“何以故。以不～故”类型的梵语直译表现。因 NGSM 为机械性质的处理，虽比较结果中亦包含着许多无意义的文字排列，然而正因如此，却能帮助找到因研究学者的一时疏忽而遗漏的重要一致点以及不同点。

NGSM，因可以将复数文献的共通处全部抽出并列方便易懂的表格，对引用以及类似处进行调查时，应该不会有比此更彻底的调查方法。这也能适用于语法以及音韵的研究学者。对于相比较的文献数量以及长短，没有任何限制。因此，如敦煌写本中又有《维摩经》注释的断片被新发现时，则可将之与已知的所有《维摩经》注释进行比较，并可与大乘主要诸经论进行比较，明确其曾参考过《维摩经》以外的何种经论进行注释。关于句逗点，则其原封不动的可以比较，去掉句逗点的也可比较。因异体字等的细微不同亦可以得到处理。此外，“阿梨耶识”“阿黎耶识”“阿赖耶识”等，仅一字不同时可将之同样看待的方法亦被付诸实验。

NGSM，原本是为了异本的比较构思而成的，当初因已经被称作为 NGSV（N-Gram based System for Variant comparison and analysis），所以其有益于敦煌写本中的众多异本的研究的事实是不言而喻的。进行 NGSM 处理的话，则不单能明了诸异本的特色，更将有益于判定异本与异本间是否属于相近系统。如将 NGSM 的处理结果用制表软件等进行处理的话，则异本间的距离以及对其系统的推测可自动进行图示，而事实上，师茂树先生与发表者已经使用 NGSM 开始尝试 cluster 分析[10]。此类尝试不仅限于地论宗文献，对于《大乘五方便》之类异本众多的禅宗文献的研究亦将有效。

异本研究的手法，同样可适用于特定文献的成立过程的研究。例如，对于在敦煌发现多种异本的《六祖坛经》，可分为被认为较古的部分，以及后来被追加的部分等等，由此通过 NGSM 处理进行比较,则不仅能够对目前的有关成立段阶的诸说进行再检证,而且对今后的研究发展亦能提供启示。研究之际,研究学者确应重复精读原文,并在比较其它原文的同时细思慢考,然而为了研究的权宜,以及为了打破先入为主的观念,作为辅助手段应当积极地去使用计算机。

但是为了进行此类处理,文献必须被输入被公开。笔者作为日本印度学佛教学会数据库中心的担当干事,在促进 INBUDS(印度学佛教学论文目录)的因特网公开的同时,亦作为 SAT(大藏经原典数据库研究会)的委员从事着大正大藏经的电子化以及在因特网上的公开,并与各国的研究学者共同努力的同时开展了工作。关于敦煌写本,则以此次会议为契机,在包括异体字处理的电子化方面以及利用计算机研究方面,企盼中国与日本的研究学者能够进一步交流以及合作。

参考文献

[1] 至 1995 年止的研究状况,见石井公成:《学界动向——敦煌文献中地论宗诸文献的研究》,《驹泽短期大学佛教论集》第 1 号,1995 年 10 月。

[2] 伊吹敦:《关于地论宗南道派心识说》,《印度学佛教学研究》第 47 卷第 1 号,1998 年 12 月。

[3] 伊吹敦:《关于菩提达摩的〈楞伽经疏〉(上、下)》,《东洋大学文学部纪要、印度哲学科篇》第 23 号、24 号,1998 年 3 月,1999 年 3 月。

[4] 大竹晋:《菩提留支の失われた三著作》,《东方学》第 102 号,2001 年 7 月。通过大竹先生得到了以《金刚仙论》的引用处所为首,以及与菩提留支的著作有关的各种教示。

[5] 石井公成:《初期禅宗与〈楞伽经〉》,《驹泽短期大学纪要》第 29 号,2001 年 3 月,同《祖师禅的源流》,《禅学研究》第 80 号,2001 年 12 月。

[6] 袴谷宪昭:《有关"善恶不二,邪正如一"思想背景的笔记》,《驹泽短期大学研究纪要》第 30 号,2002 年 3 月。

[7] 石井公成:《禅宗的先驱——关于求那跋摩三藏的遗偈》,《田中良昭博士古稀纪念论集、禅学研究之诸相》,2003 年刊行予定。

[8] 西本照真:《三阶教之研究》,春秋社,1998 年,第 317—318 页。

[9] 《汉字文献情报处理研究》第 2 号,《特集:N-gram 展示的世界——通过概率、统计手法的新文献分析》,好文出版,2001 年 10 月。

[10] 《般若心经》异译 cluster 分析图(师茂树作)。

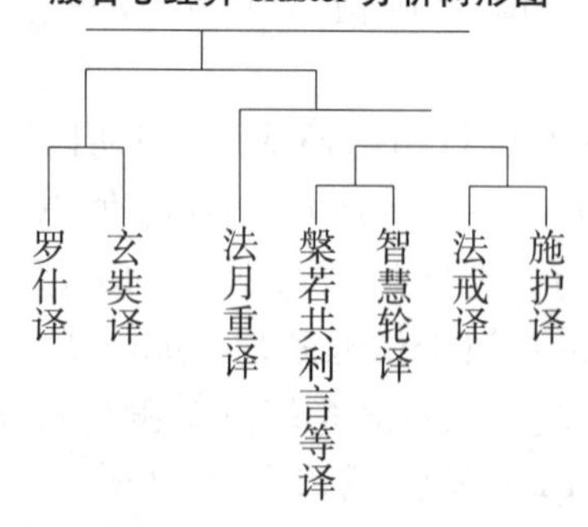

《参同契》异本 cluster 分析图(石井公成作)

《景德传灯录》(1004)、《瀑泉集》(1052)、《禅门诸祖偈颂》(南宋末顷)、《人天眼目》(1188)

《祖堂集》(高丽版)

《参同契不能语》(日本、1736)、《参同契吹唱》(日本、1767)

参同契异本 cluste 分析树形图

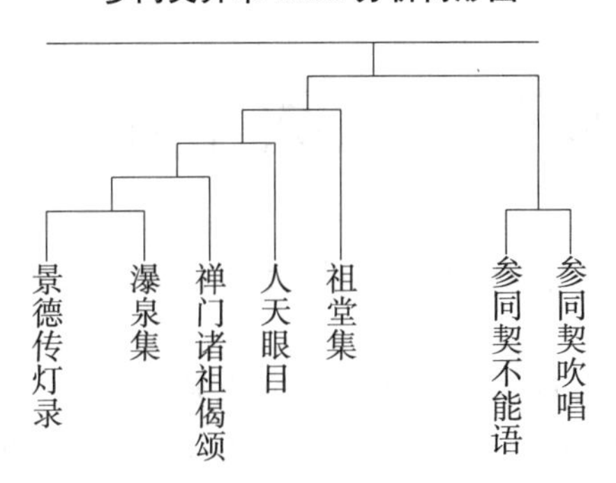

* 原载《戒幢佛学》第二卷,岳麓书社,2002 年,第 179—188 页。

敦煌学文献数字化刍议*

韩春平(兰州大学图书馆)

在数字化技术方兴未艾的今天,已经有大量的知识和信息经数字化处理后,通过互联网进行发布,从而极大地便利了人们的学习、工作和生活。不论是否愿意,我们已经实实在在地置身于数字化的新时代了,"我们无法否认数字化时代的存在,也无法阻止数字化时代的前进,就像我们无法对抗大自然的力量一样。"[1]数字化不但极大地影响甚或改变了人们的学习、工作和生活方式,它还更新了人们学习、工作和生活的理念。在这种情况下,敦煌学这一被称为"中古时代的百科全书"和"古代学术海洋"[2]的当代世界显学,如何应对数字化的冲击和挑战,成了人们不得不认真思考的重要问题。敦煌学文献是否应该实现数字化,答案是肯定的。尽管敦煌学文献的数字化已经被付诸实施,但是在步伐上仍嫌迟缓,在认识上还很滞后。本文试就敦煌学文献的数字化问题略述浅见。为避免出现歧义,必须特别指出,由于数字化是以计算机为依托,以网络为延伸,计算机网络是数字化的物质外壳,因此数字化同时也就是计算机化和网络化。在文章中这几个概念具有相同或相关的含义。

一、敦煌学文献数字化的必要性

敦煌学文献的数字化实质上主要是指敦煌学研究对象的数字化。敦煌学研究对象的下列状况决定了敦煌学文献数字化的必要性:

1. 资料分散 1900年,敦煌莫高窟藏经洞五万余卷古代遗书的发现,震惊了世界学术界,但是当时的清政府及此后的民国政府对遗书等敦煌文献的保护却极端不力,使之惨遭帝国主义分子的大肆劫掠,散藏于英、法、俄、日等多个国家,劫余部分后被分别保藏于北京、兰州、敦煌等多处,其中有相当部分流散于私人之手。尽管后来人们通过抄写、摄影以及制作缩微胶片等方式将海外所藏敦煌文献的信息提供给国人,近年来又陆续出版了海外三大收藏地和国家图书馆等国内各大收藏地所藏敦煌遗书及艺术品的大型图册,但由于敦煌文献数量至巨,而各类抄本、影本特别是大型的彩版图册,其价格往往异常昂贵,能够购置的个人寥寥无几,能够全面购置的单位也同样是少之又少。所以对于研究人员来说,资料分散的状况依然严重地存在着。同时,由于这些资料大都被珍藏于图书馆、博物馆、科研院所及高校等地方,私人藏品多秘而不宣,因此对于一般民众来说,想要欣赏到敦煌文献,只能是问津无由。

2. 内容庞杂 敦煌学研究对象可分为石窟建筑、艺术品、遗书以及历来的研究成果等四个大类,内容异常庞杂。广义的敦煌石窟除了莫高窟以外,还包括榆林窟、东千佛洞、西千佛洞、五个庙石窟和一个庙石窟;而仅仅莫高窟就有重要洞窟492个,其中含北区5窟,连同北区新编号的另外243窟(所存遗物极少),[3]总数将达735个,如果加上上述五处石窟,其数量将会更多。敦煌石窟保留了大量的古代艺术品,现存造像2 400余身,壁画 50 000 多平方米，各类遗画总计约 1 000 件左右(主要收藏于海外)[4]，此外还有刺绣、碑刻等遗物，不少遗书、竹简同时也是精美的书法作品。敦煌遗书的数量非常巨大，仅藏经洞遗书就达 5 万余件。出土于敦煌地区的竹简，也属于遗书范畴，其数量相当可观。藏经洞发现百余年来，中外学者撰写了大量的论文和专著。这些研究成果(其实还应包括各种具有传记性、知识性和文学性的作品)反过来又成了人们进行后续研究的重要依据，因而也应该被看作研究对象。总之，敦煌石窟是当今世界上规模最大、内容最为庞杂的佛教石窟，蕴涵着异常丰富的学术资源。随着敦煌学的不断发展，不少学者更是将吐鲁番学乃至丝绸之路学等学科与敦煌学相结合，使敦煌学的研究对象更加庞杂。

3. 门类繁多，关系复杂 上述的石窟建筑、艺术品、遗书和研究成果四个大类只是对敦煌学研究对象的大致分类，其实在每一大类之下又可以划分出许多小的种类来。石窟建筑就其形制而言，约可划分为中心塔柱式、毗诃罗式、覆斗式、背屏式、涅槃窟、大佛窟等多种[5]，不同时期的洞窟又往往具有不同的风格。艺术品约可划分为壁画、彩塑、绢画、纸画、刺绣、雕刻、书法等种类，其中每一种类还可以继续细分，如壁画之下又有尊像画、故事画、神怪画、经变画、圣迹画、装饰画和肖像画等七个细目[6]。遗书按语言约可划分为汉文、吐蕃文、回鹘文、突厥文、于阗文、龟兹-焉耆文、粟特文及梵文等十多种，按内容又分宗教、政治、外交、经济、史地、艺术、文学、语言、民俗、科技等多个方面。至于研究成果，其门类的繁多视上述分类即可知其全豹。敦煌学研究对象不仅门类极其繁多，而且各门类之间交叉重叠，多方联系，关系非常复杂。

敦煌学作为一个内涵丰富的综合性学科，其研究工作不论从总体上进行，还是从某一方面着手，都首先需要对整个学科有一个通盘的了解，所谓“竭泽而渔”的资料搜集方法同样适用于敦煌学。但上述状况表明，在现有的条件下还很难做到对资料的全面占有，加之敦煌遗书、遗画等遗物原件多散藏于海内外多个地方，而敦煌莫高窟又僻处一隅，除了专门的科研人员和经济条件允许的研究者之外，一般学者甚至一些做敦煌学研究的人，也很难做到全面占有资料，很难有机会前往国外或亲临敦煌进行实地考察，这就给敦煌学的发展带来了极大的不便。现在，数字化技术的推出和发展，为敦煌学上述问题的解决提供了有利的条件，不惟如此，数字化还能给敦煌学研究带来许多其他方面的便利，并将敦煌学这一以往只能是象牙塔里的稀世珍宠展示给整个社会，使更多的人通过网络了解敦煌学，欣赏敦煌艺术。可见，走数字化道路，对敦煌学的发展十分必要。

二、数字化对敦煌学文献的积极影响

敦煌学文献数字化的具体含义就是要建立开放的、具有不同访问权限的、综合性与专题性相结合的敦煌学文献数据库及敦煌学数字图书馆，特别是敦煌学的数字图书馆，它具有更加丰富的内容、更加强大的功能，应成为敦煌学文献数字化的重点目标。数字化可以给敦煌学带来诸多积极的影响：

1. 资料丰富，保存久远 数字化可以使物理形态的敦煌学研究对象转换成电子版的信息，保存在存储器内，并通过网络提供给用户。由于存储器惊人的存储能力，能够将海量的研究对象信息存放在很小的芯片上，因而用较少的代价就可以存储丰富的资料。一旦这些资料信息在网上公布，就等于同时打开了无数倍的敦煌石窟和敦煌学图书馆，这些信息还可以在权限许可的情况下被大量复制。由于数字化保存实际上是把各种实物信息转化为二进制的信息码(比特),这种信息码不论经历多长时间,都不会有所改变,因而数字化又使敦煌学研究对象信息具有了永久的稳固性。用这种方式可以对壁画、彩塑和遗书等容易受损的文物的信息实现永久性保存,这是数字化以前根本无法做到的。总之,数字化既能大量存储敦煌学研究对象(信息),又能使其无限传播、永久保存,这就很好地解决了因分散收藏而导致的资料匮乏以及资料保存困难两大难题。

2. 高效的检索 一直以来,除了实地考察或观察流散文献之外,人们在进行敦煌学研究时主要是凭借书本,在查找资料方面要花费很大的工夫:首先要利用多种工具书进行索引,再依照索引逐个查找图书,最后才仔细地在相关的图书中查寻所需资料。这样做不但费时费力,而且极容易出现遗漏和错误。当数字化技术被应用以后,查找资料的工作变得轻而易举。只要在搜索引擎中输入相关的关键词、主题词、书名、人名、洞窟编号、遗书题名或编号等检索词,一点鼠标,就可以在瞬息之间将所需资料尽数搜罗。这种检索不但速度极快,而且查全、查准率极高,所查资料既可以是叙录、摘要或简介,也可以是文本的全文或各类图像,其效率之高远非手工检索可比。

3. 多功能的链接 这是数字化的又一大优点。数字化不仅实现了丰富资料的目的,更为重要的是它结合了文字、图像、视频、音频等多种媒体,在各种研究对象之间建立了多功能的、灵活快捷的链接。多功能链接是指在石窟建筑、艺术品、遗书和研究成果等不同的研究对象相互之间及各自内部所建立的各种关联。通过这种链接,可以实现这样的操作,比如在敦煌学网页的搜索框中输入"贤愚经"字样,要求检索"遗书",屏幕上便会显示出"贤愚经"及其所含的多种品题之名。点击其中的"海神难问船人品",便可以显示该品经卷的原件图片。在相关链接中选择"壁画",又可以显示敦煌石窟中所有绘有"海神难问船人品"的本生因缘故事画面。如果还想了解有关这一题材的研究情况,只需点击相关的链接,便可查看给定的时间范围内所有对于该品经卷或壁画的研究成果。在浏览过程中,用户还可以根据需要对浏览对象进行缩放、旋转、复制、打印等多种操作,或者配合音频接受语音服务。上述种种链接往往灵活快捷,操作起来得心应手,具有"触类旁通"的神效。这种多功能灵活快捷的链接不但使庞杂的资料条理化,而且实现了资料的充分利用。

4. 其他方面 数字化的功能和优点还有很多:数字化可以用来实现对艺术品的复原修补。比如壁画常常因自然或人为的原因发生褪色、剥落等病变,使人难以了解其原有的神采及完整的面貌,现在利用计算机进行复原修补的技术已经取得了相当的进展[7],可以很好地解决这个问题。通过计算机对被分裂的残片绢画、遗书等进行缀合,不但速度快,而且往往异常准确。计算机具有纠谬功能,能够对错误的信息进行纠正。访问计算机网络一般不受时空限制,只要条件允许,研究人员可以在需要的时候,在任何地方打开电脑。另外,网络的更新速度要比书刊报纸快得多,可迅速提供新的资料和信息,满足研究人员及时交流的需求,研究人员也可直接将自己的研究成果添加到网络数据库当中。数字化还可以使敦煌学为广大的民众所认识,使敦煌艺术走入寻常百姓家……总之,数字化将引领研究人员进入敦煌学研究的新时代,将使敦煌艺术在人民群众中广为传播。

三、余　　论

有必要说明的是,数字化并不是万能的,它不可能解决敦煌学所有的问题。譬如对于石窟建筑的研究,实地考察的结果就远比数字化的信息资料全面可靠;对于艺术品和遗书等文物的鉴定则更需要直接考察原物，而不是依靠网络上的图片。数字化信息的无序状态、网络病毒，以及其他与计算机网络相关的各种问题都会给敦煌学研究带来消极的影响，这些必须引起人们的注意。

数字化是当今世界迅猛前行的科技潮流，数字图书馆的建设更是中国科教兴国的重头戏，敦煌学文献的数字化，是敦煌学发展的必然选择，敦煌学数字图书馆也正在筹建之中。当前，敦煌学文献的数字化还处于尝试阶段，网上资源还相当有限，其中较有影响的有国家图书馆参与、由多国合作的"国际敦煌项目(IDP)"[8]，敦煌研究院的"敦煌"[9]，兰州大学的"敦煌学数据库"等，大都是试验性成果。由于学科的复杂性，决定了敦煌学文献的数字化必然是一个巨大的综合性工程，需要花费相当的智力、财力和时间，需要循序渐进，不可急于求成。

总之，敦煌学文献的数字化是当今数字化建设的一项重要内容，只有走数字化的道路，而且必须加快数字化建设的步伐，才能保证敦煌学有广阔的发展前途；拒绝数字化，或者在数字化道路上行动迟缓，敦煌学就难免走上被时代所淘汰的厄运。二十一世纪的敦煌学需要加强"国际合作交流"，"发挥各自优势，做到资料共享、避免重复研究"[10]，敦煌学专家也希望建立由数字化支持的敦煌学信息交换中心[11]，因而更离不开数字化的这一科技平台。敦煌学文献的数字化，意味着数字化的敦煌学时代已经到来，这是敦煌学发展史上一件具有划时代意义的大事，它必将极大地推动敦煌学的发展，并把由敦煌所承载的博大精深的历史文化意蕴融入整个世界，融入新的时代。

参考文献

[1] (美)尼古拉·尼葛洛庞帝著，胡泳、范海燕译：《数字化生存》，海南出版社，1997年。

[2] 藏经洞发现暨敦煌学一百周年纪念，http：//202. 201. 7. 12/dunhuang/dunhuang100/dunhuang100. htm#1。

[3] 敦煌研究院(彭金章、王建军)：《敦煌莫高窟北区石窟·前言》，文物出版社，2000年7月。

[4] 王力：《寻访敦煌遗画》，《各界》，2001年第10期。

[5] 萧默：《敦煌建筑研究》，文物出版社，1989年10月。

[6] 段文杰：《敦煌石窟艺术·序》，江苏美术出版社(1993年以后陆续出版)。

[7] 《大学生研究计划导师课题简介》(中国科大2002暑期)，http：//www. teach. ustc. edu. cn/inno_edu/2002shu. htm。

[8] 《关于IDP》，http：//idp. nlc. gov. cn/chapters/about_IDP/idpintro. html#background。

[9] 卢秀文：《敦煌研究院资料中心开发敦煌学专题文献数据库》，http：//www. dha. ac. cn. /shuzidunhuang/main. htm。

[10] 记者、穆东、朱华颖、申尊敬：《新世纪敦煌学发展空间大》，http：//www. dunhuang. org. cn/gb/news/index. html。

[11] 荣新江：《21世纪敦煌学国际学术研讨会纪要》，《中国史研究动态》2002年第3期。

* 原载《图书与情报》2004年第2期，第38—40页。

从敦煌文献的收藏看敦煌文献资源数字化

李鸿恩　夏生平
（敦煌研究院）

敦煌研究院资料中心，作为敦煌研究院的专业图书馆，在过去的半个多世纪中，积累了一批珍贵的文献资料，形成了专业性很强的藏书结构，现已经发展成为重要的敦煌吐鲁番学资料中心之一。经过多年的对外服务，中心的藏书已经引起中外读者的广泛关注。

然而，资料中心不能仅成为是敦煌研究院收藏图书资料机构之一，更主要的是资料中心要担负起历史的重托，尽最大努力成为收藏敦煌文献最重要的机构之一。而敦煌莫高窟作为敦煌遗书、出土文物等重要的集散地，敦煌研究院又作为敦煌莫高窟管理机构和敦煌学最大的研究机构之一，出土的文物已被外国强盗所瓜分，那么，作为中心收藏敦煌相关的文献就显得非常的重要了。这不仅是一种责任和义务，更重要的是一种使命感和责任感。中心应建立起一套完整的文献资源保障体系，为以后中心倡导的数字化文献资源共享打下坚实的基础。

一、目前敦煌文献的收藏及敦煌文献数字化情况

首先，要提到敦煌学的概念，周绍良先生的观点是：敦煌学是研究敦煌地区遗存的古代文物与文献的学科。现在学术界关于敦煌文献的概念，从狭义的方面来说，一般又称为敦煌遗书、敦煌写本或敦煌卷子。是指敦煌莫高窟藏经洞（第 17 窟）、土地庙、敦煌西北汉长城烽燧遗址等地出土的十六国、北朝、隋、唐以至于宋代的多种文字的古代写本和印本。这批包括宗教典籍、官私文书、四部典籍在内的古代文献，内容极为丰富，涉及宗教、政治、经济、军事、历史、哲学、民族、民俗、语言、文学、历法、数学、医学、科技等各个领域。是研究中国和中亚历史、世界史重要的珍贵材料，这批资料现已陆续刊布了。广义的文献不但包括敦煌遗书而且包括敦煌石窟的壁画、塑像、题记、碑刻、建筑和对石窟保护的研究等。而且还包括敦煌周边遗址出土的简牍的总称，以及古敦煌郡历史、地理、考古发现的遗址和墓葬等地下文物资料和各个石窟研究的古今文献、中外文文献资料。中心在原来的基础上不断充实、积累逐渐形成了敦煌学专业书库，其藏书文字语种不仅限于中文，逐渐形成了多语种的藏书体系，已经形成了很有特色的敦煌学藏书体系。

现收藏的藏经洞出土的汉文敦煌遗书已经出版的著作主要有：收藏海外藏敦煌文献主要收集在《敦煌宝藏》（1—140）卷，1981—1985 年由台北新文丰出版公司出版。与之配套的目录则是《敦煌遗书最新目录》（1986 年）一册。《英藏敦煌文献（汉文佛经以外部分）》（1—14）卷，第 15 册是“总目索引”，属于敦煌学目录范畴。《法藏敦煌西域文献》（1—30）卷；《俄藏敦煌文献》（1—17）卷；《俄藏黑水城文献》（1—11）卷；《俄藏敦煌艺术品》（1—5）卷；收藏国内的敦煌遗书目前已经出版的主要有：《中国国家图书馆藏敦煌遗书》（1—

8)卷;《上海博物馆藏敦煌吐鲁番文献》(1—2)卷,上海古籍出版社、上海博物馆编,上海古籍出版社,1993年出版,公布上海博物馆所藏80件敦煌文献。《上海图书馆藏敦煌吐鲁番文献》(1—4)卷,上海图书馆、上海古籍出版社编,上海古籍出版社,1999年出版,公布上海图书馆藏敦煌吐鲁番文献187件。《天津市艺术博物馆藏敦煌文献》(1—7)卷,天津艺术博物馆、上海古籍出版社编,上海古籍出版社,1996—1998年出版,公布天津艺术博物馆藏敦煌文献350件。《甘藏敦煌文献》(1—6)卷,段文杰主编,甘肃人民出版社,1999年出版。其中收录敦煌研究院、酒泉市博物馆、甘肃省图书馆、西北师范大学、永登县博物馆、甘肃中医学院、张掖市博物馆、甘肃省博物馆、敦煌市博物馆、定西县博物馆、高台县博物馆所藏敦煌文献共计696件。《北京大学藏敦煌文献》(1—2)卷,北京大学图书馆、上海古籍出版社编,上海古籍出版社,1995年出版。公布北京大学图书馆收藏敦煌文献286件。《浙藏敦煌文献》1卷,浙藏敦煌文献编委会编,浙江教育出版社,2000年出版。本卷公布浙江省博物馆、浙江图书馆、杭州市文物保护管理所、灵隐寺等单位藏品201件,附录温州博物馆所藏浙江出土五代以前写经2件。此外还有《敦煌吐鲁番文献》(1—4)卷等敦煌文献,已全部入藏敦煌学特藏室。同时,也包括部分相关文献,例如:《敦煌社会经济文献真迹释录》(1—5)卷,《敦煌丛刊初集》(1—16)卷。《敦煌学导论丛刊》和《敦煌学丛刊二集》、《香港敦煌吐鲁番研究中心丛刊》等。

目前,本中心已形成较为完备有关敦煌藏经洞出土的文献资料的收藏。目前,看到全是印刷品,在国内这方面的文献数字化的产品非常少见。而现在能看到的美好前景就是正在倡导的“国际敦煌学项目”(The International Dunhuang Project,简称IDP)。国家图书馆已经担负起将馆藏敦煌文献全部数字化的责任。此计划得益于多个国家的携手合作。国际敦煌学项目是由大英图书馆、中国国家图书馆、新德里国立博物馆、法国国家图书馆、圣彼得堡东方研究院、柏林国家图书馆等机构倡议成立的,宗旨是通过国际合作以促进敦煌文化遗产的研究和保护。2001年3月,中国国家图书馆与大英图书馆签署为期五年的合作项目,加入旨在通过国际合作促进敦煌写卷的研究与保护的国际敦煌学项目。在保证敦煌写卷绝对安全的情况下,实现文献资源共享,揭示秘藏,由此拉开中国国家图书馆敦煌文献数字化的序幕。中国国家图书馆国际敦煌学项目的目标是将中国国家图书馆所藏的写卷全部扫描进行数字化处理,使全世界的学者能通过网络获得它们,以促进学术研究的发展。为今后所有的学者都可以在网上看到高清晰的敦煌遗书的图像提供极大的便利条件。实现敦煌文献真正意义上的资源共享,也使文献资源共享显得非常的重要和必要,也体现了作为敦煌学这一国际性显学的特殊意义。因为敦煌学从他的诞生起就带有国际性,敦煌文献资料的分布带有国际性,现在世界上一些大的图书馆和博物馆都藏有敦煌写本或敦煌出土的艺术品。出土文物的典藏地点分布广,世界上不少国家均设有较稳定的关于敦煌学研究机构和学术团体,敦煌学的学者多国际性和广泛性,关于敦煌学的国际间合作与交流相对频繁而且很有成效,研究成果的多种语言文字性等决定了研究成果和文献的共享的迫切性。

为此,首先是研究成果的共享,最主要的是文献目录和研究成果论著目录的共享;其次应该是全部原始文献资源的数字化,制作成全文数据库,才能谈资源共享。这一切都需要各国研究机构的通力合作。

二、敦煌学文献目录的概况

目前学术界、出版界可以说是成绩斐然，不仅影印出版敦煌原始文献，而且还编辑出版敦煌遗书总目索引。仅有原始的写本文献资料不够，研究敦煌学不能脱离目录，必须以目录为引导，从目录出发。敦煌遗书经不同国家的众多学者用多种方式进行登记著录，呈现各种的著录方式。

从藏经洞被发现(1900年)开始到现在，目录的编辑一直在持续进行中，从早期的较为简单的开始，到现在并没有结束。正如周绍良先生所说那样：敦煌学从一产生就离不开目录和目录工作，以后的发展更是愈来愈要依靠目录。敦煌学目录和敦煌学几乎同时产生。统观百年以来世界上敦煌学目录和目录的概貌及其发展，进行比较研究，可以看到敦煌学发轫期的研究工作，几乎都和目录工作有关，可以说是研究和目录同步，展现了敦煌学的各种馆藏目录编制走过的一段不平凡的道路。

这之前当属罗振玉的《敦煌石室书目及发现之原始》、《莫高窟石室秘录》、《鸣沙山石室秘录》三文可以说是中国和世界上敦煌学目录及其工作的最早成果。从这一点上看，说罗氏是敦煌学目录工作的首创者中之一位，并不为过。这之后的中国敦煌学目录的另一位首创者，馆藏目录的奠基人之一，应推李翊灼。他编成的《敦煌石室经卷中未入藏经论著述目录》一卷，1911年，最早发表在国粹学报社出版的《古学汇刊》第一集，它可称为敦煌学中第一部研究目录，其影响非常深远。

（一）目前主要公布的敦煌遗书馆藏目录

作为敦煌研究院资料中心之前身——敦煌文物研究所资料室的先辈们在当时如此艰苦的条件下对本所藏的敦煌遗书做了详细的统计、考证和定名，刊布了敦煌研究院藏敦煌遗书第一份目录，从此对自己收藏的敦煌写本有了一个全面的了解，也让世人、学术界了解了敦煌研究院所藏敦煌遗书的价值。

当时以敦煌文物研究所资料室刘忠贵、施萍婷著名的《敦煌文物研究所藏敦煌遗书目录》(附：关于《敦煌遗书目录》的说明)为题刊登在《文物资料丛刊》，文物出版社，1977年第1期。这之后国内有关收藏敦煌遗书机构的目录相继公布。可以说这是目录成果刊布最为活跃的时期。以下是中心收藏的其它馆藏的目录：

1.《关于甘肃省博物馆藏敦煌遗书之浅考和目录》，秦明智编，《1983年全国敦煌学术讨论会文集》文史·遗书编(上)，1987年出版。

2.《西北师范学院历史系文物室藏敦煌经卷目录》，曹怀玉整理，《西北师范学院学报》(社科版)1983年第4期第44—46页。

3.《敦煌县博物馆藏敦煌遗书目录》，荣恩奇整理，北京大学出版社，1986年，载《敦煌吐鲁番文献研究论集》第3辑第541—584页。本目录是一份内容丰富的提要式目录。之后，殷光明编《敦煌市博物馆藏敦煌遗书目录补录》，载《敦煌研究》1994年第3期，第108—111页。

4.《上海图书馆藏敦煌遗书目录》，吴织、胡群云编，《敦煌研究》1986年第2—3期，总第7期。

5.《天津市艺术博物馆藏敦煌遗书目录》，刘国展、李桂英编，发表于《敦煌研究》1987年第2期。

6.《北京大学图书馆藏敦煌遗书书目》，张玉范编，《敦煌吐鲁番文献研究论集》第5辑，1990年。

7.《永登县博物馆藏古写经》，苏裕民、谭蝉雪著，载《敦煌研究》1992年第2期，第81—84页。

8.《重庆市博物馆所藏敦煌写经目录》，杨铭编，发表于《敦煌研究》1996年第1期，著录13号，均为佛经。

9. 徐忆农《南京图书馆藏敦煌卷子考》，《敦煌学辑刊》1998年第1期，第77—78页；方广锠、徐忆农《南京图书馆所藏敦煌遗书目录》，《敦煌研究》1998年第4期，著录32号，基本都是佛经。

10. 郑阿财《台北中研院傅斯年图书馆藏敦煌卷子题记》，《吴其昱先八秩华诞敦煌学特刊》，台北文津出版社，2000年。

11. 王倚平、唐刚卯《湖北省博物馆藏敦煌写经卷概述》(附目录)，《敦煌吐鲁番研究》第5卷，北京大学出版社，2001年，著录31号，均为佛经。

12.《天津图书馆藏敦煌遗书目录》，天津图书馆历史文献部编著，载《敦煌吐鲁番研究》第8卷，中华书局，2005年1月。

(二) 书册式敦煌遗书馆藏目录

北京图书馆所编的《敦煌劫余录》可以说是世界上第一部公开出版的敦煌遗书馆藏目录。从图书馆的角度来说，可以说，它算是世界上第一部汉文敦煌遗书的带有分类倾向的目录，当属目前国内出版敦煌遗书书本式目录索引早期比较重要的目录。王重民先生的《敦煌遗书总目索引》于1958—1962年连续编纂，1962年由商务印书馆出版，它的出版具有划时代的意义，是当时的世界上唯一的敦煌汉文遗书总目。这之后以全新的面貌出现的主要有：

1. 黄永武博士主编的《敦煌遗书最新目录》，1986年台北新文丰出版公司出版。包括《英伦所藏敦煌汉文卷子目录》自斯0001至7599号，与《敦煌宝藏》1至55册配套；《北平所藏敦煌汉文卷子目录》自北0001至8738号，与《敦煌宝藏》56至111册配套；《巴黎所藏敦煌汉文卷子目录》自伯2001至6038号，与《敦煌宝藏》57至135册配套；《列宁格勒所藏敦煌卷子目录》等。这本《敦煌遗书最新目录》共收集16种目录，其中还包括：《中央图书馆藏敦煌卷子目录》、《旅顺博物馆所藏敦煌之佛教经典》、《李氏鉴藏敦煌写本目录》、《德化李氏出售敦煌写本目录》、《李木斋售藏敦煌石迹目录》(第一部分)、《李木斋售藏敦煌石迹目录》(第二部分)、《刘幼云藏敦煌卷子目录》、《罗振玉藏敦煌卷子目录》、《傅增湘藏敦煌卷子目录》、《日本大谷大学图书馆所藏敦煌遗书目录》、《日本龙谷大学图书馆所藏敦煌遗籍目录》、《日本人中村不折所藏敦煌写经目录》、《日本诸私家所藏敦煌写经目录》、《日本未详所藏者敦煌写经目录》、其它、欣赏篇等。这是敦煌学目录工作的一件庞大的工程，具有重要的意义。

2. 荣新江著《英国图书馆藏敦煌汉文非佛教文献目录(S.6981—S.13624)》，作为《香港敦煌吐鲁番研究中心丛刊》之四，1994年出版。这是对英国原编到S.6980号的翟理斯目录的补充，有详细的文物、文献混合类型的提要。

3. 施萍婷、邰惠莉著《敦煌研究院藏敦煌文献叙录》，载《甘藏敦煌文献》(一、二册)，甘肃人民出版社，1999年出版。

4. 方广锠编著的《英国图书馆藏敦煌遗书目录(S. 6981—S. 8400)》,2000年6月由宗教文化出版社出版。

5. 敦煌研究院施萍婷主撰、邰惠莉助编的《敦煌遗书总目索引新编》,中华书局,2000年7月出版。

众所周知,每位学者欲对某个专题进行研究时,都要事先对这个研究课题做深入了解,以免在同一专题研究上的重复劳动。他可以通过对相关目录的检索而获得。这样读者即可很方便的查找相关的资料。并且可以把相同的文献资料进行比较,这样集中起来利用是非常方便的,极大地方便读者对资料的需求。但是目前还没有看见电子版的目录,更不用说网络版的目录,这方面的工作进行程度还比较低,首先应该有一个联合式的目录。现在表现的情况是,四大收藏机构有各自的相关目录,比较的分散的小馆都是各自为政,其编制体例大有不同。由于众所周知的原因,敦煌文献分藏世界各地,人为地造成整理研究的困难。目录是整理研究的基础,这一点敦煌文献与其它学科相比,显得更为突出,敦煌学者有切身体会。这是由敦煌学本身的特点决定的。编辑一部敦煌遗书总目是现在中、外学者共同的愿望。著名敦煌学家、原中国国家图书馆馆长王重民先生在《敦煌遗书总目索引》后记中就提到应编辑一部"新的、统一的、分类的、有详细说明的敦煌遗书总目"。由于世界各国馆藏尚未全部公布,要编成一部"总目"的时机还不成熟。但在网络化信息时代的今天,当时不具备的条件现在全有了,前辈敦煌学家没有实现的愿望应该在今天能够实现。他所倡导的就是现在提到的"国际敦煌学项目"由国家图书馆正在实施这一计划。

三、敦煌学研究论著目录

敦煌学目录是伴随敦煌学的研究而开始的。而目录最为集中是从80年代开始的,敦煌学目录向新开拓的领域发展。周绍良先生在他的文章指出:具有代表性的北京图书馆敦煌吐鲁番学北京资料中心、敦煌研究院资料中心。这些中心为敦煌学特别是敦煌遗书的整理和编目做了许多工作。把敦煌学这一学科纳入图书分类法体系,是敦煌研究资料中心冯志文先生,他首先编制了文献资料类目体系,他编制的《敦煌学文献资料分类类目表》发表在《敦煌研究》,1987年第3期。这表明敦煌学著作在图书分类法中的位置及其复分的方法等问题,已经提上图书分类工作研究的日程。目前公布的敦煌学论著目录主要有:

1. 国家图书馆的申国美女士编《国家图书馆藏敦煌遗书研究论著目录索引》,北京图书馆出版社,2001年9月第一版。该书把每个卷子的研究文献,全部罗列在该号的目录之下,极大地方便了敦煌学研究者。本目录收录了1910—2001年国内外发表的有关国家图书馆藏敦煌遗书研究论文、专著8 576条,以馆藏编号为排检顺序。其收录原则是:凡在论著中出现的千字文卷号均做著录,其中包括:引用、目录、校勘、研究等。本书索引后附有《著者索引》,依姓氏汉语拼音为序排列,以便检索。已经制成电子文本,可以随时在中国国际敦煌学网站上公布。

2. 杨森《敦煌研究院藏敦煌文献论著目录》,载《敦煌研究文集》敦煌研究院藏敦煌文献研究篇,敦煌研究院编,甘肃民族出版社,2000年9月第1版。

3. 郑阿财、朱凤玉著《敦煌学研究论著目录1908—1997》,台北2000年汉学研究中心编印，主要收录从1908年起，至1997年12月止，中、日学者有关敦煌学研究之专著、期刊论文、论文集论文（包括自著、合著）、博硕士论文、学术会议论文及报纸论文等相关著作为主。该目录有较详细的分类目录，是作为研究者检索资料的重要工具书。只要登陆台湾汉学研究中心的网站上即可以查阅相关的资料。

4. 邝士元编著《敦煌学研究论著目录》，（台湾）新文丰出版公司，1987年6月台1版。主要收集（1899—1984年）中、日和西文的论著目录，收集论文目录6 084条。本书有分类、著者、编年等索引，附录本人专著目录。

5. 林海飚编著《敦煌乐舞著述论文索引》，载《中国敦煌吐鲁番学会通讯》1986年第4期。

6. 李玉珉主编，叶佳玫协编《中国佛教美术论文索引（1930—1993）》本书是由台湾财团法人觉风佛教艺术文化基金会出版。1997年12月25日初版。本书辑录百年来欧、美、中、日各国的学者研究论文，有系统地归纳编纂、整理，有助于佛教艺术之研究与资料查询。

7. 敦煌研究院资料中心李国编著的《中国敦煌学百年文库论著目录卷》，1999年第一版。本目录收集著述9 523篇（种），专著等1 093种，现今资料中心馆藏资料占著述的85%以上。收集时间从1909—1999年初，著录篇目的收集，以公开发行的出版物为主，兼收部分内部资料。本目录分十八个大类，但没有详细的子类目。但即将出版增订版，相信会改变这种状况。

8. 敦煌研究院资料中心卢秀文编著《中国石窟图文志》（1—3）卷，敦煌文艺出版社2002年9月出版。此书共分上、中、下三编，上编为《图录编》，中编为《石窟志编》，下编为《论著目录编》。其中《论著目录编》共收录1802—2000年间中国大陆、港、台地区公开发表的有关著述一万余部（篇），以及部分手稿、打印稿、内部刊物等。本编还收录有部分佛教研究的论著目录。

以上是主要的有关敦煌学的相关目录。还有其它的目录没有列举出来。到目前为止，使用比较好，收集比较全的电子版的目录较少见，加上有些目录的分类各不相同，给读者查阅目录带来了极大的不便。

四、敦煌学文献资源数据库建设设想

敦煌学文献的内容极其丰富，按内容可分成若干专题性研究的数据库。大致可分为如下：敦煌石窟相关数据库、敦煌遗书目录数据库、敦煌遗书论著目录数据库、敦煌学论著目录数据库等。这些专题数据库均可进一步细化，分成若干个专指性很强的数据库。

1. 中心已经建成的数据库有：中心藏书中文、英文书目数据库（日文除外）和学术期刊数据库（外文除外），图书管理全部实行计算机管理。馆藏图书目录和期刊目录均可在中心的局域网上检索到。前面提到的各种敦煌学论著目录，现大都是书本式，无法满足各种途径的检索，显然不能与作为敦煌学这门国际性显学发展相适应。目前中心已收集中文论著目录一万余条，制作成专题目录数据库和全文数据库。

2. 敦煌写本的目录索引，敦煌文献的几大收藏机构应该进行联合编目，制定统一的编目格式和检索模式。敦煌文书馆藏目录和其它的编目格式不一样，它是介于半博物馆和图书馆两者之间的一种形式。开始就应该是高起点的，几家联合编目希望制作成网络版的机读目录。

3. 敦煌文献是人类文化珍贵遗产，如何保存保护这份遗产是世人关注的热点。自从敦煌文献流散以来，分藏于世界各个图书馆、博物馆，保存状态、典藏条件和修复手段各不相同；经历近一百年的辗转流传之后，有些敦煌文献已经出现了新的破损或病害，为了更好地保存好敦煌文献，使之流传久远，急需加强世界各个收藏机构之间的联络和交流，交换敦煌文献保存和修复的经验，以便促进敦煌文献的典藏保护、编目、公布、整理和研究。我们认为敦煌文献的保存和修复是编目、公布和研究的重要前提，世界各个收藏机构共聚一堂，交流、研讨保护和修复敦煌文献的问题是非常必要的。

因此，敦煌研究院和其它文献收藏单位应在统一组织、协调下，根据各自单位文献格局、现实条件和本系统本地区社会发展对社科文献的需求，选择合适的主题，系统地开发具有价值的有关信息：即地方特色、时间特色、文献载体的多样化包括多媒体，保证其连续性和整体性等方面，进行深度标引和有序化，从而制作出新颖独特的数据库。目前，有关敦煌学文献数据库的制作有好几个单位在做，但都处于开始阶段，很不完善。大家应根据本系统文献资源建设中的地位、作用和自身的条件、特定用户群的信息需求等，科学的制定本馆特色建设的目标，集中财力、人力有针对性的形成具有特色的现实馆藏和虚拟馆藏的文献保障体系，为用户提供特色的文献信息服务作保障。同时，要引入市场机制，要有竞争意识，充分利用有利机制调动各参建单位对文献资源共建、共享的积极性和意识，开发出有特色的数据库，才是实现文献资源共享的根本出路。

参考文献

[1] 王涛、肖希明：《新信息环境下的文献资源保障系统建设》，《图书与情报》，1999 年第 1 期，第 33—36 页。

[2] 黄晓斌：《论网络化虚拟图书馆的资源共享》，《中国图书馆学报》，1999 年第 3 期，第 48—52 页。

[3] 夏生平：《网络环境下社科文献资源共享》，《图书情报工作》，2003 年第 8 期增刊，第 233—235 页。

[4] 白化文：《敦煌文物目录导论》：台北新文丰出版公司，1992 年。

[5] 周绍良：《中国学者在敦煌文献编目上的贡献》，《英国收藏敦煌汉藏文献研究——纪念敦煌文献发现一百周年》，宋家钰、刘忠编，北京：中国社会科学出版社，2000 年 6 月。

[6] 沙知：《敦煌学发展历程有感》，《英国收藏敦煌汉藏文献研究——纪念敦煌文献发现一百周年》，宋家钰、刘忠编，北京：中国社会科学出版社，2000 年 6 月。

[7] 柴剑虹：《敦煌学的过去与未来》，《英国收藏敦煌汉藏文献研究——纪念敦煌文献发现一百周年》，宋家钰、刘忠编，北京：中国社会科学出版社，2000 年 6 月。

[8] 赵书城、庄虹：《关于敦煌学数据库》，《敦煌学辑刊》，1999 年第 1 期。

[9] 黄永武博士主编：《敦煌遗书最新目录》，台北新文丰出版公司出版，1986 年。

[10] 孙利平、林世田：《中国国家图书馆敦煌文献数字化与国际敦煌学项目》，《文津流觞》，2003 年第 8 期。

[11] 马德：《敦煌石窟与敦煌文献研究》，《二十一世纪敦煌文献研究回顾与展望研讨会论文集》，王维梅主编，台中市：自然文化学会，1999 年 12 月。

IDP 项目与中国国家图书馆敦煌文献数字化*

林世田　孙利平
（中国国家图书馆）

敦煌文献，又称敦煌遗书、敦煌写本、敦煌卷子，是指敦煌莫高窟藏经洞、土地庙、敦煌西北汉长城烽燧遗址等地出土的十六国、北朝、隋、唐以至于宋代的多种文字的古代写本和印本。这批包括宗教典籍、官私文书、四部典籍在内的古代文献，内容丰富，涉及宗教、政治、经济、军事、历史、哲学、民族、民俗、语言、文学、历法、数学、医学等广泛领域，是研究中国和世界历史的珍贵材料。它的发现引起世界各国学者的瞩目，随着散布于世界各地的敦煌文献的著录、整理与刊布，诞生了一门新的国际性的学科——敦煌学。

1900 年发现敦煌藏经洞后，英国的斯坦因、法国的伯希和于 1907 年、1908 年相继来到敦煌，骗得大批敦煌文献及其它文物，捆载而归。1910 年，在罗振玉等学者的呼吁下，清政府学部咨甘肃学台，令将洞中残卷悉数运京，移藏京师图书馆（中国国家图书馆前身），这是中国国家图书馆敦煌特藏的主体部分；此外，四十年代国家图书馆曾遣专人赴西北，在民间求购到若干件敦煌文献；1949 年中华人民共和国成立后，文化部将各地散藏的一部分遗书及收购的一部分遗书移交国家图书馆；爱国人士捐赠的私人珍藏；以及后来中国国家图书馆又陆续收购到一些敦煌文献；所有这些构成了中国国家图书馆的敦煌文献专藏，总数达 16 000 件（其中近 4 000 件为残片）。这使中国国家图书馆成为世界上收藏敦煌文献最多的四大藏家之一。敦煌遗书入藏之初国图即派专人负责，整理编目。约于 1912 年编撰完成《敦煌石室经卷总目》，著录 8679 号敦煌文献。但其编排方式为流水草目，不便学者使用。1922 年陈垣先生在《敦煌石室经卷总目》基础上，主持编撰分类编目的《敦煌劫余录》，1931 年 3 月作为中央研究院历史语言研究所专刊第四种出版，著录 8653 号。1929 年成立写经组，编撰馆藏敦煌文献目录，至 1935 年完成具有较高学术价值的《敦煌石室写经详目》及《续编》。1981 年 7 月，善本组将新字号部分整理编目，完成《敦煌劫余录续编》，著录 1065 号。1990 年，在任继愈馆长亲自主持下，《中国国家图书馆藏敦煌遗书总目录》的编纂工作正式启动，现在目录初稿已经完成，正在定稿。总之，敦煌文献作为国家图书馆的专藏之一，历来备受重视，在妥为珍藏的基础上，进行了长期的整理、修复与编目，并对研究者开放阅览。这些为推动敦煌学的发展，发挥了积极而重要的作用。

随着国内外敦煌写卷的相继公布，以及敦煌学研究的深入发展，学者们希望充分利用敦煌文献的要求越来越强烈。这就突出地显现出敦煌研究中存在的三个问题。首先，收集整理资料是研究工作的基础和起点，敦煌研究也不例外。由于敦煌文献分藏世界各地，一般学者很难全部看到，这使得研究工作受到很大的局限，难免不深入，或者留下遗憾。第二，研究所借助的缩微胶卷，限于拍摄时的技术条件，许多写卷影像不清。而且，由于没有敦煌学专家的指导，拍摄的胶片上漏掉了许多重要信息。而根据胶卷印成的《敦煌宝藏》所含的信息内容还不及胶卷，无法满足学者研究的需要。第三，这些记录人类文明的写卷是世界文化的遗产，它们需要永久的保存与保护，应尽量减少流通，以免原件受损。为了解决这些问题，更好地为学界服务，国家图书馆开始考虑如何用更先进的手段保存保护敦煌文献，并向读者提供服务。

一、国际敦煌学项目

自1997年，国家图书馆即开始与英国国家图书馆磋商合作开展国际敦煌学项目（简称IDP）。经过漫漫三年多的反复商讨，最后经文化部审批，2001年3月7日中英双方签订了合作谅解备忘录，从此中国国家图书馆与英国国家图书馆开始了为期五年的IDP项目合作。这个项目的目的就是通过数字化、网络化技术将敦煌文献的编目数据和手稿图像按统一的标准和格式整合成数据库，放在互联网上，无偿地供研究人员使用。值得注意的是，对于合作数据库的版权，备忘录做了明确规定：各馆所做的图像和数据的版权归制作者所有；任何一方不得修改和删除对方数据；中英双方和第三方可以存取图像，但不得复制，也不得用于其它目的等。

为使学者们可以看到与原卷一样逼真的图像，项目使用了专门设计的4D数据库，用最精密的PHASE1数码扫描设备，将敦煌写卷制成一幅幅高清晰度的图像。图像将展示写卷的全部内容——正面、背面，甚至没有文字的地方，它比实际尺寸要大，其清晰度与看原卷没有区别。学者可以在任何地点、任何时间通过网络检索到高质量的彩色图像。图像放大之后，还可以观察到过去用普通放大镜不易观察到的字的细部、墨的层次、纸张的纤维等问题。学者查阅敦煌文献既不必再有舟车劳顿之苦，也无需接触珍贵又容易损坏的原卷。

一年多来，我们在大英图书馆的紧密配合下，已经录入写卷目录信息9 000余条。图像扫描工作正在加紧进行，到今年11月份将有50个经卷300多幅图像上网。数字扫描工作的质量要求很高，我们的原则是宁缺勿滥。今后工作人员在熟练掌握技术要领之后，再加快进度。中国国家图书馆国际敦煌学项目的目标是将中国国家图书馆所藏的写卷全部数字化，放在网络上让全世界的学者自由存取，以促进学术研究的发展。合作以来，中英双方本着求同存异的原则，发挥各自所长，相互支持，相互配合，取得了令人瞩目的成果，引起了国内外的广泛关注。很多外国专家专门向我们了解这个项目，国际会议也特别邀请该项目人员演讲、演示。

敦煌文献是人类珍贵的文化遗产，如何保护好这份遗产是学界关注的热点，也是图书馆员艰巨的责任。用先进的技术无损伤地揭示人类文明史中最古老的纸本文献，这项工作是极具挑战性和创造性的。我们已经陆续解决了许多遇到的问题。

二、中国国家图书馆敦煌数字化计划

敦煌文献是国家图书馆建馆之初即入藏的珍贵文献，敦煌学作为20世纪的显学之一，与国家图书馆的收藏和研究成果密切不可分割。继续保持国家图书馆全国敦煌文献中心、研究资料中心的地位，是中国国家图书馆的重要使命。而在信息网络时代，保持这种地位要通过文献数字化网络共享和国际合作才能实现。中国国家图书馆与大英图书馆合作的国际敦煌学项目为中国国家图书馆敦煌文献数字化提供了实践和经验，经过一年多的积极探索，中国国家图书馆善本部根据自身特点，制定了敦煌文献数字化的总体发展思路，即：以国际敦煌学项目为契机，建立具有国际水平的敦煌吐鲁番学研究数据信息中心，提高国家图书馆在学术界的地位；以国家图书馆的基础业务工作支持国际敦煌学项目的发展，使两者成为一个有机整体。在这个指导思想下，在我馆所做的IDP数据库基础上，我们设计了中国国家图书馆的敦煌数据库结构，包括如下内容：

1. 中国国内散藏敦煌文献联合目录

由于众所周知的原因，敦煌文献分藏世界各地，人为地造成整理研究的困难。编辑一部敦煌文献总目是中国老一辈敦煌学家挥之不去的梦想。王重民先生在《敦煌文献总目索引》后记中就提到应编辑一部"新的、统一的、分类的、有详细说明的敦煌文献总目"。当时世界各国馆藏尚未全部公布，要编成一部"总目"的时机还不成熟。但是，70年代以后中国国内散藏目录相继公布，如：

(1)《敦煌文物研究所藏敦煌文献目录》，敦煌文物研究所资料室编，《文物资料丛刊》第1期，1977。

(2)《关于甘肃省博物馆藏敦煌文献之浅考和目录》，秦明智编，《1983年全国敦煌学术讨论会文集·文史·遗书编》，1987。

(3)《西北师范学院历史系文物室藏敦煌经卷目录》，曹怀玉整理，《西北师范学院学报(社科版)》1983年第4期。

(4)《敦煌县博物馆藏敦煌文献目录》，荣恩奇整理，《敦煌吐鲁番文献研究论集》第三辑，1986。

(5)《上海图书馆藏敦煌文献目录》，吴织、胡群云编，《敦煌研究》1986年第2—3期。

(6)《天津市艺术博物馆藏敦煌文献目录》，刘国展、李桂英编，《敦煌研究》1987年第2期。

(7)《北京大学图书馆藏敦煌文献书目》，张玉范编，《敦煌吐鲁番文献研究论集》第五辑，1990。

(8)《重庆市博物馆所藏敦煌写经目录》，杨铭编，《敦煌研究》1996年第1期。

(9)《上海博物馆藏敦煌吐鲁番文献》(1—2)，上海古籍出版社、上海博物馆编，上海古籍出版社，1993年出版，公布上海博物馆所藏80件敦煌文献。

(10)《北京大学藏敦煌文献》(1—2)，北京大学图书馆、上海古籍出版社编，上海古籍出版社，1995年出版，公布北京大学图书馆收藏敦煌文献286件。

(11)《天津艺术博物馆藏敦煌文献》(1—7)，天津艺术博物馆、上海古籍出版社编，上海古籍出版社，1996—1998年出版，公布天津艺术博物馆藏敦煌文献350件。

(12)《甘肃藏敦煌文献》(1—6)，段文杰主编，甘肃人民出版社，1999年出版，其中影印敦煌研究院、酒泉市博物馆、甘肃省图书馆、西北师范大学、永登县博物馆、甘肃中医学院、张掖市博物馆、甘肃省博物馆、敦煌市博物馆、定西县博物馆、高台县博物馆所藏敦煌文献共计696件。

(13)《上海图书馆藏敦煌吐鲁番文献》(1—4)，上海图书馆、上海古籍出版社编，上海古籍出版社，1999年出版，公布上海图书馆藏敦煌吐鲁番文献187件。

(14)《浙藏敦煌文献》，《浙藏敦煌文献》编委会编，2000年出版，公布浙江省博物馆、浙江图书馆、杭州市文物保护管理所、灵隐寺等单位藏品201件，附录温州博物馆所藏浙江出土五代以前写经 2 件。

由于上述资料的公布，编辑国内散藏敦煌文献联合目录时机业已成熟。我馆于 2001 年 10 月份开始了这一工作，现在已经将绝大部分目录资料录入到数据库中。希望这项工作能得到收藏机构的认同与支持。

2. 研究论著目录数据库

敦煌学作为国际显学之一，研究论著不断增加，研究者往往有望洋兴叹之感，编制目录便成为研究者殷切的期求。早在 1994 年敦煌吐鲁番资料中心成立之初，中心就把收集资料、编辑目录作为首要任务。根据学界的需要该中心正在编辑四个专题书目数据库：

（1）敦煌文献研究论著目录数据库（含中、英、法、俄及其它馆藏）：资料中心于 2001 年出版了《国家图书馆藏敦煌文献研究论著目录索引》，收录了 1910—2001 年国内外发表的有关国家图书馆藏敦煌文献研究论著 8 576 条，已经制成电子文本，即将在中国国际敦煌学网站上公布。从今年始，中心日夜加紧编辑英、法、俄及其它馆藏敦煌文献研究目录，至今已经收集 1 万余条。

（2）敦煌吐鲁番学中文论著目录数据库：已经完成上网，读者可以在中国国家图书馆网上查询。本库收录 1908 年至 2001 年中国大陆及港台地区出版的报刊、论文集中有关敦煌吐鲁番学的论文和专著目录，以公开发行的图书、报刊为主，兼收部分内部资料。为方便检索，发表在不同刊物上的同一文章一并收录。现有资料 2.5 万余条，以后每年补充新资料。

（3）敦煌吐鲁番学日文论著目录数据库：资料中心于 1988 年内部出版《敦煌吐鲁番学论著目录初编・日文专著部分》，向学术界征求意见。日文部分经过数年修订增补，1999 正式出版，收集 1886—1992 年在日本发表的论著 8 685 条。目前制作敦煌吐鲁番学日文论著目录数据库条件已经成熟。

（4）敦煌吐鲁番学西文论著目录数据库：我们曾于 1988 年内部出版《敦煌吐鲁番学论著目录初编・欧文部分》，向学术界征求意见。因为资料缺乏、人力紧张，此项工作暂停，但仍是计划进行的一个重要的数据库。

3. 丝绸之路地名规范数据库

1930 年，冯承钧先生应中瑞西北科学考察团之请编辑《西域地名》，后经过陆峻岭、宿白等整理、增订，收录古籍中有关西域地名 700 余条，加以简单的说明，对治古代中外关系史、研究丝绸之路、西域历史颇有帮助，后经过多次增订，嘉惠几代学林。然而随着学术研究的深入发展，这本小册子已经不能适应学界的需要。此次资料中心将借国家图书馆编辑《地名规范文档数据库》之机，着手编辑《丝绸之路地名规范文档数据库》，以后将与 IDP 网站上的丝绸之路地图连接，供读者检索。

4. 敦煌吐鲁番学学者档案数据库

敦煌资料中心 1994 年开始建立学者档案工作，得到学界同仁的支持与襄助，为 100 多位学者建立档案，专架存列，与所藏书刊资料相互补充，为学界服务。现在，中心将参考 IDP 数据库中的中国学者资料库，相互补充，建立更加完备的中国学者档案数据库。该数据库已录入学者档案信息 400 余条。

5. IDP 中文通讯

在国际敦煌学项目的支持下，IDP News letter 中文通讯第一期已于今年 4 月初正式与读者见面，以后将每年出版 3 期。它的宗旨是报道中国国家图书馆国际敦煌学项目的消息、译介世界敦煌文献收藏信息的文章、介绍相关的最新出版物、展览及会议等。它将与 IDP News letter 一起免费邮寄给中国境内的敦煌学专家。中文网站开通之后，中文通讯的内容将上网供读者阅览。

6. "丝绸之路"专题数据库

丝绸之路特有的地域文化孕育了敦煌这颗璀璨明珠。为了让读者全面认识西北文化资源，资料中心已经开始制作"文化西北"数据库。现已经开始编辑甘肃、敦煌、新疆、宁夏等地区的文化资源，其中《中国旅游指南·敦煌》、《中国旅游指南·甘肃》、《中国旅游指南·新疆》已由中华书局正式出版，《中国旅游指南·宁夏》也即将出版。因整个数据库耗资巨大，限于人力和物力，工作进展相当缓慢。

7. 网上展览

依托中国国家图书馆善本特藏部庞大的资源，展示以敦煌为主体的丝绸之路文化。近年来我们举办了"国家图书馆藏敦煌文献精品展"、"国家图书馆藏民族古文献珍品展"，"国家图书馆藏西夏文献展"等。这些展览将陆续上网，其中敦煌文献精品展已经制成电子版，读者可以上网浏览。

8. 专题学术讲座

为发挥图书馆的社会教育职能，满足读者的文化需求，培养公众的人文精神，国家图书馆善本部利用双休日举办"中国典籍与文化"系列讲座，敦煌学作为其中重要的内容。自 2001 年 4 月以来，我们相继邀请启功、金维诺、白化文、史金波、柴剑虹、王尧、邓文宽、荣新江、谢继胜、赵和平、齐东方、刘涛、黄正建等先生，就永明声律与中印文化交流、敦煌艺术、西夏文化、敦煌与西部开发、西藏文化、中国古代历日文化、丝绸之路上的文化交流、黑城藏传佛教艺术、唐五代书仪中的社会生活等专题演讲。因品高味雅，每次讲座反应强烈，人潮涌动，受到读者广泛赞誉。应读者的要求，资料中心已经把讲座整理成文字，即将出版，部分内容也将放到网上。目前正举办大型"敦煌与丝路文化学术讲座"，时间从 2002 年 8 月到 2003 年 8 月，每月 4 讲，共计 48 讲。讲座主要面向研究人员及大学生等。主持讲座的老师多是世界敦煌学名家。协助我们组织讲座的中国敦煌吐鲁番学会认为，此讲座不但能为敦煌学的研究培养更多的后备力量，而且还可以使敦煌与丝路文化走进大学校园。

9. 敦煌学会议

敦煌学学术讨论会是敦煌学界学术资讯交流的重要渠道，为了了解敦煌学最新发展动态，加强与学术界的交往，扩大国际敦煌学项目的影响，中国国家图书馆积极参加敦煌学学术讨论会，推介新服务，交流研究成果。2002 年我们先后参加了杭州大学敦煌学暨汉语史国际学术讨论会、兰州大学丝绸之路佛教艺术国际学术研讨会、房山云居寺佛教文化研讨会、北京理工大学国际敦煌学学术史研讨会，瑞典斯德哥尔摩大学第 5 届敦煌和中亚文献修复研讨会。

敦煌文献是人类文化珍贵遗产，如何保存保护这份遗产是世人关注的热点。由于流散的敦煌文献分藏于世界各地的图书馆、博物馆，其保存状态、典藏条件和修复手段各不相同。经历近一百年的辗转流传之后，有些文献已经出现了新的破损或病害。为了更好地保存好敦煌文献，使之流传久远，急需加强世界各个收藏机构之间的联络和交流，特别是交流其保存和修复的经验，因为保存和修复是编目、出版和研究的重要前提。2001年10月23日，国家图书馆善本部主任张志清先生邀请参加中文善本保存保护国际研讨会的大英图书馆代表、法国国家图书馆代表、俄罗斯科学院东方学研究所圣彼得堡分所代表及部分在京敦煌学专家进行座谈，与会代表介绍了各馆开展敦煌文献保存保护的状况，观摩了中国国家图书馆敦煌文献修复的成果，并就敦煌文献的修复原则、敦煌文献残片的保护方式、敦煌文献修复档案的建设、其保存现状、数字化的前景等问题进行了深入的讨论，形成了共识。大家还表达了各个敦煌文献收藏机构需要加强交流合作的愿望，并提出在适当的时候召开有关主题的国际学术讨论会，以便及时互通成果，交流经验的建议。为此中国国家图书馆善本部联合中国敦煌吐鲁番学会、兰州大学敦煌学研究所将在2003年9月举办"敦煌文献保存保护及数字化国际研讨会"，主要讨论敦煌文献收藏、保护、修复、数字化等问题。今后拟将定期举办类似的会议，这些会议的信息也将上网供读者参阅。

总之，敦煌文献是中国国家图书馆最重要的特藏之一，为此开展的整理与研究工作一直被格外看重。今天，国图善本部以IDP合作项目为基础，借助数字技术手段，结合专业管理人员的创造性劳动，完成一个包括书目、全文、影像、地理信息、研究成果等综合信息的研究性数据库，为学术工作服务。这个数据库现已初见端倪，尚须不断完善。

（本文撰写过程中曾得到张志清、陈红彦等先生的帮助，谨致谢意。）

参考文献

[1] 王重民：《敦煌遗书总目索引》，北京：中华书局，1983。
[2] 周绍良：《中国学者在敦煌文献编目上的贡献》，见：宋家钰、刘忠编：《英国收藏敦煌汉藏文献研究》，北京：中国社会科学出版社，2000。
[3] 沙知：《敦煌学发展历程有感》，见：宋家钰、刘忠编：《英国收藏敦煌汉藏文献研究》，北京：中国社会科学出版社，2000。
[4] SusanWhitfield. The International Dunhuang Project：Making Dunhuang Manuscripts Accessible to All through International Collaboration，见：《敦煌文献论集》，沈阳：辽宁人民出版社，2001。
[5] 中国国家图书馆善本特藏部编：《中国国家图书馆藏敦煌遗书精品选》，2000。
[6] 中国国家图书馆编：《中国国家图书馆藏敦煌遗书》1，南京：江苏古籍出版社，1999。
[7] 季羡林主编：《敦煌学大辞典》，上海：上海辞书出版社，1998。

* 原载《国家图书馆学刊》2003年第1期，第26—31页。

国家图书馆善本特藏部敦煌资源库的建设

林世田　萨仁高娃
（中国国家图书馆）

国家图书馆以其所拥有的无可替代的庞大资源，多年来一直谋求在数字图书馆建设中扮演重要角色，2000 年中国数字图书馆有限责任公司的设立、2004 年中国国家图书馆二期工程暨国家数字图书馆工程的动工，即是在国家支持下为此而采取的两项重大举措。然而，正如主管国家图书馆数字化建设的陈力副馆长所指出的"国家数字图书馆的建设涉及到方方面面的问题，资源建设是一个核心问题。"[1]无疑为国家数字图书馆的建设指出了一条正确的道路。目前国家图书馆上上下下正在加紧数字资源库的建设，力争两年后建成一个内容丰富、方便快捷的数字图书馆。作为贯穿图书馆发展史并已融于图书馆学术史的敦煌文献的整理与研究，自然被列为国家数字图书馆资源建设的一个重要内容。现将国家图书馆善本特藏部近年在图书馆大环境下所建设的敦煌资源库分六个方面，作一简要汇报，不妥之处，尚祈各位专家批评指正。

一、敦煌吐鲁番学论著数据库

敦煌吐鲁番学论著数据库的建设是与图书馆数据库建设工程同步进行的，是善本特藏部敦煌吐鲁番学资料研究中心（简称资料中心）于 1999 年建立的项目。工作开始之际，我们内部颇有争议。当时敦煌学界已经拥有了郑阿财、朱凤玉先生非常精当的目录[2]，深受专家学者的青睐。我们也了解到两位先生不断地进行增订、补充，并即将出版修订版[3]。我们的数据库不一定能超越前者，所付出的努力不一定能得到回报，做出的结果不一定很受欢迎。然而，作为国家图书馆对外服务的阅览室，传统的卡片目录严重影响读者的查阅效率，花费时间长却很难查准查全，更是查不到各种文集、期刊中的论文篇目。所以大部分人认为，国家图书馆作为全国编目中心，作为全国计算机网络管理中心，作为为社会大众服务的机构，有责任利用先进的计算机网络技术，为读者提供简单快捷的目录检索途径，以便提高读者查阅效率。鉴于读者的急切需要和图书馆的特殊职能，资料中心立即着手准备前期工作。当时，图书馆尚无完善的图书馆软件系统，在没有相应的技术支持条件下，资料中心先使用表格软件把资料中心藏敦煌学研究论著目录搜集排序，并利用丹诚系统[4]制作了初步的敦煌学论著目录。2002 年，国家图书馆引进 ALEPH500 计算机综合管理系统，通过一年的试用，2003 年起投入使用。在软件系统取得支持的情况下，原已编做的目录索引，兼容到 ALEPH500 系统中，这样敦煌吐鲁番学论著目录实现了在网络界面与读者的见面。目前，敦煌学论著目录已达 30 000 余条，是国家图书馆唯一的含有篇名的数据库。读者可以在国家图书馆 OPAC 检索系统中，通过所有字段、题名、责任者、主题词等各种途径检索到已做数据的论著目录。

论著目录数据上网之后，学养深厚且对学术动态极为敏锐的敦煌学专家们很少利用此数据库，反馈意见甚少。然而，社会上其它相关专业学者和普通读者使用此综合检索系统之后，从中发现了非常有价值的信息，引起强烈反响。因为敦煌学本身即是一个百科全书式的学科，在此之前敦煌学的研究仅囿于一个较窄的范围，其成果较少为其它专业学者所引用。近年，郝春文等先生不断呼吁敦煌学的回归，敦煌学的各个门类应回归到所属学科。我们资料中心通过此渠道，有效地把敦煌学专家的研究成果指引给其它学者使用，也是对这种呼吁的有力支持。当然，这是我们所始料未及的。

其实，八九十年代，资料中心阅览室曾吸引众多敦煌学专家前来查阅相关资料，随着各地建立敦煌学研究中心，例如，兰州大学、北京大学等先后建立研究机构，其资料建设逐渐完善，九十年代后期以后很难再见到专家学者在资料中心伏案读书的情景。然而，近来我们中心的读者不但没有减少，反而有所增加，读者的专业背景也千差万别，尤其到了假期常常人满为患，这恰恰反映了敦煌学的发展变化。若说上世纪，敦煌学属于敦煌学专业学者的研究对象，那么进入本世纪，敦煌学则回归到各个学科。图书馆的职能和我们所做的数据库恰好迎合了敦煌学的发展变化，因此我们资料中心对非敦煌学专业的读者的吸引越来越大，反映了敦煌学对其它学科的贡献越来越大。我们正是适应这种变化，利用数据库这种新的服务形式向各学科研究人员和在校大学生、研究生推介敦煌学专家的研究成果。

当然，敦煌吐鲁番学论著数据库是目录数据，读者看到的只是书籍物理形态的描述和内容的简单介绍，目前尚不能看到其全文，更不能做到相关连接和深层检索。论著数据库仅仅是数字图书馆的基础建设，在图书馆编目大环境下，使用机读目录格式做的数据，是图书馆庞大编目系统中的一小部分，仅仅为馆藏敦煌文献论著目录的检索和查阅提供了方便。所以，目前只称其为资料库或机读目录数据，尚不能称作独立的知识库。当国家数字图书馆建设更加成熟时，可以将已做数据连接到敦煌学相关文献、人物、地理、历史等领域，使之成为真正意义上的知识库。

二、图书馆国际敦煌项目

国际敦煌项目，英文简称 IDP。1993 年，中国国家图书馆、大英图书馆、法国国家图书馆、俄罗斯圣彼得堡东方研究院、柏林国家图书馆等几大收藏机构的管理者和修复者汇聚一堂，一致提议通过国际合作促进敦煌学研究。1994 年国际敦煌项目（IDP）正式成立，IDP 早期工作主要集中在修复与编目，近年来增加了数字化与教育方面的内容。IDP 敦煌文献数字化工作的目标是将所有收集品展现于网上。1998 年 10 月 IDP 英文网站正式运行，2002 年 11 月 11 日中国国家图书馆中文网站正式开通。有关 IDP 项目，我们已经写过《IDP 项目与中国国家图书馆敦煌文献数字化》[5]、《国际敦煌项目新进展：敦煌文字数据库》[6]、《数字敦煌　泽被学林——纪念国际敦煌项目（IDP）成立十周年》[7]等文章，学者通过这几篇拙文可详细了解 IDP 的相关情况。

众所周知，藏经洞出土的五万多件古代文献，对研究中国中古时期社会方方面面都具有十分重要的参考价值。然而，正如郝春文先生所指出的，“长期以来，与敦煌文献所蕴藏的丰富文化内涵相比，学术界对它的了解太少了。很多很多非常有价值的资料一直未能得到充分研究和利用。”[8]这是因为，一方面，敦煌卷子作为中国乃至世界珍贵遗书，学者不可能每每皆能看其原卷。另一方面，敦煌遗书藏地的分散，为学者的查阅研究造成障碍。虽然，之前问世的缩微胶卷和近年出版的各国藏敦煌遗书图录，均能为学者提供参考资料。但是，由于价格昂贵，购买收藏的机构和个人极少，利用起来也有很多困难。而我们所建立的IDP项目可以解决以上诸多问题。学者可以通过各种检索途径，在网上免费检索、浏览到高质量的敦煌遗书影像以及相关目录信息等，包括丝绸之路上发现的相关文书。“为学者们可以看到与原卷一样逼真的图像，项目使用了专门设计的4D数据库，用最精密的PHASE1数码扫描设备，将敦煌写卷制成一幅幅高清晰度的图像。图像将展示写卷的全部内容——正面、背面，甚至没有文字的地方，它比实际尺寸要大，其清晰度与原卷没有区别。学者可以在任何地点、任何时间通过网络检索到高质量的彩色图像。图像放大之后，还可以观察到过去用普通放大镜不易观察到的字的细部、墨的层次、纸张的纤维等。”[9]

IDP项目(http：//idp. nlc. gov. cn)的建设为学者提供了极大方便，促进了敦煌学的发展，并使社会大众目睹了敦煌遗书本来面目，为敦煌学的普及打开了窗口。另一方面，原卷的网上展示，对敦煌卷子的保护起到积极作用，这将大大延长原卷的寿命。现在，国家图书馆敦煌卷子的扫描与数据制作工作正有条不紊地进行。我们相信，IDP不仅是一个项目，也是国家图书馆数字化工程的重要组成部分，如何发挥和挖掘其潜能，将直接影响整个敦煌知识库的建设。

当然，敦煌卷子的全卷扫描和编目数据只是数字资源建设的第一步。说起数字图书馆，对其概念的了解非常重要，它将会影响数字资源的建立和发展方向。数字图书馆所指的不仅仅是对馆藏资料的数字化，更重要的是跟随资源数字化的服务理念和管理模式。数字图书馆应该是一个以数字技术为手段，涵盖各种数字化与非数字化资源的文献服务体系。我们现在所做的工作只是对纸本资料的网上再现，只称作未加格式化的资料群，并无知识库应具备的纵横连接和更深层的标引。随着IDP项目的完善和改进，我们将其建设成成熟的敦煌知识库，对所做的敦煌吐鲁番学论著目录等数据进行相关连接，使之成为一个不仅向读者提供原卷影像，还包括丝绸之路以及西域出土的遗物图像、考古探险资料、敦煌遗书联合目录、论文论著索引、学者档案库和学界动态的大型知识库。

三、在线展览与讲座

在线展览和讲座是揭示、传播敦煌文化的又一平台。正如敦煌吐鲁番学会秘书长柴剑虹所指出的“在(敦煌学)众多要做的工作之中，头等重要的便是向广大民众普及敦煌文化与敦煌学的基础知识。做这项工作，可以采取多种多样的方式，举办文化、学术讲座，就是其中卓有成效的一种。”[10]近年来，全国乃至世界各地就敦煌遗书或艺术方面纷纷举办展览、讲座，尽可能让各界人士走进敦煌学、了解敦煌学，使参观和听讲者全方位地了解敦煌遗书和艺术。

1. 在线展览

今天，网上展览已经不是很陌生。2004年IDP项目在大英图书馆举办“丝绸之路：商贸、旅行、战争、信仰”的展览。展览结束后，即把内容传送到网上。根据大英图书馆统计的数据，展览期间到馆参观者仅有15人之多，然而不到一年时间，却有35 000人次浏览了网上展览。这说明网上展览的无穷魅力。网上展览既能节约参观者的时间，又能超越空间，使他们浏览到常年尘封于地库的珍贵资料。

2000年8月，为纪念敦煌藏经洞发现一百周年，善本特藏部和中国敦煌吐鲁番学会联合举办了“秘籍重光，百年敦煌”展览。展览分五个单元，分别介绍了敦煌的历史地理和人文环境、敦煌藏经洞的发现与敦煌文书的流散、国家图书馆敦煌遗书的收藏与保护以及国内外学者对敦煌遗书和敦煌艺术等领域的研究成果。本次展览除了敦煌遗书外，还首次公布了一批建国之初，由政府调拨、私家捐赠的敦煌遗书档案。展览结束后，善本特藏部根据展览内容，网上制作了“百年敦煌网上展览”（http：//www.ndcnc.gov.cn/libpage/dhwh/index.htm）供有兴趣者继续浏览观摩。这个网上展览目前仍是全国文化信息资源共享工程网站最受欢迎的栏目之一。

2. 在线讲座

为发挥图书馆的社会教育职能，满足读者的文化需求，培养公众的人文精神，自2002年8月，一直持续到2004年7月，国家图书馆善本特藏部与敦煌吐鲁番学会合作举办了“敦煌与丝路文化”学术讲座，前后共计48讲。讲座主要面向高校科研机构的研究生、科研人员及大学生。讲座主讲人都是世界敦煌学名家，如金维诺、王克芬、郑阿财、荣新江等。讲座内容涵盖了敦煌学各领域，通过近两年的“敦煌与丝路文化”学术讲座，到场听众基本了解了敦煌学发展的来龙去脉，对组织者和广大听众来讲都受益匪浅。我们认为敦煌学虽然是一门非常专业的学科，但敦煌遗书作为中国20世纪四大发现之一，应走出象牙塔，进入到社会大众之中，应作为常识来向社会普及开来。尤其敦煌遗书及敦煌壁画中所蕴涵的中国中古时期政治、经济、军事、宗教、民族、历史、社会、民俗、语言文学、音乐舞蹈、科技等学科，应该为相关领域研究者提供服务。因此，讲座结束后，我们不但结集了两本讲演集，也与相关部门合作，把讲座全部过程传送到网上（http：//www.nlc.gov.cn/service/l_frm.htm）。世界各地的读者可以通过网上音频和视频聆听一流敦煌学专家演讲的敦煌文化和领略中国中古时期文明。这样网络数字化又一次调控和节省了读者的时间和空间，从图书馆角度讲，无意中证明了阮冈纳赞关于图书馆的五大定律之一“节省读者的时间”。

大型“敦煌与丝路文化”学术讲座已经结束，为了使广大听众继续跟踪了解敦煌学的新动态，为大众继续提供交流渠道，现在善本特藏部举办的“中国典籍与文化”系列讲座中，每年仍安排几场有关敦煌学的讲座。

四、各国藏敦煌遗书研究目录索引

随着敦煌学研究的不断深入，论文专著层出不穷。面对繁多的研究成果，即便是再敏锐的敦煌学专家，也很难掌握到敦煌文献每号的研究状况和进度。要在眼花缭乱的众多研究成果中了解每件敦煌文献的研究进度，现已成了每一位敦煌学专家、学者的难题。梳理每一件敦煌文献的研究概况的呼声越来越高，尽早见到类似的数据库已成为每一个敦煌学者的共同愿望。本库即填补这一空白。

“各国藏敦煌遗书研究目录索引”的编制是在敦煌吐鲁番学论著数据库基础上进行的工作。郑阿财先生所编的目录和我们所建立的数据库固然很重要，对某项课题研究提供重要信息。“当我们找到需要的敦煌写卷之卷号或类别进行研究时，最重要的工作即是了解目前的学术行情”[11]，所以掌握研究目录即能掌握学术行情，也能掌握整体学术的流变。然而,“对某号敦煌文献研究信息的检索,光靠查阅书目和论文索引却不能解决。因为,各号敦煌文献的研究信息,多数不能从书名和论文标题中所反映出来”[12],所以对篇名进行随卷附注更为重要。敦煌学至今已历百年,多数写卷都已经过专家的整理和研究,后来研究者必须对前人的研究进行清理,在前人的研究基础上百尺竿头更进一步。郝春文先生编《敦煌社会历史文献释录》的前期准备工作中,也曾搜集调查敦煌文献研究信息。我们所整理的敦煌文献研究索引,一方面为学者提供一个了解前人研究成果的途径,节省他们必须仔细翻阅查读全部研究敦煌文献专著和论文方能获得某号的研究信息的时间。另一方面,避免了敦煌文献研究中,不了解前人研究情况而出现重复劳动和重复研究的现象。现在国家图书馆藏部分已经整理并出版[13],目前还在不断补充完善,在网上为读者服务指日可待。英国、法国等部分的整理也已经大体完成,共计 9 万余条。这部分数据尚未上网,我们在内部曾经用一个小的研究项目[14]作了试验,结果事半功倍,方便实用。

此项“各国藏敦煌遗书研究目录索引”资源库的建设是持续不断的工作,需要跟踪敦煌学的发展,随时补充与完善。目前,受资料所限,我们整理出来的仅仅是汉文部分,而日文等其它文种部分正在整理搜集之中。

五、王重民向达所拍照片影像库

国家图书馆曾在 20 世纪三四十年代,派遣向达、王重民作为交换馆员赴英、法调查流失在英法等国的敦煌吐鲁番文献。他们在海外期间,克服种种困难和障碍,抓紧收集、拍照、研究流散在英、法、德的敦煌吐鲁番文献资料,并将所搜集拍照的资料送回国内,极大推进了国内敦煌学的发展。其中,所拍照片有 6 000 余种 10 000 余张,有关这批照片的文献价值,荣新江教授曾在很多不同场合予以阐发。我们知道,照片上包含着敦煌吐鲁番文献三十年代的保存信息,通过照片,我们可以弥补现有敦煌遗书修复过程中所遗失或者自然残失的部分,无疑会促进我们的研究工作。另一方面,照片所保留的敦煌遗书原始状态,也为敦煌卷子的修复工作提供参考依据。现在,我们已经对这批照片进行整理、编目、扫描。不久将其目录公布于众,作为照片合集,也即将出版。我们也尽快将目录和照片图像上网。

六、敦煌遗书修复档案

敦煌文献年代久远,破损严重。各藏家为了解决学者阅读原件与保护文献的矛盾,非常重视修复工作。然而过去由于公私藏家修复水平不一,采用的修复材料和修复方式不同,以至于某些藏家的修复工作出现失误。近年来,各藏家逐渐发现并重视敦煌文献修复档案的建设,以保留修复信息和修复经验,并希望在条件成熟的时候进行修复档案联机交流,共享敦煌文献修复的经验和技术信息。英、法等国在建立敦煌文献修复档案方面做了有益的尝试,IDP 项目所设计的修复档案是其典型的例子。如上所述,IDP 项目建立之初,工作重点为修复和编目。大英图书馆的秦思源先生即在编目软件上设计了一个修复档案窗口,记录敦煌遗书修复前后的信息。国家图书馆敦煌遗书的修复工作已持续 14 年之久,随着修复工作的深入,亦注重起修复档案的建立和完善。善本特藏部杜伟生先生根据自己多年积累的丰富经验,在总结英法日等国修复档案的基础上,设计了一套敦煌遗书修复档案与古籍修复档案管理系统[15],对所修复的敦煌遗书建起了档案。此软件内容包括编号、题名、卷次、书叶、卷芯、外观、破损位置、破损原因、修复历史、原修复材料、原修复质量、本次修复要求、修复方式选择、备注等项。这里所提供的信息非常重要，如题名项的版本形式、文种，书叶项的张数、尺寸、墨迹，卷芯项的材质等等，无疑令学者对古籍外部特征有个全方位的了解，也能弥补现有古籍数字化所存在的缺陷。

通过以上六个方面的介绍可知，目前我们的资源库建设相对分散，不成系统，不足以形成深层的知识库。在数字化技术发展一日千里的今天，将其整合为规范化、体系化的知识库逐渐成为可能。现在我们有一个总的目标，即是在IDP项目的基础上，将所有成果整合于一个库中，并以馆藏16 000件敦煌遗书的影像数据为平台，连接中国各机构所藏敦煌文献联合目录、各种研究论著目录、敦煌吐鲁番学者档案数据库、网上精品展示和讲座视频、王重民向达所拍照片以及修复档案等相关部件构建敦煌学知识库，以尽快达到专家学者们所向往的由“资料储存”向“知识提供”迈进。

当然，我们深知敦煌学知识库是一个非常庞大的工程，需要各方人士取长补短、携手合作。当今，敦煌学数字化方面呈现出的百家争鸣现象，虽然有资源建设重复的弊端，但其中不少重要信息，使我们得到启发，为我们所借鉴。

参考文献

[1] 陈力：《数字图书馆资源建设刍议》，《国家图书馆学刊》2004年第4期。

[2] 郑阿财、朱凤玉：《敦煌学研究论著目录(1908—1997)》，汉学研究资料及服务中心编印，2000年4月。

[3] 郑阿财、朱凤玉：《敦煌学研究论著目录(1908—1997)》，汉学研究中心编印，2000年4月。

[4] 丹诚图书管理软件(DataTrans—1000)，是北京丹诚公司于1996年开发的国内第一套基于Windows平台的图书馆集成管理系统。

[5] 林世田、孙利平：《IDP项目与中国国家图书馆敦煌文献数字化》，《国家图书馆学刊》2003年第1期。

[6] 高奕睿、林世田：《国际敦煌项目新进展：敦煌文字数据库》，《国家图书馆学刊》2005年第2期。

[7] 魏泓著，林世田译：《数字敦煌　泽被学林——纪念国际敦煌项目(IDP)成立十周年》，《国家图书馆学刊》2005年第2期。

[8] 郝春文主编：《英藏敦煌社会历史文献释录》(第一卷)，科学出版社，2001年，《前言》。

[9] 林世田、孙利平：《IDP项目与中国国家图书馆敦煌文献数字化》，《国家图书馆学刊》2003年第1期。

[10] 国家图书馆敦煌吐鲁番资料中心编：《敦煌与丝路文化学术讲座》(第一辑)，柴剑虹先生所撰《序言》，北京图书馆出版社，2003年。

[11] 郝春文主编：《敦煌文献论集——纪念藏经洞发现一百周年国际学术研讨会论文集》，辽宁人民出版社，2001年，第577页。

[12] 郝春文主编：《英藏敦煌社会历史文献释录》(第一卷)，科学出版社，2001年，《前言》。

[13] 申国美编：《1900—2001国家图书馆藏敦煌遗书研究论著目录索引》，北京图书馆出版社，2001年。

[14] 此实验是由我们和李文洁博士共同合作的项目。数年前翻阅任继愈主编《中国国家图书馆藏敦煌遗书》第5卷BD09145《叙录》云：“BD09145.1待考；BD09145.2大威仪请问。第一个文献51行，今编为BD09145.1。该文献应为中国人所撰佛经。叙述释迦牟尼苦行、得道神通及写经功德，对研究中国人的佛陀观有一定的价值。名称及详情待考。文字甚拙劣，多错别字。五代北宋

写本，约10—11世纪。拙楷。第二个文献为《大威仪请问经》，3行，今编为BD09145.2号。亦为中国人所撰佛经。篇幅甚短，主题论述应对佛经持恭敬态度。"已知敦煌遗书中存斯1032号、斯5649号、伯3919等三号。已为日本《大正藏》所收。经过我们的考证这个待考文献就是《佛说如来成道经》，经查S.5649、S.1032、Дx2510也是此经，并且Дx2510可以与BD09缀合。

[15] 杜伟生：《敦煌遗书修复档案与古籍修复档案管理系统》，《敦煌写本研究、遗书修复及数字化国际研讨会会议手册》，国家图书馆善本特藏部，2003年9月。

敦煌研究院文献信息资料网络化管理实践与思考*

李鸿恩(敦煌研究院)

文献信息资料是指以文字、图像、公式、声频、代码等手段将信息、知识记录或描述在一定的物质载体上,并能起到存贮和传播情报信息和知识的一种记录形式。院资料中心对文献信息资料的存贮、积累、开发和利用水平不仅仅反映敦煌学研究和发展的总体水平,同时,还是研究院科研创新能力、知识储备能力和信息占用能力的重要标志。

随着以 Internet 为代表的信息技术的发展,传统的文献信息资源建设领域无论是外部环境,管理模式,还是在技术研究、服务方式等领域,都面临着全面的冲击,使得传统的文献信息资源的建设,开发和利用正在发生翻天覆地的变化。

1 藏书特点发展趋势

1.1 院资料中心作为一个为科研服务的辅助机构,其藏书具有专业性强、信息含量高、学术性强等特点。建馆 50 年以来,经过几代人的努力,藏书累积量已达 7 万余种,10 余万册,其形式特征为:数量大、内容及文种类型繁多,基本覆盖了敦煌学研究的各个领域。

1.2 直到 20 世纪末,本中心在文献资料的开发和利用方面仍然属于以借还服务和手工操作为主的传统型、封闭式图书馆。由于对文献资料的收集、分编与管理全靠手工操作,服务内容仅限于馆藏文献资料的借阅和咨询,信息处理的技术水平和服务功能难以满足读者的社会需求。借助于网络技术实现管理和服务创新,使资料工作迈上一个新台阶,是当前的重要任务。

2 坚持高标准抓好网络系统建设

通过局域网建立院部图书馆自动化信息系统,早日建成学科研究的区域性文献数据中心,是一项非常艰苦的工作。在较短的时间之内,需要完成对正在生成的文献信息进行数字化,更要对历史上遗留下来的浩如烟海的各种资料和信息进行信息化处理,建立回溯数据库。

2.1 坚持高起点。在制定规划和数据库建设时必须立足于当前、放眼未来、坚持高起点高标准,要考虑与国际接轨。在工作实践中要有适当的超前性,注意引进那些在国内外有一定影响、市场占有率较高,售后服务较好的信息管理系统软件。在选购设备时应充分考虑到计算机技术发展迅速,机型更新较快的特点,尽量购进那些性能好,功能齐全的机型和辅助设备。在人员培训方面尽量提前安排,注意岗位对口,选送到软件开发基地或国家图书馆业务培训部进行专题培训提高。

2.2 坚持标准化。为了保证系统的正常运行和各种类型数据的交流，在实施中应严格执行国家有关文献信息处理标准。无论对数据库建设，网络软件的选择，还是网线的铺设，条码制作和粘贴等都要坚持按操作规范和标准办事。如 GB 3792·1—83，GB 2901—82 等。在具体操作中，凡是国内已经制定行业标准的，均采用国家标准；国家暂无标准的，要向国际标准靠拢，绝不能自行其是。在建立书目数据库工作中，我们采用国际通用 MARC 格式（机读目录），使产生的数据达到国际通用标准。我们还积极想办法引进了一批（约 1.5 万条）高质量的数据。标准化的数据为今后网上资源共享打下了基础。

2.3 建好特色数据库。有位专家曾说过：实现文献信息自动化管理，三分技术，七分设备，十二分的数据库建设。作为专业性很强的资料中心应根据敦煌学研究发展领域需要，建好具有自身特色的文献数据库。回溯库时间跨度大，涉及学科内容复杂。我们经过认真的调研，明确了指导思想，根据藏书实际情况将全部馆藏文献分为两大类：一类是专业研究所需核心资料或专业相关学科资料。对这类资料尽可能按 MARC 格式规定的字段详作，要在相关词表中抽取主题词，凡是具有实际检索意义的字段都要做出来。第二类是与专业联系不大密切的文献资料，如自然科学、文学、政经、法律等，一律简作。另外，在书目数据库建设的基础上，对全部敦煌学研究文献资料进行分类主题处理，加深度标引建成敦煌石窟研究专题数据库。我们十分注意严把质量关，严格按操作规范和条例办事，要求在著录项目选择上准确无误，在著录项目、编码格式及分类主题名称等方面标引的规范化。

3 总体规划

借助于网络信息技术实现文献信息资料管理和服务创新，使资料工作迈上一个新台阶，是目前一项主要任务。

3.1 实施步骤

整体工程分为三个阶段：第一阶段属于传统业务工作的计算机管理，即按印刷出版单元组织文献资料，实现采访、分类编目、流通阅览、书目查询等日常工作的自动化管理。第二阶段按知识单元组织文献资料，突破印刷单元的限制，通过信息的技术处理直接把概念思维形式的知识组织成有序的集合系统。第三阶段按信息单元组织文献资料，建成虚拟图书馆，实现敦煌学研究文献资料网络化管理。

3.2 达到目的与完成的时间

从传统图书馆业务中的手工操作到现代化计算机网络化管理，不仅仅是工作手段和操作方式的变化，而且是一次文献信息领域中指导思想和运作模式上的深刻变革。

3.2.1 在第一阶段严格按国家文献信息处理标准建设好馆藏文献资料目录数据库。同时，开通院部局域网，与院内各所（部）联网，达到局部文献资源共享。读者通过网络可在各部门办公室的微机工作站上查询和检索各种资料。完成时间 2001 年 12 月底。

3.2.2 在第二阶段组织人力对馆藏敦煌学研究文献资料进行主题分析。注重深度标引（特别是对敦煌石窟研究范畴的资料），采取主题范畴的方面标引，建设虚拟的特色数据库。制作网页，实现网上模拟传统检索方法，利用人工语言进行主题检索。完成时间 2003 年 12 月。

3.2.3 第三阶段，是对敦煌学研究资料的信息化处理，通过建立多媒体超文本等特色数据库，实现网络环境下按信息单元进行自然语言检索。为了有效地解决查找网络资源这一难题，应建立一个简单易行，并且在网络中为各用户团体所接受的标准化元数据集，使资料中心不仅成为专业资料信息中心，而且真正成为国际敦煌学研究信息聚集中心和信息发现、搜索、捕捉的导航站。完成时间 2006 年 12 月。

4 网络化管理需要解决的几个问题

网络环境下，文献信息资料工作的特殊性以及敦煌研究的性质和任务无不要求图书馆信息管理系统的高效能与最优化。为此，必须按专题需要不断深化和细化文献资源，才能最大限度的保证文献信息的查准率与查全率。在实施过程中应重点解决好以下几个问题。

4.1 选择好信息管理系统

从 1999 年开始，我们组织人力对国内市场上使用的图书管理软件系统进行了全面的调研，在认真听取有关专家意见后，结合我们的实际情况反复讨论，选择了深圳大学图书馆信息集成系统(SULCMIS)。该系统具有体系结构先进、网络功能强、标准化程度高且具有增强功能。它分为采访、编目、流通管理、文献检索、期刊管理、数据交换、联合编目等九个子系统。两年以来我们与软件开发机构保持密切联系，不断学习提高，已在采访和分编工作中得到熟练的应用。今后，将计划与对方开展协作，在此基础上开发出更加适应我们资料工作需要的应用软件。

4.2 抓紧业务人员的培养

从传统图书馆工作模式到文献资料网络化管理的转变需要有一支高素质的管理和业务工作队伍。为此，我们一开始就制定了培训计划，采取了在岗培训、分批进行、整体推进的办法，坚持外出学习与在岗培训相结合，业余自学与在职专题讲座相结合，把网络工程进度与建库工作结合起来等办法，坚持适当超前，有针对性的原则。两年来，我们共培训 320 人次，举办各种业务讲座 31 次。如，参加国家图书馆举办的主题法与连续出版物著录培训班，本中心举办的业务知识和网络知识讲座等。通过这些活动极大地提高了业务人员素质，为网络化管理打下了基础。

4.3 编制敦煌学分类检索词表

《敦煌学分类检索词表》是一部规范敦煌学研究学术语言概念的词表。它将是一种从事敦煌学文献信息工作者进行文献标引和检索工作，建立计算机信息管理系统的词语控制工具。为了突出学科特色，反映学科研究领域中文献资料丰富内涵，应坚持如下原则：

(1) 学术性与实用性相结合的原则。

(2) 两种体系(分类语言、主题语言)的检索语言兼容互换原则。

4.4 对文献深度标引

由于敦煌学专业研究领域对文献信息资料的需求专指度越来越高，不但要以最快的速度提供给读者，而且更需要按专题最大限度集中学科研究领域内的研究文献，以保证查全率。因此，对现存文献资料需要进行深度标引，利用信息处理技术将信息概念集中起来，才能满足用户在网络环境下特殊检索需要。本中心工作人员经过长期的努力在文学编辑系统下收集了 1 万多种敦煌学研究文献资料索引。下一步我们打算组织人力对这些资料进行集中处理，将 Text 文本文件转换成数据库文件，有针对性进行主题分析、深度标引。

参考文献

[1] 方宝花:《网络环境下馆藏信息资源的理性思考》.《图书情报知识》,2001 年第 2 期。
[2] 李鸿恩:《内容产业与数字图书馆》.《河南图书馆学刊》,2000 年第 3 期。
[3] 康秀敏:《浅议机读目数据的规范与控制》.《图书馆杂志》,2001 年第 7 期。
[4] 李传军、张怀涛:《网络环境下虚拟馆藏的建设》.《中国图书馆学报》,2000 年第 1 期。
[5] 何华连:《网络环境下馆藏信息资源建设》.《图书情报知识》,1999 年第 1 期。
[6] 傅守灿、陈文广:《图书馆自动化基础教程》.北京:北京大学出版社,1996。

* 原载《敦煌研究》2001 年第 4 期,第 162—164 页。

敦煌壁画的数字化*

刘 刚[1] 鲁东明[2]
（1. 敦煌研究院；2. 浙江大学）

为了探索使用先进的信息技术保存古老的敦煌艺术，在国家自然科学基金的支持下，敦煌研究院与浙江大学合作，从1998年1月到2002年4月的4年多的时间里就“多媒体、智能技术与艺术复原”项目联合攻关，取得了以下研究成果：保护方面，数字化技术的应用将是永久性无损保存敦煌石窟艺术信息的新手段，为敦煌石窟的保护和修复提供有效的参考资料，通过人工智能与图像处理技术可探讨古老的壁画衰退演变的过程以及重现原貌；研究方面，研究者可快捷、清晰地检索相关图像；弘扬方面，运用虚拟漫游技术制作的虚拟敦煌石窟，将为游客欣赏敦煌艺术提供了在洞窟现场难以看到的实景，还可应用人工智能和图像处理技术创作敦煌风格的艺术作品和旅游纪念品，等等。

一、多媒体与智能技术集成

传统的智能技术以符号化的单维信息空间为基础，在抽象的逻辑推理上表现很强的推理能力，但缺乏对形象信息的推理能力。多媒体与智能技术集成，从事物的多媒体特征和认知心象两个角度理解事物的本质和内在变化，从而大大改善了计算机对事物描述和模拟变化的能力。

所谓多媒体特征，是对应用领域的多媒体信息特征的综合反映，体现了人们对多媒体信息的理解和认识，其目标是描述和刻画多媒体信息的内在语意，并定义其对应的操作。

所谓心象，是一个富有特色的心理过程，包括记忆心象和想象心象。它是在对同一事物或同类事物多次感知基础上形成的，具有一定的间接性和概括性。它能以自身的不断变化来模拟外在对象的连续变化，因而通常将它看成是外在对象表征的抽象类似物。

多媒体和心象特征从不同的层面和角度反映同一客观事物，它们分别构成多媒体处理技术和形象智能的核心。多媒体特征研究从具体技术开始，逐步寻找一种通用的理论模型；心象研究则起源于抽象的理论，且逐步向可计算的实现技术方向发展。两者有较一致的研究目标，理论上存在着很大的兼容和互补，因此，多媒体特征和心象的集成成为多媒体和人工智能技术集成的基础。

敦煌壁画的数字化技术研究中，利用多媒体与智能技术的集成模拟人类形象思维的过程，综合知识归纳、知识处理、类比推理和传统的图形、图像处理，解决敦煌壁画的色彩虚拟复原、敦煌风格图案创作以及敦煌石窟虚拟漫游等，这些技术环节，获得了满意的成果。

二、敦煌壁画的色彩虚拟复原

传统的艺术复原由富有经验的专家直接在艺术作品的原物上实施操作，所以操作失误的危险性很大，而且有些艺术作品复原难度很大，甚至根本无法恢复原貌。相比之下，计算机复原具有虚拟性和可重复性，无破损危险，也没有时间制约，所以计算机艺术复原可以作为原物复原的工作参考和方案评估。经典的计算机辅助艺术复原工具是交互式图形、图像处理软件，如 PhotoShop，CoreDraw 等，这些对图像的理解是用数学的方法模拟人对图像的感受，其处理的基本对象是像素，它的局限是只能表达和处理与领域无关的属性，如色彩、形状和纹理等。但是，人在修复艺术品时，不会单单想到像素点之间的关系，常常会更多地依据经验或类似的参照物进行处理。

在敦煌色彩的虚拟复原与演变模拟中，在经典图像处理技术的基础上，引入类比综合方法，并根据专家的经验知识和实验统计知识作为图像处理的约束条件，使复原的效果真实可靠。

敦煌壁画艺术色彩复原的处理的知识，包括经验知识、色彩约束以及类比知识等。经验知识是艺术家长期积累的经验，这类知识通过参考历史文献，查阅历史文档和图片总结得出的，它还包括壁画保护科学领域的知识，如颜料实验分析得到的颜料变色规律等。色彩约束知识是色彩搭配之间的规律，也称色彩协调规则。类比知识是来自壁画的知识。由于历史久远、环境条件的变化等，壁画已经变化很大，所以追溯壁画的原貌需要通过研究壁画，即那些新剥离和未变色的样点，也包括内容风格相似的完整壁面，建立类比参照。

敦煌壁画的色彩虚拟复原研究，面向石窟与壁画的应用需求，研究壁画对象分割、色彩复原和变褪色过程的演示，主要基于领域色彩知识的色彩分层和对象技术的提取，即智能化对象色彩分层、区域和边缘提取技术，将领域知识同传统提取技术相结合，使提取的效果更加合理有效；基于颜料知识、专家经验与类比综合方法的色彩转换技术，考虑纹理信息对壁画风格体现的重要性，应用综合推理合成纹理与色彩信息；基于色彩协调知识、色立体空间与敦煌色彩风格知识约束的色彩变化技术，考虑敦煌色彩的特殊性和演变的规律，提出孟塞尔色立体空间知识约束的色彩变换，按照色彩风格，提取敦煌壁画范例图案，存入色彩协调实例库，而后根据目标图案，从范例库中选取最相关的范例图案，寻找目标图案同源范例图案色彩协调知识之间的对应关系，应用于目标图案，使色彩具有整体性、一致性和连贯性。

三、敦煌风格图案的创作

每件艺术品的背后反映了艺术家在特定创作背景下的一种想法，体现了特有的主题，并有其独特的风格。风格主要体现在艺术作品的艺术表现形式上，主要表现为色彩、造型和布局等。艺术创作的过程可以分三步：创意、雏形和成形。所谓创意是艺术品创作中所进行的思维活动，实际上就是艺术家把自己想表达的思想具化到艺术品的表现形式上；艺术品的雏形是创意的物态化，是创意的继续和延伸，并且能够反映创作的内容；艺术品的成形，是对雏形的调整完善的过程，使其完整地表达创作思路和创作意图，是创作的最终结果。

针对艺术创作的特点，我们提出基于规则约束的图形处理技术，使得计算机可以模拟艺术家进行艺术的创作过程，其中创意实际上就是提出约束条件，雏形就是根据约束设计求解的过程，而成形则通过交互修改，得到最终的作品。这样，我们把艺术的创作视为约束满足，在给定一组特征(色彩、造型、布局)和约束的情况下，产生一个或多个特定风格的作品，并提供对细节修改的功能。

敦煌壁画的内容主要是佛教题材，很难用语意表达。我们从敦煌壁画的特征出发，提出基于风格模板的图案表达，即：

敦煌图案模板∷=＜题材:元素:布局:色彩＞

壁画的主题决定了图案的内容和形式，壁画主题不同，表现方式也不尽相同，同一主题的壁画比较相近或相似。按照壁画的内容，把敦煌壁画题材分为七类：尊像画、故事画、神怪画、经变画、圣迹画、肖像画和装饰画，用风格树分别表示。

元素也称素材，是构成图案的基本单元，可以是一笔画，也可以是一朵花，甚至可以是一幅完整的风景画，只要是基本图案单元，就作为元素。因此，可以从语义信息、轮廓信息和色彩信息来描述元素。

图案元素∷=＜语义特征:轮廓特征:色彩特征＞

元素语义特征用文字描述元素的类别，如区分为人物、植物、动物、建筑等。元素的轮廓特征是元素抛去其所采用的具体色彩而得到的形状。元素的色彩特征定义了元素的适用色、忌用色以及缺省用色的集合。

图案布局是一幅图案作品抛去所采用的具体色彩和特殊效果而抽象出来的图案变形与组合方式。

图案的色彩是图案使用的颜色，及其面积与分布，以及色彩之间的内在关系。

在图案形式化表达的基础上，交互进行基于模板的智能创作，利用图案样本集，从适用的元素类选取某元素，从适用的背景色集合中选取某种颜色，适当调整元素的位置，最后利用基于实例的推理方法，以图像处理技术为基础，从敦煌壁画图案中自动提取图案色彩协调知识中获取图案色彩协调的方案，对图案进行色彩变换，从而获得最后的创作图案。

四、敦煌石窟的虚拟漫游

敦煌石窟的虚拟漫游系统可展示的内容很广泛，有石窟外景、洞窟建筑结构、彩塑和壁画等。

石窟的外景漫游采用系列场景的系列照片，支持对敦煌石窟外部场景环视和贯穿式漫游，弥补了传统的基于全景图照片的虚拟现实技术只能跳跃式漫游的不足。利用这样一种模型，用户可以沿预先设计的路线移动，在特定的节点，用户可以在环行视场自由变化视角，如此，自由度就比较高，而且真实感大为提高。由于模型的数据要求较小，是目前的技术和设备条件下解决虚拟漫游的有效手段。

洞窟漫游模型采用了混合 3D 和 2D 建模，石窟的建筑结构应用传统图形学三维建模方法，并将壁画进行纹理贴图。对洞窟内的彩塑，为了克服复杂立体建模，采用基于图像的二维建模方法，针对敦煌彩塑的特点，在传统基于特征线的图像变形技术中加入了基于视点头变换的考虑，引入位置特征线的概念，使得场景中彩塑的绘制效率得以提高，结果图像也更逼真。彩塑阴影采用了基于知识综合推理的方法，通过场景阴影知识类比计算阴影，克服了传统的根据物体的三维模型计算场景阴影的复杂性和基于二维图像的虚拟现实技术无法生成合理的彩塑阴影的弊端，可以模拟动态光照条件下的真实感效果。

五、总结与展望

目前,敦煌研究院与浙江大学的计算机及文物保护专家们共同努力,莫高窟第17、45、85、205等窟壁画与彩塑在数字化摄影的基础上,开发了包括莫高窟外景的石窟虚拟展示与旅游参观系统,以第205窟的南墙壁画为重点,完成了壁画图像色彩的数字化复原与历史演变过程的模拟;以第85窟为对象,开发了一个支持石窟现场调查、病害标记、材料分析、环境监测与壁画修复等全过程的石窟保护修复计算机辅助系统;借鉴敦煌壁画的艺术风格,开发出一套能自动创作敦煌风格图案的智能化的创作系统。项目的研究成果,融合了形象智能思维模型和图形图像处理技术,拓展了经典图形和图像处理所依赖的理论基础,突破了经典方法和技术的局限,将促进智能技术同多媒体技术学科方向研究的交叉渗透。同时,项目研究提出的数字化文物的思想和技术,将促进信息科学和文物科学的交叉研究,并使现代科学技术在文物保护中发挥积极的作用。我们将进一步加深濒危文物保护信息数字化关键技术的研究开发,完善各个应用软件系统,并推广和应用到其他遗址文物的保护工作中。

* 原载《敦煌研究》2003年第4期,第102—104页。

古代敦煌壁画的数字化保护与修复*

潘云鹤　鲁东明
（浙江大学）

引　言

敦煌，东接中原，西邻新疆，距今已有2000多年的历史，自汉代以来，一直是中原通西域交通要道的“咽喉之地”，是著名的丝绸之路上的重镇。与此同时，自汉代中西交通畅通以来，中原文化不断传播到敦煌，在这里深深扎了根。地接西域的敦煌，较早地就接受了发源于印度的佛教文化。西亚、中亚文化随着印度佛教文化的东传，也不断传到了敦煌。中西不同的文化都在这里汇聚、碰撞、交融。十六国时期，中原大乱，战乱频繁。唯敦煌相对平安，人口增加，中原与河西走廊的百姓避乱在此，中原汉晋文化在敦煌与河西走廊得以保存和延续。中原传统文化在敦煌已十分成熟。与此同时，西行求法与东来传教的佛教僧人都经过敦煌，促进了敦煌佛教的发展，敦煌莫高窟也应运而生。

敦煌莫高窟艺术是集建筑、彩塑、壁画于一体的综合艺术。敦煌莫高窟艺术，是在传统的汉晋艺术基础上，吸收融合外来艺术的营养，创造的具有中国风格的民族民间佛教艺术。因其历史悠久、规模宏大、内涵深邃，艺术精美、保存完好，享誉国内外，是我国乃至世界佛教艺术的瑰宝，在中国文化史以至世界文化史上，具有重要的地位。

壁画是敦煌艺术的重要组成部分，现保存了十六国至元代的壁画共约5万平方米。敦煌壁画与洞窟中居于主体位置的敦煌彩塑互相补充、互相辉映，共同构成完整的敦煌石窟艺术。壁画适于表现丰富的内容和复杂的场面，壁画布满每个洞窟的前、后室和甬道的佛龛、壁面和顶部。包括了尊像画、释迦本生因缘传记故事画、神话人物画、供养人画像、装饰图案等多种类型，具有极高的艺术和学术价值。

然而，由于自然风化的破坏以及重大自然灾害的威胁，这个人类艺术的宝库变得非常脆弱。目前壁画正承受着酥碱、起甲、空鼓、脱落、粉化、褪色、变色等多种病害的威胁，日益增加的游客也为敦煌壁画的保护工作增加了更多的难题。20世纪40年代莫高窟开始进行保护，临摹复制大量壁画，这使人们开始看到这些价值极高、精美无比的莫高窟壁画。之后采用现代摄影、摄像等技术记录壁画的信息和变化，积累了相当多的资料。然而这些图像资料都存在难于持久保存、图像复制会产生信息失真等严重的问题。而且传统的壁画保护、修复工作都是不可逆的操作，存在一定的风险性。

数字化壁画保护修复工作能够将壁画信息永久保存，并能够利用计算机对壁画进行虚拟修复、辅助进行壁画保护、辅助进行壁画临摹、对壁画病害过程进行虚拟演变、实现壁画真实感虚拟展示等工作。数字化壁画保护修复为壁画的物理保护修复过程提供了充足的科学依据和测试环境，将保护工作的危险性降至最低。

1 智能化交互的壁画临摹辅助技术

1.1 传统修复性临摹的方法及其面临的问题

为了保护敦煌宝贵的壁画艺术，必须通过各种手段将现存的壁画真实的保存下来。同时，为了考古以及古代艺术研究的需要。需要对壁画进行修复性的临摹。现在敦煌研究院采用的修复性临摹方法主要分为五道工序[1]，即拍照、幻灯放大（与原壁相同）、参照原壁画进行修改、描线，再把画稿印描在宣纸上，然后面对原壁上色。在这个过程中，线描图的绘制占据了壁画修复的大部分时间，工作量十分巨大。通常修复几个平方米的壁画需要的时间要以年计算。另外，在线描图上进行着色也涉及到化学、物理、考古和艺术等领域的综合应用，是一个复杂的过程。一旦出错，劳动损失巨大。

1.2 临摹辅助的关键技术

计算机辅助修复壁画技术的研究，旨在克服传统修复性临摹方法的局限性和困难，通过面向壁画保护研究与临摹复制的数字化技术研究应用，让其保护临摹的方法与技术跨上新台阶。我们主要从两个方面解决传统修复性临摹中的一些问题：计算机辅助生成线描图，计算机辅助敦煌壁画着色。

1.2.1 计算机辅助生成线描图

线描风格的边缘提取和绘制在计算机艺术创作中正引起越来越多的关注。传统的图像分割和边沿提取算法得到的轮廓难以满足画家对于艺术形象的追求。为了能够得到更接近画家要求的线描图像，必须在现有的边沿提取算法上进行改进，从智能、数学、绘画等不同的侧面出发，找出适合计算机处理的、具有智能的，交互作用的方法。

我们从以下的几个方面进行了针对性的研究。

1）使用准确的边缘提取对壁画进行预处理

常用的图像分割技术可以划分为四类[2]：特征阈值或举类、边缘检测、区域生长或区域提取以及递归像素分类。虽然这些方法分割灰度图像效果很好，但是用于彩色图像的分割往往达不到理想的效果。采用传统单一的方法分割彩色图像大多数情况下也不能达到满意的效果，通过根据不同应用领域混合分割的方法则可以大大改善分割效果。而我们加入交互的方法，在多颜色空间[3]上进行彩色图像的分割可以有效的解决针对敦煌壁画的边缘提取。

2）基于样本学习的替换

我们采用了基于样本学习的方法来替换或者补充那些壁画中缺失比较严重的部分。为了处理壁画复杂的线条和色彩信息，我们使用了框架和规则混合方式组织和表达知识。建立包括线描元素矢量图和色彩信息的样本知识库。通过对艺术家绘制样本库的学习，生成最终线描替换结果。

3）精细的修改

在预处理和替换的基础上，采用成熟的矢量化技术和插值算法。交互的实现对部分线条的精细修改，并在一定程度上模拟出不同风格的线描图像。

1.2.2 计算机辅助敦煌壁画着色

根据计算机辅助生成的线描图。我们采用了基于模式识别、人工智能、非真实感图形绘制方面的技术对敦煌壁画进行计算机辅助着色。

1）采用适当的交互确定合适的着色区域

根据壁画中不同构图元素的类型，先用交互式的方法大致选取着色区域，然后计算机在该选定区域内采用特征点匹配的方法识别出需要着色的构图元素类型和更加精确的着色区域。

2）采用智能推理检索选择合适的颜色

参考原壁画的色彩信息。利用基于理化知识的推理、基于类比的推理、基于经验知识的推理[4]，在知识库中搜索合适的颜色准备对区域进行着色。

3）选择特定效果的笔刷进行区域绘制

根据中国画特有的晕染风格和运笔轨迹，我们提出了基于骨架的笔刷模型。画家在绘画时要控制画笔的运动轨迹，这运动轨迹为模型的物理基础，定义为导引骨架。在模型中由一系列的导引点组成，它们的作用是用来导引控制散点分布位置。常用的画笔是由动物的毛制成，每根毛的截面是很小的圆。毛丝是绘画模型中的基本元素，对应于散点。散点的属性有：散点的形状、散点的密度、散点的颜色等。散点的集合构成了画笔。骨架定义好之后选取适当的散点属性，最终完成着色。

2　敦煌壁画的色彩演变模拟技术

2.1　色彩演变模拟问题的提出及其意义

从1943年设立的国立敦煌艺术研究所到现在的敦煌研究院，有许多的科研工作者为保护敦煌壁画进行了相当的研究和保护实验：例如壁画无机颜料物相分析、壁画变色原因探讨、环境与壁画保护关系研究、壁画加固材料试验等等。但是上述研究工作的内容各自独立，无法整体的作用于壁画本身，另外很多抽象的实验数据没有可视化的结果，这给壁画保护工作的交流与讨论带来了相当的困难。为此我们对壁画的演变模拟技术进行了研究，并在此基础上开发出了一个壁画演变模拟系统。壁画演变模拟技术研究的价值不仅仅在于为保护工作者间的相互交流提供一种可视化的媒质，它的价值还在于可以通过将演变规律作用于壁画来预测其在外界因素作用下的变化趋势，即便及时地采取相应的措施进行保护；同时壁画的演变模拟还可以使得人们从艺术角度欣赏到壁画千年来演变的近自然过程。

2.2　壁画演变模拟的关键技术

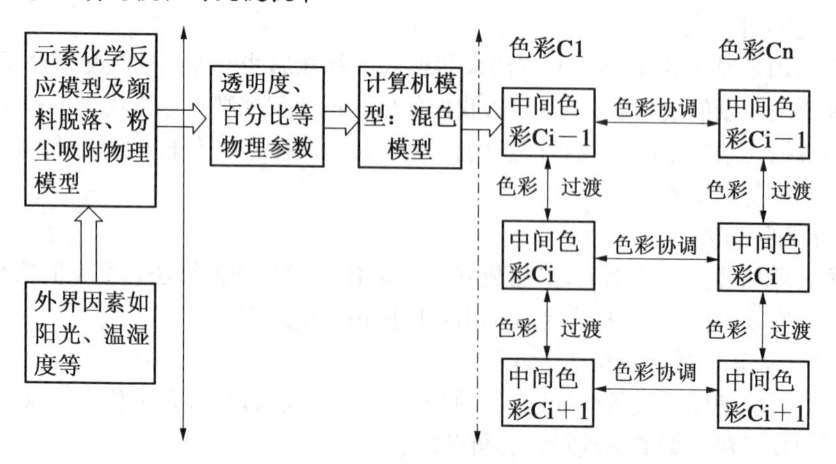

图1　色彩演变的计算机模型

图 1 给出了色彩演变相关环节的计算机模型[5]。模型的点划线前半部分是色彩演变的物理模型和计算机模型：两个模型之间通过共同定义的物理参数进行传递；而后半部分是具体实现机制：对壁画的色彩进行色彩统计和分割[2][4]以后，对每种色彩在时间上纵向过渡，在空间上横向协调。而虚线前半部分的物理化学模型的大量研究工作已由敦煌科研工作者完成。由于计算机模型和物理模型采用共同的参数作为接口，所以两部分可以独立地以同一套参数标准建立模型。上述计算机模型中需要解决的技术问题有：

色彩过渡曲线：通过典型中间色彩找到色彩的变色轨迹，并限定此轨迹上的颜色都是敦煌色；

色彩映射：色彩过渡曲线实际上是单色轨迹，演变还需要解决一种色相的色块迁移；

色彩协调：色彩协调解决各变色轨迹上色彩在演变的中间过程中的协调问题。

2.2.1 色彩过渡曲线

通过研究敦煌变褪色的机理：变色是因为颜料本身的化学物质受外界许多因素如阳光、温湿度、霉菌等影响慢慢地、局部地发生了化学变化，于是从原始的颜料色彩慢慢过渡到现今色彩。而褪色是颜料分子的脱落，或是粉尘的吸附导致壁画原本鲜艳光亮的颜色变淡变浅。在同时考虑了作画工序后，可以将敦煌壁画视为以下模型[5]。

A. 壁画为层状结构，其中底下是黏土层，中间是颜料层，上面为粉尘层；

B. 颜料层和粉尘层具有半透明性；

C. 计算机模型中图像分辨率小于原始图像数据。

基于上述变褪色机理以及壁画模型，提出以下两种变褪色的混色模型[5]，其他复杂的混色模型可以通过这两种原子混色模型组合得到。

原子混色 A：颜色一在颜色二下面，颜色一透过颜色二形成两种颜色相混。

原子混色 B：因分辨率有限，壁画中多个点颜色均匀混合成图像中一个像素。

利用上述混色模型可以得到壁画的典型中间色彩，然后利用这些典型中间色彩作为插值节点，就可以得到一条连续的变色曲线，并要求该曲线上所有的色彩都落于敦煌色彩空间，最终得到色彩过渡曲线[5]。演变过程中不同的色彩在不同的色彩过渡曲线上进行。

2.2.2 色彩映射

色彩过渡曲线提供的仅仅是单色的变色曲线，而在演变的实际过程中我们还需要解决在色块(其中色块的中心色彩落于色彩过渡曲线上)之间的一种映射关系。比如壁画种铅丹颜料原来是红色的，慢慢变成棕色最后变黑。但实际上铅丹最初的红色不是纯色，而是表现为红色相的丰富的色块。通过色彩过渡曲线我们知道的仅仅是变换前后色块的中心色彩。采用一种线性变换即可实现在两种色块之间的迁移，从而得到演示过程的中间图像[5]。实验表明，保持饱和度和亮度不变而仅对色度进行转换，效果比较平滑。

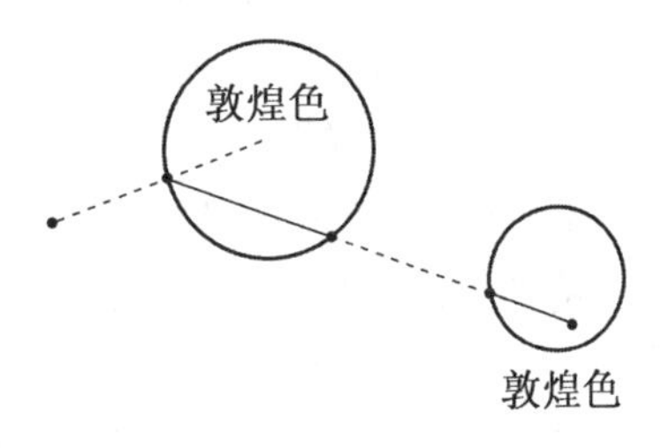

图 2 色彩过渡轨迹

2.2.3 色彩协调

色彩协调是指所有同一画面中的颜色排列符合美学协调的原则。从人对颜色的感知上来说，对一种色彩的判断是根据色彩的色调(H)、亮度(L)、纯度(S)来区分的。这三个属性相互独立，构成色立体。美国色彩学家阿波特认为色彩协调必须具有整体性、一致性、连贯性的特点。当两个或两个以上的色彩因差别大而非常刺激不调和的时候,增加各色的同一因素,使强烈刺激的各色逐渐缓和,增加同一的因素越多,协调感越强。这就是同一调和理论,主要包括同色相调和、同明度调和、同纯度调和及非彩色调和[6]。

在变褪色演示时,在同一幅图像中有多色进行变色或褪色演示时,需要考虑中间过程色彩的协调。中间色彩的色相和明度不能被用来协调,否则变色轨迹曲线会被改变。所以只剩下纯度可以作为色彩协调的主要考虑因素,所以在色彩演示中协调主要采用的是基于同纯度调和的理论[5]。

我们进行色彩协调的过程如下:

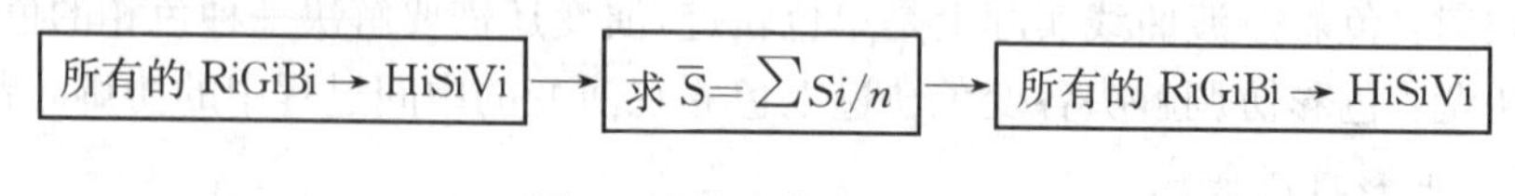

图 3　同纯度的色彩协调

3　智能化临摹辅助系统

3.1　系统功能

壁画的临摹辅助系统主要功能包括:给艺术家提供修复性临摹所需要的线描图参考样本,避免采用传统方式进行耗时的线描图绘制。艺术家可以利用计算机得到大部分甚至全部的线描图,并且可以利用计算机进行重复性的试验创作。交互式的壁画构图元素替换为艺术家修复严重缺失部分壁画提供了类比搜索引擎,为确定修复策略提供辅助。计算机辅助着色不仅可以给艺术家修复提供虚拟的配色方案,还可以为文物保护单位提供颜色演变过程模拟效果。

3.2　模块组成

壁画临摹辅助系统由边缘提取模块、矢量化模块、构图元素替换模块、精细修改模块、着色区域选取模块、颜色检索模块、区域绘制模块组成各模块的功能如下:

边缘提取模块:对输入的壁画图像进行图像分割和边缘提取处理。并通过一定的交互去掉无用边缘信息得到初步的预处理结果。

矢量化模块:对得到的部分边缘进行矢量化处理,方便之后的精细修改。

构图元素替换模块:根据艺术家提供的素材建立矢量化的线描图元素样本库。根据对样本的学习,交互的替换或填补严重损坏或缺失的构图元素。

精细修改模块:针对效果不好的线描部分,交互的进行线条的平滑和粗细风格的调整。最终输出尽量满足艺术家需求的线描图。

着色区域选取模块:根据交互选取的大致区域确定精确的着色区域。

颜色检索模块:根据领域知识在壁画色彩知识库中选取适合的颜色。

区域绘制模块:选取适合的晕染方式和笔刷模型,结合颜色检索模块得到的结果,在选定区域内进行绘制。

3.3　系统流程

在使用壁画临摹辅助系统的时候,先对数字化获取到的壁画图像进行边缘提取,经过元素替换和精细修改之后得到的线描图可以直接提供给艺术家做修复性临摹线描图的依据。然后根据选取的着色区域和适当的颜色笔刷模型进行着色。给艺术家提供配色方案或者给文物保护者提供颜色研究的虚拟展示。流程图如图 4 所示：

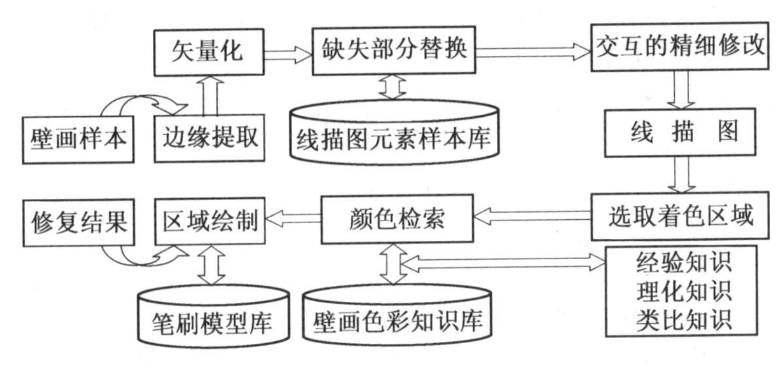

图 4　智能化临摹辅助系统流程图

4　石窟壁画文物保护修复辅助系统

4.1　系统功能

石窟壁画文物保护修复辅助系统包括壁画病害标注、壁画病害调查分析、壁画环境监测、壁画虚拟修复、色彩虚拟演变模拟等功能。

在系统中可以自由游览、查看各个壁画的信息，还可以调阅关于整个洞窟的一些基本资料、病害的调查报告、材料分析报告及修复报告等资料。调阅以前的病害信息及计算病害百分比统计，直接在壁画图像上标记病害，自然而且直观。一幅壁画中可能有多种病害，但研究的时候也许只对一种病害感兴趣，所以系统提供按单种病害进行统计的功能。可以在壁画上一目了然地看出在哪些点进行了采样分析，方便调阅。能够方便地在壁画上寻找探头的位置，迅速调阅检测数据。支持多种条件下对修复信息的查询，观看虚拟复原效果。系统还能够进行变褪色、灰尘吸附等色彩演变的模拟。

4.2　模块组成

石窟壁画文物保护修复辅助系统由数据管理模块、三维导视模块、病害标记模块、病害分析模块、病害调查模块、色彩虚拟复原模块、病害虚拟演变模块、病害虚拟修复模块、环境监测模块组成，各模块的功能如下：

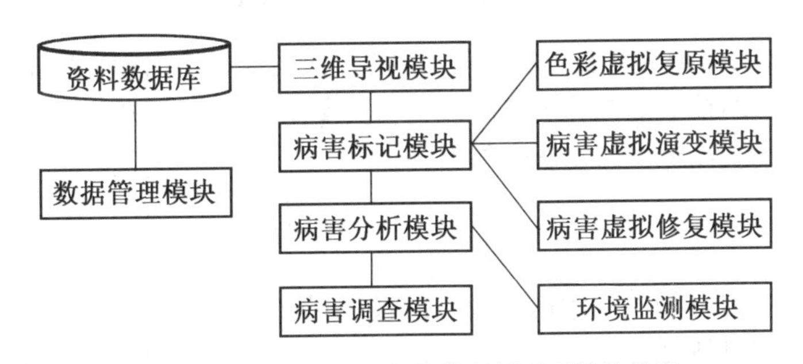

图 5　石窟壁画文物保护修复辅助系统结构图

数据管理模块：负责录入并组织病害资料数据库中的洞窟模型、壁画信息、病害区域、病害类型、病害时间、修复措施等数据。

三维导视模块：建立洞窟壁画的三维模型，在真实感漫游的环境中提供给用户选择壁画病害区域的工具，方便用户直观的对壁画进行操作。

病害标记模块：为用户在壁画上面标注各种形状的区域提供方便的工具，每种病害区域还对应了不同的病害类型和时间。

病害分析模块：针对特定病害的区域特征和随时间变化的情况对病害的情况给出分析。

病害调查模块：结合三维导视模块，让文物保护研究人员能面对计算机屏幕身临其境地对文物现场进行调查与讨论。

色彩虚拟复原模块：根据壁画颜料及年代对壁画色彩进行虚拟复原。病害虚拟演变模块：按照病害变化规律演示壁画被病害侵害的过程。

病害虚拟修复模块：提供对病害区域进行虚拟修复的工具，辅助进行计算机里面数字壁画的修复。

环境监测模块：计算机辅助文物环境监测数据录入、查询与分析显示。

4.3　系统流程

在使用石窟壁画文物保护修复辅助系统的时候，先数字化获取文物照片信息，利用数码相机近距离拍摄文物，并记录拍摄的环境条件与摄影参数，使该过程可以重复。然后根据文物实地场景测绘数据，利用三维建模软件，建立足够精细的文物数字化三维模型。在支持自由漫游的真实感虚拟文物遗址场景中可以进行病害标记、病害调查、病害分析、环境监测等工作。经过了病害标注处理以后，就可以对壁画进行虚拟修复、色彩虚拟演变及病害虚拟演变模拟。

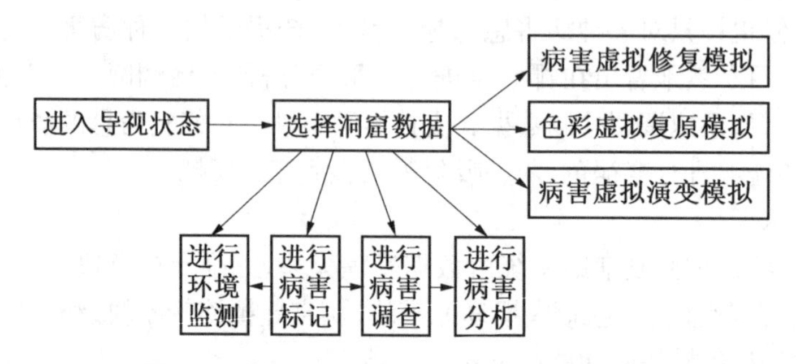

图6　石窟壁画文物保护修复辅助系统流程图

计算机辅助文物保护或修复过程中所产生信息，构成了全面而完整的文物保护修复相关的多媒体信息库，能够虚拟重现各阶段文物真实面貌，提供了珍贵的文物保护第一手资料，便于进一步的文物保护修复研究与实施。

5　结论与展望

数字化壁画保护修复工作得到了国家自然科学基金重点项目“多媒体与智能化集成及艺术复原”及国家科技攻关项目“濒危珍贵文物信息的计算机存贮与再现研究”的资助；成果“敦煌石窟虚拟漫游与壁画复原系统”代表中国参加了 2000.6 德国汉诺威世界博览会；浙江大学出版社将于 2003.1 出版专著《敦煌真实与虚拟》；在文物的数字化获取、保护方面的方法与设备申请了 3 项专利；开发有“敦煌莫高窟虚拟参观旅游系统”、“敦煌壁画辅助临摹与修复系统”、“计算机辅助石窟的保护修复系统”、“敦煌风格图案创作与展示系统”等应用系统。项目的研究成果通过演示系统或学术论文等形式在多家会议或杂志上展示与发表，使学术界对本项目在数字化文物技术、智能图形图像处理技术方面的研究产生很大的兴趣。

数字化壁画保护修复工作的研究成果，融形象智能思维模型于图形图像处理，拓展了经典图形图像处理所依赖的基础理论，智能化图形图像处理技术已突破了经典方法与技术的局限性；将促进智能技术与多媒体技术学科方向研究的交叉渗透，加快智能多媒体学术方向的成长和发展。同时，数字化壁画保护修复研究提出的数字化文物的思想与技术，将使现代科学与古代文化交融碰撞，促使信息科学与文物科学的交叉研究，形成新的学科研究方向。

数字化的文物保存、修复、研究与开发技术，将使文物研究与保护的方法与手段跨上一个新台阶，具有非常广泛的应用前景，使我国从文物保存大国向文物保护研究大国发展。因此有必要在全国范围内建立如图 7 例的数字文物研究与应用技术体系，共同促进我国文物领域的发展。

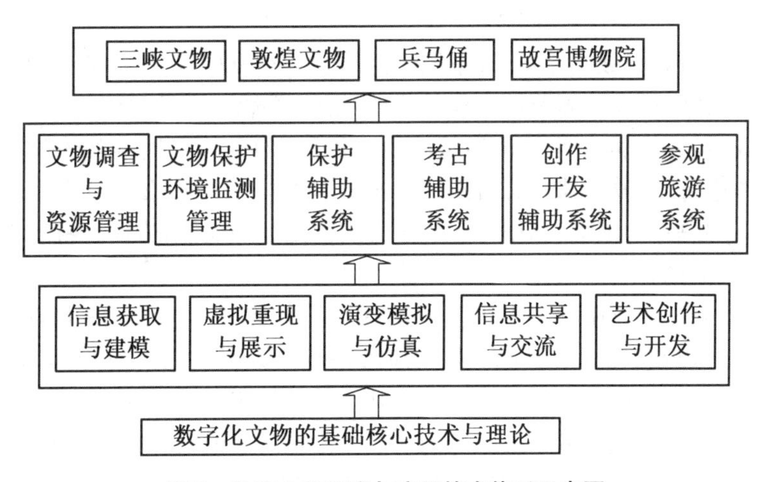

图 7　数字文物研究与应用技术体系示意图

参考文献

[1]　段文杰：《临摹是一门学问》，http：//www. dunhuang. org. cn/gb/dunhuangshiku/mogao/photo/linmo－1. html，2000。

[2]　魏宝钢、李向阳、鲁东明、潘云鹤：《彩色图像分割研究进展》，《计算机科学》，1999，26(4)：第 59—62 页。

[3]　魏宝钢、鲁东明、潘云鹤、杨云：《多颜色空间上的交互式图像分割》，《计算机学报》，2001，24(7)：第 770—775 页。

[4]　华忠、鲁东明、潘云鹤：《敦煌壁画虚拟复原及演变模拟模型研究》，《中国图象图形学报》，2002，7(2)：第 181—186 页。

[5]　华忠、鲁东明、潘云鹤：《综合变褪色机理及壁画风格的色彩演示技术研究》，《工程图学学报》，2001(增刊)。

[6]　赵国志：《色彩构成》，沈阳：辽宁美术出版社，1989。

* 原载《系统仿真学报》第 15 卷，2003 年第 3 期，第 310—314 页。

甘肃地区敦煌学知识库简介

杨秀清(敦煌研究院)

甘肃是敦煌学的故乡,位于甘肃的敦煌研究院是世界最大的敦煌学研究实体,兰州大学敦煌学研究所是教育部人文社会科学重点研究基地,因此,甘肃的敦煌学研究在国际敦煌学研究中占有一席之地。甘肃的敦煌学知识库建设在这种氛围中也得到了重视和发展,现将笔者了解到的有关情况简介如下。

敦煌遗书总目索引数据库

《敦煌遗书总目索引数据库》管理系统是为《敦煌遗书总目索引新编》研制的计算机查询检索程序。由敦煌研究院施萍婷研究员主撰稿的《敦煌遗书总目索引新编》(中华书局2000年版)是对1962年商务印书馆出版的由王重民、刘铭恕先生编著的《敦煌遗书总目索引》的增补和修订。《敦煌遗书总目索引数据库》则是《敦煌遗书总目索引新编》一书的电子版,它以新编总目为依据,利用计算机强大的信息处理功能,方便、快捷、准确、全面向使用者提供所需信息。

敦煌遗书数据库的应用程序涵盖敦煌遗书的基本信息。包括:遗书的收藏地、统一编号(卷号)、名称(经名)、标志、分类号、对应号、题记、说明、本文、按、图等相对完整的敦煌遗书目录所应包括的信息内容。数据库应用程序具有相对完备的数据库维护功能,能进行数据的录入、数据检索、数据修改等的基本操作。需要说明的是本数据库是对总目的索引,并非全文数据库。检索的内容仅限于对《敦煌遗书总目索引新编》中出现的条目及相关内容的检索。

该数据库目前还处在修改、充实阶段,完全意义上的总目索引数据库还有待于全部敦煌遗书的完全公布。有些条目还要继续扩充使之完善,如现状项,要求要反映经卷的长、高、纸质、页数、整、残等物理特征,但目前许多遗书并未公布的这样详尽。我们将这样一个并不完善的东西介绍出来,也是希望得到各方面专家学者的帮助,使之更方便使用,真正发挥其作用。

敦煌学资源信息数据库
(Dunhuang Document Information System,简称DDIS)

这是由敦煌研究院资料中心和深圳大学图书馆合作的项目。目前正在实施过程中,其总体实施规划是:第一阶段,建立馆藏图书资料及期刊书目数据库,按印刷单元组织文献资料,改变传统图书馆工作模式,实现计算机自动化管理。第二阶段,是文献信息资源的深加工处理,对敦煌学研究文献资料进行主题分析标引等信息整序处理。建立文献信息数据库,实现按知识单元组织和利用文献信息。第三阶段,对文献信息资源继续进行深层开发，建好全文数据库。编制敦煌学分类检索词表，使信息资源开发建设更加规范化，符合国际和国内通用标准。

敦煌学资源信息数据库的具体内容和实施情况，请参阅《敦煌研究》2005 年第 6 期刊登的李鸿恩《敦煌学资源信息数据库建设的理论与实践》一文。数据库最新进展情况也在敦煌研究院中文网站（网址为：http：//www.dha.ac.cn）上公布，有兴趣者可上网查阅。

甘肃藏敦煌藏文文献数据库

《甘肃藏敦煌藏文文献整理研究》是敦煌研究院文献研究所承担的科研项目。该课题主要对藏经洞所出、现流散于甘肃省各地的一万多件敦煌古藏文文献进行系统调查、翻译、整理。对已编号的文献照原编号登记、记录；对未编号的则编号造册，统一做成目录，目录格式基本如下：名称、现状、题记、说明（首题、尾题、中有品题）、印章（形状、内容、尺寸）、跋文、按（考证结果）。

据整理藏文文献的研究人员张延清先生介绍，通过对最新发现的社会文书和佛经题记的初步研究，他们得出的结论是：古沙州是吐蕃曾着力经营的佛教名城。在吐蕃历史上权倾一时的僧相钵阐布贝吉云丹、钵阐布娘・定埃增都曾到敦煌处理吐蕃西北事务，弘扬佛教；赴敦煌协助他们兴佛的还有吐蕃王妃贝吉昂楚。在这场兴佛运动中，张议潮也是响应者之一，他不但抄写了汉文佛经，还抄写了藏文佛经，是一名虔诚的佛教徒。

通过近三年的调查，该课题组掌握了许多珍贵的、有些至今仍未公布的古藏文文献，这些文献涉及了吐蕃统治敦煌期间的许多方面，特别是向我们揭示了一套完整的抄经制度。对我们研究古代敦煌佛教发展提供了第一手资料。

据悉，敦煌研究院文献研究所已和西北民族大学信息中心达成合作意向，将《甘肃藏敦煌藏文文献整理研究》的有关研究成果开发为数据库，以方便研究者利用（这是笔者了解的最新信息，故特作介绍）。

中美合作研制敦煌数字图像档案

为了抢救敦煌石窟珍贵的文物信息，使之得到永久真实的保存，国家科技部、国家文物局和甘肃省科委先后立项，将日新月异的计算机技术和数字技术应用到敦煌石窟文物保护工作中来，开展壁画图像数字化存贮与再现技术的科技攻关，美国梅隆基金会和美国西北大学也参与了该项目的合作研究，目前项目已取得突破性进展并付诸实施。敦煌石窟壁画彩塑的数字化，不仅永久保存了文物信息，还可为敦煌学研究提供准确和详细的信息资料，并可制作虚拟洞窟供游客参观欣赏，为缓解石窟开放的压力，保护壁画提供了技术保障。我们在这里主要介绍中美合作研制敦煌数字图像档案的有关情况。

中国敦煌研究院、世界各地的博物馆和图书馆，与安德鲁・W・梅隆基金会（一个设于美国纽约的非赢利组织）正在通力合作，为中国敦煌石窟的壁画及其相关艺术和文献制作高质量数字图像，并将其并入一个学术性电子档案。在中国国家文物局和甘肃省文物局的支持下，敦煌研究院和梅隆基金会以及其他参加者期望这个开拓性项目能够促进记录和保存敦煌石窟艺术的工作，并进一步推动全世界学术和艺术的发展。

通过与敦煌研究院的合作，由美国西北大学的专家使用先进的数码相机拍摄宏大的敦煌石窟中 22 个洞窟的壁画和雕塑，并制作成数字图像。他们采用的第一种拍摄方法叫

Quick Time 虚拟现实，它使图像观看者有进入洞窟的感觉，并能在洞窟内旋转观看，看到洞窟内包括建筑、彩塑和四壁壁画的所有艺术品。被采用的第二种拍摄方法叫覆盖式拍摄，它可以产生高分辨率的壁画图像。后者这种拍摄方法，平行于壁面移动数码相机，依次对洞窟的每平方米壁画垂直拍摄多张照片，然后把单张数字图像拼接成整壁壁画图像，并通过电脑软件处理，保证图像色彩的准确性及几何比例的精确性。

在拍摄过程中，采用了先进技术和特别措施保护石窟艺术。他们专门设计的轨道和升降设备可以准确控制相机的移动，因而避免与壁画有任何接触。同时，他们的摄影方法也把摄影所需要的灯光尽量减弱，确保洞窟文物不受任何破坏。

敦煌研究院期望通过壁画高质量数字图像的制作，使敦煌石窟艺术这一卓越文化财富能够永久记录和保存。这种最先进的摄影技术抓住了石窟艺术的许多精妙细节，包括在自然光中看不清楚的细节。通过摄影和拼接过程中所运用的技术，使我们能够看到洞窟内被背屏或中心柱等阻碍视线的建筑所遮挡的壁画。另外，对相机移动的准确控制，提高了图像的质量和清晰度。运用先进的记录石窟平面和立体图像的技术，将极大地提高敦煌研究院详尽准确记录文物之能力，能更好地、高质量地完成保护文物的任务。此外，敦煌研究院的工作人员正在得到美国西北大学专家关于摄影、图像数字化和处理数字图像的技术培训，以便今后能担负起运用这些先进技术记录和保存敦煌石窟全部信息的重任。同时，敦煌研究院可以在其他工作方面使用敦煌石窟图像，例如为旅游者做石窟的虚拟介绍，从而减轻众多参观者引起的石窟温度与湿度的升高，以及对石窟带来的损坏。

敦煌研究院和国外一些收藏敦煌资料的单位授权梅隆基金会制作梅隆国际敦煌档案，这是一部学术性的电子档案，将为文物保护及其它专业的学者提供重要资源。目前，有大量敦煌莫高窟藏经洞出土的宗教与世俗文献、绢画、绘画和其它资料流散于世界各地的图书馆和博物馆。梅隆基金会正在运用最先进的技术对这些流散的资料进行数字处理，并通过学术电子档案将它们重新与敦煌的石窟艺术连接起来。除敦煌研究院外，世界上还有一些单位和个人向档案提供图像，现在有：英国牛津大学博德利安图书馆、大英图书馆、大英博物馆、法国国家图书馆和法国国家吉美亚洲艺术博物馆、美国新泽西州罗氏收藏资料等。

档案可让用户将图像的具体细节拉近放大，进行仔细研究。由于图像的分辨率极高，用户可以看到诸如绢画织物的经纬线或绘画实物上彩绘线描技法的细节。用户也可以浏览石窟内景的拼接全景，得到身临其境的感觉，然后通过拉近放大，看到本来看不到的画面。档案还可以让学者在电脑显示屏上同时对分散在世界各地的敦煌图像进行比较和研究。这种连接方法的一大优势是，它能使学者们对同一个主题的不同表达方式进行详细比较，而这是其他方法很难做到的。

学者还可以使用档案的检索器寻找和检索各类资料，并得到每一幅图像的具体信息，如年代、定名、修复程度、现状和制作材料等。另外，还有让学者在观看图像时可以在显示屏上做出注释的辅助功能。这个包括汉英两种文字的档案将来可供世界各地（包括中国）的教育、学术和文化工作使用。

档案仅向诸如图书馆、博物馆、提供图像单位等机构开放，而使用单位必须签署把使用严格限于学术和教育用途的协议。向档案提供资料的每个单位的版权将在档案中清楚地标明，而档案将运用先进技术进行电子监控，以确保图像的正当使用。用户单位需要缴纳少量的、用于支付档案部分经费的使用费。

敦煌学数字图书馆

由兰州大学数字图书馆研究所承担创建的敦煌学数字图书馆，是一个由国家科技部资助的项目，现已基本完成了程序的编制及数据的录入和校勘。

敦煌学数字图书馆的文献资源在用户访问层面的间架结构与敦煌学学科体系基本一致，同时又有所延伸，具体包括以下几个数据库(临时访问地址为：http：//202.201.7.239/dunhuang)：

敦煌石窟艺术窟　内容包括敦煌石窟的窟龛、造像和壁画的彩色图像，其范围涵盖了除一个庙以外整个敦煌石窟群的所有石窟，各幅图像均配有相应的图解，用以提供该图像的名称、类型、方位、创建年代及图像内容等信息。该库中还附有白描画和莫高窟供养人题记两部分内容。但根据笔者查询的结果，目前该库中彩色图像很少，与前述中美合作制作的敦煌数字图像相比，无论是图像精度还是利用价值方面，都相去甚远。

敦煌遗书库　该库内容主要是莫高窟藏经洞出土的文书，目前入库的是英国国家图书馆、中国国家图书馆、法国国家图书馆以及甘肃各地所藏敦煌文献的图像。该库含"遗书分类浏览"和"绢画分类浏览"两个部分。

敦煌学研究文献库　内容包括各个时期所出的有关敦煌学和各种论文和著作。库中信息具体到每篇论文、每部著作的题名、责任者、类型编号、关键词、出版发行项、载体形态以及丛编说明等。该库的最终目标是建成全文库，但因条件所限，目前只收录了研究文献的基本信息。

敦煌人物机构库　该库提供了有关敦煌学相关人物和敦煌文献收藏单位(研究机构暂缺)的基本信息。

敦煌地震史料库　由于甘肃地震局也参加了项目的申请和建设，因此特别创设了该库，用以著录以敦煌为主，次及河西乃至青海、宁夏、内蒙古等省区的地震及震害信息、记录情况、相关科研课题、研究成果以及区域主要活动断裂状况等内容。

敦煌旅游库　包括甘肃石窟、古建筑、古遗址、自然风光、重要文物、民俗风情、敦煌旅游等内容。

敦煌学数字图书馆还具备了强大的分类检索和关键词检索功能，方便读者查询。(详情请参阅江志学、韩春平《关于敦煌学数字图书馆》，《敦煌研究》2005 年第 6 期)

几 点 信 息

为了解决敦煌石窟保护与利用的矛盾，有效保护敦煌石窟，敦煌研究院正在与有关部门合作，采用虚拟现实技术展示敦煌石窟壁画，使来敦煌参观莫高窟等石窟的观众能够在洞窟之外就能欣赏灿烂的敦煌石窟艺术。《敦煌研究》2005 年第 5 期刊发了敦煌研究院保护研究所刘刚副研究员撰写的《敦煌石窟壁画大型数字展示技术选择》一文，文章简述了现有的虚拟现实技术，介绍了典型的虚拟现实技术文物的应用实例，探讨了适合敦煌石窟应用的数字展示技术。而事实上，这项工作已在紧锣密鼓地开展着。

敦煌研究院已启动了《敦煌文书全文数据库》的编制、录入工作，这项工作由文献研究所具体负责实施，具体情况将由参加本次会议的文献研究所所长马德研究员作详细介绍。

此外，敦煌研究院网站现已开通（网址为：http：//www. dha. ac. cn），大家可以上网查询有关敦煌学信息，此不赘述。

《敦煌研究》作为向国内外发行的连续出版物，在国际敦煌学界有较大的影响。《敦煌研究》除加入中国期刊光盘版外，还和龙源期刊网（http：//qikan. com. cn）、万方数据（http：//www. wanfangdata. com. cn）、台湾华艺数位艺术股份有限公司（http：//www. ceps. com. tw）签订了网上发行协议，有兴趣者可上网查阅。

据悉，上海古籍出版社将出版英藏、法藏敦煌藏文文献，近日笔者从负责整理英藏、法藏敦煌藏文文献的西北民族大学海外民族文献研究所了解到，他们也准备将英藏、法藏敦煌藏文文献建成数据库供学界利用。

以上是笔者所了解到的甘肃地区有关敦煌学知识库的信息，有些情况大家可能比我了解得更清楚。可以看出，甘肃地区（主要是敦煌研究院和兰州大学）为敦煌学知识库的建设做出了巨大的努力，也收到了显著的效果。但是，我们发现，由于体制方面的限制，有些数据库的建设存在重复劳动的情况，在数据库内容和技术支持方面也存在差异，这种情况不仅在甘肃地区，全国范围的敦煌学研究机构中，也存在这种情况。因此，建议成立类似于“敦煌学国际联络委员会”这样的协调机构，分工合作，统一内容和格式，统一技术支持，实现资源共享。这方面，梅隆基金会的做法或可值得借鉴。

海内外敦煌学研究网络资源简介

陈　爽(中国社会科学院历史所)

作为中国古代历史文化研究的一个重要内容,作为一个跨学科、跨领域的专门之学,敦煌学具有资料零散、成果丰富等特点,对于学术资源的数字化和网络化的需求更为迫切。近年来,经过海内外敦煌学者的不懈努力,敦煌学在数字化、网络化建设方面取得了长足的进展,海内外一些权威性的敦煌学研究机构先后建立了专业网站,一批内容丰富的专业性资料库与数据库实现了网络检索,许多最新动态研究成果在网络上及时刊布,并实现了全文浏览和检索。

以下拟从相关机构与组织、相关资料库与数据库、相关期刊与论著、相关网站与网页等几个方面,对现有的敦煌学网络资源作一些简要的介绍与评述。

一、相关机构与组织

敦煌研究院

http://www.dha.ac.cn

作为大陆敦煌学研究的权威机构,敦煌研究院网站是敦煌学术研究和壁画保护研究的综合性专业站点,网站内容突出学术研究、石窟保护、旅游接待等信息。网站下设石窟保护、美术工作、学术研究、数字敦煌、丝路艺苑等栏目。在学术研究专栏中,提供有《敦煌研究》(1981—1990)论著目录分类索引、杨富学主编《敦煌民族研究论著目录索引》资料。网站信息及时、全面,设计精美;但资料编排稍嫌凌乱,且学术文章与普及文章混杂,不宜于学者浏览使用。

兰州大学敦煌学研究所

http://dhxyjs.lzu.edu.cn

兰州大学敦煌学研究所是教育部人文社科研究重点基地之一。基地网站除一般性的科研项目和学术交流情况简介外,还设有"敦煌学数据库"专栏,分为"走近敦煌"、"敦煌艺术"、"敦煌学研究"、"敦煌遗书"、"敦煌网站"等几个子栏目,但除了一些知识性介绍外,学术研究最为需要的论文著述查询和《敦煌学辑刊》全文检索等项目虽设有链接,却均为死链,目前从外网尚无法访问和使用。

吐鲁番学网

http://www.turfanological.com

新疆吐鲁番学研究院的官方网站,包括吐鲁番学组织机构、学术动态、学术研究论文、在线视频、文库数据、学人名录等栏目。网站于2005年初创,网站内容目前还比较单薄。

国家图书馆敦煌吐鲁番学资料研究中心

http：//webarchive. nlc. gov. cn/nlc_hist/200107/newpages/serve/dhtlf. htm

国家图书馆敦煌吐鲁番学资料中心的官方网页，该中心曾开发有国家图书馆敦煌吐鲁番学论著论文资料库，收录了1908年至2000年中国大陆及港台地区出版的报刊、研究集刊、学报、论文集中有关敦煌吐鲁番学的论文和专著目录，曾一度实现网络检索。因国图网站整合，该目录目前尚无法访问。

上海师范大学域外汉文古文献研究中心

http：//shkch. shnu. edu. cn/menue/kyjgjj_ywhw. htm

上海师范大学域外汉文古文献研究中心成立于2005年1月，域外汉文古文献研究中心确定以域外敦煌文献整理与研究、域外汉文小说整理与研究和域外汉籍整理与研究为主要研究方向。中心尚无独立网站，此为中心项目简介页面。

台湾中央大学中文系敦煌研究室

http：//www. ncu. edu. tw/～chi/rooms/dum. htm

台湾中央大学中文系敦煌研究室的官方网页，但除机构简介外，尚未提供有效的学术资源。

新泻大学敦煌研讨班

http：//h0402. human. niigata-u. ac. jp/～dunhuang

新泻大学人文学部主办，内容丰富，除及时报道研讨班最新动态外，还提供众多学术论文和报告的PDF文本下载。

敦煌学国际联络委员会(International Liaison Committee for Dunhuang Studies)

http：//www. zinbun. kyoto-u. ac. jp/～takata/ILCDS

敦煌学国际联络委员会，英文简称ILCDS，系经高田时雄、郝春文等先生倡议组织，成立于2003年，以联络国际敦煌学界同人，致力开展重大项目合作，协调相关事务，致力学术发展为使命。此为委员会官方网页，暂置于高田时雄先生的个人网页内。提供委员会最新动态，《敦煌学国际联络委员会(ILCDS)通讯》下载，并筹备建立郑阿财编《敦煌学研究论著目录》网络检索。

敦煌学研究会(京都)

http：//www. zinbun. kyoto-u. ac. jp/～takata/Kyoto/index. html

日本京都敦煌学研究会的官方网页，暂置于高田时雄先生的个人网页内，提供研究会历次读书会的动态报道。

SILKROAD FOUNDATION

http：//www. silk-road. com

美国丝绸之路基金会官方网站，系丝绸之路研究的综合网站，该基金会成立于1996年，以研究和保护丝绸之路文化与艺术为宗旨。网站辟有基金会信息、丝绸之路年表、敦煌研究、专题讲座、论文、研究文献、网址链接等栏目。

The International Institute for Asian Studies（亚洲国际研究所）

http：//iias. leidenuniv. nl

法国的国际亚洲研究学会官方网页，内容涉及法国及欧洲其他学者关于敦煌遗书的研究方向、进展及成果。

二、相关资料库与数据库

IDP国际敦煌项目

http：//idp. nlc. gov. cn

http：//idp. bl. uk

该项目为英国大不列颠图书馆东方部主办的国际敦煌工程项目（The International Dunhuang Project）。把馆藏于英国大不列颠图书馆的大量敦煌遗书，分类整理制作成交互式web数据库，通过多种检索途径可以看到有关遗书风貌的客观描述、斯坦因分类号、大不列颠图书馆馆藏号，目前部分检索结果可以看到遗书的图像。网站分中文和英文两个界面，英文网页内容更为丰富，可检索的资料也更为全面，使用时应特别注意。

台湾成功大学敦煌文献（书目）检索

http：//cdnet. lib. ncku. edu. tw/newcdnet/chinese. htm

http：//cdnet. lib. ncku. edu. tw/93cdnet/chinese/each/artical. htm

在台湾成功大学图书馆的“数位馆藏”链接中，有一组与敦煌研究有关的文献书目检索，包括“敦煌目录”50 177条，敦煌汉文写本目录根据台湾（国家图书馆，简称T）、英（刘名恕、黄永武、荣新江编目，简称S）、法（王重民、黄永武编目，简称P）、俄（孟列夫、黄永武编目，简称XD）、北京（黄永武编目，简称P及北新）及大陆各地（凡分敦补、沪、永登、津、敦研、敦博、津艺、北大、苏氏、味青、敦补，简称WB）、日本（凡分藤井、招提、法隆、东、大东、天理、九州岛、大谷、井、赤井、橘氏、龙谷、谷）等图书馆收藏之敦煌卷子编目，经王三庆教授汇聚再加修正后重新编辑而成。敦煌类书则由王三庆教授根据敦煌写卷整理迻录，并编次条目。“敦煌研究文献”10 375条，敦煌研究论著目录据郑阿财教授编辑之目录加以改编而成。“题记”4 240条，根据台湾、英、法、俄、北京及大陆、日本各地图书馆收藏之敦煌写卷凡有可供研究参考之资料，如人名、寺名、年代及作者或抄录者，皆加以迻录，汇聚成编。此外，还包括“敦煌壁画”207条、“老子化胡经”12条、“宋词”1 145条。数据库均采用台湾汉珍公司的TTSWeb系统，可复选多条关键词进行复合查询，并可显示详目。非常可惜的是，这样一些内容丰富而实用的数据库，在页面上没有建立整合，缺乏系统的介绍和说明，在网站链接中也没有明显的标志，一般读者很难发现和利用。

俄藏敦煌文献收载数据库

http：//h0402. human. niigata-u. ac. jp/～dunhuang/doc/russiatop. htm

由日本新泻大学敦煌研讨班制作，以关尾史郎和玄幸子所编《俄藏敦煌文献》为底本，收录数据 1 200 余条。

台湾汉学研究中心敦煌学研究论著资料库

http://ccs.ncl.edu.tw/topic_3.html

此资料库为台湾汉学研究中心制作，根据汉学研究中心 2000 年出版《敦煌学研究论著目录》(1908—1997)纸本数据汇整而成。资料收录范围涵括公元 1908 年至 1997 年间，海峡两岸、日本及东南亚地区学者之研究成果，并旁及海外汉学家各研究目录，总共收录敦煌学研究相关专著、期刊论文、学位论文、研讨会论文、报纸论文等 12 000 余条，可进行检索，类目浏览，关键词查询或作者、书/篇名、期刊/论集名索引浏览。

印度学佛教学论文数据库

http://www.inbuds.net/schi/index.html

日本印度学佛教学会数据中心制作，收录日本国内发行的主要期刊杂志、纪念论文集、一般论文集中有关印度学佛教学论文之书志情报及其关键词。

西域行记

http://www.kanji.zinbun.kyoto-u.ac.jp/～saiiki

京都大学人文科学研究所附属汉字情报研究主办，提供《慧超往五天竺国传》、《悟空入竺记》、《大唐西域记》、《大唐西域求法高僧传》、《大唐大慈恩寺三藏法师传》、《南海寄归内法传》、《洛阳伽蓝记卷五》、《继业西域行程》、《释迦方志》、《法显传》等几部文献的全文检索，并提供多幅石窟照片。

佛学数位图书馆暨博物馆

http://buddhism.lib.ntu.edu.tw

台湾大学佛教研究中心主办。网站内容非常丰富，分为信息、佛教研究文献全文网上辑录、佛教箴言集及网上佛教四大部分。四部分又具体划分为导论、公告栏、台湾佛教新闻、佛教图书馆、中文佛教箴言、梵文佛教箴言、藏文佛教箴言、巴力文佛教箴言、网上梵文、巴力文、藏文讲座、网上中国佛教、网上世界佛教等栏目。提供大藏经 PDF 文本下载及佛学研究论著目录及丁福宝《佛学大辞典》全文检索。

电子佛典协会

http://www.cbeta.org

中华电子佛典线上藏经阁大正藏 CBETA 电子数据库是以日本大藏出版株式会社《大正新修大藏经》第 1 卷至第 85 卷为录入底本，系统支持复合检索。网站备有全套大正藏检索光盘下载。

大藏经检索

http://fahua.com/cgi-bin/sutra/sc.cgi

法华论坛制作的大藏经及妙法莲华经检索系统，支持多项复合检索，界面为简体中文。

台湾中研院汉籍电子文献

http：//www. sinica. edu. tw/ftms-bin/ftmsw3

由台湾中央研究院研制开发，是目前海内外内容最为权威的古籍资料库，最突出特点是内容全面，版本精赅。资料库包含层级式目录，可经由目录、页码调阅正文或逐段、逐页浏览正文或藉目录限定检索范围以任意字词、字符串进行快速检索取得完整的检索结果。浏览者可选择某一部古籍单独查询，也可选择多部古籍综合查询。查询结果以段落显示、列表显示。检索结果包括"检索条列"、"检索报表"、"部分/全段显示"几种选择，通过其中"检索报表"则可以将检索到的所有资料在一个网页内全部列出。除广为人知的廿五史和十三经检索外，在汉籍资料库的一级栏目的最后，有一个不太引人注目的人文资料库师生版，是为普及文史教育而向台湾大中小学师生免费开放的，其中包括了《通典》、《高僧传》、《续高僧传》、《弘明集》、《广弘明集》等敦煌研究的相关古籍，总量约 7 000 万字，占整个汉籍资料库文献的一半。

中华佛学研究所学术论著全文资料库

http：//www. chibs. edu. tw/publication/c_index. htm

提供《中华佛学学报》、《中华佛学研究》、《华冈佛学学报》、《佛学论丛》等多种期刊和会议论文、研究生毕业论文的 HTML 全文。

东洋学文献类目检索

http：//www. kanji. zinbun. kyoto-u. ac. jp/db/CHINA3/index. html. ja. utf－8

《东洋史研究文献类目》是今日世界上最具权威性的中国史研究索引之一，由京都大学人文科学研究所附属汉字情报研究中心发行。该书收录内容原以中国史研究为主，随着日本"东洋史"及"东洋学"概念的逐渐扩大，也渐次扩及对亚洲其他地域与课题的研究，不少历史教育与历史知识的研究也包含在内。检索系统为最新的 4. 6 版，收录 1980 年以后的中国、朝鲜、韩国、东南亚、南亚和西亚的研究论文及论著资料(1980 年以前的资料，则需使用纸本检索)，使用者可使用 big－5 码、GB 码以及 JIS 码进行资料的检索查询。若利用"著者"进行作者姓名检索，检索结果会依年代和分类顺序排列，各条均列出题名、作者、所在刊名、卷期页码及出版时间和分类等项目，检索极为便利。

《异体字字典》网络版

http：//140. 111. 1. 40/main. htm

该字典总收字为 106 152 字，其中正字 29 866 字，异体字 76 286 字(含待考之附录字，正式四版；正式五版共收 106 230 字)，实乃中华之最。该字典以收录异体字形为主，因此所收正字，除常用字、次常用字及新正字，完整提供音义外，罕用字部分，则仅限与前三者相涉者，方予释义，余者只提供字音。该字典所引资料丰富(多为原本纸介质资料之影像)，但"书"成众手，也存在体例不一的情况。

玄奘三藏关连年表

http://ccbs.ntu.edu.tw/silk/db-year.html

玄奘西域行的所有相关事件，依年代(佛纪、公历纪元、中国纪元)建立数据库。

历代书法碑帖集成

http://www.greatman.com.tw/calligraphy.htm

台湾大人物知识管理集团制作的"联合百科电子资料库"子库之一，收罗甲骨金文、秦汉古拓、敦煌写经、南北朝墓志、唐碑宋帖、金元珍本、明清墨迹上等，包括 740 位书家，3 700部碑帖，万余汉字，65 万个字形，256 万字批注。

东亚绘画史研究文献目录

http://cpdb.ioc.u-tokyo.ac.jp/bunken.html

由日本东京大学东洋文化研究所、东亚美术研究室、东洋学研究情报中心编制，收录了在日本发表的有关东亚绘画史的日文文献目录。其中唐五代以前的数据正在构建中。

三、相关期刊与论著

吐鲁番出土文物研究情报集录

http://h0402.human.niigata-u.ac.jp/~dunhuang/turfan/index.htm

日本新泻大学敦煌研讨班制作。提供从 1988 年创刊至今 100 余期《吐鲁番出土文物研究情报集录》PDF 扫描文本全文下载，并可进行分类检索。

敦煌学国际联络委员会通讯

http://www.zinbun.kyoto-u.ac.jp/~takata/ILCDS/index.ch.html

提供从创刊至今出版的三期《敦煌学国际联络委员会通讯》全部 PDF 格式电子文档下载。

敦煌文献关系论著

http://h0402.human.niigata-u.ac.jp/~dunhuang/doc/sindex.html

关尾史郎先生提供的近年敦煌研究新著的相关论著信息及解题。

《敦煌研究》目录

http://admin1.chinajournal.net.cn/sitepage5/index.asp?rwbh=DHYJ

中国期刊网提供的《敦煌研究》从 1994 年至今的详细目录，授权用户可通过目录浏览期刊论文全文。

台湾新文丰出版公司敦煌学资料著作目录

http://www.swfc.com.tw/文史2.htm

http：//www.swfc.com.tw/重要典籍2.htm＃3

作为台湾敦煌研究出版物的重镇，在台湾新文丰出版公司的网页内，有该公司已出版敦煌研究资料的论著的详细介绍。

四、相关网站与网页

中国社会科学院历史研究所唐史学科

http：//www.tanghistory.net

中国社会科学院院重点课题唐史学科的专题网站，由社科院历史研究所隋唐史研究室主办，设有敦煌专页，包括鸣沙知闻、莫高漫记等栏目，大部分文章为网络首发。

唐研究

http：//www.tangrf.org

唐研究基金会的官方网站，包括《唐研究基金会丛书》简介、《唐研究》目录及部分论文。

欧亚学研究

http：//www.eurasianhistory.com

中国社会科学院历史研究所中外关系史研究室主办，设有“敦煌吐鲁番学”专栏。

中国唐史学会

http：//www.travel-silkroad.com/chinese/tangshi/index.htm

中国唐史学会的官方网站，发布中国唐史学会的最新学术信息，并提供部分动态综述及学术论文。

国学网敦煌百年专题

http：//www.guoxue.com/dunhuang

国学网纪念敦煌学百年的专题网页。内容包括百年学史、名人殿堂、海外敦煌、敦煌学苑、敦煌春秋、敦煌宝藏、敦煌百科、网上敦煌、学术动态等栏目，兼顾学术性与普及性。但从2003年以后，已停止更新。

敦煌文化—文化信息资源共享工程

http：//www.ndcnc.gov.cn/libpage/dhwh/index.htm

国家数字文化网主办，包括众多敦煌文书真迹、敦煌年谱、敦煌文献馆藏一览表等。

中国藏学网敦煌学专栏

http：//www.tibetology.ac.cn/article2/ShowClass.asp? ClassID=460

中国藏学网敦煌研究专栏，收录有多篇敦煌研究的动态和学术文章。

中国网敦煌百年专页

http：//www.china.org.cn/Dh/xue.htm

中国网制作的敦煌百年专题，内容以知识普及为主。

The T'ang Studies Society

http：//www.colorado.edu/UCB/AcademicAffairs/ArtsSciences/ealld/tss/Tang.htm

美国《唐学报》目次及摘要。

敦煌石窟

http：//www.dunhuangcaves.com

香港商务印刷馆出版了由中国敦煌研究院编著的《敦煌石窟全集》一书，通过此站点进行宣传以及网上征订。网站的主要特色为集艺术欣赏性和学术性为一体，并结合《敦煌石窟全集》一书介绍敦煌艺术。

DUNHUANG：Caves of the Singing Sands Buddhist Art from the Silk Road

http：//www.textile-art.com/dun1.html

介绍敦煌石窟艺术的专题网站，展示了来自 Roderick Whitfield 出版的 *The Art of Central Asia* 一书中的图片。

敦煌艺术

http：//www.asahi-net.or.jp/%7Ebq6c-cb

日本敦煌艺术摄影的专题网页，收录多幅敦煌及丝绸之路图片。

大谷纪念馆

http：//www.coara.or.jp/～mogura

日本探险家大谷光瑞的专题纪念馆。

Mogao Caves

http：//whc.unesco.org/pg.cfm？cid＝31&id_site＝440

联合国教科文组织有世界文化遗产网站中的敦煌石窟专栏。

The SILK ROAD Project

http：//press.silkroadproject.org

丝路计划专题网站。

LOST CITIES OF THE SILK ROAD

http：//alumnus.caltech.edu/～pamlogan/silkroad/index.html

丝绸之路个人专题网页，内容以作者 20 世纪 90 年代数次丝路考察报告为主。

以上仅就笔者视野所及的敦煌学网络资源做了一些简要的介绍和评述，在这些斐然成果之外，尚存在一些不尽如人意的问题：

1. 资料的零散而随意：许多网站肩负着学术研究与知识普及的双重使命，因而在栏目设置和内容编排上内容庞杂，鱼龙混杂，不利于学者的检索和浏览。

2. 网站内容缺乏实效性：一些网站和资料库缺乏全盘的规划和有效的管理，许多页面已数年没有更新，内容陈旧，存在大量空链和死链。

3. 数据开发标准不一，缺乏整合：仅以开发比较成熟的众多论著目录数据库为例，不仅依据底本来源不一，检索字段设置和检索方式也很不一致，检索结果便也很难保证全面准确。

酝酿中的敦煌学知识库，为我们整合敦煌学数字化资源提供了新的契机。从这个意义上讲，对现有学术资源特别是敦煌学网络资源进行全面的调查和清理，应该是我们建立敦煌学知识库工作的起点所在。

（资料截止日期：2006 年 2 月 15 日）

【附录】

中国古代史研究
网络常用数字资源举要

一 古籍全文检索

台湾中研院汉籍全文资料库

http：//www.sinica.edu.tw/ftms-bin/ftmsw3

寒泉资料库

http：//140.122.127.253/dragon

国学宝典网络版

http：//so.guoxue.com

南开史全文检索系统网络版

http：//202.114.65.40/net25

台湾中研院历史语言研究所简帛金石资料库

http：//saturn.ihp.sinica.edu.tw/%7Ewenwu/search.htm

郭店楚简资料库

http：//bamboo.lib.cuhk.edu.hk

走马楼三国吴简嘉禾吏民田家莂全文检索

http：//rhorse.lib.cuhk.edu.hk

CBETA 大正藏全文检索

http：//ccbs.ntu.edu.tw/cbeta/result/search.htm

古今图书集成全文资料库

http：//192.192.13.178/book/index.htm

汉达资料库

http：//www.chant.org

全唐诗库

http：//www3.zzu.edu.cn/qts

《全宋词》、《全金元词》、《全唐五代词》检索系统

http：//202.119.104.80/Ci_ku/Ci_wk_fm.htm

二 古籍资源

国学网(部分收费)

http：//www.guoxue.com/wenxian/wxshi/wxshi.htm

中华文化网

http：//ef.cdpa.nsysu.edu.tw/ccw

锦绣中华网

http：//www.chinapage.com/china.html

数字典籍网

http://www.cn-classics.com

厦门大学历史系资料中心(注册使用)

http://history.xmu.edu.cn/abc/Soft/Index.asp

北京大学数字图书馆古文献资源库

http://rbdl.calis.edu.cn

北大中文系文献资料

http://chinese.pku.edu.cn/wenxzl.htm

灵石岛古诗典藏

http://www.lingshidao.com/gushi/index.htm

大连图书馆藏古籍全文

http://www.dl-library.net.cn/xfh/index.asp

台湾地区估计善本联合目录

http://nclcc.ncl.edu.tw/ttscgi/ttsweb?@0:0:1:/opc/catalog/rarecat:@@0.46436025748063414

东京大学东洋文化研究所藏汉籍善本全文影像数据库

http://shanben.ioc.u-tokyo.ac.jp/index.html

奎章阁汉文古籍

http://kyujanggak.snu.ac.kr/index.jsp

东方学数字图书馆藏汉文古籍

http://kanji.zinbun.kyoto-u.ac.jp/db-machine/toho/html/top.html

东京大学综合图书馆汉籍目录

http://kanseki.dl.itc.u-tokyo.ac.jp/kanseki

东洋文库藏汉籍在线检索

http://www.toyo-bunko.or.jp/TBDB/KansekiQuery3.html

三 论著检索

人大复印资料全文版

http://218.17.222.243/database/rdzl/index.htm

东洋学文献类目检索

http://www.kanji.zinbun.kyoto-u.ac.jp/db/CHINA3/index.html.ja.utf-8

日本法制史学会东洋法制史文献类目

http://wwwsoc.nii.ac.jp/jalha/bksrch_e.htm

台湾"国家"图书馆硕士博士论文全文检索

http://datas.ncl.edu.tw/theabs/00/index.html

香港中文期刊论文索引

http://hkinchippub.lib.cuhk.edu.hk

超星数字图书馆论文文献检索

http://search.ssreader.com/?s=2

台湾汉学研究中心典藏国际汉学博士论文摘要检索

http://ccs.ncl.edu.tw/topic_01.html

中国科学院自然科学史研究所科技史论著目录查询

http://www.ihns.ac.cn/library/search1.htm

台湾汉学研究中心经学研究论著目录检索

http：//ccs. ncl. edu. tw/topic_03. html
台湾汉学研究中心两汉诸子研究论著目录检索
http：//ccs. ncl. edu. tw/topic_2. html
国家图书馆敦煌吐鲁番学论著论文资料库
http：//www. nlc. gov. cn/newpages/database/dhzl. htm
台湾汉学研究中心敦煌学研究论著目录检索
http：//ccs. ncl. edu. tw/topic_3. html
日本宋代史研究文献目录
http：//home. hiroshima-u. ac. jp/songdai/mulu. htm
台湾元智大学网络展书读唐宋文史资料库
http：//cls. admin. yzu. edu. tw/tasuhome. htm
国家图书馆西夏研究论著检索
http：//202. 96. 31. 42：9080/wenxian
日元史研究文献目录
http：//www. geocities. jp/funadayos/sources/sources. htm
台湾中研院历史研究所出版物检索
http：//www. ihp. sinica. edu. tw/ttscgi/ttsweb？ @@3654797346
象牙塔古代史研究相关期刊总目
http：//xiangyata. net/cgi-bin/data/xiaoran. cgi？ act＝list；c＝d02

四　专题资料库

台湾中研院中西历法转换工具
http：//www. sinica. edu. tw/～tdbproj/sinocal/luso. html
台湾汉学研究中心国际汉学资源题录资料库
http：//ccs. ncl. edu. tw/topic_05. html
国家图书馆中文石刻拓片资源库
http：//202. 96. 31. 42：9080/ros/index. htm
国家图书馆地方志资源库
http：//202. 96. 31. 42：9080/chronic/index. htm
中国甲骨文献库
http：//www. cn-oracle. com
台湾成功大学甲骨文全文影像资料库
http：//cdnet. lib. ncku. edu. tw/doc/old. htm
史语所搜文解字文字资料库
http：//ultra. ihp. sinica. edu. tw/～bronze/dataindex. htm
台湾史语所藏青铜器全型拓资料库
http：//odae. iis. sinica. edu. tw/rubbing/RubbingQuery. asp
台湾史语所史语所佛教拓片资料库
http：//db1. sinica. edu. tw/%7Etextdb/buddha1/Index. htm
台湾中研院汉代墓葬文化资料库
http：//www. sinica. edu. tw/%7Ehantomb/d_index. html
台湾史语所藏汉代简牍资料库
http：//140. 109. 18. 243/woodslip_public/System/Main. htm

日本中国石刻文物研究会唐五代十国墓志资料检索

http：//sekkokuken. mind. meiji. ac. jp/doc/find. htm

国家图书馆西夏文献检索

http：//202. 96. 31. 42：9080/wenxian/wenxianjiansuo. htm

台湾汉学研究中心明人文集联合目录及篇目

http：//ccs. ncl. edu. tw/topic_02. html

台湾中研院史语所内阁大库档案检索

http：//www. ihp. sinica. edu. tw/%7Emct/html/database. htm

台湾中研院史语所(清史)人名权威资料查询

http：//archive. ihp. sinica. edu. tw/ttscgi/v2/ttsweb? @0：0：1：mctauac：@@0. 5737593816423154

台湾中研院近史所藏内务府奏销档案目录

http：//www. ihp. sinica. edu. tw/ttscgi/ttsweb? @0：0：1：/home/tts/ttsdb/TH/TH@@0. 13594251914752203

台湾中研院近史所藏汉文黄册目录

http：//www. ihp. sinica. edu. tw/ttscgi/ttsweb? @0：0：1：/home/tts/ttsdb/CRI/CRI@@0. 8187539089578002

台湾中研院近史所藏俸饷册提要目录

http：//140. 109. 138. 5/ttscgi/ttsweb? @0：0：1：salary：：http|//saturn. ihp. sinica. edu. tw/～mct/html/newpage1. htm@@0. 8565428756028452

中国画所在情报数据库

http：//cpdb. ioc. u-tokyo. ac. jp/index. asp

海外民族文献数据库建设探索与实践

束锡红[1,2]　高法成[2]
（1. 西北民族大学；2. 西北第二民族学院）

西北民族大学海外民族文献研究所，是在整合了藏语言文化学院等系、所资源的基础上，通过引进和特邀专家学者组建的，以流失海外的藏学、敦煌学、文献资料为重点研究方向的专业研究机构，现有学科带头人金雅声、多识、华侃、束锡红等多名教授。现通过对海外西夏文献的整理，已取得了较为丰硕的阶段性成果。同时，研究人员正通过史料数字化的方法，逐步建设少数民族文献研究数据库。

数据库建设指导思想与理念：海外民族文献研究所积极探索管理体制与科研方法创新，推行开放的、流动的科研人员管理方法，为资源优化、科研发展创造条件，通过对现有资源的整理、出版以及资源共享，通过研究手段及研究方法的创新，致力于对流失海外的敦煌西域民族古文献的发掘研究，并整理出版。最终将努力建设成为我国有较高知名度的民族文献研究中心，并成为搜集保存我国流失海外敦煌西域民族古文献学术资源最为完备的数字化资料及文献中心。培养优秀的青年人，打造坚实的学术梯队，造就一批高素质有创新意识的学科带头人及科研骨干，把本所建设成为以流失海外西域民族文献为重点研究对象学术交流与合作的基地。通过对西北少数民族文献文化的研究和数据库建设，为政府决策提供参考依据，为边疆稳定，尤其是中国西北少数民族聚居区的稳定与繁荣，做出有价值的科学研究贡献。

一、英、法、俄藏黑水城与西夏文献数据库建设

西北边疆少数民族史是以西北边疆少数民族为研究对象的一门民族学与民族史的交叉学科。在该学科的学术研究中，海外民族文献研究所充分发挥文献学、考古学、历史学、民族学、人类学的多学科优势，展开对西北边疆民族历史、西北边疆民族现代移民的考察等研究，并突出西夏学这一龙头学科的建设与发展。而西北边疆民族史的研究对于保障西部国防安全、在西部大开发中开发西部民族文化资源与旅游资源都具有重大意义。尤其是对西夏学的研究，将使得该民族的文化资源被西夏故地的经济与文化发展所利用，因此，加强西北边疆民族史的研究，对我国西部的繁荣稳定与持续发展具有重大的理论意义和现实意义。

搜集流失海外的民族古文献，是民族院校资料和科研工作的重要战略任务。开其先河的有西北第二民族学院社会人类学与民族学研究所。目前该所拥有英藏、法藏西夏学历史文献微缩胶卷，包括 4 000 多编号、7 000 件文献，是继《俄藏》之外国际上最大宗的西夏文献收藏，目前国内尚无收藏其完整胶片者。同时，该所对这些文献进行了整理出版和研究工作，这将极大地丰富西夏历史文化研究的内容，并推动西夏学这一学科的发展。

2002年3月，整理英藏黑水城文献科研项目正式启动，该项目总计投入资金约30万，并合理地配备了研究人员、研究设备和办公条件，其主要工作是对英方提供的英藏西夏学历史文献全套缩微胶卷的内容进行扫描、释读、整理。作为研究的参照材料，研究所还全部扫描储存了《俄藏黑水城文献》11册将近10 000幅照片，并在一年多的时间内完成了英藏、俄藏黑水城文献的初步数字化，与上海古籍出版社合作出版大型文献丛书《英藏黑水城文献》。英藏、俄藏西夏文献的初步数字化，打破中国学者难以见到研究资料的局面，一变而为全体师生教学、科研的共同财富，而且具备了最经济、快捷调用英藏、俄藏西夏文献的阅览方式、教学方式、科研方式。

前期工作基础

1. 英藏黑水城文献的编号约4 000件，7 300个叙录编号。其中世俗文献的手写卷子比较多，约占整个英藏黑水城文献的比重为23%。因其写本世俗卷子较多，其文献的研究价值更为重要，是深化西夏学各主要研究领域重点和难点的珍贵的文献来源。

2. 法国收藏敦煌西夏文献，则由伯希和1908年在敦煌莫高窟P. 181－182窟获得，法国国家图书馆原登录西夏文藏品为217件，后继续查找出27件，以及完整的经摺装《华严经》1件，木板写本1件，共246件文献；特别是包含了附有精彩版画的特藏品《华严经》和一些活字印本。

西夏文献数据库建设研究工作分两部分：

第一部分：西夏文翻译由西北二民院负责完成

a. 将保存较完整的汉文古籍西夏文译本：《孝经序》、《孙子兵法》、《将苑》、《经史杂抄》等翻译成汉文

b. 严重残损的汉文古籍西夏文译本残片的翻译和对接

c. 英藏西夏文献中保存的汉文版古籍的整理

d. 英藏、俄藏相关部分比较研究

第二部分：汉文古籍西夏文译本文献学研究，正在进行

a. 汉文古籍西夏文译本版本研究

b. 汉文古籍西夏文译本校勘

c. 古籍西夏文译本和现有版本同类汉文文献比较研究

英、法藏黑水城文献整理数据库建设分六个阶段

第一、建立局域网，对全部西夏文献进行扫描，输入计算机

第二、对全部西夏文献进行释读、鉴定

第三、对全部西夏文献进行分类编号

第四、对全部西夏文献进行分专题整理研究

第五、将研究成果输入计算机建立相应的数据库

第六、汇总各个阶段成果，推出整理研究的最终成果

“英藏黑水城文献夏译汉籍文本”研究及数据库建设分七个阶段

第一、确定内容涉及西夏文译文的文献

第二、建立相应的数据库

第三、组织技术人员查对西夏文，建立西夏文和汉字对译表再输入计算机

第四、分析西夏文译本的语法结构和词法特点

第五、准确翻译西夏文

第六、进行俄藏和英、法藏比较研究

第七、将西夏文译本的内容版本等与现存汉文古籍进行比较研究

最终成果

1.《英藏黑水城文献》5 巨册,《英藏黑水城文献夏译汉籍文本研究》上中下 3 巨册,共计 4 百万字。2. 制作相应的计算机光盘一套。3.《法藏敦煌西夏文献》一巨册。

西夏文献整理研究计划

黑水城文献被公认为 20 世纪初继殷墟甲骨、敦煌吐鲁番遗书之后第三大主要考古文献发现。陈寅恪说:一部"敦煌史,吾国之学术伤心史",我国近代学术的伤心史,当然也包括西夏学。他慨叹的应该是当时中国人自己的愚昧无知和旧中国国力衰败。近十年间,随着西夏学国际学术交流的深入,黑水城西夏文献俄藏部分已在中国陆续出版,而西夏文献英藏部分的完整学术资源也由西北第二民族学院社会人类学与民族学研究所组织人员对其进行整理研究,目前已推出部分研究成果《英藏黑水城文献》4 巨册。中国中古史上被埋藏近千年,出土后又流失于海外近百年的古代文献遗存公开出版,这是当前我国学术界的一个盛举,必将有益于我国学术事业的蓬勃发展。

二、岩画数据库建设

前期工作基础

1. 由宁夏回族自治区人民政府提供资助,西北二民院组成了贺兰山岩画申报世界遗产研究项目组,取得了较丰硕的研究成果。2003 年出版了专著《贺兰山岩画与世界遗产》30 万字;完成了《贺兰山岩画申报世界遗产可行性论证报告》20 万字,收集整理相关图文资料数百万字,并积极建设贺兰山岩画网络数据库,为下一步深入研究打下了基础。在宁夏掀起了一个岩画研究与保护的高潮。

2. 学院岩画研究中心深入人迹罕至的卫宁北山大麦地近 9 个月,拍摄岩画照片 4 000 幅,摄制了大麦地岩画录像片;拓制岩画拓片 1 000 幅,用极大的努力描摹了大麦地 3 000 多幅岩画线描图,同时形成网络数据库,成为全国第一家拥有如此之多岩画照片、拓片及线描图的单位,为宁夏岩画的保护与研究打下了坚实的基础。2005 年与上海古籍出版社合作,完成了大型文献资料丛书《大麦地岩画》8 开 4 册,包括 800 幅彩色照片、1 000 幅拓片、3 000 幅线描图。

3—5 年内岩画数据库建设与研究规划

目前西北第二民族学院已经成为宁夏的岩画研究中心,国内外的一些岩画研究机构和个人十分关注二民院岩画研究与保护的动向,并且十分关注二民院岩画研究工作进展,已经初步建立与开展了相关的学术交流与来往。

a. 为了深入、全面、系统地研究与保护宁夏岩画,计划用 2003 年到 2005 年 3 年的时间,全面收集宁夏岩画资料。每年深入实地调查和整理一处岩画点,全面、准确、完整地将岩画第一手资料采集回来,包括拓制岩画拓片、拍彩色照片、数码照相、录像及岩画线图的收集与整理,进行数据库的建设。

b. 对宁夏岩画资料进行全面的调查整理,将收集到的岩画资料加以整理,建立完备的宁夏岩画资料收藏陈列馆,争取 2006 年,岩画博物馆初具规模。

c. 对宁夏岩画分专题进行研究，提高宁夏岩画的研究水平，出版一批宁夏岩画整理及研究的相关著作，发表一批高水平的研究论文等。

d. 开展相关的岩画国内与国际学术交流，争取和世界著名岩画机构合作进行国际国内岩画的比较研究，筹建西北史前文化研究中心。

e. 对宁夏岩画的破坏情况进行全面调查，提出可操作的抢救和整理方案，推动申报宁夏北山大麦地岩画为国家重点文物保护单位。

f. 参与宁夏贺兰山岩画申报世界遗产整体工作，为政府决策提供理论支持。

三、英、法藏敦煌古藏文文献数据库建设

前期阶段性工作成果简介：

从 2004 年开始，西北民族大学和上海古籍出版社开始联络英国、法国国家图书馆，准备整理出版流失海外的敦煌民族古文献。在 2005 年初得到两国图书馆的响应，并且在国际敦煌项目第六次会议（北京）期间，和两国图书馆负责人商谈，取得了实质性的进展，分别签署了合作编辑出版的意向书即实施细则。

2005 年 4 月 26 日，西北民族大学和上海古籍出版社在中央民族干部学院召开“海外民族文献研究出版会议暨签约仪式”，邀请在京的中国敦煌学家和藏学家、民族语文学家约 30 人，讨论英藏、法藏敦煌藏文文献和其他流失海外民族文献的研究出版工作，共商敦煌藏文文献编纂出版盛举，共谋研究、编辑、出版大计，听取各界专家的宝贵意见建议。海外民族文献研究所的工作得到了与会人员的高度评价和大力支持，并与上海古籍出版社签订了合作编纂出版《法藏敦煌藏文文献》和《英藏敦煌藏文文献》的协议。

1. 法藏敦煌藏文文献具有很高的学术价值和出版价值。伯希和 1908 年到敦煌获取了大量藏经洞文献，包括汉文文献 4 000 多件，藏文文献 4 000 多件，还有其他粟特、龟兹、回鹘、西夏文文献等。藏文文献的数量大概可以出版 15 册左右。其来源的一部分是藏经洞，即 5—10 世纪写本；另一部分来自敦煌北区石窟，约为 11—13 世纪。特别是出于藏经洞的材料，大多属于吐蕃佛教的前弘期，在朗达玛灭佛毁佛（公元 838—842 年，而其影响持续了 100 年，直到 10 世纪才进入后弘期）之前，是中古民族文化兴废继绝的重要文献，也是我们研究西藏文明史、汉藏关系及吐蕃统治时期各个方面的主要参考文献。

2. 英藏敦煌藏文文献主要为敦煌藏经洞和新疆米兰、麻扎塔格三处出土的古藏文写本，是最具研究价值的藏品之一。由于斯坦因是在 1907 年最早最多获取敦煌资料包括藏文和其他民族文献资料的，所以英国藏品中毫无疑义包括了最重要的材料。早在 1914 年，斯坦因就邀请比利时佛学家瓦雷·普散（Louis de la Vallee Poussin, 1869—1937）为敦煌藏文写卷编目。普散生前编好了 765 号藏文佛典的目录，但迟至 1962 年，他的《印度事务部图书馆藏敦煌藏文写本目录》才由牛津大学出版社出版。编者将这批写本分作十类：一、律；二、经及注疏（可考梵文名称者）；三、经（译自汉文或可考藏文名称者）；四、经及注疏（未比定者）；五、怛特罗文献（可考梵文名称者）；六、怛特罗文献（比定而无梵文名称者）；七、怛特罗文献（未比定者）；八、论（可考名称者）；九、论（未比定者）；十、藏人著述。对每件写本，均转写其首尾一行，并给出相应的刊本及研究文献出处。书后附榎一雄所编汉文写本目录，著录了 136 件写在藏文或于阗文背面的汉文文献，共分八类：一、佛经（名称可考者）；二、佛经（未经定者）；三、佛教文献和文书；四、道教文献；五、世俗文

书;六、杂文;七、藏文或婆罗谜文音译汉文文献;八、藏、汉文字音译梵文经典。编者给出每件写本的斯坦因原编号、普散目录的编号、写本外观描述、汉文文书行数;在内容上,给出写本名称(有的佛经附有梵文名称),佛典则注明南条文雄目录的编号和《大正藏》的号、卷、页、行,世俗文书则尽量抄录全文。

3. 法藏敦煌古藏文全部文献为 P. t. 0001—4200 号,其中有很多为重复的通行佛经,可以选择典型版本,收录所有不同题记。8 开本上下两栏,全部总量约为 10~15 册。

4. 英国国家图书馆收藏的斯坦因从敦煌和新疆收集的全部藏文文献(剔除完全重复的通行佛经),文献号约 3500 号,初步规划编辑成 10~15 册。

本项目主要在以上基础上进行以下三方面的研究整理工作:

"英、法藏敦煌古藏文文献"整理研究

本项目将在对英、法藏敦煌古藏文文献进行全面整理的基础上,分六个专题深入研究并形成英、法藏敦煌古藏文文献整理分册 6 册:

a. 英、法藏敦煌古藏文佛经研究;b. 英、法藏敦煌古藏文文献世俗文献研究;c. 文献残片研究;d. 汉文文献研究;e. 文献索引。

"英、法藏敦煌古藏文文献藏译汉籍文本"研究

本项研究主要依据汉文古籍中的古藏文译本将其文献全部译成汉文,并比照汉文古籍进行版本校勘等方面的研究。研究工作分两部分:

第一部分:古藏文翻译

a. 敦煌发现的古藏文《吐谷浑大事纪年》记载了吐谷浑灭亡后附蕃的吐谷浑王室和国家自公元 706 年至 715 年间发生的大事。是研究吐谷浑史的重要资料。古藏文《北方若干国君之王统叙记》是五位回鹘使臣写的报告,记吐蕃北方的突厥、默啜、契丹、乌护、回鹘等三十几个大小部落的名称、地理位置及其生活习俗等,是研究八、九世纪中国北方诸民族的珍贵历史资料;b. 严重残损的汉文古籍藏文译本残片的翻译和对接;c. 英、法藏藏文献中保存的汉文版古籍的整理。

第二部分:汉文古籍古藏文译本文献学研究

a. 汉文古籍藏文译本版本研究;b. 汉文古籍藏文译本校勘;c. 古籍藏文译本和现有版本同类汉文文献比较研究。

本项目将传统的文献学与现代计算机技术相结合,综合藏学、文献学、考古学、语言学、计算机技术等学科,整合兰州、北京等地学术界的力量,充分发挥数码技术、网络技术等现代高科技的优势,完善藏学研究的技术手段,可以保证在较短时间里保质保量完成文献的整理研究工作。

英、法藏敦煌古藏文文献数据库建设

第一、确定内容涉及古藏文译文的文献

第二、组织技术人员进行缩微胶片的编辑、整理

第三、查对古藏文,建立古藏文和汉字对译表,输入计算机

第四、依据古藏文译本的语法结构和词法特点,进行文献编纂

第五、释读这些古藏文文献,建立对译数据库

第六、进行英、法藏和其他国际学术成果比较研究

第七、将古藏文译本的内容版本等与现存汉文古籍进行比较研究

第八、建立互联网数据库链接部分，为我国学术发展提供支持

当前，中国流失海外文献越来越成为学术研究的新热点。上海古籍出版社在十多年的国际合作中积聚了丰富的海外资源，西北民族大学以这两项举世瞩目的重大文化工程为依托，在英、法、俄藏西夏文献数据库及岩画数据库的基础上，建设海外藏文和胡语文献数据库，这对民族文献研究具有重要的意义和价值。

吐鲁番学研究院资料信息中心发展规划及目前工作进展

李 肖 汤士华
（新疆吐鲁番学研究院）

一、吐鲁番学研究院资料信息中心的基本概况

吐鲁番学研究院资料信息中心是在原吐鲁番地区文物局资料室的基础上建立的一个专业性图书资料文库，主要收藏吐鲁番以及周边地区远古至现代所有自然科学和人文社会科学的图书资料和多媒体信息资料，为吐鲁番学研究提供一个资料平台和多媒体查询中心。

二、吐鲁番学研究院资料信息中心的职能

承担吐鲁番学研究院文献研究资料，负责收集、整理、保管、利用与文物相关的资料和信息，建立、管理、维护以及对外交流，并建立吐鲁番学信息网站。

网址：http：//www.turfanogical.com

三、吐鲁番研究院资料信息中心的现状

吐鲁番学研究院资料信息中心现存资料主要分为：图书类、资料类、图纸类、照片类等几大类。

图书类主要以汉文图书为主，现存大约一万册左右，已经全部按照《中国图书分类法》进行了分类和编目；除此之外，还分别藏有维吾尔语、英语、日语、德语等部分语种的图书和资料。

资料类：主要分为纸质资料和电子资料。

纸质资料主要以新疆吐鲁番盆地及周边地区所有的地上、地下文物遗址调查资料，其中包括文物遗址历年的普查、调查、保护、发掘、开发、利用等所有有关的原始文物资料和图表。目前，我们已经按照国家文物局制定的文物保护档案的建档要求，完成了吐鲁番地区全国重点文物保护单位档案资料的建档工作，共完成档案 216 卷，并通过了验收。

电子档案主要包括：全国重点文物保护单位的资料、国内外有关吐鲁番考察报告、馆藏图书资料以及部分图纸、临摹壁画等电子档案，另外还有部分宣传吐鲁番的电子文件。

图纸类：主要是以新疆解放后，吐鲁番地区成立文物保护单位专门机构以来，所有文物遗址的普查和调查的原始图纸，并包括文物遗址平面图、立面图、剖面图、分布图等有关图纸资料。

照片类：主要包括部分吐鲁番地区博物馆馆藏出土文献、所有文物遗址保护现状资

料、文物普查资料等照片。

四、吐鲁番学研究院资料信息中心发展思路

自吐鲁番学研究院资料信息中心成立以来，我们就对资料信息中心制定了发展规划，并着手开始资料信息中心的环境建设和人才培养的工作，发展思路主要分三部分。

(1) 资料信息中心环境建设

吐鲁番学研究院资料信息中心环境建设，已经被纳入到新建的吐鲁番博物馆工程规划之中，预计资料信息中心按不同类型设置五至六个资料库，分别为汉文图书库、少数民族文字和外文图书库、文物资料库、电子档案库、图纸库、照片库，并建设相应的采编室、阅览室、文印室和办公室，规划面积为400—500平方米。

(2) 图书资料的收集

将尽最大的努力，去完成收集国内外有关记录和发表的有关吐鲁番地区所有的文字资料，包括吐鲁番盆地周边地区的有关资料。

鉴于历史的原因，吐鲁番地区的许多文物流散在世界各地，我们将尽最大的努力，在对流散文物做全面调查核对的基础上，完成图书资料的数字化建设。

(3) 图书资料的数字化建设

参照英国国家博物馆“国际敦煌学项目”(IDP)的做法，将建立所有的资料篇目索引，这个索引中的文书应该有主题(或关键)词、题名(定名)、形制、遗址、语言文字等方面的说明，其他文物则应有形制与遗址的说明；在电子检索中附加相应的照片与地图。

五、结　　语

吐鲁番学资料信息中心是建设资料库的核心机构。吐鲁番学资料信息中心配置相应专职的工作人员，各司其职。责权分明，并具备较好的历史文化素养，和一定水准的中文写作能力、图书专业知识、外语阅读水平与计算机知识与技能。

同时吐鲁番学资料信息中心还要制定并严格执行相应的规章制度，实行科学管理，有序运行。

吐鲁番学资料信息中心将对国内外研究者实行开放式管理，积极加强同国内外学术机构的联系，建立资料信息网，及时收集国内外最新发表的各种图书、论文、报告等资料。让吐鲁番学资料信息中心真正成为吐鲁番学资料文库。

敦煌学知识库国际学术研讨会
议 程 表（一）

2005 年 11 月 13 至 14 日
上海

主办：上海师范大学域外汉文古文献研究中心、中国敦煌吐鲁番学会、敦煌学国际联络委员会

会 议 议 程（一）

日　期	时　间	地　点	事　项
2005 年 11 月 12 日（星期六）	9：00—22：00	外 宾 楼	国外和外地学者报到注册
2005 年 11 月 13 日（星期日）	7：20—7：50	外 宾 楼	早餐
	8：30— 9：00	外 宾 楼	上海代表报到
	9：00—10：00	外 宾 楼	简短开幕式及代表合影
	10：00—12：00	外 宾 楼	大会发言和讨论
	12：00—14：00	外 宾 楼	午餐
	14：00—15：50	外 宾 楼	大会发言和讨论
	15：50—16：10	外 宾 楼	休息（茶点）
	16：10—18：00	外 宾 楼	大会发言和讨论
	18：20—20：00	外 宾 楼	欢迎酒会
2005 年 11 月 14 日（星期一）	7：20—7：50	外 宾 楼	早餐
	8：00—9：50	外 宾 楼	大会发言和讨论
	9：50—10：10	外 宾 楼	休息（茶点）
	10：10—11：30	外 宾 楼	大会发言和讨论
	11：30—14：00	外 宾 楼	午餐
	14：00—15：30	外 宾 楼	常务理事会扩大会议
	15：30—15：50	外 宾 楼	休息（茶点）
	15：50—17：00	外 宾 楼	简短的闭幕式
	18：00—19：30	黔 乡 坊	招待晚宴

敦煌学知识库国际学术研讨会
议程表(二)

开幕式议程

时　间	11月13日(星期日) 9:00—9:40	地　点	外宾楼	主　席	郝春文、严耀中
上海师范大学校长俞立中教授致辞					
敦煌学国际联络委员会干事长日本京都大学高田时雄教授致辞					
上海师范大学人文与传播学院院长孙逊教授致辞					
教育部人文社会科学重点研究基地兰州大学敦煌学研究所所长郑炳林教授致辞					
台湾南华大学敦煌学研究中心主任郑阿财教授致辞					
中国唐史学会长清华大学张国刚教授致辞					
上海历史学会副会长上海人民出版社总编辑李伟国编审致辞					
中国魏晋南北朝史学会副会长华东师范大学牟发松教授致辞					
兰州大学敦煌学研究所、台湾南华大学敦煌学研究中心、《敦煌研究》编辑部向上海师范大学域外汉文古文献研究中心赠送图书					
时　间	9:40至10:00	地　点	外宾楼前	代表集体合影	

闭幕式议程

时　间	11月14日(星期一) 15:50—17:00	地　点	外宾楼	主　席	高田时雄、方广锠
北京大学荣新江教授讲话					
美国耶鲁大学韩森教授讲话					
中国敦煌吐鲁番学会秘书长中华书局编审柴剑虹编审致闭幕词					

敦煌学知识库国际学术研讨会
议 程 表（三）

大会发言议程

2005年11月13日(星期日)					
时　　间	会　场	主　　席	主 讲 人	发 言 题 目	备　　注
上午10：00至12：00	外宾楼	邓文宽研究员、落合俊典教授	高田时雄、安冈孝一	共建敦煌学知识库时需要遵守的几点建议	每位发言半小时，每位发言人10分钟讨论
			樊锦诗、张元林	关于“敦煌知识库”的构想	
			李伟国编审	略谈敦煌学知识库的框架和技术支持	

时　　间	会　场	主　　席	主 讲 人	发 言 题 目	备　　注
下午14：00至15：50	外宾楼	李重申教授、牟发松教授	柴剑虹	关于敦煌学知识库的学术规范问题	每位发言半小时，每位发言人7分钟讨论
			方广锠	敦煌遗书编目所用数据库及数据资料	
			徐文堪	关于吐火罗语文献及其研究成果的数字化	

时　　间	会　场	主　　席	主 讲 人	发 言 题 目	备　　注
下午16：10至18：00	外宾楼	赵和平教授、黄征教授	史　睿	古籍文献索引与知识发现——知识库基础理论研究之一	每位发言半小时，每位发言人7分钟讨论
			萨仁高娃	国家图书馆善本特藏部敦煌资源库建设	
			杨秀清	甘肃地区敦煌学知识库简介	

<table>
<tr><th colspan="6">11月14日(星期一)</th></tr>
<tr><th>时　　间</th><th>会　场</th><th>主　　席</th><th>主 讲 人</th><th>发 言 题 目</th><th>备　　注</th></tr>
<tr><td rowspan="4">上午 8：00 至 9：50</td><td rowspan="4">外宾楼</td><td rowspan="4">郑炳林教授、韩森教授</td><td>郑阿财、蔡忠霖</td><td>关于敦煌学知识库建构的设想</td><td rowspan="4">每位发言24分钟，每位发言人5分钟讨论</td></tr>
<tr><td>马　德</td><td>敦煌历史文献(敦煌史料)数据库编纂设想</td></tr>
<tr><td>黄　征</td><td>《敦煌俗字典》与《敦煌大字典》的图文制作</td></tr>
<tr><td>陈　爽</td><td>海内外敦煌学研究网络资源介绍</td></tr>
<tr><th>时　　间</th><th>会　场</th><th>主　　席</th><th>主 讲 人</th><th>发 言 题 目</th><th>备　　注</th></tr>
<tr><td rowspan="3">上午 10：10 至 11：30</td><td rowspan="3">外宾楼</td><td rowspan="3">黄正建研究员、马德研究员</td><td>汤勤福</td><td>个人电脑古籍数据库软件介绍</td><td rowspan="3">每位发言25分钟，每位发言人5分钟讨论</td></tr>
<tr><td>李肖、汤士华</td><td>吐鲁番学研究院资料信息中心发展规划及目前工作进展</td></tr>
<tr><td>落合俊典</td><td>奈良平安时期古经与敦煌文献</td></tr>
</table>

<table>
<tr><th colspan="6">11月14日(星期一)</th></tr>
<tr><th>时　　间</th><th>会　场</th><th>主　　席</th><th>主 讲 人</th><th>常务理事扩大会
(全体代表参加)</th><th>备　　注</th></tr>
<tr><td rowspan="3">下午 14：00 至 15：30</td><td rowspan="3">外宾楼</td><td rowspan="3">陈国灿教授</td><td>王炳华</td><td>精绝考古与尼雅出土文书</td><td rowspan="3"></td></tr>
<tr><td>柴剑虹</td><td>关于近年学会工作的汇报及明年工作的建议</td></tr>
<tr><td></td><td>自由发言</td></tr>
</table>

敦煌学知识库国际学术研讨会与会学者名录（一）

姓　名	任职单位	通讯地址	邮　编	E-mail
安冈孝一	京都大学人文科学研究所附属汉字情报研究中心	日本京都市左京区北白川东小仓町	606－8265	yasuoka@zinbun.kyoto-u.ac.jp
蔡忠霖	醒吾技术学院通设中心	台湾台北县林口乡公园路19号6F		blueear.tsai@msa.hinet.net
陈国灿	武汉大学历史系	湖北省武汉市武汉大学历史系	430070	gcchen126@126.com
柴剑虹	中华书局	北京丰台区太平桥西里38号	100073	chaijianhong@yahoo.com.cn
陈　爽	中国社科院历史所唐史研究室	北京建国门内大街5号	100732	sailing@263.net
邓文宽	中国文物研究所	北京朝阳区北四环东路高原街2号	100029	dwksyr@hotmail.com
戴建国	上海师范大学古籍所	上海市桂林路100号	200234	dai53@shnu.edu.cn
方广锠	上海师范大学哲学系	上海市桂林路100号	200234	fengc480707@sina.com
Friederike Assandri	德国海德堡大学中文系	上海浦东新区康桥路180弄罗山绿洲别墅510号	201315	Friederike-assandri@yahoo.com
府宪展	上海古籍出版社敦煌西域编辑室	上海瑞金二路272号	200020	fuxianzhan@163.com
韩森 VALERIE HANSEN	美国耶鲁大学，华东师范大学访问学者	上海市闵行区银都路3535弄36号	201108	valerie.hansen@yale.edu
郝春文	上海师范大学历史系	上海市桂林路100号	200234	haochunw@mail.cnu.edu.cn
黄纯艳	上海师范大学历史系	上海市桂林路100号	200234	hcy67@shnu.edu.cn
黄　征	南京师范大学文学院	南京市宁海路122号	210097	bnj6220404@jlonline.com

续 表

姓 名	任 职 单 位	通 讯 地 址	邮 编	E-mail
黄正建	中国社科院历史所	北京建国门内大街5号	100732	hzjyb@public3. bta. net. cn
李重申	兰州理工大学丝绸之路文史研究所	兰州市工坪路85号	730050	lichongs@126. com
林世田	中国国家图书馆	北京中关村南大街33号	100081	linshitian@sohu. com
李 肖	新疆吐鲁番学研究院	新疆吐鲁番市高昌路224号	838000	haidaoqi@yahoo. com
李伟国	上海人民出版社	上海市福建中路193号上海人民出版社	200001	
刘进宝	南京师范大学社会发展学院	南京市宁海路122号	210097	liujbns@peoplemail. com. cn
刘 屹	首都师范大学历史系	北京西三环北路83号	100037	wensi6@hotmail. com
马 德	敦煌研究院敦煌文献研究所	兰州市滨河东路292号	730030	madedh@126. com
孟宪实	中国人民大学历史系	中国人民大学历史系	100872	mengabc@sohu. com
牟发松	华东师范大学历史系	上海市中山北路3663号	200062	moufasong@yahoo. com. cn
落合俊典 OCHIAI TOSHINORI	日本国际佛教学大学院大学	日本宇治市木幡南山畑19－2,surpass 611号	611－0002	ochiai_icabs2323@hotmail. com
荣新江	北京大学历史系	北京大学历史系中古史中心	100871	rxj@pku. edu. cn
萨仁高娃	中国国家图书馆善本特藏部	北京中关村南大街33号	100081	gaowabaina@163. com
史 睿	中国国家图书馆	北京中关村南大街33号	100081	chengxt70@yahoo. com. cn
束锡红	西北民族大学海外民族文献研究所	兰州市城关区西北新村1号	730030	shuxihong@163. com
高田时雄 TAKATA TOKIO	京都大学人文科学研究所	日本京都市左京区北白川东小仓町	606－8265	takata@zinbun. kyoto-u. ac. jp
汤勤福	上海师范大学古籍所	上海市桂林路100号	200234	tqfuxx@online. sh. cn
汤士华	新疆吐鲁番学研究院	新疆吐鲁番市高昌路224号	838000	tangtang1689@163. com

续 表

姓 名	任职单位	通讯地址	邮 编	E-mail
田卫平	《学术月刊》编辑部	上海淮海中路622号7弄	200020	twp1015@sohu. com
王炳华	新疆文物考古研究所	上海市漕宝路1555弄京都园18号602室	201101	
王 纯	上海古籍出版社	上海瑞金二路272号	200020	gujiluncong@yahoo. com. cn
王立翔	上海古籍出版社	上海瑞金二路272号	200020	lxwang_gj@yahoo. com. cn
魏迎春	兰州大学敦煌学研究所	兰州大学一分部衡山堂五楼	730000	weiyingchun@lzu. edu. cn
徐 俊	中华书局	北京丰台区太平桥西里38号	100073	xujun@zhbc. com. cn
许全胜	上海图书馆	上海淮海中路1555号	200031	xuserindia@yahoo. com. cn
徐时仪	上海师范大学古籍所	上海市桂林路100号	200234	shiyixu@online. sh. cn
徐文堪	汉语大辞典编纂处	上海市福建中路193号1404室	200001	xuwenkan@citiz. net
严耀中	上海师范大学历史系	上海市桂林路100号	200234	yanyaozh123@21cn. com
杨宝玉	中国社科院历史所唐史研究室	北京建国门内大街5号	100732	yangby96@sohu. com
杨秀清	敦煌研究院《敦煌研究》编辑部	兰州市滨河东路292号	730030	yxqdh@tom. com
俞 钢	上海师范大学人文学院	上海市桂林路100号	200234	yugang@shnu. edu. cn
余 欣	复旦大学历史系	上海邯郸路220号	200433	yxpk@sina. com
张国刚	清华大学历史系	北京清华大学历史系	100084	zhangguogang@tsinghua. edu. cn
张剑光	上海师范大学古籍所	上海市桂林路100号	200234	zjg64@shnu. edu. cn
张晓敏	上海辞书出版社	上海市陕西北路457号	200040	zxm2088@yahoo. com. cn
张兴成	上海师范大学历史系	上海市桂林路100号	200234	zxc72@shnu. edu. cn
张元林	敦煌研究院资料中心	甘肃敦煌莫高窟敦煌研究院	736200	zhang660823@sina. com

续 表

姓 名	任职单位	通讯地址	邮 编	E-mail
赵和平	北京理工大学人文学院	北京市海淀区中关村南大街5号	100081	zhao-heping@sohu. com
赵 莉	新疆龟兹石窟研究所	乌鲁木齐市西北路132号附1号	830000	zhaoliqiuci@sina. com
郑阿财	台湾南华大学文学系	台湾嘉义县民雄乡松山存松子脚33号之7		chlacc@ccu. edu. tw
郑炳林	兰州大学敦煌学研究所	兰州大学一分部衡山堂五楼	730000	zhengbl@lzu. edu. cn

（二）会务组成员

姓 名	任职单位	通讯地址	邮 编	E-mail
曾小红	上海师范大学人文学院(硕士)	上海市桂林路100号	200234	july@122@163. com
陈大为	上海师范大学人文学院(博士)	上海市桂林路100号	200234	chendawei9072@sohu. com
孙 红	上海师范大学人文学院(硕士)	上海市桂林路100号	200234	sunhong_1716@163. com
赵 贞	上海师范大学人文学院(博士后)	上海市桂林路100号	200234	dtzhaozhen@163. com
周尚兵	上海师范大学人文学院(博士后)	上海市桂林路100号	200234	zeusshang2000@sina. com. cn

图书在版编目（C I P）数据

敦煌学知识库国际学术研讨会论文集/郝春文主编.
上海：上海古籍出版社，2006.6
ISBN 7-5325-4375-7

Ⅰ.敦... Ⅱ.郝... Ⅲ.敦煌学—国际学术会议—
文集 Ⅳ.K870.6-53

中国版本图书馆CIP数据核字（2006）第029546号

上海市重点学科建设项目资助
项目编号：T0404

敦煌学知识库国际学术研讨会论文集
郝春文 主编
上海世纪出版股份有限公司
上 海 古 籍 出 版 社 出版、发行
（上海瑞金二路272号 邮政编码200020）
(1)网址：www.guji.com.cn
(2)E-mail:gujil@guji.com.cn
(3)易文网网址:www.ewen.cc
新华书店上海发行所发行经销 上海颛辉印刷厂印刷
开本787×1092 1/16 印张13.75 插页4 字数322，000
2006年6月第1版 2006年6月第1次印刷
印数:1-1，000
ISBN 7-5325-4375-7
K·841 定价:48.00元
如发生质量问题，请向公司管理部联系